Дмитрий ВЕРЕСОВ
Феликс РАЗУМОВСКИЙ

СЕРДЦЕ ЛЬВА

Санкт-Петербург
«Издательский Дом „Нева“»
Москва
Издательство «ОЛМА-ПРЕСС»

2002

ББК 84. (2Рос-Рус) 6
В31

В31   Вересов Д., Разумовский Ф.
      Сердце льва: Роман. — СПб.: «Издательский
      Дом „Нева“»; М.: «ОЛМА-ПРЕСС», 2002. — 383 с.
         ISBN 5-7654-2086-9
         ISBN 5-224-03436-1

Человеческая судьба предопределяется обстоятельствами
рождения. Какая жизнь ожидает человека, рожденного в Третьем Рейхе, если мать его — немецкая баронесса, а отец — бывший цирковой силач и бывший чех, а ныне — истинный ариец
и штандартенфюрер СС? Гитлерюгенд, секретная эвакуация в
1945 году, военные лагеря в бразильской сельве, шпионско-ди-
версионная подготовка в Норвегии, нелегальная работа в Советской России. Но все круто меняется, когда на пути героя
появляется девушка, прекрасная и нежная. Любовь заставляет
забыть про священный долг. Счастливая молодая семья ждет
прибавления...

ББК 84. (2Рос-Рус) 6

ISBN 5-7654-2086-9
ISBN 5-224-03436-1

И разметал князь Александр рыцарские рати, и погнал мечом по льду Чудского озера. И многие псы-рыцари тонули, ибо были в железе и тяжелы...

Из летописи

Наше время, Кали-юга, железный век человечества. Он полон войн, тревог, раздоров, лицемерия и обмана. И в этот век мы живем...

Виасанадева, учитель мудрости

Пролог

Июля дня 20-го года 1768-го уже под вечер со стороны Пулковой горы показался четырехконный экипаж. Не останавливаясь, без бережения, пролетел кордон, что у Средней Рогатки, и предерзко, поднимая пыль столбом, подался в Московскую слободу. Кони вороные, сытые, цугом, карета семистекольная, добрая, крашенная под лак, не иначе иоахимовской работы — мастер Иоахим считался лучшим, карета его работы стоила, почитай, не менее ста рублей, бешеные деньги. А кучер на козлах — сущий эфиоп. Саженного роста, в желтом полукафтане, с лицом, будто изволоченным сажей. Рожа кирпича просит, сапогом лоснится, глазищи, как яичные белки. Смотреть жутко.

— Тьфу ты, пакость какая!

Стражники, оторвавшись от зерни, глянули карете вслед, сплюнули через левые плечи, квартальный же, отставной пехотный прапорщик, троекратно перекрестил пупок.

— Пресвятая Богородица, спаси, не выдай... Голубушка, Приснодева наша!

Не с пустого места помянул Божью Матерь, не с пустого.

То ведь проехал новый хозяин сельца Кикерейского, что на Лягушачьих Топях, боярин иноземный де Гард, человек весьма опасный, учености лихой, пользующийся дурною славой. Поговаривали, и упорно, будто бы занимается он чем-то нехорошим — разжигает на Коеровских пустошах кострищи, кликушествует дурными голосами, ворошит могилы на Волковом погосте. Как видно, пробавляется волшбой, насылает порчу, мор, соблазн адский, прельщение бесовское. Древорубы из деревни Пулково раз застали этого де Гарда в естестве своем и блудном непотребстве с девками, а звонарь с Кузьминской церкви видел столп огня, не иначе сатанинского, поднимающийся в небо с Лягушачьих Топей. Не зря земля слухами полнится, ох, не зря... Не зря. В петербургском обществе, к примеру, только и было разговоров, что о бароне де Гарде: у княгини Бобринской он извел воздушный пузырек в рубине, бригадирше Зуевой явил тень ее покойного мужа, игроку Зоричу показал верную масть, а графине Рокотовой изгнал трехмесячный плод, с отменной ловкостью, чем привлек внимание самой пресветлой государыни. Хоть и не жаловала матушка императрица заезжих-то волшебников, но чтобы вот так, на тринадцатой неделе, и без последствий... Силен, силен, весьма искусен, к тому ж такой шарман и симпатик...

Экипаж между тем с грохотом трясся по просторам Московской части. Дорога была премерзкой: ухабы, рытвины, пески, несмотря на лето, глубокие промоины с густой, жирно чавкающей грязью. Карету немилосердно мотало, не по-нашему ругался эфиоп на козлах — ехали тягостно. Наконец перевалили старый Саарский мост через Фонтанную реку, на набережной забрали налево и под стук копыт о мостовую — где каменную, где бревенчатую — покатили по направлению к Коломне. Солнце к ветреному дню медленно садилось в облака, отражаясь от поверхности воды, било красными лучами в окна дач, загородных резиденций, богатых домов, несмотря на вычурность фасадов — двух-, трехэтажных, не выше Зимнего дворца. Уже запели, перекликаясь среди листвы, ночные птахи, столбом роилась над осокой мошкара, заливисто, на все лады раскатывались лягушки. Текла себе меж берегов, одетых в древо, сонная река, шептались с ней о чем-то белокожие, как бабы, ивы. А кругом — болотина, низина, сырость... Ижорская земля, край Ингерманляндский, не наша сторона. Может, куда-то не туда занесла нелегкая чертушку Петра?

Тем временем экипаж, набирая ход, пролетел Вознесенскую перспективу и остановился у массивного двухэтажного особняка в семь осей по фасаду — черного карельского камня, с флюгером в виде длиннохвостого пса. Дом этот внешне ничем не выделялся среди прочих, однако люди знающие, будь то благородного или подлого происхождения, обходили его стороной и в окна — Боже упаси! — старались не заглядывать. Впрочем, что там увидишь — занавеси всегда опущены, двери закрыты. Дом казался нежилым, заброшенным, но только на первый взгляд, а обретался в нем известный фармазон, отставной кавалергард граф Куракин, волшебник, чернокнижник и алхимик. Много чего говорили про него — и будто бы Яков Брюс, генерал-фельдмаршал, пользовавшийся при жизни репутацией непревзойденного мага, завещал ему свою черную, дьяволом писанную книгу, и что граф Сен-Жермен в бытность свою в Петербурге открыл ему секрет философского камня, и что владеет он эликсиром бессмертия, а в подручных у него подвизаются Люцифер с Астаротом. Чего не болтают только на балах и за зеленым сукном, да еще после доброй чарки старого венгерского! Однако сказка ложь, да в ней... Боялись Куракина, обходили дом его за версту, даже имени старались не поминать — опасный он, на одном коньке с сатаной сидит.

Только кавалер, прибывший в экипаже, был не из пугливых. Не дожидаясь, пока арап откроет дверцу, он вылез из кареты, глубоко втянул болотный воздух и, держа под мышкой что-то завернутое в холст, быстро и легко поднялся на крыльцо. Постоял мгновение, успокаивая дыхание, и отрывисто, негромко постучал. Тростью, на особый манер, троекратно. Осмотрелся неприметно, не поворачивая головы, и замер, вслушиваясь, — словно соляным столбом врос в крыльцо. Странного вида он был человек, наружности необычайной и запоминающейся. Лицом горбоносый и зловещий, фигурой осанистый и статный, двигающийся легко и резво, словно юноша. И одет не по-нашему и не по погоде — бархатный камзол с брандебурами с меховой опушкой, ботфорты на высоком каблуке, крагины с отворотами, шляпа с позументом, плащ. Вместо шпаги — индусский пюлуар, кривая сабля, на рукояти коей играли разноцветьем камни. На груди кавалер носил блошную ловушку, да не маленькую и нарядную, какими щеголяют модницы, а огромную, из слоновой кости, в какую может попасться и мышь. Смотреть на него было жутко и притягательно.

В доме наконец послышались шаги, лязгнули тяжелые засовы, дверь со скрипом открылась — щелью, на длину цепочки. Из темноты по-птичьи блеснули глазом, с опаской, настороженно, недобро, тут же раздался невнятный звук, то ли кашлянули, то ли подавились, то ли горлом поперхали — не понять. И дверь открылась. Глухонемой слуга, и на слугу-то не похожий, зверообразный, при тесаке, с поклонами отпрянул в сторону, на изменившемся лице его застыло выражение испуга. Массивный, с сиротливой свечкой, канделябр в его руке едва заметно дрожал.

— К хозяину веди! — Кавалер вошел и нетерпеливо тряхнул париком. — Живо!

Его накладные волосы были огненно-рыжими, хорошо расчесанными, до плеч. Голос низкий, раскатистый, словно львиный рык. Слуга снова поклонился, закрыл на все запоры дверь и, мыча что-то, показывая вверх, повел гостя к лестнице на второй этаж. Вокруг было сумрачно и неуютно, будто в римских катакомбах первых дней христианства. Все великолепие вестибюля — лепнина потолков, напольные вазы с украшениями из бронзы, скульптуры из паросского мрамора, светильники из черного хрусталя — все терялось в полумраке, казалось нереальным и призрачным. Воздух был затхл, отдавал плесенью и пылью, из камина, выложенного изразцами, тянуло холодом и кладбищенской сыростью. Чувство было такое, что время здесь остановилось и загнило...

— Все, иди.

Забрав у провожатого светильник, кавалер ступил на витую, ведущую на второй этаж лестницу и начал резво подниматься по мраморным ступеням, ботфорты его размеренно скрипели, тяжелые, затейливой работы ножны бились об ажурное литье перил. Скоро он уже был у входа на чердак и опять-таки особым образом, троекратно, постучал в дубовую дверь. Не сразу, но она открылась, и на пороге показался человек с фонарем. Если бы не кожаный до пят фартук, его можно было бы принять за сибаритствующего помещика — шелковый шлафрок, подбитый мехом, розовый платок вместо галстуха, белый вязаный колпак, из-под которого торчали длинные седые волосы.

— Гекам Адонаи! Гекам! Месть! — сделав непонятный жест, сказал вместо приветствия гость, и в негромком голосе его послышалась сталь. — Не так ли, досточтимый Брат Хранитель?

— Гекам! — хрипловато отозвался человек с фонарем и так же на чудной манер пополоскал рукой. — Амез, великолепный Брат Магистр, так и будет. Гекам и Мискор, месть и справедливость! Прошу.

Он сделал приглашающее движение и отодвинулся, пропуская гостя на чердак, где была устроена алхимическая лаборатория: верстак, колбы, реторты, змеевики. Центральное место занимал хрустальный сосуд, называемый еще «яйцом», который, будучи нагреваем на «бессмертном» очаге атаноре, и должен породить в конце концов вожделенный философский камень. Воздух был ощутимо плотен, густо пропитан дымом, парами влаги, вонью серы, купороса и магнезии. А еще говорят, что презренный металл не пахнет!

— Никак Великое Деланье? — Гость без интереса осмотрелся, вытащив из-под мышки сверток, бережно опустил его на край стола, ухмыльнулся криво. — Отделяете тонкое от плотного? Давайте, давайте, sic habelis gloriam totius mundi, так обретается мирская слава.

Хранитель, улыбаясь, промолчал, закрыл на все запоры дверь и спросил с полупоклоном:

— Могу я знать, что привело вас в эти стены, великолепный Брат Магистр?

Как он ни старался, но под маской вежливости явственно угадывался страх.

— Ну разумеется, разумеется. — Магистр вдруг раскатился смехом и, ловко развернув, жестом фокусника сдернул грязный холст со свертка. — Сильвупле!

10

В воздухе словно повеяло затхлым ветром, и огни свечей, чудом не погаснув, отразились от нефритового ларца. На крышке его были начертаны четыре буквы, скрывающие истинное имя Божье, их пересекала пара скрещивающихся мечей. Формой ларец напоминал гроб.

— О боги! — Хранитель непроизвольно придвинулся к ларцу и, не решаясь дотронуться, поднял глаза на магистра. — Неужели это...

В голосе его, упавшем до шепота, слышались испуг и восхищение.

— Setair, брат, молчание, не забывайте о pericula occulta*, — сразу прервал его Магистр и машинально обхватил рукоять сабли. — Prudentia, prudentia и еще раз осторожность! Даже у этих стен есть уши. Sic mundus creatus est — так устроен мир.

Он замолчал, побарабанил пальцами по хрусталю реторты и сказал без всякого перехода, будничным тоном:

— У его сиятельства графа Орлова совершенно невыносимые манеры, в душе он плут, каналья и хам. А потому умирать будет трудно, уж я постараюсь... Жаль, что это случится еще не скоро... В общем, дорогой Брат, мне нужно уехать и как можно скорее, вчера во сне мне был явлен signe de detresse, знак бедствия. По праву hierarchia occulte** оставляю это вам, надеюсь, вы не забудете, что есть jus preprietatis, право собственности.

С этими словами Магистр взял ларец и, протягивая его Хранителю, усмехнулся:

— Да не бойтесь вы, он омыт кровью девственности и запечатан именем Невыразимого. Берите, берите, главное, не пытайтесь открыть крышку.

---

* Тайная опасность *(лат.)*.
** Тайная иерархия *(лат.)*.

Все в нем выражало тревогу, торопливость и облегчение.

— Fiat justitia, pereat mundus*. — Хранитель осторожно, на вытянутые руки, принял шкатулку, покачал, прикидывая вес, и внезапно мстительно, взахлеб, рассмеялся: — И поделом, и поделом...

— Предчувствие подсказывает мне, что ждать этого уже недолго, — с пугающей серьезностью сказал Магистр, подскочил к окну, выглянул на улицу, ругнулся, дернул париком и стал откланиваться. — Прощайте, достопочтенный Брат Хранитель. Я непременно вернусь.

Блажен, кто верует, — не вернулся. Сгинул гдето, то ли в неметчине, то ли в аглицких землях. Да и фармазон-то Куракин, если бы знал наперед, что к чему, не сидел бы сиднем в хоромах на Фонтанной. И года не прошло, как он был брошен в крепость, по приговору тайного суда казнен, труп его — сожжен, а прах развеян выстрелом из пушки. Вот тебе и hierarchia occulte, вот тебе и предчувствие. Судьба. От нее не уйдешь.

---

* Судом погибнет мир *(лат.)*.

Часть первая
ОТЦЫ И ДЕТИ

Лев (1929)

Костлявый лысоватый мужчина поставил на листе жирную точку, отложил авторучку, устало откинулся в кресле, потер длинными пальцами виски, закинул руки за голову и с хрустом потянулся. Все. На сегодня хватит. Сейчас спуститься в гаштетную, заказать добрую порцию боквурста с тушеной капустой, пивка кружечку, рюмочку шнапса, сигарку — и спать, спать. Остальное подождет до утра.

Мужчина заложил кожаной закладочкой страницу толстой книги, лежащей рядом с рукописью, и с видимым облегчением захлопнул ее. Этот Людендорф! Национальный герой, спору нет, однако какая мука — выудить из толщ генеральского словоблудия крупицы здравых суждений... «Мысли в голове солдата подобны булыжникам в его ранце». На поверхностный взгляд — концепция вполне троглодитская, но ведь по сути старый вояка прав. Мыслительная деятельность толпы лишь засоряет пространство духа, и вымести этот мусор способна только жестко поставленная общая цель. Почти безразлично, какая именно...

Мужчина чуть заметно улыбнулся, припомнив, как в далеком уже двадцатом году истово трудился в составе Ивановской партячейки, внедряя

13

в недоразвитые славяно-пролетарские умы азы большевистской премудрости. Роман с большевиками был недолог, но весьма поучителен, весьма!.. С интернационалом воспрянет... Тьфу! Но что поделать, ежели только такими песнопениями можно подвинуть человеческое стадо на сколько-нибудь решительное действие? Не беда, мы сложим свою, новую Песнь могущества! Ах, где вы, гении прошлого? Ницше, Чемберлен — хоть и чванливый англосакс, но какой ум! — божественный Иоганн Вольфганг... Как там у него — ты знаешь землю, где цветет лимон... Кстати, завтра же пересадить лимонное деревце в свежую землю, а то начинает чахнуть, болеть...

Его размышления прервал осторожный стук в дверь. Мужчина недовольно обернулся.

— Да?

В приотворившуюся дверь заглянула седая полная женщина в кружевном белоснежном фартуке.

— Слушаю вас, фрау Михлер.

— Херр доктор, к вам баронесса фон Кнульп. С ней какой-то господин.

Ох, эта неугомонная Марго! Не иначе как с очередным прожектом. Но ее энергия так заразительна...

— Проводите ко мне, фрау Михлер.

Знакомый стук бойких каблучков по коридору. И скрип половиц под тяжелой основательной поступью неведомого господина.

— Альхен!

Поджарая длинноносая шатенка в строгом сероклетчатом костюме мгновенно и невесомо преодолела две трети просторного кабинета и ткнула сухими губами во впалую щеку херра доктора.

— Альхен, милый, я привела тебе потрясающий экземпляр!

Херр доктор поднял водянистые глазки. У порога переминался с ноги на ногу молодой белокурый гигант. Мощные жилистые ладони смущенно теребили суконную полувоенную кепку, прозванную народом «жопа с ручкой». Под дешевым мятым пиджачишком бугрились мускулы.

— Где ты раздобыла это чудо? — кисло осведомился доктор.

— В «Людвигпаласте». Мы с Максом заехали туда выпить по бокальчику мозельвейна и попали как раз на его номер. Жонглировал гирями, вертел штангу... Альхен, это что-то поразительное! Потом я прорвалась к нему в уборную и чуть не силой уволокла сюда.

— Охотно верю. Только при чем здесь я?

— Эй, вы! — обратилась баронесса к гиганту. — Подойдите сюда, покажите себя господину доктору.

Гигант послушно двинулся и замер прямо под люстрой. Доктор подошел к нему, похлопал по спине, пощупал бицепсы, бесцеремонно взял за нижнюю губу, отогнул, поглядел на зубы.

— М-да, впечатляет, — пробормотал он. — Один, Тор, нибелунги... Только это не по моей части. Кадрами я не занимаюсь, ты же знаешь. Я теоретик, кабинетная крыса.

Доктор ухмыльнулся, сделавшись на секунду страшен, и обвел рукой кабинет.

— Так покажи его своим друзьям. Эрни, Руди, этому, как его?.. Йозефу...

— Бычку из Бабельсберга? — Доктор оживился. — А что, такой подарочек придется нашему недоростку по нраву... Эй, любезнейший, я вам говорю, ну что, желаете послужить новой Германии?

— Я... это... у меня контракт на пять лет, — промямлил гигант.

— С кем?

— Ну, как же, с господином Шмойлисом, с кем же еще?

— Шмойлисом... — повторил доктор, брезгливо кривя тонкие губы. — С самим господином Шмойлисом, изволите видеть... Который обдирает немецких артистов до последнего пфеннинга, а сам раскатывает на черном «паккарде» и курит гаванские сигары за двадцать марок...

— Точно, — оживился гигант. — Выходит, вы знакомы с господином Шмойлисом? А вы что, тоже импресарио?

— Нет, я не импресарио, а таких знакомых у меня нет и быть не может, — отрезал доктор. — И у вас их тоже не должно быть!

— Но как же...

— А вот так... Ваше имя?

— Лев. Зденек Лев.

— Зденек Лев? — Доктор недовольно посмотрел на баронессу. — Ладно еще, что не Леви... Он что, славянин?

Баронесса взяла доктора под руку, отвела к окну, под лимонное деревце и горячо зашептала:

— Добропорядочное крестьянское семейство из Каринтии. Корни моравские. В цирке с десяти лет. Сейчас ему двадцать два. Холост. Малограмотен.

— Заметно... Но мы же его не в писари берем. А с именем что-нибудь придумаем. Звучный арийский псевдоним... Ну, Зигфрид — это само собой. Лев, на немецкий манер Лёве... Лёвенброй? Нет, это пиво... Есть! Зигфрид Лёвенхерц! Фон Лёвенхерц! Как тебе?

Баронесса наморщила длинный породистый носик..

— Отвратительно! Вульгарно! Зигфрид Львиное Сердце! Как скаковой жеребец! Ты бы его еще «Грезой Адольфа» окрестил!

— Ах, Марго, милая Марго, лучше бы тебе прикусить свой аристократический язычок, не то после нашей победы найдется немало охотников его подрезать. Пойми дорогая: ту пошлость, что в крови у наших филистеров, можно победить лишь одним оружием — еще большей пошлостью... Лучше скажи мне, кроме как давить штангу, твое сокровище еще что-нибудь умеет?

— Натюрлих, либер Альхен! В детстве няня уронила его головкой — и с тех пор он умеет читать мысли!

Доктор захохотал и игриво шлепнул баронессу по костлявому заду.

— Ах, Марго, Марго, ты неисправима! Вечно у тебя то евреи-оккультисты, то ясновидящие славяне!

— Если ты про этих Лаутензаков, то с ними я давно... — начала баронесса, гневно сверкнув глазами, но доктор уже не слушал ее.

Все его внимание было сосредоточено на Зденеке-Зигфриде, который мялся у дверей кабинета. Брезгливо выпятив губу, доктор осведомился:

— Надеюсь, любезнейший, госпожа баронесса не введена в заблуждение относительно ваших... способностей?

— Никак нет, херр доктор...

— В таком случае, господин Лев... Лёвенхерц, не угодно ли вам будет сосредоточиться и определить, о чем я думаю в данный момент. Это касается вас.

Доктор замер, выпучив бесцветные рыбьи глаза. Гигант, напротив, прищурился, задержал дыхание... Его губы тронула едва заметная улыбка, заметив которую, доктор нахмурился.

— Ну-с, и что вас так развеселило, позвольте узнать?

Гигант глубоко вдохнул и неспешно проговорил:

— На таких условиях, херр доктор, я готов служить хоть самому дьяволу!

Баронесса хлопнула в ладоши.

— Что, Альхен, получил?!

Доктор расхохотался и, поднявшись на цыпочки, потрепал белокурого богатыря по плечу.

— Далеко пойдете, бестия вы этакая!.. Завтра в девять ноль-ноль явитесь по этому адресу, скажете, что по рекомендации доктора Альфреда Розенберга. Вас будут ждать.

Тимофей (1974)

— Итак, Тимофей, — Антон Корнеевич Метельский сурово глянул на сына и требовательно, жестом римского прокуратора, повел рукой, — показывай.

Интонация его голоса не предвещала ничего хорошего — видимо, уже был в курсе, Зинаида Дмитриевна сподобилась.

— Вот, — сын извлек из портфеля табель, нехотя, с убитым видом, протянул отцу, — папа.

Сцена композиционно напоминала картину «Опять двойка». Только вместо Жучки-дворняжки участвовал породистый сибирский кот — с достоинством бодал Тимофея лобастой головой в колено.

— Так. — Антон Корнеевич глянул, густо побагровел, и табель в его руке задрожал. — Ты что же стал позволять себе, сын! Пятерки по поведению, физкультуре и немецкому! Четверка по труду! Остальные... Возмутительно! А ведь через год тебе поступать в институт! Чтобы все было хорошо в этой жизни, нужно учиться, учиться и учиться!

Закашлявшись, он умолк и гордо огляделся. Вокруг все действительно было очень хорошо — глянцевая полировка «Хельги», в недрах горки костяной фарфор, чешское стекло, хрусталь, в углу цветная «Радуга» раскорякой на деревянных ножках, на стене аляповатый, траченный котом ковер. А кухня, оборудованная вытяжкой «Элион», лежачая ванна с непромокаемой занавесью из полиэтилена, чистенький балкон в майском обрамлении лютиков-цветочков... Видимое воплощение преимуществ социализма в реалиях повседневной жизни. Жаль, не велики хоромы, однако хоть и в тесноте, да не в обиде! Слава Богу, Хрущев успел соединить только ванну с уборной, а не пол с потолком.

— Да, да, Тимофей, нужно учиться, учиться и учиться. — Антон Корнеевич прокашлялся и с брезгливой миной вернул табель сыну. — Летом никакой гитары, магнитофона и битлов. Книги...

Сказал и усмехнулся про себя, вспомнив слова из какого-то фильма: «Папаша, вы даете нереальные планы, папаша!»

— Хорошо, папа, — сын изобразил мировую скорбь, шмыгнул носом и отправился к себе. — Никаких битлов. Только «Дип пёрпл», «Лед зеппелин» и «Юрай хип». И книги.

И вот наступило лето, время отдыха, мух и сезонных поносов. Дачную проблему у Метельских решали основательно и без проволочек — заказывали машину в Лентрансе, грузили незамысловатый скарб и направлялись в поселок Сиверский, что примерно на полпути между Ленинградом и Лугой. Там, в проулке, неподалеку от реки они снимали уже пятый год две комнаты и веранду в просторном, видевшем и лучшие времена древнем двухэтажном доме с балконами. Хозяин, добрый старикан, жил одиноко наверху с дряхлым, уже не понять какой породы псом

19

по кличке Рекс и держал его в строгости, привязанным на лестничной клетке. По вечерам степенно пил, все больше «тридцать третий», фальшиво и негромко пел «Катюшу», а набравшись, забывался мертвым сном, так что не слышал утром ни бряцанья цепи, ни царапанья когтей, ни страстного повизгивания своего питомца. Скулил невыгулянный Рекс, томился, тявкал на судьбу. Бежала по ступеням веселая струя. И начинался новый день. С птичьим гомоном, жаренной на керосинке яичницей и неизменными, командным голосом, назиданиями Зинаиды Дмитриевны: на солнце не перегреваться, на глубину не заплывать и с окрестной шпаной, тем паче местными шалавами, не водиться. А если небо хмурилось — пузатенький магнитофон «Астра», ми-мажорный «квадрат» на шестиструнке. Еще как вариант библиотека, где, естественно, ни Сэлинджера, ни Стругацких не найти, старенький кинотеатр со знакомым до слез репертуаром, дальние вояжи на презентованном в честь пятнадцатилетия «Спорт-шоссе». Будничная проза буколического жития. Скучища, тоска собачья...

Зато в конце недели, как и положено, наступало время веселья. На сцену пятачка, огороженного в городке аттракционов, взбирались парни из ансамбля «Гусляры», вмазав, закусив, брались за гитары, и взлетали над толпой звуки «Сатисфэкшн», «Пейнт ит блэк», а также забойного до жути ля-минорного хита «Портрет Пикассо». Место сие называлось «клетка» и притягивало словно магнитом окрестную молодежь — брюки, расклешенные от колена и от бедра, рюши, кружавчики, юбочки-плиссе, нейлоновые рубашки с закатанными рукавами, запах пота, «Шипки», «Серебристого ландыша» и крепленого плодово-ягодного и воздушные волки с окрестного аэродрома.

Метельский-младший от моды не отставал и приходил на танцы то в белых, выменяных на диск Сантаны, а после перешитых польских джинсах, то в доведенных до ума — вытертых и с бахромой, — купленных втридорога «техасах». И все было бы хорошо, если бы через неделю на дачу не приезжал отец, Метельский-старший. Тут уж не до танцев, только академические разговоры о будущем, степенные прогулки втроем: папа, мама, я — советская семья, и в лучшем случае, если повезет, унылый культпоход в кино. Отбой в двадцать три ноль-ноль, как и положено для здорового образа жизни.

Хочешь добра чаду своему — круши ему ребра. Покончив к началу июля с делами в институте, Антон Корнеевич обосновался на даче и занялся вплотную воспитанием сына — подъемы на заре, непременный физтренаж, обязательное, с последующими комментариями чтение Доде, Диккенса, Золя, Манна, Пушкина, Толстого, Достоевского. В качестве поощрения для полноты картины — Булгаков, Гроссман, Хемингуэй, Ремарк. Общение с природой — рыбалка, катание на лодках, Тимофей на веслах...

И вот как-то субботним вечером отец с сыном возвращались из кино. Смотрели «Мазандаранского Тигра» — волнительную историю о том, как непобедимый чемпион по одному из видов национальных единоборств трогательно и нежно полюбил слепую девушку, изнасилованную жутким подлецом, трусом и приспособленцем, которого, естественно, придушил как собаку в самом хэппи-энде фильма. Шли молча, без обмена впечатлениями. Тимофей мрачно ел мороженое, глазированный пломбир за двадцать восемь копеек, хмурился, вздыхал... Антон Корнеевич, пощипывая бородку, курил цветочный табачок и в душе остро сожалел, что некоторые сцены на экране были на его взгляд уж чересчур натуралистичны.

Был теплый июльский вечер, и отдыхающие, дачники и аборигены, самозабвенно предавались веселью. В городке аттракционов взмывали к небу женские подолы, в «шайбах» и ресторане «Голубой Дунай» шло на ура красное крепленое, а томящийся в «клетке» самый главный гусляр выводил в ля-миноре лебединую песню:

> Не будет у меня с тобою встреч,
> И не увижу я твоих покатых белых плеч,
> Хранишь ты или нет колечко с бирюзой,
> Которое тебе я подарил одной весной.
> Как трудно объяснить и сердцу и тебе,
> Что мы теперь с тобой чужие люди на века,
> Где вишни спелых губ и стебли белых рук,
> Прошло все, прошло, остался только этот сон.
> Остался у меня на память от тебя
> Портрет твой, портрет работы Пабло Пикассо.
> Ла-ла, ла-ла, ла-ла...

— Да, такие громкие звуки, должно быть, угнетающе действуют на нервную систему. — Антон Корнеевич вздохнул, затянулся, глубокомысленно качнул головой, а в это время откуда-то вывернулась тетка с повязкой «Контролер» и цепко с торжествующим видом схватила Тимофея за рукав.

— Что, попался, засранец! Теперь не уйдешь! Василь Васильич! Василь Васильич!

Тут же в тонкогубом рту ее оказался свисток, и заливистые милицейские трели внесли свой колорит в балладу о портрете.

— Постойте, гражданка, постойте! В чем, собственно, дело? Я профессор Метельский!

Приосанившись, Антон Корнеевич потребовал объяснений, но из-за кустов уже выскочил Василь Васильич, огромный, красномордый, с повязкой «Дру-

22

жинник», и, мощно дыша крепленым красным, заломил Тимофею свободную руку.

— Готов! Куда его, Анастасия Павловна? А, Кологребова вызывать? Эй, Леха, дуй в тир, звони в милицию!

Вокруг начал собираться народ. Антон Корнеевич негодовал, пытался показать документы, Тимофей лягался, кричал: «Пусти, сволочь!». Василь Васильич крепил хватку, Анастасия Павловна радовалась вслух:

— Это он, товарищи, он, у меня глаз алмаз! На той неделе бросил дымовую шашку в «клетку», а потом в сортире спрятаться хотел! Только от нас не уйдешь, хоть в очко занырни! Из говна достанем!

— Ах ты, гад! — Толпа вдруг заволновалась, раздалась, и показался военный летчик в звании капитана. — Да я же тебя...

Сразу наступила тишина — фуражка покорителя высот была надета на бинты. И судя по выражению его лица, по голове он получил не в небе родины.

Рявкнула сирена, из-за горки выкатился УАЗ — милицейский, канареечного цвета, с горящим проблесковым маячком. Взвизгнули тормоза, клацнула дверь, и на землю сполз конопатый старшина.

— Милицию вызывали?

— Вызывали, Фрол Кузьмич, вызывали. — Тетка со свистком, яростно оскалившись, указала на Тимофея. — Вот, хулигана поймали, того самого, что дымовую завесу поставил. А это пахан его, по кликухе Профессор, все пытался меня на понт брать.

— Пожалеет. — Старшина понимающе кивнул и, гостеприимно распахнув заднюю дверь УАЗа, с мрачным недоброжелательством посмотрел на профессора. — Ну что, сам погрузишься или со скандалом?

Отца и сына Метельских запихнули в тесный, пропахший рвотой «стакан», Анастасия Павловна, Василь Васильевич и Фрол Кузьмич устроились в кабине, и «черный ворон» канареечного цвета с добычей полетел на базу...

Субботний вечер располагал к веселью, красное крепленое лилось рекой, и поэтому тигрятник в отделении милиции был заполнен до отказа. Метельского с сыном обыскали и без всяких объяснений посадили в клетку.

Стукнула по нервам решетчатая дверь, резко, будто выстрелил, щелкнул замок. Вот она неволя... Слева матерится гражданин с лицом, обезображенным побоями, справа ворочается на полу неопрятная старая цыганка, а напротив, на скамейке, развалилась нога на ногу улыбающаяся развратная особа — строит глазки, жеманничает, все выпрашивает закурить. Похоже, совершенно без белья, а на подошве босоножки ближе к каблуку выведено крупно — «3 рубля». О времена, о нравы...

— Тимофей. — Профессор взял сына за плечо, требовательно повернул к себе. — Ты можешь объяснить, что все это значит?

— Это значит, что ты козлина бородатый. — Трехрублевая вызывающе и паскудно шевельнула бедрами, поднялась и кокетливо попросилась на оправку. — Товарищ старшина! Фрол Кузьмич! Ну, Фролушка, ну! Мне бы это, по женской части...

Назад она уже не вернулась, ее место на скамейке сразу заняла цыганка.

Медленно, словно резиновое, тянется в тигрятнике время. Давно уже Анастасия Павловна и Василь Васильич дали объяснение и вернулись на дружинно-контролерскую вахту, соседа слева увезли в больничку, а неопрятную цыганку выдали на поруки в табор, когда светлые милицейские очи обра-

24

тили свой взор на Метельских. Из-за дверей с надписью «Инспекторы» выскользнул крепыш в индийских джинсах «Мильтонс» и замер.

— Кузьмич, с уловом тебя, ту еще рыбину поймали! — Хлопнул себя по ляжкам и с широкой улыбкой указал на Тимофея, подпирающего стену: — Этого кента я срисовал на Белогорке. Он из банды Матачинского...

Метельский-младший удивился, старший вздрогнул, дежурный сделал удивленное лицо.

— Постой, постой, Матачинский же сидит, по сто сорок шестой, седьмая ходка.

— А братец его младший? У которого на лбу десять лет строгого режима светится? — Крепыш улыбнулся еще шире, стрельнул у Кологребова «Стюардессу» и, уже выходя, злорадно подмигнул Тимофею. — Скоро всем вашим будет амба. Хата, шконки и параша. Я сказал...

Профессор Метельский закрыл побледневшее лицо ладонями, он вдруг с убийственной отчетливостью понял, что ни Томас Манн, ни Альфонс Доде, ни Федор Михайлович Достоевский его сыну уже не помогут.

Милицейские разбирательства закончились поздно ночью. Обошлось, слава Богу, без хаты, шконок и параши.

— Приношу вам официальные извинения, товарищ профессор, — сказал лысоватый майор и отвел бегающие вороватые глаза. — Ошибочка вышла. Работа такая.

Он сильно смахивал на нашкодившего мартовского кота.

— А вот я вас, профессор, не извиняю, — сказала в свою очередь толстуха-капитан из инспекции по делам несовершеннолетних. — Вы выпестовали хулигана, профессор. Вашему сынку только-только шестнадцать, а он уже вон чего натворил! — Плотная рука ее хлопнула по папке с компроматом, губы скривились в мстительную торжествующую усмешку. — Будет что отправить нашим коллегам по вашему месту жительства.

Зубы у нее были редкие и черные, словно подгнивший деревенский частокол.

Домой Метельские вернулись на рассвете, когда поселок еще спал в блаженной тишине летнего утра. У ворот их встретила Зинаида Дмитриевна, мрачная, с ввалившимися глазами, посмотрела подозрительно, спросила с интонацией из всенародно любимого фильма:

— Откуда?

— Оттуда, — ответил ей в тон Антон Корнеевич и вдруг, страшно рассмеявшись, раскачивающейся хулиганской походочкой двинулся зигзагами к дому:

А я сижу в одиночке и глядю в потолочек,
А перед совестью честен, а перед родиной чист,
А предо мной лишь икона да запретная зона,
А на вышке с винтовкой недобитый чекист...

В тот же день без всяких объяснений он уехал в Ленинград, откуда по путевке профсоюза укатил в Зеленый Мыс, курортное местечко под Батуми. Тимофей же остался на Сиверской и отдохнул на славу — с утра пораньше не вставал, книг не читал, физтренингом не занимался. Правда, и в «клетку» ни ногой. Купался, загорал, бренчал на гитаре.

Тогда-то у него и закрутился роман с некой Эммой Спектровой, пионерским вожаком из «Кировца», девушкой ядреной, крутобедрой и возраста далеко не пионерского. Так, ничего особенного — вялые ласки, поцелуйчики, объятия при луне. И вот однажды Эмма не пришла на свидание. Напрасно ждал ее Тимофей у ресторана «Голубой Дунай», нарядный, в гриновых траузерах, с букетом белых, купленных за рубль двадцать лилий.

«Все бабы суки», — в сотый раз глянув на часы, Тимофей сплюнул и медленно побрел куда глаза глядят. Хотел было бросить букет, но передумал, может, пригодится еще. Как сердцем чувствовал...

Дорога шла вдоль старых палисадов, складненькие дома тонули в море зелени, на грядках рдяно наливалась земляника, июль выдался парной, необычно жаркий. А в тени под кронами деревьев все роилась и роилась мошкара, к теплу, к теплу.

«Пионерка хренова! Одни разговоры — всегда готовы, всегда готовы...» — даже не заметив как, Тимофей миновал больницу, оставил позади дом отдыха «Лесное». И вот он городок аттракционов — унылый, скучный, ни музыки, ни песен, ни разгоряченных девушек.

Сгорбившись, держа букет подобно венику, побрел Тимофей по аллейке и вдруг услышал голос насмешливо-ленивый, с хрипотцой:

— Опаздываете, сэр! Получите п...здюлей!

И тут же голос переменился, сделался ласковым и волнующим.

— Э, да ты никак с цветами?.. Ой, лилии белые! Отпад. — Со скамейки поднялась стройная блондинка и, порывисто обняв Тимофея за шею, нежно поцеловала его табачными губами. — Мерси, котик, я почесана!

Здесь было все — и стебли белых рук, и вишни спелых губ, и высоко зачесанная в польской стрижке грива белобрысых волос, политых мебельным лаком напополам с одеколоном. Девушек было двое, вторая, попроще, этакая девушка-рублевушка, сидела в обнимочку с веснушчатым амбалом и выпускала дым колечками из толстогубого рта. На голове у ней царил изящный беспорядок причесона «не одна я в поле кувыркалась», мощные бедра, выглядывающие из-под мини-юбки казались необыкновенно мускулистыми и лакомыми.

— Физкультпривет, кент...

Амбал товарищески поручкался с Тимофеем, блондиночка вторично горячо и молча поцеловала его в губы, а девушка-рублевушка вручила два эмалированных трехлитровых бидона:

— Раз опоздал, будешь искупать. Смотри не расплескай. Ну, двинули...

Двинули мимо строящегося кинотеатра, по теплому, нагревшемуся за день асфальту. По пути выяснилось, что амбала зовут Папуля, девушку-рублевушку Марихой, красавицу блондинку Надюхой, а Тимофей им известен под именем Андрона. Ну и плевать, Андрон так Андрон. Хоть груздем назови, только — поцелуй еще раз.

За разговорами пришли в маленький дворик, густо заросший малинником и сиренью.

— Люди, тихо, — зашептала Мариха и, прислушавшись, стала осторожно отпирать дверь времянки, — бабка, кажись, еще не спит...

Зашли в аккуратную, в полторы комнаты избушку. Занавесив оконце, расположились у стола. В бидонах, что пер Тимофей, оказалось винище, Мариха вытащила колбасу, сыр, ветчину, все какими-то кусочками, обрезками, ошметками, неаппетитно, но много, горой. С ходу приняли на грудь, закусили, повторили, обменялись ощущениями. Налили еще, добавили, опрокинули, тяпнули, осушили, заглотили, хлебнули... Скоро Тимофею показалось, что и Папулю, и Мариху, и особливо Надюху он знает много лет, и, глуповато рассмеявшись, он предложил выпить за любовь и дружбу, всем, всем до дна. А теперь еще, на брудершафт. Выпили, поцеловались, снова выпили. Поцеловались опять, взасос, еще, еще. Хмельная голова Тимофея истомно закружилась, фирменные, сидящие как перчатка брюки вдруг сделались тесны.

Надюха тронула его за ширинку, хмыкнув, поднялась и мягко потянула за собой в соседнюю комнатенку.

— Иди-ка сюда!

— Эй, Андрон! По самые волосатые!

Папуля сально заржал, Мариха завистливо хихикнула, скрипнули жалобно под ногами подгнившие половицы.

Комнатенка была крохотная — прямо от порога начиналась кровать.

— Каблуки, блин! — Надюха с грохотом отшвырнула туфли, сняла юбчонку, блузку, трусы и, оставшись в загаре и в чем мама родила, призывно посмотрела на Тимофея. — Ну?

Икнула и с улыбочкой уверенной в себе женщины томно вытянулась на спине — ноги полураскинуты, руки под голову...

Все происходящее казалось нереальным, искусственным. Словно скверное кино. Хотя какое тут кино — вот она, Надюха, живая, трепещущая...

— Иду...

Тимофей дрожащей рукой потянулся к ширинке и... Он едва успел выскочить на улицу, как согнулся в яростной, до судорог в желудке, рвоте. Притихли соловьи, всполошились кабысдохи. Винтовочным затвором клацнула щеколда, и с соседнего крыльца заорали пронзительно:

— Милиция! Милиция! Тузик! Фас! Взять его!

Даже не понять чей голос, мужской или женский — так закричали истошно. Понятно было только, что надо рвать когти. И Тимофей побежал — зигзагами, наобум. Спотыкаясь, бранясь, давясь желчью. Наконец нелегкая вынесла его к реке.

Пробороздив песок на крутом склоне, Тимофей угодил на мелководье и инстинктивно стал кричать:

— На помощь! Люди!

Однако вскоре замолк — прохладная речная водичка успокоила. Мгла перед глазами рассеялась, в голове прояснело, и главное — перестало тошнить. Тимофей смыл с подбородка блевотину, тело ныло, словно побитое. Ворот модной приталенной рубахи полуоторван, вельветовые, недавно купленные мокасины утрачены. Еще слава Богу, что самозаводящийся «Полет», подаренный на шестнадцатилетие, был на руке. А в памяти всплывали подробности вечера — Папуля, Мариха, бидоны, Надюха. Ее губы, маленькие груди, стройные, бесстыдно раскинутые ноги. Привычно раскинутые, даже очень... Он, хоть убей, не мог припомнить, где произошло его грехопадение. Ну избушка на курьих ножках, ну продавленная кровать, ну Надюха... Остальное покрыто мраком.

Тимофей двинулся вдоль берега, поднялся по тропинке в гору и мимо сонных домов, по шершавому асфальту безрадостно поплелся домой.

Хорст (1938)

С монументальной трибуны открывался прекрасный вид на изумрудное поле нового стадиона. На поле колыхались прихотливые белоснежные узоры, сотканные из тел тысячи юных гимнасток.

Светловолосый малыш лет четырех, устроившийся на коленях матери, баронессы фон Лёвенхерц, в девичестве фон Кнульп, не сводил театрального бинокля с беговой дорожки, на которую выходила из-под арки когорта тяжелой кавалерии.

— Мама, мама, смотри, там папа! Со знаменем! Тетя Магда, папа!

Во главе когорты на белоснежном першероне с алым чепраком ехал его отец, Зигфрид фон Лёвенхерц, облаченный в блистающие кованые доспехи. Белокурую голову венчал гордый рогатый шлем. В левой руке он держал пудовый щит-ростовик со строгой готической каймой и стальной полированной свастикой посередине. Правая рука в необъятной железной рукавице сжимала красный стяг со множеством кистей. В самом центре стяга на белом круге красовалась такая же свастика, только черная. Першерон ступал медленно, с достоинством, на его морде застыло точно такое же каменное выражение, как и на медально-четком нордическом лице всадника. Позади парадным строем по четверо ехала колонна рыцарей, вооруженных массивными копьями. Новехонькая гудроновая дорожка прогибалась под тяжестью копыт.

Стадион взревел, перекрывая мощный духовой оркестр.

Магда Геббельс обернулась и со снисходительной улыбкой погладила малыша по головке.

— Вижу, Хорстхен... Дорогая Марго, похоже, мой Йосси в твоем Зигфриде не ошибся...

Андрон (1974)

На улице загрохотало, будто реактивный самолет пошел на посадку. Рокочущий этот звук стал стремительно приближаться.

— Мать, я пошел. — Отбросив в сторону «Работницу», Лапин-младший поднялся, одел куртенку из болоньи и принялся распихивать по карманам все необходимое. — Дверь только не закрывай, буду поздно.

Поджарый, крепкий, со спичкой во рту, он чемто смахивал на Алена Делона славянского разлива.

— Господи, Андрюша, а на ужин? — Варвара Ардальоновна нахмурилась, отложила рукоделие и, сняв очки, покачала головой. — Будет бефстроганов, говяжий, с пюре, половинка яблока и кофейный напиток «Кубань». Со сладкой булочкой.

Сегодня была не ее смена — отсюда и макраме, и расшитый змеями халат, и приятные минуты ничегонеделанья. Собственно, не такие уж и приятные, уж лучше бы на кухню к котлу. Глаза стали неважно видеть, а лампочка под потолком плохонькая, подстать комнатенке — в центральном корпусе места не хватило, вот и снимают по соседству у частника. Да впрочем, ладно, жилье и жилье, по теплому-то времени сойдет. Есть где кости разложить, опять-таки шифоньер, занавесочка на оконце, полочки, в углу ведерце с водой и корытце с овсом. Это для Арнульфа. И хоть Андрюшенька смеется, говорит, что ты, маманя, не в себе, только чтó они понимают, молодые-то. Просыпался бы раньше, увидел бы сам — по утрам порожние они, и ведерце, и корытце. А как иначе, если Арнульф приходит каждую ночь...

Ужасный рев на улице между тем достиг своего пика и унялся, превратившись в мерное, угрожающее порыкивание под самым окном.

— Знаем мы этот ваш бефстроганов говяжий. Бедные дети. — Андрей язвительно усмехнулся. — Все, мать, покеда.

Подмигнул, резко хлопнул дверью, побежал вниз по скрипучей лестнице.

«Эх, сынок, сынок, ишь как ты режешь правду-то матку, — Варвара Ардальоновна потупилась, вздохнув, перекрестилась троекратно, — не в бровь, а в глаз. Кормильцы, пресвятые угодники, простите мя, не дайте пропасть...»

Ну да, бефстроганов говяжий из одних сухожилий и связок. Откуда быть мясу, если завхоз с заведующей его жарят, потом долго тушат, а затем, положив в банки и залив жиром, отправляют родне — одна в Новгородскую, а другая в Псковскую. Верно, воруют. Все. От детей. И она сама, правда, с оглядкой, по мелочи, то крупки, то сухофруктов, то морквы.

За окном тем временем снова загрохотало, жутко заревело, затрещало, застреляло.

«Господи, ну скоро уж они уедут?» — Варвара Ардальоновна поднялась, шаркая шлепанцами, подошла к окну, но, застав только сизую стену дыма да чью-то быстро удаляющуюся спину, снова перекрестилась троекратно...

Команда Матачинского неслась на мотоциклах — сам атаман, его правая рука Плохиш, Витька Крутов по прозвищу Деревянный, рыжий Мультик, Боно-Бонс и Андрон, хоть и городской, но пацан крученый, свой в доску, проверенный. Ехали в Белогорку на танцы — урезанным составом на трех машинах. Головную «Яву-350» вел кряжистый, как дуб, Деревянный, ручку газа «панонии» знай себе накручивал патлатый Мультик, древний, полученный еще по ленд-лизу «харлей-дэвидсон» Мататы летел замыкающим. Никаких скоростных лимитов, никаких глушителей — «мундштуков на флейтах». И никаких прав и техталонов. Хрен догонишь. Да и кто догонять-то будет? Мудак Кологребов на своем УАЗе?..

Мелькали в свете фар деревья на обочине, со свистом бил в лицо ставший ощутимо плотным воздух, злобно в сатанинском исступлении ревели разъяренные моторы. Через четверть часа зарулили к местному клубу, провели, не выключая двигателей, рекогносцировку — ага, вот они, вражеские мотоциклы, полдюжины. Не побоялись, значит, куровицкие, приехали. Минимум шесть человек. Максимум двенадцать. Интересно, сколько назад уедет, очень интересно. Воюют ведь не числом — умением. А ничего у них драндулеты, особенно вот этот «ИЖ-Планета», новье, муха не садилась. Красносмородиновый.

— Андрон со мной, остальные на взводе. — Матачинский заглушил мотор, вылез из седла «харлея». — Курощупов мочить беспощадно.

Твоя правда, атаман, без пощады. А как иначе-то? В субботу двое наших, Триппер и Витька Жлоб, съездили в Куровицы на танцы и, несмотря на миролюбие и такт, конкретно получили по мозгам. В бубен, в нюх, в пятак, в ливер, еле ноги унесли. И это невзирая на бессрочный, заключенный еще зимой пакт о ненападении! Немыслимое вероломство, куда там Геббельсу с Гитлером. А впрочем, что с них взять, курощупы они и есть курощупы, деревня, ложкомойники. За что и будут наказаны. По всей строгости сиверского закона.

— Припас-то не забыл? — Матачинский с ухмылкой взглянул на Андрона, сплюнув, подмигнул и стал подниматься на высокое крылечко клуба. — Если что, гаси сразу.

Крепким, с лицом широким и брылястым, он удивительно напоминал бульдога — такой же веркий, приземистый, вцепится — зубов не разожмет. Порода, гены. Дед его был знаменитым медвежатником-шниффером, работал с Ленькой Пантелеевым и щелкал сейфы словно орехи. Отец, законный вор с кликухой Шкворень, ушел в Отечественную на фронт, геройски воевал и после был зарезан своими же подельщиками. Старший брат, гоп-стопник Винт, всласть покуролесил по Союзу, заслужил авторитет от Якутска до Сургута и нынче в ранге особо опасного рецидивиста отдыхал на строгаче в Усть-Куте. Одно слово — семья. Куда от нее...

А с Андроном Матата познакомился на танцах позапрошлым летом. Решил развлечься, поучить жизни приезжего фраерка. А получилось настоящее мужское ристалище с выбиванием зубов, пинками по яйцам, ударами под дых. На равных. Подрались, подрались, потом выхаркнули сопли, вытерли носы и вдруг рассмеялись — с полнейшим взаимным уважением. Дружба, она, как известно, начинается с улыбки. Боевая тем более. А повоевать с той поры пришлось немало.

В клубе между тем ударил барабан, бас пошел сажать нехитрую квинтовую тему, и лихо взвелась песнь про Москву златоглавую — громко, забойно, с полетностью и реверберацией. Звук пробирал до глубины души, благо акустика способствовала — клуб размещался в здании бывшей церкви.

> Эх, конфетки-бараночки, словно лебеди саночки,
> Эх вы, кони залетные...

Когда Андрон и Матачинский вошли внутрь, их окружила плотная, разгоряченная от танцев толпа — девушки в кримплене и джинсе, парни в рубахах нараспашку, какие-то пьяные личности в тельняшках, с татуированными пальцами. Все свои, белогорские, кезевские, куровицкие, сиверские. А чужие здесь не пляшут. Потому как побьют-с. Всенепременнейше. Традиция-с.

— Ща будут вам конфетки-бараночки...

Пакостно усмехнувшись, Матачинский потянул Андрона к сцене, и в это время раздался женский визг, музыка замолкла и народ шарахнулся к стенам. В центре зала образовался круг, в фокусе круга —

побоище. Судя по звукам ударов, нешуточное, на три персоны.

— Ну что, махаться будем или культурно отдыхать? — рявкнул в микрофон самый главный, привычный ко всему музыкант. — А то мы сами махнем на перерыв.

— Петечка, отдыхать! Отдыхать! — хором закричали девушки. — Культурно!

Драчунов разняли, всем обществом выволокли во двор, музыканты тем временем ухнули «танго взаимного приглашения».

— Вот они, приблуды, — сдержанно обрадовался Матачинский и показал в угол у сцены, где кучковалось с десяток куровицких. — Ну что, Андрон, пошли на залупу. Покажем этим гадам.

Такие вот дела, раньше ходили «на вы», а теперь — на залупу.

Только Андрон не отреагировал. Не отрываясь, словно завороженный он следил за девушкой в белом платье — с ловкостью перебирая стройными ногами, она кружилась в чувственном танце. Прекрасная, как принцесса из сказки...

— Ладно, ладно тебе. Первым дело мы испортим самолеты. Ну а девушек потом. — Хлопнув его по плечу, Матачинский заржал и вразвалочку, с достоинством подошел к куровчанам. — Здорово, козлы рогатые!

— Кто? Мы? Козлы? Рогатые?

— Да нет, — вступил в разговор Андрон, — курощупы вы. Пернатые! То ли два пера, то ли три. Падлы трипперные. Пидоры гнойные, ложкомойники помойные!

— Да мы вас щас! Это... того... Раком! На ноль помножим! Ушатаем! Эта... Пасть порвем!

Да, такие оскорбления смываются только кровью.

— А ну-ка, суки, выйдем...

Двое куровицких не выдержали и, подтолкнув обидчика к дверям, расправили саженные плечи. Чувствовалось, что намерения у них самые серьезные.

— Слепой сказал: посмотрим,— согласились Андрон и Матата, с готовностью шагнули следом, но до дверей не дошли.

В руке у одного мелькнула «ромашка» — вентиль от пожарного крана, кастет — лучше не придумаешь, другой взмахнул канатом-«успокоителем». Грузно рухнуло тело, взвизгнула чувствительная танцорша, кто-то восхищенно замер, поднял вверх большой палец с вытатуированным крестом — символом «отрицаловки»:

— Во дают жизни пацаны!

— Наших бьют! — рассвирепели куровчане и всей толпой, сметая на пути танцующих, рванулись за Матачинским и Андроном.

Войдя в раж, скатились с высокого крыльца и с боевыми криками, не разбирая дороги, бросились за обидчиками, все как-то суматошно, необдуманно, бестолково. Нет бы остыть, прикинуть хрен к носу, пошевелить мозгами.

Из-за кустов выскочили Мультик, Боно-Бонс, Плохиш и Деревянный. Попали куровчанские словно кур в ощип — пошла работа. С ушибами, переломами, сотрясениями, травматической экстракцией зубов — до победного конца. Сняли с куровчан часы — пусть еще радуются, что не скальпы, — взяли деньги и ключи от мотоциклов, жаль вот только документов не нашли.

Домой возвращались словно триумфаторы, на шестерке колесниц, не хватало только оваций и лавровых венков. Загнали мотоциклы Боно-Бонсу в сарай, почистились, помылись, стали расходиться — знать ничего не знаем, ведать не ведаем, не при делах мы, гражданин начальник, не при делах...

— Завтра по утряни барыга заявится, бабки за «Ковровца» загонишь в общак. — Матата по-командирски посмотрел на Боно-Бонса, закурил «Родопи» и уважительно подмигнул Андрону. — Тебе куда, на базу?

— Не, — глянув на трофейную «Ракету», Андрон нахмурился, хлопнул себя по лбу, — что-то с памятью моей стало. К станции подкинь, в темпе вальса.

Вот бля, и забыл совсем, что надо встречать Надюху, электричка через десять минут. Сказать по правде, не очень-то и хочется, утомила. Это хорошо, если бы раз — и в койку, а то ведь нет — сперва все эти пьяные базары, Мариха стерва с мудаком Папулей, бидоны с бормотухой, табачный дым столбом. Мало ему дома отца бухарика.

— Какие проблемы, корешок...

Матачинский улыбнулся и всю дорогу до станции летел как умалишенный. «Ох-р-р-р-ренели?» Однако, как ни спешили, опоздали — Надюха уже прибыла. В бежевом приталенном плаще, в фиолетовых колготках со стрелками и красных, похожих на копыта туфлях.

Познакомился с ней Андрон летом на речке. Разговорились, выкупались, постучали в волейбол, затем пошло-поехало — танцы-панцы-зажиманцы, прогулки при луне, любовь-морковь до гроба... Надюха была барышня спелая, девятнадцати годов, а работала в продмаге на Владимирском, на пару со своей подружкой Марихой, к матери которой они и приезжали на выходные в Сиверскую. Приезжали с бидонами ворованного, вытянутого шприцем из бутылок винища, с закуской, мелко нарезанной в силу обстоятельств. Те еще были девушки, знали, что, почем и сколько. И мужского пола не чурались, жили весело. На широкую ногу. Точнее, на широко раздвинутые.

— Привет. — Андрон с улыбочкой подошел к Надюхе, чмокнул в румяную, пахнущую парфюмом щеку. — Выглядишь классно, полный отпад. А кто это там с Марихой? Папуля где?

Мариха стояла чуть поодаль в обнимку с незнакомым плотным бугаем.

— Папуля не может сегодня, заместителя прислал, — фыркнув, Надюха усмехнулась, сделала похабный жест и, как бы вспомнив что-то, обиженно надула губы. — А с тобой, Андрюшенька, я вообще не разговариваю. Прошлый раз свинтил куда-то, непокрытой меня оставил. В гробу я видела такую любовь до гроба.

— В прошлый раз? — Андрон безмерно удивился, но не показал виду, лишь улыбнулся еще шире. — Виноват, исправлюсь, тетенька.

Все ясно, глюки пошли. Прошлого раза вообще не было, не сложилось. Пить надо меньше, больше закусывать!

— Ладно. Сегодня уж я с тебя не слезу до утра. — Повеселев, Надюха сменила гнев на милость и взяла Андрона под руку. — Ну-ка пойдем.

И Андрон пошел. А перед глазами у него все кружилась в танго та девушка в белом платье. Прекрасная и далекая, словно из сказки...

Хорст (1945)

— Мартин, я так тебе благодарна, что в эти трудные дни ты сумел выкроить минутку для бедной вдовы.

— Пустое, Марго. Помогать семьям павших товарищей — наш человеческий долг. Так зачем ты хотела меня видеть?

Маргарет фон Лёвенхерц потупилась и тихой скороговоркой вымолвила одно слово:

— Зонненкиндер.

На круглом лице Мартина Бормана не дрогнул ни один мускул, но это далось ему с большим трудом.

— Не понимаю, о чем ты.

— Нет, Мартин, понимаешь. Разве не ты подал на утверждение фюреру список на тайную эвакуацию ста пятидесяти детей, последний резерв нации, будущих строителей Четвертого рейха?

Сука! Чертова шлюха! Откуда она пронюхала про эту сверхсекретную программу? Да, такой список существовал, да, фюрер, в удачно выбранную минутку, не глядя его завизировал, думая, что речь идет об эвакуации в Баварские Альпы, — но при чем здесь вдовушка бездарного актеришки, изловившего Железный Крест и погон штандартенфюрера СС в мутных водах оккультизма?.. Впрочем, если бы не передок бойкой Марго, ее Зигфрид едва ли дослужился бы и до капитана. Партайгеноссе Борману и самому пару раз случалось вкусить от щедрот фрау Лёвенхерц еще при жизни ее муженька, не вылезавшего из сверхсекретных командировок в чертову глушь да там и сгинувшего. Однако это еще не повод...

— Что ты хочешь? — нарочито безразличным тоном спросил он.

— Одно место в следующем эшелоне. Для моего Хорста.

Она сошла с ума. Список давно утвержден. И хотя из ста пятидесяти детишек шестеро выбыло по естественным причинам — бомбежки, эпидемия, — еще столько же было отправлено заботливыми родителями погостить к швейцарским тетушкам и ирландским дядюшкам, да и в самом списке он предусмотрительно оставил несколько вакантных мест, из этого отнюдь не следует, что на борту теплохода готово местечко для ее отпрыска. Конечно, его ребятки могут за несколько секунд превратить вдовицу Лёвенхерц в очередную жертву варварского налета вражеской авиации, но где гарантия, что эта стерва не оставила после себя компрометирующей бумажки, которая завтра же ляжет на стол, скажем, тому же вонючке Гиммлеру?

— Скажи мне, Марго, — ласково проговорил он. — Откуда у тебя такие сведения? Может быть, мы договоримся так — ты мне все расскажешь, а я постараюсь что-нибудь сделать для твоего малютки...

— Вот. — Фрау Лёвенхерц выложила на дубовую крышку стола коричневый конверт. — Здесь все разговоры... ну, не все, конечно... что велись в малой гостиной и... и в будуаре родового замка нашей фамилии. Особо советую тебе обратить внимание на откровения некоего банкира, первого помощника самого Функа... Пьян был без меры, но конкретных фамилий не называл. Впрочем, ты и без фамилий все поймешь...

Борман углубился в чтение, прерывая это занятие сдавленной руганью. Прихлопнув желтый лист бумаги кулаком, он сорвал трубку массивного телефона.

— Айзенаха ко мне!

Андрон (1976)

Получать с Андрона священный долг, то бишь священную обязанность, взялись в Кировском районе — по официальному месту жительства матери, прописанной в трущобе на улице Тракторной. Повестка из военкомата была какая-то серая, жеваная, со зловещим фиолетовым штампом: «Явка обязательна».

— Не ссы, Андрюха, болото сухо. Весной забреют, красота! — одобрил пьяненький, с утра полирнувшийся пивком Лапин-старший. — Тепло, светло и мухи не кусают. Одно плохо, грунт мягкий.

И в который уже раз рассказал историю о том, как в декабре сорок третьего он со своим механиком Левкой Соломоном рванули из расположения части по бабам. Однако же попались с поличным и сукой комполка были в одночасье приговорены к расстрелу.

— Ройте себе могилу, гады, — сказали им и выдали на двоих лопату.

А земля-то промерзлая, каменная, так что и ломом не взять. А тут вдруг начался бой. Фрицы в наступление пошли.

— Клянемся искупить кровью, — пообещали Лапин и Левка Соломон, залезли в танк и двинули на врага. — Ура! За родину! Заставили!

А суке подполковнику в том бою все кишки вывернуло наизнанку — Бог, он не фраер, правду видит...

В военкомат Андрон явился, как велели, к десяти ноль-ноль. Вернул повестку, отметился и, получив приказ ждать распоряжений, уселся за стол листать газету «На страже родины» трехмесячной давности. А вот сосед Андрона прессу не жаловал, деловито штудировал Швейка.

— Дырку от бублика они получат, а не Сяву Лебедева, — заверил он Андрона и ловко показал двойной кукиш портрету министра обороны. — Просто так я им не дамся, плавали, знаем. Кореш у меня вернулся из армии — без зубов, с опу-

42

щенными почками и сотрясением мозга, его деды злостно прикладом били. Лучше мышьяка погрызть. — В голосе его слышалась отчаянная решимость.

— Еще, говорят, хорошо дышать целлофановой гарью или втирать в рану пасту из шариковых ручек, — поделился опытом Андрон, хвала Аллаху, не своим. — А всего лучше палец указательный под корень топором, чтобы стрелять было нечем. Точно не возьмут.

— Палец указательный? Топором? — Сява уважительно протянул жилистую руку, но тут в дверях появился красномордый прапорщик и выкрикнул:

— Лебедев, на выход!

Сява поднялся, успев черкнуть на листке номер телефона.

— Будем держать контакт, друг.

Скоро очередь дошла и до Андрона, в числе всех прочих призывников его погнали на медосмотр.

— Показать язык! Присесть! Раздвинуть ягодицы! Шире, шире! Годен! Следующий!

Все это Андрону очень не понравилось, еще и в армию не взяли, а уже в жопу лезут. Что же будет, когда забреют?

Андрон особо мудрствовать не стал и позвонил Сяве Лебедеву.

— Давай, брат, приезжай, — с готовностью ответил тот, раскатисто икнул в трубку и успокоил: — Поможем, чем можем. Водки привези.

Жил Лебедев в «хрущобе» у парка Котлякова и в виду натянутых семейных отношений принял посетителя на кухне. Выпили, закусили сырком «Дружба», тяпнули еще и неторопливо, взвешивая все за и против, стали думу думать. Остановились на сотрясении мозга — методе, в общем-то, не новом, но надежном, дающим стопроцентный результат.

— Скажешь, что блевал, ничего не помнишь, в ушах звенит — и все, сотрясение тебе обеспечено. А уж внешние симптомы мы тебе устроим.

Допили водку под сырок, взялись за дело — не спеша, вдумчиво, с чувством, с толком, с расстановкой.

Сява встал в позицию и принялся лупить Андрона в дых, по ребрам, пинать по ляжкам, в живот. Рука у него оказалась тяжелой, а нога легкой на подъем.

Андрон стоически терпел, терял дыхание, сгибался и чудом сдерживался, чтобы не вставить благодетелю крюка. С левой, с правой, в челюсть, в висок, апперкот под бороду, локтем, коленом... Наконец экзекуция закончилась.

— А поворотись-ка, сынку. — Сява, тяжело дыша, со тщанием осмотрел свою работу и остался доволен. — Лепота! Комар носа не подточит. Вставай, брат, выдвигаемся на местность.

— Как, еще не все? — Андрон по стеночке поднялся на ноги, выругался матом и скорбно, преисполненный дурных предчувствий, двинулся за Сявой.

Держа дистанцию, пришли на остановку, порознь, каждый в свою дверь, сели на троллейбус и уставились в пол. Конспирация. Тело у Андрона отчаянно ломило, перед глазами плавали круги. Он не заметил, как доехали до Александрины — лесопарка у проспектов Ветеранов и Народного Ополчения, — и механически, по знаку Сявы, сошел в прохладный полумрак позднего весеннего вечера. Отбитые ноги плохо слушались его.

В лесу было нехорошо — темно, хоть глаз выколи, и грязно. По колено. Зловеще перекликались ночные птицы, воняло прелью и болотом, где-то выла одичавшая собака, поминая хозяина.

Сява вышел на берег пруда и, остановившись, протянул руку.

— Валюту, ценности, деньги, драгметаллы — давай. Сам знаешь, брат, милиция, «скорая», санитары, врачи. Одно ворье. А у нас как в аптеке.

Однако волновался он зря, брать с Тима было нечего, разве что часы с треснувшим стеклом, рубль сорок восемь денег да приписное свидетельство, будь оно неладно.

Миновали пруд, свернули с аллейки и, увязая в грязи, матерясь, углубились в лес.

— Все, хорош, самое то. — Сява зацепился за сучок и, разминая плечи, принялся махать руками. — Брат, замри, фэйсом к небу. Последний штрих.

Андрон, вздохнул и молча занял нужную позицию — скорбную эту чашу ему предстояло выпить до дна.

Чмок — голова его вдруг дернулась, ночь на миг расцветилась всем богатством красок, и сразу не осталось ничего, кроме дурноты, муторной потерянности и боли. Словно на ринге после нокдауна.

— Надо бы еще разок для верности. — Сява залепил проверочную плюху, поддержал Андрона за плечо. — Ну ты мужик, так держать удар! Сейчас, как оклемаешься, двинешь на тропу и погребешь на запад к «бублику», ну, торговый центр, знаешь... Я буду тебя сечь у телефонной будки, чтобы сразу дернуть ментов. Главное, скули пожалостливей и изображай убогого — здесь помню, а здесь не помню. Вариант верный...

И впрямь, все прошло как по маслу. Стоило Андрону по-пластунски выдвинуться на опушку, как послышался рык мотора и ночную мглу разогнали фары милицейского УАЗа.

— Вот он, кажись, еще шевелится. — Из машины вылез лейтенант, важно закурил. — Петя, вызывай «скорую», скажи, битый пьяный...

Утром в больнице был обход, постановка диагноза, эскулаповы игрища в вопросы и ответы:

— Рвота была?

— Была.

— Сколько раз?

— Не помню. Ничего я, доктор, не помню, ничего!

— Голова болит?

— Болит!

— А кружится?

— И кружится!

— А это сколько пальцев?

— Кажись, четыре. Не, пять. Вернее, шесть. Точно, доктор, шесть, шесть. Мне бы это, доктор, без базаров полежать, молча.

На следующий день после обеда к Андрону заявился посетитель — крепенький, коротко стриженный мужик с цепким взглядом бегающих глаз.

— Капитан Кузькин, — веско сказал он. — Я занимаюсь вашим делом. Изложите подробности.

— Тут помню, а тут не помню, — с вежливостью отозвался Андрон и под одеялом показал оперативнику фигу.

— Эко, как они тебя, парень. — Капитан соболезнующе вздохнул, и на скулах его выкатились желваки. — Ладно, ладно, поправляйся. — Он потрепал Андрона по плечу, встал, вырвав четвертушку из блокнота, лихо нацарапал телефон. — Вот, если вспомнишь что, звони. Я надеюсь на тебя, парень. Очень надеюсь. Ну, до связи.

Андрон с готовностью кивнул, дебильно улыбнулся. Гадливо глянул капитану в спину. Теперь уж точно хана, замордуют, не врачи, так менты.

Хорст (1951)

Небо, вначале золотисто-алое, постепенно стало оранжевым, потом багряно-медным и наконец иссиня-фиолетовым. Сырость вечера принесла с собой запах леса, прели, жизни, дымчатый туман, опускаясь, оседал на листьях крупными каплями. Солнце исчезало за деревьями, темнота, сгущаясь на глазах, становилась вязкой и ощутимо плотной. Закричала, устраиваясь в ветвях, обезьяна ревун, рявкнул ягуар где-то в дебрях джунглей, с треском пронеслись, продираясь сквозь заросли, озабоченно похрюкивающие пекари. Над бразильской пампой опустилась ночь, с бескрайним ярко-звездным небом, звенящая руладами сверчков и кваканьем лягушек.

Полная луна, отражаясь от реки, освещала заросли бамбука, непролазную, в рост человека, стену кустарника, круто обрывающуюся у илистого берега. Ветви кое-где доставали до воды, корни, выдаваясь из земли, были словно щупальца чудовищ, огромные лианы напоминали змей... Казалось, здесь не ступала никогда нога человека. Однако это было не так. У излучины реки, где открывалась глубокая заводь, покачивались у причала два моторных катера. Широкая, выложенная камнями дорожка вела от пристани в глубь леса, где располагался поселок — взлетно-посадочная полоса, вертолетные площадки, бараки для жилья, ангары, спортивный городок. Мерно работали двигатели дизель-генераторов, лаяли, одуревая от запахов, сторожевые псы, часовые на караульных вышках буравили ночь мощными прожекторами. Поселок, словно затаившийся хищник, был начеку...

В стороне от этого оазиса цивилизации на берегу реки весело потрескивал костер. Пахло дымом и вонью паленой шерсти — языки пламени лизали обезьяну-муравьеда, приготовляемую по-походному, на вертеле. Выпотрошенную, но не ободранную, с головой, лапами и хвостом. Внутренности ее, завернутые в пальмовые листья, доходили в углях.

У костра сидели двое: пожилой немец Курт Циммерман и светловолосый юноша лет двадцати. Вообще-то ему было только шестнадцать, но — крепкий, широкоплечий, рослый — он выглядел куда старше своего возраста. Оба молчали. Юноша, подпирая щеку, уставился на огонь, мужественное, с правильными чертами лицо его цветом напоминало бронзу.

— Ну, вроде готово. — Курт вытащил фляжку шнапса, местного, из сахарного тростника, ловко разделал обезьяну и, разрубив голову, жестом фокусника протянул юноше: — Ешь, Хорст. И хлебни, не стесняйся, сегодня твой день.

Нет ничего вкуснее запеченного обезьяньего мозга!

— Спасибо, учитель. — Юноша послушно приложился к фляге, сразу же закашлявшись, смутился и занялся едой. — М-м, превосходно.

В голосе его слышалась грусть.

— То-то, сынок. — Курт сделал добрый глоток, повторил и взялся за обезьянью ляжку, хорошо прожаренную, вкусом напоминающую дичь. — Когда еще тебе придется...

В прошлом Курт Циммерман носил мундир штандартенфюрера и был правой рукой Скорцени в школе Ораниенбаум, элитном университете для головорезов всех мастей. Теперь-то уж не секрет, что располагалась эта школа в охотничьем замке Фриденталь в часе езды от Берлина. Курсанты обучались там технике убийств и диверсий, прыжкам с парашютом и подводному плаванию, проходили психологическую подготовку, основанную на ауто-тренинге.

Форма уже не та, но ничего — научил Хорста и как людишек кончать, и как в лесу не сдохнуть, и как самому, если наступит край, быстренько свести счеты с жизнью. Хорошо научил. Все передал, ничего не забыл. Благо, ученик способный, лучший из всех. И вот он уезжает, завтра утром. Навсегда.

— Да, учитель, — Хорст, вытерев губы, вздохнул и потянулся к обезьяньей печени, завернутой в обуглившиеся листья,— мартышки в вечной мерзлоте не водятся.

Он уже знал, что путь его лежит куда-то на север, что ему предстоит дальнейшая учеба, а затем — служба на секретном фронте во имя великого рейха. Однако ехать не хотелось, отчаянно. Хорст за шесть лет привык к бразильской пампе, к суровой лагерной жизни, к товарищам и учителям, заменившим ему и близких, и семью. Здесь его научили бить птицу влет, от бедра, из парабеллума, ходить с охотничьим ножом на ягуара, добывать из одних лиан воду, из других — лекарство, из третьих — смертоносный яд кураре. Девушки-индианки, привозимые на вертолетах, сделали из него мужчину, жизнь, полная опасностей, закалила характер, а умудрённые учителя, восторженные убийцы, привили вкус ко всему оккультному, овеянному романтикой средневекового изуверства. Вечерами в отсветах костров ветераны рассказывали об обществе Туле, название которого происходит от легендарной северной земли, открытой Пифеем около трехсотого года до нашей эры и считавшейся, подобно Атлантиде, магическим центром исчезнувшей цивилизации. Говорили о таинственном институте Анненэрбе — «Немецком обществе по изучению древнегерманской истории и наследия предков», о замке Вевельсбург и его ритуалах, показывали серебряные кольца «Тотенкопфринг» и священные кинжалы, а кое-кто и почетные мечи. А внимавшие им юноши в мечтах своих безжалостно погоняли время — ах скорее бы, скорее бы восемнадцать, когда разрешат наконец надеть свой первый черный мундир!

И вот — надо уезжать...

— Ты, смотри, не дрейфь, сынок, покажи себя там. — Курт сделал мощный глоток, потряс пустую фляжку. — Пусть все знают, что тебя учил Курт Циммерман... Бог даст, еще и в Шангриллу попадешь...

Похоже, шнапс местной выгонки не такой уж и скверный, бьет по мозгам не хуже мюнхенского.

— Куда, куда, учитель? — Хорст перестал жевать. — Вы сказали, в Шангриллу? Но ведь это же миф, сказка?

— Конечно сказка, сынок, конечно, я пошутил, — мигом протрезвев, Циммерман фальшиво улыбнулся, глянул на часы. — Ну все, довольно болтовни! Эй, курсант Лёвенхерц! Встать, марш в казарму и через сорок пять секунд отбой! И не проспи, сынок, самолет ровно в девять.

Он глянул вслед сорвавшемуся с места Хорсту, тяжело вздохнул и покачал убито головой — и хорошо бы ты, сынок, забыл мою брехню про Шангриллу, чего только не наплетешь с пьяных-то глаз...

Андрон (1976)

Две недели промаялся Андрон в больничке, однако закосить удалось лишь весенний призыв. В ноябре цепкие лапы военкомата взялись за него мертвой хваткой.

Андрон решил — надо сдаваться. Сам, порезав голову, обрился наголо, одел чего похуже, взял харчи и, категорически запретив провожать себя, поехал зайцем служить отечеству.

Около военкомата жизнь кипела ключом. Шумно волновалось людское море, хмельное, разношерстное, похожее на стадо. Кто-то песни орал и гитару терзал, кто-то лихо выламывался в плясе, только за бесшабашностью и куражом угадывался мрак тоскливой безысходности. Молодцевато стучали каблуки, с сорокоградусной удалью звенели стаканы, женщины, всхлипывая, пускали слезу, что-то говорили дрожащими губами. А над толпой, над людскими головами, метался командирский, усиленный мегафоном голос:

— Первая команда! Кругом! По автобусам!

Никакой интонации, никакого выражения — сталь, сталь, сталь.

«Ну базар-вокзал. Словно баранов на убой», — Андрон прерывисто вздохнул, сплюнул и вдруг увидел мать — Варвара Ардальоновна, стоя у стены, тихо плакала и, не отрываясь, вглядывалась в толпу.

«Эх, мама, мама», — Андрон смешался с толпой, нашел свою команду, забился в автобус, в горле у него залип горький отвратительный ком.

Потом тронулись. Автобусы колонной потянулись по Стачек, у станции метро повернули к Обводному и набережной, мимо объединения «Красный треугольник» — оно же «гондонная фабрика» — направились к Балтийскому вокзалу. Однако проехали и его, и Варшавский, остановились у храма Воскресения Христа, перепрофилированный еще давно в Дворец культуры имени Карла Маркса. Здесь призывников построили во дворе, тщательно пересчитали и приказали выложить из вещмешков все хрупкое и бьющееся. Кто достал фла-

51

кон одеколона, кто термос с чаем, кто банку из-под майонеза с домашним винегретом. Следующий приказ был таков — поднять скарб над головой и бросить наземь. Сразу хрустнуло, звякнуло, кое у кого на глазах выступили слезы. В воздухе густо запахло водкой.

После предварительной проверки на вшивость призывников загнали в кинозал. На сцене суетились военные, командовали, нервничали, орали, тасовали людские судьбы бездумно, словно колоду карт. Тут же неподалеку орудовал цирюльник, стриг всех на один манер. Под героя-конника Котовского, наголо.

Наконец очередь дошла и до Андрона. На сцену вышел капитан в фуражечке с малиновым околышем, быстро отобрал по списку двоих и, кашлянув, выкрикнул напоследок:

— Милентьев! Милентьев! Эй, Милентьев!

Никакого ответа.

— Что за черт. — Капитан выругался, спустился со сцены и медленно, как бы соображая, что к чему, двинулся по боковому проходу. — Недокомплект, бля, недокомплект.

Среди пьяной суеты он поймал мгновенный взгляд Андрона — трезвый, оценивающий, полный скуки и насмешливого интереса — и поманил его к себе:

— А ну-ка дыхни! Фамилия! Куда приписан?

— Призывник Лапин. — Андрон дыхнул, вытянулся, как учили, по стойке «смирно». — Определен в мотострелки, товарищ капитан. Образование среднее, комсомольский стаж три года.

— Три года комсомольский стаж? — щербато обрадовался капитан и, не сомневаясь более, решительно махнул рукой. — За мной! Как говоришь, фамилия-то? Лапин? Будешь третьим...

Будущность Андрона определилась — вместе с товарищами по несчастью он был посажен в фургон, и пассажирский «сто тридцатый» ЗИЛ весело помчался по осенним улицам. Все хорошо, только был он мерзких желто-голубых тонов, с отвратительной паскудной надписью «Милиция» по борту...

Дружба, как известно, начинается с улыбки, театр с вешалки, военная служба с бани.

— Хорош там плескаться. — Командный голос перекрыл журчание струй, в нем слышалось тупое раздражение. — Вас еще не е...ли, не хрен подмываться!

Андрон хмуро покосился на старшину, тяжело вздохнул и принялся одеваться: подштанники простые с начесом, бриджи хэбэ, портянки, сапоги. Исподнее было скукожившееся, с негодными, изъеденными щелоком пуговицами, штаны — великоватыми, мешком, зато обувка впечатляла — добротная, юфтевая, в такой и офицеру ходить не стыдно.

«Ну и влип я», — Андрон не сразу поладил с гимнастеркой, надел короткий бушлат, перепоясавшись ремнем, нахлобучил мутоновую, сразу видно, не солдатскую шапку. Петлицы что на гимнастерке, что на бушлате были самые что ни на есть милицейские.

Да, неисповедимы пути Господни. Любимое отечество направило Андрона служить в СМЧМ — специальные моторизованные части милиции, что-то среднее между придворной гвардией, опричниной и бандой распоясавшихся хулиганов. Большая честь. И немалая ответственность — ментовать два года и не замараться. Целая наука...

Этим же вечером Андрон сотоварищи был этапирован в Васкелово в учебный центр. Первая ночь в войсках прошла без радости — щелястая казарма, сырые простыни, гороховое пюре, решительно не желающее приживаться в желудке. Утром было не лучше — скоропалительный подъем, выматывающее физо, филигранная заправка коек — лишь потом умывание и перловка на завтрак. Затем, чтобы жизнь медом не казалась, забег километров на шесть... После обеда, отвратительного на вкус и невыносимого на запах, всех экстренно погнали на плац:

— Становись! Равняйсь! Смир-рна!

Это прибыл командир учебной роты легендарный капитан Бабенко, кривоногий, желчный, похожий на невыгуляного пинчера. С собой он приволок свору молодых сержантов, не далее как сегодня приехавших из Москвы, — злобных, зеленых, ужравшихся ночью в поезде по случаю завершения учебы.

— Тэк, ребятко, — ласково изрек капитан Бабенко и широко, по-отечески, улыбнулся, — что ж вы стоите, ребятко, криво, як бык поссав? Ну ничего, вы у меня, ребятко, будете стоять по струночке, тонкими, звонкими и прозрачными.

И, сразу перестав улыбаться, он рявкнул:

— Товарищи сержанты, вам понятно? Чтобы были тонкими, звонкими и прозрачными. Е...ать, е...ать и е...ать!

Говорят, хохол без лычек, как х... без яичек. А тут не сержант — капитан...

И началось — в хвост и в гриву. Борьба с неуставными трусами и носками, кроссы, турник, физо, «полоска», лежание на брюхе с незаряженным автоматом. Удерживание табуретки на вытянутой руке — для имитации стрельбы из пистолета; подъем, отбой — сорок пять секунд; набивка «уголка» на одеяле; приемы боевого самбо, уставы, бля, уставы, бля, уставы.

В конце недели, вечером, после ужина, Андрона вызвал замкомвзвода, щекастый псковский паренек сержант Скобкин.

— Сынок, доверяю тебе свое хэбэ. Выстирать, высушить, отпарить! Действуй, время пошло. Кругом!

Рядовой Лапин Скобкину не нравился, слишком уж самостоятельный. Держится независимо, без опаски, командиров своих ни в хрен собачачий не ставит. Обидно! А главное, под такого еще и не очень-то подкопаешься: на кроссах не сдыхает, ноги еще не стер, подъем переворотом делает, как и положено, на «отлично» двенадцать раз. Только ведь псковские, они не пальцем деланные и на хитрую жопу всегда отыщут хрен с винтом. Сержант, он на то и есть сержант, чтобы дое...аться до фонарного столба...

— Есть, — Андрон, не дрогнув, принял сверток, вытянулся, как струна, взял под козырек, — разрешите идти, товарищ сержант?

Сделал поворот, отнял руку от виска и отвалил, как учили, печатным шагом. Прямиком в сортир. Там было людно, нагажено и сперто — время близилось к отбою.

— Суслов, смирно! — Андрон по-строевому подошел к бойцу, сидящему задумчиво на корточках, аккуратно положил хэбэ к его ногам и тщательно расправил складки. — Гимнастерка и штаны замкомвзвода Скобкина! Взять под охрану!

Пока боец соображал, он вернулся в казарму, отыскал начальство и почтительно доложил:

— Товарищ сержант, хэбэ готово!

Скобкин проверил и, тут же придя в ярость, обрушил гнев на ни в чем не повинного Суслова.

— Ты, щегол, дятел, салапет малахольный! Пригною, ушатаю, на ноль помножу! Три наряда на говно!

Однако это было только начало, вступление, командирская преамбула. По косым сержантским взглядам, по перешептыванию и красноречивым позам Андрон сразу понял, что продолжение следует. А потому после отбоя спать не стал — в ожидании беды замер, затаился, весь превратился в слух. Словно загнанный зверь в норе. И не напрасно.

— Лапин, подъем! — В проходе обозначился дежурный по роте и с силой, по-футбольному, ударил кровать так, что пружины взвизгнули. — Смирно! Вольно! За мной!

Без лишних разговоров Андрон был препровожден в бытовку, а там... Зловещей тучей клубился сизый дым, в тревожной полутьме угадывались чьи-то тени, стоялый воздух был сперт, отдавал бедой. Это средний комсостав учебной роты яростно курил, негодующе молчал и рассматривал рядового Лапина. Хлопнула дверь за его спиной, щелкнул язычок замка, забухали, удаляясь, шаги дежурного.

— Ну ты че, сын, салапет, щегол гребаный, хвост поднял? — нарушил затянувшуюся паузу Скобкин и, грозно засопев, деловито стал обматывать пальцы полотенцем. — Ты еще, чмо, в гандоне плавал, а мы уже всю службу до жопы поняли. Рот закрой, дятел! Щас мы тебе рога-то отшибем! — Он многообещающе хмыкнул, сделал зверское лицо и начал бинтовать вторую руку. — Сейчас будешь козлом у меня, на немецкий крест жопу порву!

Сержанты с удовольствием смотрели на спектакль, курили, плевали прямо на пол, а отделенный Прудников, не удовольствовавшись ролью наблюдателя, резко подскочил к Андрону и попытался дать ему под дых.

— Брюхо подбери!

Забыл, что действие порождает противодействие. Андрон был куда быстрее, опытнее и закаленнее в боях. Получилось не как аукнется, так и откликнется, а по принципу: посеешь ветер, получишь бурю. Прямой встречный в корпус и следом наработанную до уровня рефлексов двойку — правый боковой в челюсть плюс левый апперкот в солнечное... Сержанты уронили папироски, а Андрон вооружился утюгом и попер на командиров в атаку.

— Ну, суки, будет вам подъем-отбой сорок пять секунд!

В голове у него звучали слова отцовского напутствия: не ссы, Андрюха, пока присягу не примешь, никто с тобой ни хрена не сделает, бей морду смело. А уж как примешь — не озоруй, помни, что теперь ты есть сознательный боец. Бей в морду с оглядкой.

— Ты че, парень, ты че...

Сержанты, сбившись в кучу, отступили в угол, Скобкин же, оценив ситуацию, сразу стал искать компромисс.

— Ну все, Лапин, ша! Ты че, парень, дурной, сержантских шуток не прослываешь? Мы же тут юморные все насквозь, псковские...

— Значит, шуточки? — Андрон опустил утюг, задумчиво повернулся к двери и вдруг оглушительно стукнул чугуном о косяк, раз, другой, третий. — Значит, шуточки? Шуточки, бля, прибауточки?

Подождал, пока откроется замок, отшвырнул гладильник и мимо бледного дежурного по роте отправился к себе на койкоместо. А все же неплохо он подрихтовал сержантскую скулу, наверняка больше не сунутся. Будут, гады, изводить по уставу...

Дальнейшее показало, что Андрон был прав — дело обошлось без рукоприкладства, зато пригноили его по-черному. Из нарядов вылезал редко.

А между тем пришла зима. Васкеловские ели принарядились в белое, в бараке густо заиндевели стены. Выпал снег-снежок, закрутила метелица. И началось — лыжи, лыжи, лыжи. Форма — хэбэ плюс шапка, а что подштанники без пуговиц — так это не волнует никого, солдату яйца не положены. Кто посметливей, может сунуть в штаны газету, а дуракам и так ладно... Вперед, шире шаг, шире, еще два круга. Пятикилометровых. Последние пойдут на говно.

Капитан Бабенко сдержал слово офицера — на третий месяц учебки ребятко действительно сделались звонкими, тонкими и прозрачными. На всю оставшуюся жизнь набегались, напрыгались, нашмалялись из «пээма», натаскались свинцовых болванок, зашитых за плохую стрельбу в карманы. Нахавались бронебойки и гороха, надышались морозным, обжигающим глотку воздухом, наползались, накувыркались в снегу. Вспышка справа, вспышка слева, эх...

Вот так, валяясь по сугробам, Антон и подвернул колено, левое, травмированное еще в детстве, залеченное кое-как. Где слабо, там и рвется, мениск — штука деликатная. И весьма болезненная. Только капитан Бабенко полагал иначе.

— Ребятко, температуру мерил? Нормальная? В строй! — весело сказал он Андрону и погнал его вместе с ротой любоваться на бегу красотами по двадцатипятикилометровому маршруту Пери—Васкелово.

Первый километр Андрон пропрыгал на одной ноге, словно заигравшись в какую-то садистскую игру.

— Лапин, шире шаг! — сзади с ухмылочкой трусил сержант Скобкин и подбадривал его дулом автомата. — Шевели грудями, пошел, пошел!

Скоро галопировать стало невмоготу, здоровую конечность как клещами сдавило судорогой.

— Что, сдох, сука! — возликовал сержант Скобкин, замахиваясь прикладом, но тут к его вящему неудовольствию объявился еще один раненый, тоже занемогший на ногу рядовой Козлов и образовал с Андроном композицию из разряда «шерочка с машерочкой».

Две ноги — четыре руки. Солдатские близнецы. Так, сцепившись локтями, спотыкаясь, поддерживая друг друга, они и прокантовались всю дорогу — оставшиеся двадцать четыре версты.

Когда добрались до казармы, колено у Андрона чудовищно распухло, набухло обильной, распирающей кожу суставной жидкостью.

— Полотенцем замотай потуже, — посоветовал бледный как покойник Козлов и, тяжело дыша, опустился на койку. — Тебе хорошо, колено. А у меня голеностоп, сапог будет не надеть.

— Вот тебе пузырек, вот тебе вата, — пояснил три дня спустя начальник медслужбы части, осанистый, лысоватый майор, приехавший на учебку с ревизией. — Будешь делать йодную сетку. И холодные компрессы, снега, чай, найдешь. Все, свободен, кругом.

Вот такая жизнь — съехавший мениск, давящая повязка, йодная сетка и холодные компрессы.

И все же Андрон дохромал до итоговой проверки, столкнул ее на «отлично» и был благополучно переведен в полк — претворять полученные знания в жизнь. Его душу переполняло, согревало надеждой одно-единственное скромное желание: отслужить, выйти на «гражданку» и где-нибудь в укромном месте подстеречь капитана Бабенко. А там уж...

Хорст (1953)

Пещера была огромных, просто фантастических размеров. Ее стены были сплошь усеяны крупными кристаллами гипса — бесцветными, коричневыми, желтыми, и все это великолепие таинственно переливалось в свете множества потрескивающих факелов. В центре находилась площадка с оградой и угловыми постройками, воссозданная по подобию Идавель-поля, на котором некогда играли валунами легендарные германские боги Асы. Только нынче было не до игрищ. Все пространство площадки занимали молодые люди в черном — с просветленными торжественными лицами, образцовой выправки и осанки. Располагаясь правильными рядами, держа в руках горящие факелы, они дружно повторяли нараспев, словно молитву: «Клянусь тебе, Адольф Гитлер, фюрер и канцлер германского рейха, быть верным и мужественным. Клянусь тебе и назначенным тобой начальникам беспрекословно повиноваться вплоть до моей смерти. Да поможет мне Бог!»

В первой шеренге стоял Хорст Лёвенхерц и вместе со всеми клялся в своей преданности фюреру. Ему, высокому и стройному, очень шла эсэсовская форма, в свои восемнадцать он выглядел опытным, много повидавшим мужчиной. Да так, наверное, и было — секретный тренировочный центр в Норвегии выковал из него настоящего арийца-борца, несгибаемого наследника традиций Вотана, нибелунгов и Зигфрида.

За два года, проведенные здесь, его крепко натаскали шпионскому делу, научили в совершенстве говорить по-русски и приняли в члены СС. И вот долгожданный день — Хорст фон Лёвенхерц с гордостью вступил в Черный орден, затаившийся, забравшийся в подполье, но все еще полный сил и священной готовности сокрушать врагов великого рейха.

— Клянемся! Клянемся! Клянемся!

Дрожало, бросая отсветы, пламя факелов, слезы подступали к глазам, крепкие молодые голоса, торжествуя, отражались от стен, подымались к невидимому потолку, дробились на части эхом... Раньше здесь находилась база субмарин, именно отсюда и уходили подлодки из «Конвоя фюрера» к далеким берегам Антарктиды — там, в Новой Швабии, на другом конце света, возводилась неприступная твердыня, таинственная крепость Шангрилла. Поговаривают, что она хранит путь в гигантскую подземную полость с мягким климатом и идеальными условиями для существования. Там, в окружении достойнейших из немцев, живой невредимый фюрер работает над созданием оружия возмездия, дабы возродить былую славу великого рейха. Заветная мечта каждого арийца попасть в этот рай для избранных, только чем заслужить эту честь? Увы, те, кто знает, молчат. На опустевшей же базе оборудован секретный центр — тайные туннели соединяют пещеру с фьордом, на поверхности — для отвода глаз — маленький рыбоконсервный заводик. Шумят себе на ветру чахлые сосенки, плещутся в стылых водах касатки. Никто и не подозревает, что глубоко под землей готовятся кадры для новой Германии.

Торжественная часть между тем закончилась. Вспыхнули гнойным светом ртутные фонари, стройные ряды смешались, превратились в ликующую толпу, и она, распадаясь на отдельные компании, устремилась к необъятным, вытянувшимся вдоль стены столам. А симпатичные фройляйн в кружевных передничках уже несли подносы с пивом, шнапсом, франкфуртскими колбасками, свиными ребрышками, тушенными с капустой. Вот это жизнь — Wein, Weib und Gesang*.

Однако погулять как следует Хорсту не пришлось — в самый разгар веселья, когда уже стучали кружки о столы и кто-то затянул балладу о герое Хорсте — командире отряда штурмовиков штурмфюрере Хорсте Весселе, злодейски убитом коммунистом Альбрехтом Хелером, — его вызвали в кабинет к начальству. Там, насвистывая «Лорелею», прохаживался тощий востроносый человечек. Американский модный габардиновый костюм — подкладные плечи, брюки широченные, с напуском на штиблеты — висел на нем как на пугале, темносиним мешком.

— А вам идет форма, штурмфюрер Лёвенхерц. — Человечек усмехнулся и стал похож на хорька, готового вцепиться в глотку. — Впрочем, щеголять в ней вам придется недолго. Есть предварительное решение отправить вас в Россию для выполнения задания особой важности. — Мутные глаза его сузились, превратились в непроницаемые щели и тут же округлились, показав зеленые, с искорками, зрачки. — Ну что скажете, штурмфюрер?

— Яволь! — Хорст, щелкнув каблуками, вытянулся, а в душе почему-то пожалел о недоеденном, недопитом и нетронутом на сегодняшнем пиру. — Это большая честь для меня, херр...

— Хаттль! Юрген Хаттль! — Человечек ласково кивнул и протянул узкую ладонь, оказавшуюся неожиданно крепкой. — Я отвечаю за проведение операции в целом и за вашу подготовку в частности, она будет протекать, по-видимому, в разведцентре на Шпицбергене. Кстати, может вам будет интересно знать, — он подобрал узкие, пергаментного цвета гу-

_____

* Вино, женщины, песни (нем.).

бы и испытующе взглянул на Хорста, — что ваша мать погибла от русской бомбы. Мучительно. Осколок угодил ей точно в пах, разворотил промежность, вульву и матку, раздробил кости малого таза и засел остывать в крестце. Очень символичная смерть, не правда ли, штурмфюрер?

И он вдруг громко рассмеялся, словно сказал что-то чрезвычайно забавное. Он и в самом деле был похож на хорька — свирепого и злобного. Хорька, готовящегося вломиться в курятник.

Тимофей (1976)

— Ребятки, милые, хорошие, не губите! — Старший преподаватель кафедры политэкономии, кандидат экономических наук Твердохлеб, курирующий по линии парткома университетскую самодеятельность, умоляюще сложил руки. — Смените пластинку. Ну ты смотри, как народ разошелся, елку чуть не повалили. Добром прошу, по-человечески. Ну поплавнее чего, потише. И по-русски, для души. А Глотов-то ваш где? Что-то не вижу.

Где-где, с очередной студенткой куда-нибудь в аудиторию забился, успел уже небось навешать лапши, теперь вот имеет во все дыры.

— Потише, ребята, того, потише. Володя, пожалуйста, русского, народного... — Кэн Твердохлеб с надеждой посмотрел на проректорского сына Будина, перевел взгляд на уже хлебнувшего Левушку, вздрогнул, пошатнулся и не очень-то твердо принялся спускаться со сцены — тоже, видно, принял для поднятия настроения.

Дело происходило под Новый год в актовом зале географического факультета. Уже были сказаны все добрые речи, ректорские пожелания и деканские напутствия, и студенческая братия отдыхала от трудов праведных, предаваясь неудержимому веселью. Танцуют все! После «Гуд голли мисс Молли», «Бэк ин зе Юэсэса» и «Ё мазер шуд ноу» благодарная аудитория разошлась не на шутку, а когда Левушка энд компани «эх ухнули» «Инту зэ фаер», неистовые студиозы встали на роги и принялись водить хороводы вокруг ели, чудом не повалив ее и не устроив пожар. Пол ходил ходуном, стекла дрожали в рамах, классики коммунизма со стен неодобрительно косились на гульбище.

— Ладно, парни, сбацаем чего-нибудь нейтральное. — Левушка самодовольно глянул на волнующуюся в предвкушении толпу, сделал незаметный знак, чтобы Будину вырубили гитару и, шмыгнув носом, подмигнул Тимофею: — Давай этот твой, «Портрет Пикассо». Партия просит.

От него умопомрачительно несло псом, козлом и нестираными носками. Впрочем, не он один, весь ансамбль «Эх, ухнем» смердел, куда там бурлакам. Папа Будин постарался, уважил просьбу сынка — достал меховые шмотки, один в один, как у битлов в «Мэджикл мистери тур»: телогреи, набрюшники, чуни, колпаки. Единый стиль, едрена мать, сценический имидж. На вате, с натуральной опушкой, а в зале-то жарища, Ташкент. Зато и на сцене теперь вонища, не продохнуть, сразу чувствуется, что все прекрасное рождается в муках.

— А нам, татарам, все равно. — Тимофей рукавом ватника вытер пот со лба, квакнул пару раз, проверяя педаль.

Настроен он был, несмотря на праздник, мрачно — вспотел как мышь и личная жизнь конкретно дала трещину. Цвета вареной сгущенки. И виной тому была Ритуля Толмачева, бойкая Тимофеева сокурсница. Еще на сельхозработах, куда с ходу загнали новоиспеченных студиозов, она положила бесстыжий карий глаз на ладного Тимофея и, не откладывая в долгий ящик, с завидной сноровкой лишила его невинности прямо в борозде под завистливое фырканье Ласточки, кроткой и пожилой колхозной кобылы. Роман продолжился в городе и отличался как физической приятностью, так и эмоциональной необременительностью. Ритуля оказалась партнершей грамотной, не загружала избранника лишними проблемами — в частности, несмотря на свойственную им обоим нелюбовь к изобретению мсье Кондома, ухитрилась ни разу не «залететь». Целую вечность — год и три месяца! — жил Тимофей обласканным любовником и давно уже считал это состояние чем-то само собой разумеющимся. Но... Ритуля, подлая изменщица, вдруг взяла и выскочила замуж. Уже с неделю как отчалила с каким-то лейтенантом. Захотелось ей, видите ли, семейной жизни. Даже не объяснилась по-человечески, только-то и сказала на прощание: «Прости, так надо!» Кому надо? Лейтенанту? Ну и дура!

Настроив швеллер, Тимофей кивнул Левушке, тот палочками задал ритм, и песня грянула — забойно, мощно, корежа и будоража волнующуюся толпу.

Доиграли путем, перевели дыхание и с ходу заделали «Мясоедовскую», знай наших. И пошло-поехало — «Дядя Ваня с тетей Груней», «Девочка Надя», «А как на Дерибасовской», «Семь-сорок», «Хайм, добрый Хайм». Как и было заказано, фольклор, родные напевы. Оц-тоц-перевертоц, бабушка здорова!

Наконец красный, как в бане у дяди Вани, Левушка выбил на барабанах «Вперед, ура, в атаку» и с чувством объяснил в микрофон:

— Ша! Рука бойцов колоть устала! Тайм-аут минут на двадцать. Перерыв.

Девочка Надя, а чего тебе надо... Народ рванулся кто в буфет, кто покурить, кто просто тяпнуть из горла, девушки образовали длинную очередь в туалет, музыканты же подались на отдых, в маленькую комнатку за кулисами.

— На, папе передай! — С остервенением Левушка стянул зловонные пимы, швырнул их Володе Будину и с наслаждением пошевелил пальцами ног. — Пусть носит, музыкантские.

Ухмыльнулся, сбросил ватник и, оставляя на полу влажные следы, вытащил из заначки бутылку портвешка.

— Гуадеамус, бля, игитур, ювенус дум, сука, сумус. Ну, вздрогнули, что ли!

Однако же пустить бутылочку по кругу не пришлось. На сцене послышались шаги, дверь без церемоний открылась, и в каморку пожаловало начальство в лице кэн Твердохлеба.

— Что, отдыхаем, ребятки? А Глотов все еще не появлялся?

Не один пришел, привел с собой рыжеволосую, сразу видно, весьма самоуверенную девицу. Еще бы, все при ней — фигуристая, с фэйсом, с ногами, на каждую буферину можно по бутылке водки поставить. Очень аппетитная девица, а уж прикинута-то, отпад, Барбара Брыльска в сортире удавилась.

— Здравствуйте, товарищи музыканты, — сказала она с улыбкой, изящно покрутила носом и остановила взгляд на нижних конечностях Левушки. — Лева, ну и амбре тут у вас. Очень смахивает на запах буржуазного разложения.

Потом она повернулась к Тимофею, и ее зеленые, под густейшими ресницами глаза потеплели.

— Здорово у тебя получается, про портрет-то Пикассо. Знаешь, есть такое место под Ленинградом, Белогорка, так там в клубе тоже все про него поют. Как услышала сегодня, сразу лето вспомнила, дачу, пение соловьев. На душе теплее стало.

Даже сквозь пелену зловония до Тимофея доносился аромат ее духов, горьковатый, ни на что не похожий.

— Белогорка? Как же, как же. — Он хотел было наладить приватный разговор с прекрасной незнакомкой, но парткомовец Твердохлеб распорядился:

— Появится Глотов, пусть меня найдет. И с перерывом, ребятки, не тяните, пусть уж лучше пляшут, чем по коридорам-то шататься. Ну что, Леночка, пойдемте на воздух, а то здесь атмосфера специфическая. — Хмыкнул, косо посмотрел на Левушку и картаво сострил: — Здесь русский дух, здесь Русью пахнет!

Паскудная шпилька со свистом пролетела мимо цели. Левушка лишь нагло оскалил кривые зубы, зато в углу пунцово покраснел проректорский сынуля Будин. Ох, старший преподаватель, старший преподаватель, теперь не скоро станешь доцентом...

Впрочем, на Левушке прокалывались зубры покруче худосочного Твердохлеба. Чернокудрый, смуглый, носатый, а уж имя-фамилия, что твой индийский боевик — Лев Напал. При всем при том по национальности был Левушка чистокровным ассирийцем-айсором и нисколько не переживал, что его сплошь и рядом принимают за еврея. Привык, знаете ли, а кому надо — разберутся. И действительно, характерная внешность ничуть не помешала Левушке преспокойно обучаться на журфаке, самом закрытом, после юридического, факультете.

А вот проректорский сынуля, краснощекий и раскормленный Володя Будин по тому же поводу комплексовал изрядно и, в отличие от Левушки, имел к тому все основания, хотя и числился по паспорту белорусом. Первое время Тимофей все никак не мог понять, а какого хрена он тут делает — слуха ноль, на ухо не медведь, динозавр наступил, играет невпопад, да еще и мимо. Потом все же постиг истину — все дело было не в сыне, а в папе, проректоре по хозчасти Александре Адамовиче Будине. Это он платил за любовь наследника к музыке, хоть и по безналу, но без проволочек. Аппаратуру? Пожалуйста! Конечно, не «Голливуд», «Саунд Сити» или там «Рок-Таун», но «Солист», «Регент-60» и «УЭМ-100» со всем нашим удовольствием. Опять-таки извольте «Музимок» с полдюжины, ударную установку «Трова», орган электронный «Вермона» со швеллером, тридцативаттным комбиком и всеми прочими прибамбасами. Лишь бы сынок Володечка мог повыпендриваться на сцене — в кожаных штанах, в черных очках, с верной гитарой, болтающейся чуть ниже промежности. Ладно, ладно, пусть порадуется, не жалко, один фиг, джек из усилителя вынут, а Володечка даже не врубается, мнит себя великим музыкантом.

Тимофей еще в прошлом году, зеленым первокурсником, закрепился в коллективе и стал Тимом. Ему выделили чехословацкую «пятую звездочку», облагодетельствовали кучей цифровок и предоставили полную возможность плавно вливаться в репертуарную струю. Главное — не гнать волну.

Назывался ансамбль «Эх, ухнем!» и официально им руководил композитор Виктор Глотов, он же Глот, молодой, из ранних, но уже дважды лауреат премии Ленинского комсомола. Видели его на репетициях нечасто, потому как бо́льшую часть времени маэстро отнимали разнообразные утехи. В основном плоти. Пиво холодное да бабы горячие. А за старшего в ансамбле оставался ударник Левушка, он же басист, он же гитарист, он же органист, он же единственный знающий нотную грамоту. И жнец, и швец, и на дуде игрец...

Между тем гости недолго обоняли специфическую атмосферу закулисной каморки. Прихватив роскошную незнакомку под ручку и что-то нашептывая ей на ухо, парткомовец Твердохлеб увел ее в зал.

— Кто это был? — хмуро спросил Тим и показал размеры буферов фигуристой девы. — Я бы такой отдался с криком.

— Не советую! Всеми фибрами больной души. — Левушка, открыв портвейн, мастерски сделал бульк, крякнул, прислушался и передал бутылку Тиму. — Это же Ленка Тихомирова, комитетчица.

— В каком смысле комитетчица? — По хребту сквозанул неприятный холодок. — Из Большого дома, что ли?

— Из Большого комитета. Университетского. Идеологическая комиссия, КМС по коммунизму, весной мне Болгарию срезала! Сука еще та!

«Конечно, сука, — сразу поверил ему Тим и, сдержанно глотнув, передал сосуд Будину, который по примеру Левушки, сбросил чуни и телогрею, — да еще рыжая. Сразу видно, ведьма. Ишь, вымя-то какое нагуляла на взносах, башню среднего танка заклинить можно».

Что-то он и впрямь был сегодня в дурном настроении.

Хорст (1957)

Тренировки не прошли даром — Хорст приземлился всего метрях в десяти от сигнального костра. Спружинив, устоял на ногах, проворно отстегнул парашют, утягивавший его в аэродинамическую трубу ущелья, и направился к смутно очерченному человеческому силуэту возле костра.

— Салом алейкум! — приблизившись на три шага сказал Хорст.

— Зиг хайль! — не шелохнувшись, ответствовал черный человек, палочкой поворошил угли и лишь затем поднял на Хорста светлобородое, вполне европейское лицо. — Ротмистр Спиридонов.

Русская речь на мгновение смутила Хорста, но он не подал виду. Выпрямившись натянутой стрункой, приложил пальцы к гермошлему.

— Обер-лейтенант...

— Нет-нет, здесь не должны знать ваше имя и звание. Идемте, старейшина давно ждет вас...

Ротмистр поднялся. В его руке вспыхнул мощный аккумуляторный фонарь, высветив чуть заметную тропинку, уходящую в гору...

Горячий, щедро приправленный кореньями и курдючным салом кок-чай обжигал губы, язык, пищевод — но уже с первого осторожного глотка Хорст почувствовал, как прибывают силы и куда-то отступает холод.

Ротмистр, привычно прихлебывая чай, о чем-то переговаривался с маленьким, морщинистым старичком, сидевшим на хозяйском месте в юрте. Из их беседы Хорст улавливал только характерные флексии — «лярда», «ымдан»... Это несколько удивляло его — он не думал, что в горном Афганистане говорят на тюркском наречии. И имеют такие лица — широкие, монголоидные, с чуть заметными прорезями глаз.

Старичок поглядел на него, улыбнулся, отчего узкие глазки на миг исчезли вовсе, сказал что-то нечленораздельное.

— Рахманкуль говорит: враг наших врагов — наш друг, враг неверных — воин Аллаха, — перевел ротмистр.

Хорст наклонил голову в знак признательности и, сохраняя неподвижность губ, тихо спросил у Спиридонова:

— Он думает, что я мусульманин?

— Он думает, что следует поспешить, ибо скоро поднимется солнце! — неожиданно, на вполне сносном русском языке проговорил Рахманкуль и встал. — Да будет крепка твоя рука, брат!..

Несмотря на отменную физическую подготовку, Хорст еле успевал за юрким, кривоногим проводником. Сзади легко шел ротмистр и еще человек пять горных киргизов, соплеменников Рахманкуля. Летный комбинезон и гермошлем остались в юрте, и теперь Хорст изнывал от жары в толстой чужой телогрейке, а из-под серой кепки градом лил пот.

Наконец проводник жестом приказал остановиться.

— Граница, — сказал ротмистр. — На том берегу Совдепия.

Они стояли на утесе. Внизу, в глубокой пропасти, стремительно неслась невидимая отсюда, зато великолепно слышная горная река. До скал другого берега было метров десять.

— Как будем перебираться? — спросил Хорст.

— Отойдем, — предложил ротмистр. — Люди Рахманкуля берегут свои маленькие тайны... Прошу.

Он протянул Хорсту блестящий портсигар.

— «Казбек». Привыкайте.

Ночной мрак только начал рассеиваться, и красные огоньки длинных папирос были довольно ярки.

— Этот Рахманкуль — откуда он знает русский? — спросил Хорст.

— Жил за рекой. Когда на Памир пришли красные, его назначили начальником милиции Мургабского района. В тридцать пятом году он получил приказ раскулачить и арестовать пятнадцать семей — всех своих близких и дальних родственников. Он не стал выполнять этот приказ. Глубокой ночью, с женами, стариками, детьми, стадами и пожитками эти пятнадцать семей перешли реку — и вел их Рахманкуль. Потом он узнал, что все его соплеменники, кто не успел или не захотел уйти, были уничтожены большевиками...

— Вот как? А вы как попали к ним?

— Я присоединился позже, — сухо проговорил ротмистр, и Хорст понял, что на эту тему собеседник распространяться не желает. — Однако светает, должно быть, у них все готово, идемте.

Они вернулись на утес, и Хорст не поверил своим глазам — через пропасть тянулся тоненький веревочный мост с веревочными же перилами. Проводник на мосту жестами показывал Хорсту, чтобы шел за ним.

— Не беспокойтесь, конструкция прочная, — напутствовал ротмистр. — Гаубицу выдерживает... Ну-с, удачи вам.

Спиридонов протянул крепкую руку.

— А вы, ротмистр? Не хотите прогуляться по родной земле?

— Непременно прогуляюсь. Но чуть позже. Я пока не готов.

И действительно, спустя два месяца отряд Рахманкуля численностью в сто сабель форсировал Пяндж в районе Харгуша — это километров тридцать западнее той точки, где пересек границу Хорст — и полностью вырезал тринадцатую погранзаставу. Уцелел лишь повар, прятавшийся под огромным котлом. Позже, давая показания, повар особо подчеркивал, что среди нападавших ростом и свирепостью выделялся некто белобородый, европейского типа, вероятно, из ринцев — светлых и голубоглазых памирцев, происходящих от воинов

Александра Македонского. Впрочем, в газетах ничего не писали, и Хорст, естественно, так и не узнал о прогулке таинственного ротмистра на родину.

После границы, Хорст и его бессловесный проводник несколько часов шли по лунным, безжизненным ландшафтам Восточного Памира, и только ближе к полудню увидели посреди каменной пустыни одинокий грузовой «газик». Метрах в трех от машины грелся на горном солнышке шофер в красной ковбойке, а неподалеку паслось стадо яков с похожими на черных собачек ячатами.

Проводник показал Хорсту на автомобиль, развернулся и пошагал в обратном направлении, а Хорст добирался до машины еще минут сорок.

— Иван Мельников, — не вставая, представился сухопарый шофер. — Имею предписание доставить вас в город Андижан.

Хорст неторопливо присел на нагретый камень и ухмыльнулся.

— Иван Мельников... Не слишком ли нарочито, херр Мюллер.

— Не слишком, товарищ Дзюба, — без улыбки ответил шофер.

Так Хорст Лёвенхерц превратился в хлебороба и активиста, покорителя залежных земель, комбайнера Епифана Дзюбу, откомандированного в Ленинград в областную партшколу. При ордене Ленина, в отличной паре из добротного, шерстяного в рубчик материала «Ударник», с кудрявым, цвета спелого пшена чубом, лихо вьющимся из-под кепки-восьмиклинки, называемой еще почему-то «плевком». Все было организовано на славу — документы качественные, органолептикой не взять, деньги настоящие, мелкими купюрами, в избытке, маршрут, легенда, пути отхода — тщательно продуманы, многократно проверены и крепко привязаны к реалиям жизни. А настоящего Епифана Дзюбу, орденоносца, детдомовца и сироту, доедали окуни в озере Балхаш.

В Целинограде Хорст сошел с поезда, сутки выжидал, осматривался, потом сел на московский экспресс и со всеми предосторожностями подался в Ленинград.

С соседями по купе ему повезло крупно — две смешливые разбитные доярки, едущие показать себя на ВДНХ, и конвойный старшина, выслуживший краткосрочный отпуск за отменную результативность в стрельбе. Аксиома конспирации — не выделяться из общей массы. С попутчиками Хорст установил контакт без напряжения, благо точки соприкосновения отыскались сразу. Познакомились, разговорились, откупорили трехзвездочный за встречу, трижды повторили, спели хором: «Едем мы, друзья, в дальние края, будем новоселами и ты, и я», раздобыли «Старки», «Московской» и «Столичной» и, разгорячившись, принялись знакомиться на ощупь, на гормональном уровне. Бежали за окном столбы, стучали мерно и занудливо колеса, стонали от прилива чувств умелые и ласковые доярки. Двое суток пролетели как сладкий сон, на третий день ближе к вечеру поезд прибыл в Москву. На вокзале Хорст перекомпостировал билет, и скоро комфортабельный экспресс уже мчал его в северную столицу.

Андрон (1977)

В полку, что и говорить, было куда как лучше, чем в учебке: благоустроенная казарма, натертые полы, фаянсовая, блистающая чистотой шеренга унитазов. А еще — хромовые сапоги с накатом,

74

красная, называемая презрительно «селедкой», рыба по субботам, слоеные, по шесть копеек, язычки у хлебореза — хоть жопой ешь. Борщ, похожий на борщ, подлива с кусками мяса, вареные яйца со сливочным маслом и белым хлебом. Компот в большой эмалированной кружке с цветочками...

Полк только-то и название что полк, по сути своей батальон. Попал Андрон во вторую роту к старшему лейтенанту Сотникову, командиру строгому и справедливому, прозванному подчиненными Шнобелем. И верно — скомандует построение, пройдется хищно вдоль замерших шеренг да и поведет по-звериному носом.

— Что, ептуть, весна? Ручьи? Нюх потеряли, но п...зду почуяли?

Замполит, лейтенант Зимин, общался с подчиненными по-иному — с тонкой интеллигентностью и неприкрытым чувством юмора:

— Вохра, слухай сюда: крепких напитков не употреблять, с падшими женщинами не общаться. Поясняю для дураков: не глушить, что горит, и не е...сти, что шевелится!

Впрочем, с командиром части, полковником Куравлевым, что он, что старлей Сотников держались одинаково — на полусогнутых, верней, по стойке «смирно». Не потому ли вторая рота неизменно числилась в передовых — в войсках ведь главное подход и отход от начальства. Только передовая-то она передовая, но ведь и на солнце бывают пятна. Ложкой дегтя в бочке меда второй роты был третий взвод. Он так прямо и назывался — «отстойником». В него со всего полка собирали залетчиков, блатников, лиц с высшим образованием, большей частью художников — неотвратимое, но необходимое зло, — отсосников всех мастей и разгильдяев. А командовал сей бандой потенциальных дезертиров вечный лейтенант Грин, высокий, жилистый и угрюмый, всегда коротко остриженный, чтобы не курчавились смоляные кудри. Почему вечный? Да потому что ниже — некуда, младших лейтенантов в войсках не культивируют, а выше уже никак. Да собственно и не Грин он был совсем — Гринберг, но из соображений этических прикрывался служебным псевдонимом.

А еще Грин был вор. Ворище. Давно, в бытность его капитаном, в роте у него служил боец, рядовой Ровинский, скромный гравер из Гатчины. Бог знает, чем сей гравер занимался, но только денег у него было как грязи, и дабы служилось лучше, он предоставил в полное командирское распоряжение свою машину. Новенькие с иголочки «Жигули» одиннадцатой модели. Цвета «коррида». И Гринберг покатил с ветерком — ни доверенности, ни опыта, ни царя в башке. Только милицейская форма, двести пятьдесят «Столичной» и древние, полученные еще в училище права. Была еще, правда, дама, блондинка, тесно прижимающаяся к плечу. Рулил недолго, не разъехался со столбом. Отправил блондинку в больницу, «Жигули» цвета «коррида» на свалку, а подъехавшим гаишникам заехал в глаз с криками: «Смирно, азохенвей! Я из Моссада!»

«Так, значит, вы из Моссада? — ласково спросили Гринберга на следующий день в сером здании неподалеку от Невы. — Интересно, интересно. Чрезвычайно интересно...»

Ничего интересного, стал капитан старшим лейтенантом, командиром взвода. Того самого, третьего. А тем временем Ровинский ушел на дембель, но не с концами — вернулся с полудюжиной дружков, с улыбочкой напомнил о деньгах: «Евгений Додикович, отдай лучше сам».

А дружки тоже улыбаются, блестят фиксами. Пригорюнился старший лейтенант Грин, закручинился — где же денег-то взять? Неужели все, хана, писец, амба?

Да нет, не все, случай помог. Спустя неделю на службе докладывает ему сержант, мол, товарищ старший лейтенант, мы тут такое нашли, просто чудо, пещера Аладдина. Гринберг проверил — и верно чудо, только не пещера Аладдина, а подсобка магазина, с гнилым, провалившимся от старости полом. Приподнял доску, посветил фонариком — а внутри гора верблюжьих одеял, цветастых, дефицитных...

Хвала тебе, Яхве! Без промедления одеяла перекантовали в УАЗы, доставили на квартиру Гринберга и вскоре заботами его супруги благополучно обратили в проклятый металл. Евгений Додикович обрел душевное спокойствие. Правда, ненадолго. Кражу своего добра государство не прощает никому. Повязали всех, а крайним, как всегда, оказался Гринберг. Теперь уже беспартийный лейтенант.

Вот к нему-то в залетный взвод и был определен Андрон рядовым стрелком-патрульным во второе отделение. Ничего, пообтерся, приспособился, человек привыкает ко всему. Тяжелый понедельник с вояжем в Васкелово, баня во вторник, в воскресенье, если очень повезет, шестичасовое увольнение в город. Все остальное время — служение родине. Большей частью патрульно-постовое, иногда охрана важных шишек, редко — обеспечение правопорядка на общественных мероприятиях. Ненавистный командир Скобкин превратился из лихого замкомвзвода в обыкновенного сержанта, номер которого шестнадцатый. Ничего, жить можно.

Дедовщины, по крайне мере в явном виде, в полку не было, неуставные отношения глушили на корню. Правда, процветало стукачество, но тут уж все зависит от самого себя — держи язык за зубами, не верь никому и почаще оглядывайся, словно летчик-истребитель. Андрон так и делал, молчал, держался на расстоянии, помнил как «Отче наш»: человеку дано два уха и только один рот. Все больше слушал, набирался опыта, внимал с почтением ветеранам.

Раньше-то служба была другой, больше милицейской, чем солдатской. Раскатывали себе на черных «Волгах», жили экипажами, с комфортом, в кубриках, не страшась начальства и расстояния, умудрялись ездить с барышнями в Таллин. С песнями, под вой сирен. Служебные удостоверения светили где надо и где не надо. Вот и довыпендривались... Теперь — поносные УАЗы, казарма, строй, никаких там барышень.

Чтобы не путал бес, мудрые отцы командиры принимали решительные меры — гонки в ОЗК, плац, физо и служба, служба, служба. Только помогало мало, откормленные красной рыбой эсэмчеэновцы трахали все, что шевелится. Так рядовой Семенов из автороты сожительствовал стоя с активисткой ДНД, в каптерке у художников нашли использованный презерватив и женские трусы, а старослужащий сержант Завьялов конкретно намотал на болт, не доложил начальству и тайно самолечился перманганатом калия. Снят с должности, определен в госпиталь и разжалован в рядовые — чтобы другим неповадно было.

Андрона половой вопрос мучил по ночам, являясь в образе прекрасной незнакомки, увиденной однажды на белогорских танцах. Вот она сбрасывает свое белое платье, кладет ему на плечи руки, и они проваливаются в блаженное, невыразимое словами небытие. Не остается ничего, кроме губ, впивающихся в губы, упругих бедер, трущихся о бедра, двух трепещущих, слившихся в одно, судорожно сплетенных тел. Бьется в сладостной агонии незнакомка, разметала по подушке рыжие волосы, стройные, с шелковистой кожей ноги ее опираются икрами о плечи Андрона. А он, изнемогая от счастья, из последних сил длит до бесконечности конвульсии любви. Остановись, мгновенье, ты прекрасно! И вдруг откуда-то издалека, из душной темноты казармы доносится крик дневального: «Рота! Подъем! Тревога „Буря“!»

А следом рев сирены, лязг открывающегося замка ружпарка, дикая ругань, крики, мат, топот солдатских сапог. Надо вскакивать, мотать портянки, бежать куда-то в неизвестность в противогазе с автоматом. Скрипя зубами, со слезой по ноге. А рыжеволосая фея, как всегда, остается там, в радужном, несбыточном сне, желанная, прекрасная и загадочная.

Впрочем, грезы грезами и незнакомки незнакомками, но Андрон не чурался и девушек реальных, сугубо земных, многократно проверенных, — это если службу несли в Петроградском районе, не было внегласки и маршрут позволял. Главное, чтобы напарник был путевый, не вломил, а там — двинуть по проспекту Горького, свернуть на Кронверкскую, оглядываясь, как подпольщик, нырнуть во дворы. И вот оно, родимое, общежитие прядильной фабрики «Пролетарская победа» — обшарпанная дверь, ворчливая вахтерша, замызганная полутемная лестница. Окурки, грязь, отметины на стенах, второй этаж, разбитое окно, выше, выше, третий, четвертый. Теперь налево по скрипучим половицам, вдоль бесконечного петляющего коридора. Душевая, туалет, унылого вида кухня, комнаты, комнаты, комнаты. У сорок третьей остановиться, лихо заломив фуражку, постучать: «Привет, девчонки! Ку-ку, не ждали?»

Вариант беспроигрышный — комната шестиместная, «аэродром», всегда есть кто-нибудь на посадке. Не важно кто, Оля, Вера, Катя, Надя, Наташа-первая или Наташа-вторая. Все девочки знакомые, досконально проверенные, и главное — без особых претензий. Знают, что ничем не наградят, не какой-нибудь там малахольный слесарь-расточник. Время пошло: пять минут на разговоры, десять на чаепитие, затем, особо не церемонясь, выбрать прядильщицу по настроению и на стол ее, на кровати нельзя, скрип будет на всю общагу. Есть контакт, пошла мазута! Подружки тем временем на кухне томятся, завидуют, надеются на чудо. А ну как... В следующий раз, милые, в следующий раз, некогда.

Епифан (1957)

— Две тысячи семьсот в месяц. Это с учетом персональной надбавки. Плюс талоны на трехразовое питание. Столовая у нас прикреплена к областному комитету партии, так что... Номер у вас будет отдельный, двухкомнатный — гостиная, спа-альня...

Товарища Лепешкину подвел голос — стек, подлец, сиропом со звонких командных высот, а про спальню вышло и вовсе с какими-то альковными придыханиями... Строгая партийная дама прищурилась, из-под тяжелых, виевых век украдкой стрельнула глазками по остальным членам приемной комиссии и с удвоенным металлом осведомилась:

— Вопросы? Пожелания?

— Ну есть, вообще-то, одно пожелание... — степенно проговорил товарищ Дзюба. — Я так понимаю, товарищи, что до начала учебы еще есть времечко? Мы, хлеборобы, даром время терять не приучены. Хотелось бы с пользой. Подтянуть, как говорится, идейно-культурный уровень... Вы бы мне списочек литературы дали, я бы в библиотеку пошел. В самую большую. Еще название у нее такое... Говорили, да я запамятовал...

Он вновь улыбнулся своей неотразимой улыбкой.

— Публичная? — удивленно осведомилась Лепешкина.

Дзюба кивнул.

— Сделаем! — отрубил проректор Игнатов и оглядел прочих членов комиссии. — Видали, товарищи? Всем бы нашим слушателям такое усердие!.. Геннадий Петрович, озаботься...

Очередь в камеру хранения растянулась чуть не до самого перрона. Епифан Дзюба тихо встроился в хвост позади распаренной пожилой узбечки в синем стеганом чапане. Достал массивный портсигар, вынул папироску, продул, солидно обстучал о стекло наградных часов «Победа», чиркнул спичкой... Высокий, подтянутый и статный, в распахнутом китайском макинтоше «Дружба», он приковывал взгляды женщин и вызывал едкое раздражение мужчин. Орденоносец хренов! Не «Беломорканал» смолит — «Казбек»! Падла!

Но эти волны разнородных чувств разбивались на дальних подступах к его сознанию. Прикрыв глаза, Епифан вдыхал кисловатый папиросный дымок, и тот смешивался с запахами дегтя, локомотивной смазки, чего-то манящего и несбыточного, напоминающего, словно в детстве, о дальних странствиях и невероятных приключениях...

А от узбечки пахло прокисшим молоком, и очередь не сдвинулась ни на шаг. «Ну и ладно, — решил вдруг Епифан. — Успеется...» Раздавил окурок каучуковой подошвой чехословацкого штиблета «Батя» и двинул прочь на площадь Восстания, бывшую Знаменскую, оттуда на Невский.

Главная городская магистраль блистала чисто вымытыми витринами, выставляла напоказ наряд фасадов, ярко выкрашенные бока троллейбусов, броскую разноголосицу вывесок, транспарантов и афиш. Что-то в ней было от женщины, крепко надушенной, ухоженной и опрятной, томящейся в искусе в ожидании любовника.

А на голодный желудок — какая любовь? Епифан остановился у светло-серого дома, прочитал вертикальную вывеску, обкатывая на языке симпатичное слово: «Националь... Националь... Националь-социалистическая кухня...» Мимолетным движением брови отогнал неведомо откуда взявшуюся нелепость и бодрым шагом одолел несколько ступенек до стеклянной двери, которую почтительно распахнул, среагировав, видимо, на костюм, пожилой холеный швейцар, похожий на адмирала.

В полупустом по случаю раннего часа зале было светло и гулко. Особо не раздумывая, комбайнер заказал харч степенный, мужской, основательный: сто пятьдесят армянского, икорку, севрюжинку с хреном, густую ароматную солянку, толстенный эскалоп с молодой картошечкой, осложненный каперсами и цветной, жаренной в сухарях капустой...

А из радиолы, поставленной в углу для услаждения немногочисленной публики, выводил про маму и вышитый рушник задушевный малороссийский баритон: «И в дорогу далеку ты мени на зари провожала...» Епифан подпер рукой щеку...

Будь стоек, мой маленький солдат!

Кстати, может быть, вам будет интересно знать, что ваша мать...

— Гады!.. — пробормотал Епифан. — Гады...

— Чем-то недовольны, товарищ?

Дзюба встрепенулся, поднял глаза на гладкого, вышколенного официанта, застывшего перед его столиком.

— Нет, все отлично... А это я так, своим мыслям...

— Понимаю.

Официант наклонился и доверительно прошептал:

— А от мыслей я бы посоветовал соточку бенедиктина. С кофеечком... Примете — и никаких мыслей, одно блаженство...

— Ну тащи... аптекарь... А потом не худо бы счетец... и такси.

Вернувшись в гостиницу, Епифан тут же скинул с себя все уличное и нырнул в широкую мягкую кровать...

Он летал, летал как в детстве — без мотора, без парашюта, даже без крыльев. Внизу маячили темные горы, костры, и белели навстречу ему знакомые, но никак не родные лица, тянулись разноголосые шепотки:

Ты знаешь край, тот, где цветет лимон...

А в цирке-то оно попроще было, без всяких там... Зато и бедней несказанно...

Мысли в голове солдата подобны булыжникам в его ранце...

Что может быть вкуснее запеченного обезьяньего мозга...

Нефритовый ларец в форме гроба...

Имею предписание доставить вас, товарищ Дзюба...

— Товарищ Дзюба, товарищ Дзюба!..

— М-м-м...

Епифан резко открыл глаза. Девичья ручка с алыми ноготками теребила его за плечо.

— На ужин опоздаете, товарищ Дзюба... Да и вредно спать на закате, врачи не советуют...

— А что врачи советуют делать на закате?

Он улыбнулся, перевел взгляд с младенческой перетяжечки на пухлом запястье на кудрявую прядку, выбившуюся из-под накрахмаленного кокошника. Дева хихикнула.

— Кто ж ты будешь, красавица?

— Горничная. Галей кличут...

— И откуда ты такая?

— Я-то? Вологодские мы...

Он посмотрел ей в глаза — взрослые, прозрачные, бесстыжие.

— Ну иди ко мне, Галя Вологодская...

На ужин он при всем при том успел. Благоухая «Шипром», спустился в гостиничный буфет. С приятным удивлением отметил и крахмальные скатерти на столах, и замысловатое меню, и улыбчивых подавальщиц, а главное, смехотворные цены.

После ужина, тяжелый и добрый, Дзюба несколько грузно поднялся к себе, задумчиво закурил и принялся бесцельно слоняться по номеру.

Это был так называемый «полулюкс» — гостиная, спальня, просторная прихожая, — обставленный с вычурной помпезностью послевоенного мебельного ренессанса. Рисунок обоев был аляповат и ярок, картины в тяжелых позолоченных рамах воскрешали прошлое, революционное, не такое уж далекое.

Центральное место занимало полотно «Октябрь», монументальное, размерами два на три метра. Сюжет был общеизвестен — заложив большие пальцы рук за жилетные проймы, вождь с башни броневика устремлял народные массы в светлое коммунистическое будущее. Революционная толпа, ликуя, с жадностью внимала Ленину и, подкидывая в воздух папахи и треухи, готовилась идти в свой последний и решительный бой. На переднем плане из люка броневика высовывалась голова механика-водителя, в котором без труда угадывался Никита Сергеевич Хрущев.

Тим (1977)

На стадионе было всего вдоволь — легкого весеннего морозца, солнечного денька, пушистого, весело похрустывающего под ногами снега. Не хватало только наставника, главного физкультурника Гареева. Как явствовало из бумажонки на двери раздевалки, мастер спорта был плох, слег то ли с гриппером, то ли с простудифилисом.

— Кто не курит и не пьет, тот здоровеньким помрет, — констатировал глубокомысленно Тим, глянул вопросительно на Ефименкова, волочащего бремя старосты на тощем сколиозном горбу. — Юра, что делать бум?

Тот как настоящий лидер сразу перевел стрелки.

— Народ, что делать бум?

Свободное волеизъявление масс, как всегда, привело к разброду, фракционности и шатаниям.

— Пиво пить! — выдвинуло программу-минимум большинство и рвануло к ближайшему ларьку.

— С раками, — довело платформу до максимума меньшинство и отправилось в тошниловку, многократно проверенный оплот общепита.

А оппозиция в лице Тима, Ефименкова и группы сочувствующих раздобыла мяч и устроила товарищеский матч по футболу. В снегу на свежем воздухе до седьмого пота. Эх хорошо. Настолько, что опоздали на следующую пару.

По прибытию в универ Тим первым делом завернул в буфет. Взял двойную порцию сарделек с вермишелью и кашей, винегрет, селедочку, бутербродов с колбасой, много хлеба, чай с коржиком, сел в уголке, густо смазал горчицей возбужденную сосиску, истово, глотая слюни, трепетно нацелился вилкой и... вдруг услышал:

— Привет, молодое дарование! Не помешаю?

Перед ним стояла рыжая комитетчица Тихомирова, буфера ее, казалось, лежали на подносе и возбуждали аппетиты отнюдь не гастрономического свойства. И какого хрена ей тут надо — в буфете все столы свободны? Ладно, будем посмотреть...

— Нисколько. Прошу. — Тим учтиво приподнялся, галантно сел и, сдерживаясь, по всем правилам хорошего тона, принялся неспешно жевать сардельку. — Очень рад.

А сам из-под опущенных ресниц с интересом рассматривал сотрапезницу. В движениях она была нетороплива, держалась чинно, несуетно, с достоинством. Сняла с подноса сметану и томатный сок, бережно вылила в тарелку, размешала, посолила, поперчила, покрошила хлеба и, ничуть не церемонясь, начала хлебать розовое месиво. С такой невозмутимостью, наверное, вели себя римские матроны в бане со своими рабами-бальнеаторами.

— Вкус необычайный, напоминает сок от помидорного салата, — перехватив взгляд Тима, комитетчица улыбнулась и превратилась из рабовладелицы в красивую смешливую девчонку. — Для желудочного сока хорошо. Хочешь?

А ларчик-то, оказывается, просто открывался. Тут заигрывают без пряников, при посредстве сметаны и томатного сока. Сочетаньице! От такой любви недалеко до поноса.

— Спасибо. — Тим перестал манерничать и с энтузиазмом оголодавшего занялся вермишелью. — А в знак дружбы готов поделиться винегретом, он тоже весьма хорош для перистальтики.

Слово за слово разговорились. Вспомнили лето, Белогорку, местный клуб в здании бывшей церкви, волнительные танцы до упаду. За приятной беседой время пролетело незаметно — съели все. Потешили и душу, и тело.

— Однако время. — Глянув на часы, Тихомирова превратилась в чопорную комитетчицу, подобрала губы и церемонно промокнула их салфеткой. — Ну, молодое дарование, спасибо за компанию. Вот, по всем личным вопросам, — вытащила ручку, черканула телефон, поднялась. — Звонить лучше вечером.

Словно маску надела.

«Ладно, мы тебе поставим личный вопрос. — Тим с задумчивостью посмотрел ей вслед, на ноги, крепкие, хорошей формы... — Девушка в красном, дай нам, несчастным, много не просим, палок по восемь».

Потом глянул на телефон, начерканный на салфетке как раз под оттиском перламутрово напомаженных губ. Жила Лена где-то в Кировском районе, совсем неподалеку от него.

«Il faut oser avec une femme», — считают французы: с женщиной надо быть смелым. В Италии говорят: «La donna e mobile», женщина непостоянна. У нас же — куй железо, не отходя от кассы. Тим позвонил Тихомировой на следующий день и без всяких там обиняков и изящных выкрутасов нахально напросился в гости. Купил восемьсот граммов сметаны, трехлитровую бадью томатного сока, поехал.

Жила комитетчица действительно недалеко, в девятиэтажном доме напротив платформы «Дачное». Босая, в простеньком халате, без макияжа, она выглядела привлекательней, чем в институте — этакой вальяжной рыжеволосой ведьмой, отдыхающей от трудов праведных в уютном логове.

— О, мерси, — обрадовалась она сметане и томатному соку, похоже, больше, чем самому Тиму. — Очень кстати! У Тихона наконец-то прошел понос, а я готовлю пасту по-пармезански, с копченостями, томатная струя не повредит.

С этими словами она препроводила гостя на кухню, жестом указала на табурет и, присев на корточки, стала наливать сметану в маленькую плошку на полу.

— Тиша, Тиша, Тиша, кыс, кыс, кыс!

Ступни у нее были маленькие, колени розовые, круглые, что без ошибки выдает в женщине характер ровный и добрый.

— Дрыхнет, наверное. — Лена встала, подошла к плите, где варилась паста, приподняла крышку. — Еще не скоро. Пойдем, посмотрим пенаты.

Квартирка впечатляла. Не наша мебель, ковры, японская аппаратура, африканские маски на стенах, особом образом засушенная человеческая голова на подставочке — экзотика, черт знает что и с боку бантик. А вот кот был обыкновенный, черный, огромный, как подушка. Спал себе на японском телевизоре, нагло свесив поперек экрана длинный хвост.

— Жутко умный, магический зверь, — Лена ласково потрепала хищника, вздохнула, и голос ее предательски вздрогнул, — от бабушки остался.

— А это от дедушки? — Тим сделал соболезнующее лицо и кивнул на внушительную модель парусника, снабженную бронзовой табличкой: «Любимому капитану в день пятидесятилетия от команды. Семь футов под килем».

— Да нет, это отцу подарили в том году. — Лена дернула плечом и, не продолжая, свернула тему. — Ну-ка, как там наша паста? Надеюсь, готова?

Пребывание в амплуа капитанской дочки было ей явно не по нутру.

Пришли на кухню, открыли кастрюлю. Паста, звучащая заманчиво, оказалась на деле макаронами, правда, сваренными качественно и промытыми, как и положено, крутым кипятком.

— Кушай, дорогой. — Лена, не спрашивая, облагодетельствовала Тима чудовищной порцией, от души бухнула сыра, ветчины, масла, сверху полила густым, жуткого вида соусом. — Извини, что без полипов. В универсам не завезли. И насчет добавки не стесняйся.

Чувствовалось, что общение с Тимом за столом в буфете произвело на нее неизгладимое впечатление. Как в той сказке — не так велик, как прожорлив.

— Мне все не съесть, — вежливо, но твердо сказал Тим, — впрок не пойдет, будет как с Тихоном.

Макароны с сыром он не выносил с детства, а уж в таких количествах и подавно.

— А я тебе помогу, — вроде бы даже обрадовавшись, Лена с готовностью присела рядом, первая запустила вилку в дымящуюся бурую массу. — Тебя, может, покормить за маму, за папу?

Никакой чопорности, номенклатурной спеси и зазнайства, сама простота. Святая. От нее благоухало свежестью, здоровым телом, чем-то невыразимо женским, манящим, сладостно кружащим голову — куда там французскому парфюму.

— М-ы-ы-ы-р, мяу...

В кухню осторожно, словно по мокрому, медленно вошел кот, принюхался, глянул на пирующих и принялся лизать сметану. Неспешно, будто делал одолжение. Умнейшее, с подушку величиной магическое животное.

С трудом, но все же одолели макароны, попили чая, закурили ментоловый, предложенный хозяйкой «Салем».

— Если верить Грину, хорошая девушка должна много есть и много спать. — Тим, сделавшийся тяжелым и задумчивым, оценивающе посмотрел на Лену. — Ну что, дрыхнуть пойдешь?

— Спасибо, милый, за добрые слова. — Лена усмехнулась и осторожно, чтобы не попасть себе на волосы, выпустила ароматный дым. — Только я была замужем. Нет, у нас культурная программа. На выбор. Можно поставить видео, можно раскинуть карты. А можно на тебя, голубчика, посмотреть, в упор.

— Так мне что, раздеваться? — Мастерски изображая дурака, Тим взялся было за ремень, однако тут же, не переигрывая, без тени моветона, двинул на попятную. — Хотя стриптиз после макарон...

— Да нет, штаны снимать пока не надо. Если это стриптиз, то, скорей, душевный. — Лена, оценив пантомиму, хмыкнула и сунула окурок в бумажный, ловко скрученный кулек. — Всего-то на руку посмотреть да в глаза заглянуть. Нужно знать, с кем макароны ешь из одной тарелки.

— А, хиромантия, — Тим сразу поскучнел, но вида не подал, — давай, давай, только предупреждаю, ручку позолотить мне нечем.

Знакомая песня. Гадали ему в свое время всякие разные, чего не наболтали только, и о линии жизни, и о поясе Венеры, и о возвышенности Сатурна с отметками судьбы, браслетными линиями и прочей ерундой.

Нет бы сказать прямо — хрен с ней, с хиромантией, Тим, пойдем лучше переспим. А то — холмы Исиды, бугор Дианы, кольцо Юноны, тьфу!

Однако Лена умничать не стала. Мельком глянула Тиму на ладонь, с ухмылочкой посмотрела в глаза, подержала на затылке маленькую крепкую руку.

— Наш человек. Большие оккультные способности, правда, до Тихона далеко. В общем, годен. Приглашаю завтра на макароны.

Странная все же телка. С такой любовью к макаронам и такая фигура. А умна, а шикарна. И все условности ей по фиг... Нет, подобную фортецию с наскоку не взять. Придется делать подкоп.

Тим тяжко вздохнул со скорбной неудовлетворенностью и начал потихоньку собираться.

— Мерси за любовь и ласку, паста была выше всяких похвал. Котику привет, пламенный, революционный.

— Соскучитесь, звоните. — Уже в приемной Лена сделала книксен, на мгновение распахнув халатик, смеющиеся глаза ее озорно блеснули. — Тихон вам будет очень рад. — И внезапно придвинулась к Тиму. — И я тоже.

Не сразу отстранилась, улыбнулась через силу и дрожащими пальцами открыла замок.

— Уходи.

Губы у Лены были мягкие и жадные...

Красота привораживает. Манит все таинственное. А если восхитительная, так и не понятая женщина — можно сойти с ума. Да еще весной, когда кровь бурлит в жилах, словно весенние ручьи.

С бешеной, неудержимой силой влекло Тима к активистке Тихомировой. Казалось бы все, фортеция пала, нужно успокоиться и наслаждаться плодами виктории. Листать не спеша, с чувством, с толком, с расстановкой затейливые страницы амурной книги. Однако как бы не так, только и думал что о ней, с нетерпением ждал часа рандеву, и чего не бывало никогда, ревновал ко всем встречным-поперечным. Потому как не понимал.

Все в Лене было доведено до крайностей, противоречиво и не поддавалось здравой оценке. Она сочетала в себе обаяние опытной женщины, строгий аналитический ум и простодушие легковерного ребенка. Способность к изощреннейшей интриге уживалась в ней с наивной бесхитростностью, а умение манипулировать людьми — с удивительным талантом к нежной и трогательной дружбе. Она ни в чем не выносила преснятины, под настроение покуривала план, и в постели, несмотря на пристрастие к мучному, принимала такие позы, какие сочинителям «Камасутры» и не снились. А еще Лена умела молчать. За три неполных месяца их знакомства Тим только-то и узнал, что ее папа-капитан ходит с мамой-судврачом на большом, известном во всем мире «пассажире», бабушка умерла легко, утром не проснулась, а у Тихона слабоват живот на рыбу, в особенности на мойву. Вот такая девушка-загадка. А Тим в душу и не лез, захочет, сама разговорится. И вот, похоже, дождался.

Дело было вечером, делать было нечего — только что стихли, ушли в небытие страстные стоны, мерный скрип кровати, звуки судорожных хлопков — бедер Тима о ягодицы Лены. Парочка в который уже раз за сегодня вытянулась без сил, обнявшись. Привал. В комнате царил интим, нарушаемый лишь экраном телевизора, по которому крутилась, уже не грея, видеопорнуха, да на кресле в углу понимающе блестел глазами Тихон, сам только что с гульбища.

— Слушай, мать, а почему ты в буфете ко мне подсела? — Тим погладил Лену по груди и сжал легонько выпуклую, сразу затвердевшую изюмину соска. — Ну тогда, с этой розовой бурдой?

Давно хотел спросить, и вот, не утерпел.

— На дурной вопрос и ответ дурацкий. — Лена усмехнулась и с выверенной долей мучительства стала грызть Тиму мочку уха. — Нравишься ты мне. Вопрос в другом, почему именно ты...

Пальцы ее прошлись Тиму по груди, мускулистой, выпуклой, все еще влажной от пота, скользнули по стиральной доске пресса и стали медленно подбираться вниз, к бедрам.

— Все дело в наследственности, в крови. В породе. Бывает, и сам человек не знает, кто он есть, однако сигнатуры во внешности его весьма красноречивы. Надо лишь суметь прочитать их. У Булгакова в «Мастере и Маргарите» упоминается об этом, правда, несколько вскользь, неконкретно.

Ишь ты как заговорила, после пятой-то палки. Все, больше не наливать! Да вроде бы уже и нечего.

— Ах вот в чем дело-то. — Тим разочарованно зевнул. — Так сказать, совпадаем по экстерьеру. Породу не испортим.

Он погладил Лену по лобку, словно шаловливого ребенка по головке, прошептал язвительно в маленькое розовое ушко:

— Лена, папа у меня вульгарный членкор и хохол наполовину, а ты не оккультистка и не дщерь имамская, а кандидат в КПСС и капитанская дочка. Пойдем-ка лучше чай пить.

— Щас, дорогой, будет тебе и какава с чаем, и все остальное, потерпи минутку...

Со странной улыбочкой Лена поднялась и, сверкнув полушариями ягодиц, легко выскользнула из комнаты, рыжая гущина волос закрывала ее спину, словно пелериной. Тихон, проснувшись, сел, томно потянулся, чудом не вывернув челюсти наизнанку в зевке, клацнул зубами, мыркнул и лег снова, на другой бок, сменив позицию — добирать положенные четырнадцать часов, крайне необходимые для полного кошачьего счастья.

«Хорошо тебе, хвостатый», — Тим с завистью взглянул на него, закрыл глаза, ну как же, поспишь тут — в комнате вспыхнул свет. Это вернулась Лена, в руках она держала большой, видно, старинный фотографический альбом.

— Вот, дорогой, вначале к вопросу об экстерьере.

Присев, она отщелкнула серебряную застежку, бережно откинула тяжелую, крытую бархатом обложку и принялась шуршать глянцевыми листами бристольского картона.

— А, вот, нашла. Взгляни, пожалуйста. Это моя мама, это моя бабушка, это моя прабабушка. Похожи друг на друга, правда? Улавливаешь фамильное сходство?

Сходство называется! Да все фотографии были на одно лицо. Ленино. На фототипии прабабушки — в декольте, диадеме и колье — было написано: «Их сиятельство графиня Воронцова-Белозерова». Выцветшими позолоченными буквами, но вполне отчетливо.

— Ладно, пойдем дальше. — Лена бережно убрала фотографии, достала еще одну, усмехнулась. — Кстати, как тебе домик?

Домик был весьма неплох, весьма, двухэтажный особняк с эркером, лепниной по фасаду и флюгером в форме длиннохвостой собаки. На его фоне был запечатлен осанистый мужчина в дорогой, молодецки распахнутой шубе, блестя пронзительными, на выкате, глазами, он улыбался саркастически.

— Это барон фон Грозен на пороге собственного дома. — Лена осторожно провела ногтем по фотографии. — Загадочнейшая личность. Маг, прорицатель, астролог, спирит. Прабабушка же в силу своих оккультных дарований была его бессменной ассистенткой, правой рукой. И не только ассистенткой. Впрочем, брачные узы всегда тяготили ее. В итоге все закончилось трагически — ее очередной любовник, гвардейский офицер, убил фон Грозена прямо на крыльце, затем ворвался в дом и перерезал себе горло... Очень странная история. А через некоторое время графиня разрешилась девочкой, если интересно знать, глаза у нее были необыкновенного, ярко-зеленого цвета. Это была моя бабушка.

Лена убрала фотографию, защелкнула альбом и без улыбки, посмотрела на Тима.

— Вот такие, дорогой мой, дела.

Глаза у нее были того самого радикально зеленого цвета, о котором упоминали Ильф и Петров в своих «Двенадцати стульях».

Епифан (1957)

В воздухе, тяжелом, словно в бане, не чувствовалось ни ветерка. Парило немилосердно, к вечеру, как пить дать, собирется гроза. Невский угорал в тревожном ожидании, сонные дома оцепенели в сизой дымке, от жары плавился асфальт, и женщины дырявили его каблучками своих туфель-лодочек. Топ-топ-топ. Хотелось сбросить потное белье, залезть по шею в воду, ощутить на теле ласковые пальцы бодрящей свежести. Куда там — топ-топ-топ. Жара, пыль, автобусный чад, да еще пух тополиный этот, липнущий к коже, заставляющий чихать, оседающий сединой на перманентно завитых кудрях. Что-то нынче рано началась летняя метелица!

А вот комбайнер Епифан Дзюба на адскую жару внимания не обращал. Он только что отлично пообедал в «Норде» и неторопливо шагал по Невскому, рассматривая встречных женщин... Мурлыча себе под нос, Епифан дошел до площади Островского, глядя на самодержицу российскую, раскучерявил чуб, поправил орден и, обливаясь по́том, направился в публичное хранилище знаний.

Воздух в читальном зале был тяжел. Пахло клеем, деревом, кожей переплетов, мелкой, забивающейся во все поры пылью. Высоко, у лепного потолка, нарезали широкие круги мухи, пикировали, бились бешено об оконное стекло. Уж кажется, тут-то им чего — ни дерьма, ни помойки. Выходит, есть чего... И тишина, академическая, благоговейная, как и подобает сокровищнице знаний, нарушаемая лишь скрипом стульев, шелестом страниц да негромким, на научную же тематику, разговором вполголоса...

— Но ведь это Бог знает что такое,— говорил библиотекарше пожилой, интеллигентного вида мужчина, нервно приглаживая пышную, сплошь седую шевелюру. — Милочка, ведь пятьдесят седьмой год на дворе! Ну почему же нельзя?

Лицо у него было хорошее, без фальши, на лбу глубокие морщины, как у человека, пережившего многое.

— Я что, Дом Советов? — Милочка пожала плечиком, и стало ясно, что ее кофточка под мышкой пропотела насквозь. — Вы же знаете, товарищ Метельский, вся литература по моногенезу переведена в спецхран. Только по спецразрешению. Оно у вас есть?

В ее вопросе слышался ответ.

— Все ясно, ничего не изменилось, — Метельский как-то горько усмехнулся и кивнул с отменной вежливостью: — Прощайте, милочка.

Неторопливо повернулся, опять пригладил волосы и, чуть заметно горбясь, пошел из зала. Его отличный габардиновый костюм лоснился на локтях, штиблеты были стоптаны и требовали если не каши, то изрядной порции ваксы.

«Вот оно, горе-то от ума», — взглянув интеллигенту вслед, Епифан сладко улыбнулся милочке.

— Я, стало быть, на учебу прибыл...

Сила улыбки победила и жару, и усталое раздражение — милочка улыбнулась в ответ.

— И по какому же профилю?

— По широкому... С детства неравнодушен к прекрасному... — Он отметил взметнувшиеся реснички и после секундной паузы продолжил: — к прекрасному вашему городу... Особенно интересуюсь тем, с чего все начиналось, как здесь все было... тогда...

— Значит, вам нужен каталог по историческим наукам и краеведению. Это в том конце зала. Выпишите, что надо — и ко мне...

«Левая Тентелевка, Правая Тентелевка, черт ногу сломит... — бубнил через час Епифан, обложенный справочниками и копиями старинных карт. — Давно сгорело все, с потрохами сгинуло, по ветру развеялось... Что иголку в стоге сена... Только нет в том стогу никакой иголки...»

Епифан вернул милочке стопку старинных трудов и резво, с несказанным облегчением, выскользнул на улицу, будто из парной вывалился в предбанник. И на мгновение оцепенел. Вот это да!

Тучи свинцовым покрывалом лежали на домах, ветер, порывистый и злой, закручивал фонтанчиками тополиный пух, воздух был ощутимо плотен, пропитан электричеством и, казалось, искрился.

А с Невы стремительно, отмечая свой путь лиловыми сполохами, надвигался мощный, во весь горизонт, грозовой фронт — громыхающим, пока что вяло, иссиня-фиолетовым линкором. В реве стихии, гудении проводов, треске ломаемых веток как бы слышался глас поэта: буря, скоро грянет буря!

«Норд-вест, шесть баллов, — послюнив палец, Епифан окинул взглядом небо, закурил с третьей спички и, отворачивая лицо от ветра, засунув руки в карманы, гордо пошагал по обезлюдевшему Невскому. — Ерунда, гроза пройдет стороной».

Однако, когда он поравнялся с Думой, над самой его головой полыхнула молния, громыхнуло так, что заложило уши, и в вышине за сизым пологом будто бы разверзлись хляби небесные — дождь полил как из ведра, сплошной, колышущейся на ветру стеной. Зажурчали струи в водосточных трубах, по асфальту побежали мутные, бурлящие потоки.

— О черт! — ругаясь, Епифан выплюнул размокшую папиросу и, заметив какую-то дамочку, закрывающуюся зонтом, не раздумывая, бросился к ней.

— Девушка, можно к вам?

Снова громыхнуло в вышине, Илья-пророк понаддал, и тротуар стал на глазах превращаться в море.

— Подержите-ка, — даже не глянув, дамочка сунула Епифану зонт и ловко сняла туфли-лодочки, рассмеялась. — Ой, вода как парное молоко. Давайте вон туда, под козырек.

Голос у нее был звонкий, как малиновый колокольчик, ноги с маленькими узкими ступнями, высоким подъемом и тонкими породистыми лодыжками. Очень, очень красивые ноги. Пока бежали до укрытия, Епифан все боялся наступить на них, не отрываясь, смотрел, как весело и ловко они шлепают по лужам.

— Ура! — Вынырнув из-под зонта, дамочка скользнула в нишу и отступила в сторону, оставляя место для Епифана. — Ну что же вы, я не кусаюсь.

А он, застыв под проливным дождем, не отрываясь смотрел на нее и ничего не видел, кроме золота волос, аквамаринового блеска глаз, влажной свежести коралловых, тронутых улыбкой губ. Французы называют такое состояние «конжексьон» — когда бешено пульсирующее сердце готово выскочить из груди, а кровь вскипает и мягко, опьяняющей волной ударяет в голову.

— Иду. — Епифан наконец справился с собой и, складывая зонт, шагнул под козырек. — Так, значит, вы не кусаетесь?

Слово за слово, они разговорились — под мельтешение молний, журчание струй, слабеющие, постепенно отдаляющиеся раскаты грома. Девушку звали Машей, и возвращалась она из «Гостиного двора», где намеревалась купить себе чего-нибудь веселенького для юбки клеш, но ничего подходящего не нашла, цветовая гамма не та, бедновата. А что касаемо хождения босиком, так это очень полезно для нервных окончаний, находящихся в коже стоп. Да впрочем, если честно — туфель жалко, настоящих румынских, шпилька восемь сантиметров. И на ноге ничего...

Стоя рядом, они слышали дыхание друг друга, встречаясь взглядами, не отводили глаз и не могли избавиться от чувства, что знакомы уже давно и очень близко. Их словно окружила невидимая стена, образовав волшебный, преисполненный доверия и нежности мир. Пускай там, снаружи, сверкают молнии и барабанит дождь, а здесь — ощущение душевного тепла, запах резеды от плеч Маши, тревожное, заставляющее биться сердце предвкушение счастья. Стоять бы так и стоять, до бесконечности, но — летняя гроза быстротечна. Тучи, взяв курс на запад, величаво уплыли, дождь, выдохшись, перестал, на небе, вымытом до голубизны, показалось рыжее вечернее солнце. Море разливанное на мостовой как-то сразу обмелело, а по невским тротуарам повалила разномастная возбужденная толпа...

— Ого, сколько времени, — отодвинувшись от Дзюбы, Маша посмотрела на свои часики-браслетку, потом на босые розовые ноги и стала поспешно обуваться. — Слушай, Епифан, не слишком мы заболтались?

Спросила так, для приличия, чувствовалось, что расставаться ей совсем не хочется.

— Само собой, разговоры на пустой желудок до добра не доводят. — Епифан вздохнул. — Ай-яй-яй, чуть ужин не пропустили. А ведь у меня режим... Обулась? Как ты насчет мцвади-бастурмы с зеленью, овощами и соусом «ткемали»?

— А что это такое?

— Пойдем, узнаешь...

И взяв Машу под руку, с напористой галантностью, повел ее в ресторан «Кавказский», что неподалеку от Казанского собора. Каблучки туфель-лодочек радостно стучали по стерильному асфальту.

В полупустом ресторане Епифан кроме обещанной бастурмы заказал салат «Ленинаканский» — жареные над углями на шампурах баклажаны, перец и помидоры, — чахохбили из курицы, толму по-еревански, купаты. К мясу — «Тибаани», к птице — «Чхавери», всякие там сластящие «Киндзмараули», «Твиши», «Хванчкару», «Ахашени» — для утоления жажды. Еда таяла во рту, вино лилось рекой, конкретно еврейский оркестр играл «Сулико ты моя, Сулико». Атмосфера была самой непринужденной, и время пролетело незаметно.

Когда они выбрались на воздух, часы показывали за полночь. Хохоча, разговаривая куда громче, чем следовало бы, они успели на последний троллейбус и, не разнимая рук, плюхнувшись на продавленные сиденья, покатились сонным Невским на Петроградскую сторону. Маша домой, Епифан — проводить ее. Гудели, накрутившись за день, уставшие электромоторы, за окнами плыла ночь, июньская, пока еще белая.

Маша, задремав, положила Епифану на плече теплую, неожиданно тяжелую голову, и он, охваченный волнением, сидел не шевелясь, чувствуя, как пробуждаются в сердце нежность, радостная истома и неодолимое, древнее как мир желание. А троллейбус между тем пролетел Невский, с грохотом промчался через мост и по краю Васильевского, мимо ростральных колонн, выкатился на Мытнинскую набережную — вот она, Петроградская сторона! Пора просыпаться, прибыли.

Жила Маша в старом доме неподалеку от зоопарка — выцветший фасад, некрашеные рамы, тусклая лампа над подъездом. Во дворе — заросли сирени, аккуратные поленницы, сараи-дровяники, в центре дощатый колченогий стол в окружении дощатых же колченогих лавок. Обычное послевоенное благоустройство.

— Мама-то ругаться не будет? — Епифан, улыбаясь, тронул Машу за плечо, придвинулся, взглянул в глаза. — А то, может, погуляем еще?

Ему бешено хотелось сжать ее в объятиях, ощутить упругую податливость груди, бедер, зарыться ртом в золото волос, но он не спешил, вел себя достойно. Нужно держать марку. А потом, предвкушение блаженства — это тоже блаженство.

— Нет, не будет. — Маша не ответила на улыбку, и глаза ее под стрелками ресниц стали влажными. — Некому меня ругать, я живу одна.

— О Господи, какой же я дурак, прости...

Епифан убито замолчал, в душе переживая неловкость, а откуда-то из подсознания, из сексуальных бездн, взбудораженных близостью женщины, ужом вывернулась радостная мыслишка — одна, одна, живет одна! А вдруг... Тем более, мосты разведут скоро...

Только «а вдруг» не случилось.

— Никакой ты не дурак, — внезапно встав на цыпочки, Маша чмокнула Епифана в щеку, и в голосе ее проскользнуло нетерпение: — Мы еще нагуляемся с тобой. Давай завтра на том же месте в семь часов.

Сказала и, не оборачиваясь, глядя себе под ноги, медленно вошла в подъезд. Хлопнула тугая дверь, застучали шпильки по лестничным ступеням, и наступила тишина. Затем зажегся свет в прямоугольнике окна, мелькнул за занавеской женский силуэт, и через минуту все погасло, словно ветром задуло свечку. Жила Маша совсем близко к небу, на последнем, четвертом этаже.

Тим (1977)

— Ладно, юноша, допустим, вопросы билета вы осветили. — Профессор Уткин нахмурился, недобро глянул на Тима поверх очков и глубокомысленно пригладил пегую, жиденькую шевелюру. — А теперь расскажите-ка нам о надстройке. И присовокупите-ка к ней учение о базисе...

«Допустим!» Вот сволочь! С его же конспектов списано, вдумчиво прочитано и воспроизведено слово в слово. Боевой пиджак, левый карман, шпаргалка «крокодил» номер пятьдесят восемь. Исторический материализм-с. Прогибистое словоблудие в свете последних постановлений... И почему-то именно по подобным, извините за выражение, наукам и самая засада. Почему-то по нормальным наукам и экзамены нормальные: знаешь — получи, не знаешь — извини. Почему-то к Итсу, Столяру, Немилову, Шапиро или Козьмину уважающий себя студент-историк никогда не попрется ни с «крокодилами», ни с «медведями», а на «капээсню» и прочее «мэлэфэ» — святое дело. Потому как густопсовое жлобство, помноженное на злобствующее иезуитство...

А вообще-то Уткина понять можно — нет счастья в жизни. Росточком с ноготок, внешностью не вышел, а главное, мыслей в плешивой голове ноль. Даром что профессор, а докторскую-то диссертацию третий раз заворачивают. Что ни говори, завкафедрой и кандидат наук — отвратительнейшее сочетание. Такое же мерзкое, как одышка, геморрой и вялость члена, в результате которых наблюдается дисгармония в семейной жизни. А тут еще студенты всякие вопросы задают, правду-матку захотели! От него, секретаря парторганизации!

Это Тим еще в прошлом семестре имел неосторожность спросить: если между социалистическими странами не может быть антагонистических противоречий, чем же тогда объяснить агрессивную политику Китая, страны, как ни крути, социалистической? Профессор Уткин тогда внятного ответа не дал, уклонился, но, улыбаясь фальшиво, заимел на любопытствующего даже не большой и острый зуб — моржовый клык. И вот час расплаты настал. Как ни старался Тим, чего только ни наговорил про базис и надстройку, про классовую сущность государства и про его отмирание на стадии развитого коммунизма, ничего не помогло.

— Слабо, очень слабо, вы, Метельский, политически серы, как штаны пожарника. — Профессор золотозубо улыбнулся, смачно захлопнул, не подписывая, зачетку и кончиками пальцем протянул Тиму. — Неуд, большой и жирный. В следующий раз придете.

На его одутловатом, с серыми щеками лице было разлито самодовольство.

«Ну, гад. Чтоб тебе тошно стало», — Тим с ненавистью взглянул на Уткина, и тот вдруг предстал перед ним в ином виде. Жалким, скорчившимся трупом на столе, застеленном красной скатертью. Галстук а-ля Ильич, синий в белый горошек, был полураспущен, брюки с расстегнутым ремнем съехали вниз, левая штанина задралась, выставляя на всеобщее обозрение тощую, синюшного оттенка ногу, жидкую кучерявую поросль и вялую резинку несвежего носка...

А жизнь между тем шла своим чередом. Близилось лето красное, заканчивалась экзаменационная суета, а на дверях парткома в повестке дня сердито написали малиновым фломастером: «Персональное дело гр. Брука». И студенческая братия, возликовав, вздохнула с облегчением. Ура — Изя Брук едет. Дай Бог, чтобы с концами. Катись колбаской по Малой Спасской!

Профессора кафедры истории КПСС Израиля Иосифовича Брука простой народ не любил. Не зря. Был Израиль Иосифович спесив, зануден, а главное — до жути косоглаз. У такого не спишешь... И вот наконец правда открылась во всей своей сионистской неприглядности — бывший, надо полагать, коммунист Брук смотрел, оказывается, в сторону своей исторической родины. Ай-яй-яй-яй-яй. Кто-то негодовал, кто-то обличал, кто-то обливал ядом презрения. Большинство завидовало.

Тиму же и на Израиля Иосифовича, и на его историческую родину было наплевать — нехай едет. Исторический бы, мать его, материализм спихнуть, чтоб стипендию дали. Наконец, напрягая все силы, он исхитрился попасть на пересдачу к Павлихиной, толстой, доброй, усатой старой деве, навешал ей лапши сначала про общественно-экономические формации, а на закуску — про Крупскую, Ленина и Инессу Арманд, получил желанную «четверку» и от переполнявших его чувств отправился по нужде в сортир. Залез в уютную кабинку у окна, на ощупь взял газетку с подоконника и принялся неторопливо совмещать приятное с полезным. Программа телевидения, прогноз погоды...

Мерно и задумчиво капала вода, томно и журчаще ворковали трубы, в сортире было тихо, прохладно и спокойно, казалось, вся мирская суета осталась где-то там, снаружи, за кафельными стенами.

Только внезапно хлопнули двери, и течение вечности нарушил картавый козлетон:

— Так что, Саша, теперь этот ваш, с позволения сказать, коммунизм возводите без меня. Хватит. Я и социализма-то наелся во как, по самые гланды!

— Да я, Израиль Иосифович, Бог даст, тоже здесь не задержусь, двину следом за вами. — Неведомый Саша тяжело вздохнул. — Софочка через тетю Хаю уже делает вызов. — Зевнул, пукнул с большой волей к жизни и спросил равнодушно: — Уткин-то как умер? В муках?

Тим у себя в кабинке вздрогнул и чудом не потерял баланс — Уткин?

— Как и положено коммунисту, на боевом посту. — Брук весело расхохотался и звучно застегнул штаны. — Только обличили меня, заклеймили позором и выперли, как любимый парторг захрипел и шмякнулся на стол президиума, прямо на кумачовую скатерочку. Распустили ему галстук, расстегнули ремень, а он уже готов — не дышит. Синий, словно цыпленок за рубль пять копеек...

Когда ренегат с приспешником ретировались, Тим выбрался из укрытия, автоматически вымыл руки и медленно вышел в коридор.

Епифан (1957)

— Может, ты хочешь пломбир? — Маша озорно прищурилась и, с хрустом надкусив вафельный стаканчик, подставила улыбающиеся губы. — Ванильный.

Плевать, что вокруг народу полно, пускай смотрят. Хотя счастье не любит чужих глаз.

— Ванильный, говоришь? — Епифан сдержанно поцеловал ее, нахмурившись, с видом знатока, поцокал языком: — Все-то ты врешь, майне либлих, это банальный крем-брюле...

Взбудораженные представлением, они шли набережной Фонтанки из цирка, вдыхали с наслаждением речную свежесть, дурачились, делились впечатлениями — как же, эквилибристы-мотоциклисты, артисты-иллюзионисты, жонглеры-акробаты, бригада клоунов «Веселые ребята». А еще — «резиновая женщина», джигиты-наездники и героическая пантомима «Выстрел в пещере» из жизни советских пограничников. За десять дней знакомства они уже облазили весь город, пересмотрели «Восстание в пустыне», «Огонь», «В сетях шпионажа» и, еще не сблизившись физически, уже не представляли, как можно обходиться друг без друга. Словно невидимые нити накрепко связали их души. Впрочем, не такие уж и невидимые...

106

Фамилия у Маши была старинная, немецкая и самая что ни на есть романтическая — Моргентау, Утренняя Роса,— а происходила она из рода мюнхенских скрипичных мастеров, получивших дворянство еще при Фридрихе Третьем — за искусность, помноженную на верность. Не из пролетариев среднерусской полосы... Когда осенью сорок первого взялись за поволжских немцев, Густава Моргентау — приставка «фон» по понятным причинам вылетела из фамилии двадцатью годами раньше — загнали в лагеря, где он и погиб под стон лесов таежных, придавленный бревном. Марию же с матерью отправили на Кольский, на поселение, в Ловозерье — нехоженая тайбола, полярное сияние, нескончаемая северная ночь. Фрау Моргентау, веруя в судьбу, истово молилась Богу, не противилась злу и при эвакуации все же сумела прихватить пару чемоданов книг: стихи Гёльдерлина и Гёте, немецких романтиков, грезящих рыцарями, подвигами, прекрасными девами, волшебством и чародейством. Как ни мучил ее смерзшийся навоз, как ни хлестали хвостами по лицу коровы во время дойки, веру в доброту и благородство она не потеряла, ночи напролет читала сказки про Лоэнгрина, Зигфрида, Парсифаля и Роланда. В том же духе воспитывала и дочь, разговаривая с ней на изысканном немецком,— правда, недолго, пока не умерла от пневмонии. А Мария очень скоро разуверилась и в доброте, и в благородстве — с того памятного дня, когда ее, четырнадцатилетнюю девчонку, изнасиловал пьяный оперуполномоченный из области.

Медленно, тягостно, словно зловонная жижа, тянулось на Кольском время — полярный день, полярная ночь, и год долой, как в песок. Хорошо еще, что жил на поселении Хайм Соломон, старый иудей-закройщик, человек занудный, но сердцем добрый. От нечего делать он учил Марию промыслу:

— Детка, вы разуйте глаза: это-таки мадаполам, а не миткаль. И Боже вас упаси путать бархат с трипом, вельверет с плисом, а лапсердак с фраком. Ах, видели бы вы, какой я тачал ансамбль графу Понизовскому, если бы вы только видели! В нем его и расстреляли...

В конце пятьдесят третьего все вдруг изменилось к лучшему — всесильного Берия отправили к графу Понизовскому, объявили его линию ошибочной и стали потихоньку отпускать ссыльнопоселенцев на свободу.

— Чтоб им так жить! — выругался на прощание Хайм Соломон, сплюнул в вечную мерзлоту и уехал шить лапсердаки в Израиль.

Мария же подалась в Ленинград, к старшей маминой сестре тете Хильде, избежавшей пролетарской кары только потому, что была по мужу Лазаревой. Добрая старушка, одинокая и набожная, всеми правдами и неправдами прописала племянницу, помогла устроиться портнихой в ателье и то ли от хлопот, то ли от переживаний умерла. В семнадцать лет Мария осталась одна в огромном незнакомом городе, но не потерялась, не пропала, не пошла дурной дорожкой. Чудесным образом чувствительный романтизм уживался в ней с практицизмом и деловой хваткой. Благодаря врожденному трудолюбию и золотым рукам ее скоро перевели в закройщицы и не посмотрели на национальность. Появились знакомые, связи, свои клиенты: в магазине ассортимент — особо не разгуляешься, да и дорого, а в ателье шить — самый раз.

В ателье?

Тщательно все взвесив, Мария присмотрела старый «зингер», привела в порядок и стала потихоньку прирабатывать на дому. А чтобы соседи не настучали в ОБХСС, старой склочнице Саре Самуиловне справила халат, пролетариям Сапрыкиным настрочила наволочек, упоила вусмерть слесаря Панфилова, а потаскушке Верке, стервозной и обидчивой, подарила заграничные, со швом, чулки. Пришлась ко двору — ай да новая жиличка, молодец девка! Всем удружила, никого не обошла! А уж чистюля-то, уж аккуратница! И себя соблюдает...

Да, жила Мария одиноко, в строгости. Многие подбивали под нее клинья, да только все никак не забывались руки оперуполномоченного, запах чеснока, пота, нестираных подштанников, пронзительная боль утраты, стыд и торжествующие стоны грубого скота. Пока не встретила Епифана. Увидела его, и сердце сразу екнуло — вот он, долгожданный, единственный, родной, Лоэнгрин, Парсифаль, Зигфрид и Роланд в одном лице! С женской проницательностью поняла, что и орден этот, и дурацкий чуб, да и имя несуразное — маскировка, личина, под которой скрывается рыцарь благородных кровей. И интуиция ее не подвела. Епифан держался чинно, был предупредителен и сдержан. К тому же владел немецким, и они часами разговаривали о прекрасном... Бедное сердечко Марии трепетало в предчувствии счастья...

Июльское солнце между тем ушло за горизонт, и над городом сгустилась ночь — теплая, все еще светлая, но, увы, уже не белая, с ясно различимой на небе убывающей луной. Звенело, докучая, комарье, какой-то недоросль в тельнике ловил колюшку сеткой, сфинксы на Египетском мосту смотрели мудро и разочарованно.

Вдруг откуда-то вывернулись двое граждан, всем своим видом и манерами как бы вопрошавшие: а зубы вам не жмут? Клешнястые руки их пестрели синевой татуировок, у одного, остриженного наголо, глаза были остекленевшие, характерные для человека с перебитым носом, лицо другого, широкого как дверь, пересекал белесый выпуклый рубец, какие остаются после «росписи пером». Та еще была парочка, крученая, верченая.

— Ты гля, Сева, каков фраерок, — с издевочкой сказал первый, оскалился и кивнул небритым подбородком на Епифана. — При котлах, на манной каше, в фартовых ланцах из фактуры...

— И при изенбровой биксе, — ухмыляясь, подхватил другой и неторопливо раздел Машу сальным глазами. — Бля буду, у нее не сорвется, передок, в натуре, ковшиком. А если помацать...

Он попытался облапить Машу за бедро, но от пинка в живот согнулся надвое, надсадно захрипел и, получив еще локтем по позвоночнику, расслабленно уткнулся физиономией в асфальт.

— Сука!

Подельник Севы, мигом сориентировавшись, выхватил перо, страшно заверещав, попер буром, но словно какой-то смерч подхватил его, ударил головой о каменное ограждение и с легкостью, будто перышко, вышвырнул в Фонтанку.

Булькнула вода, взмыли в небо потревоженные чайки, выругался матерно недоросль в тельнике, пробавляющийся колюшкой. И все стихло.

— Бежим!

Епифан твердо схватил Машу за руку и стремительно, не объясняя ничего, повлек за собой, так что каблучки ее туфель застучали по асфальту пулеметной очередью. Какие тут объяснения — один с пробитым черепом на дне реки, другой с раздробленным позвоночником в глубоком рауше. Они стремглав махнули через набережную, пробежали с полквартала и, запыхавшись, нырнули за ажурные, старинного литья, ворота в маленький аккуратный двор. Здесь было покойно, зелено и уютно. В обрамлении кустов была устроена детская площадка — карусель, грибочки, песочница, качели, за зарослями шиповника виднелся двухэтажный особняк, нарядный, с флюгером в виде собаки, у тускло освещенного крыльца его стояла древняя, на чугунных ножках, скамейка.

— О, ты вся, майне либлих, дрожишь? — Епифан, переведя дыхание, крепко обхватил Марию за плечи, с нежностью прижался губами к ее уху. — Ну все, все, не бойся, я никому не дам тебя в обиду...

Однако Мария дрожала не от страха, на поселении в Ловозерах видывала и не такое. Она трепетала от восхищения, от искреннего преклонения перед мужчиной-воином, могучим и непобедимым рыцарем. Ее романтичная душа пребывала в смятении, а из бездны естества, из глубин женской сути подымалось древнее как мир желание, побуждающее избавиться от последних оков стыдливости.

Мария судорожно прильнула к Епифану, порывисто и нежно, со слезами на глазах обвила его шею руками... Ей чудилось, что она — Изольда — обнимает Тристана, голова ее кружилась, ноги подгибались.

Епифан с готовностью обнял ее, обхватив чуть ниже талии, с жадностью впился губами в губы...

Не разжимая рук, не прерывая поцелуя, они направились к скамейке у крыльца, Мария опустилась Епифану на колени, нетерпеливо раздвинув ноги... И время для них остановилось...

Правда, ненадолго. В тот самый миг, когда должно было свершиться главное, щелкнул замок, дверь особняка открылась, и с крыльца раздался хриплый, полный радостного изумления голос:

— Бог в помощь, ребяты!

Чувствовалось, что человеку в этот вечер явно не хватало собеседника. Точнее, собутыльника.

Епифан в бешенстве поднял лицо с груди Марии и произнес, виноватясь:

111

— Прости, браток, сейчас уйдем.

У человека на крыльце один рукав хэбэшки был аккуратненько подвернут до локтя, а на груди висели ордена солдатской Славы, три сразу, полный бант. Это тебе не ленинский профиль, полученный в мирное время. Да еще липовый.

— А к чему вам, ребяты, идти куда. Дело-то молодое, да еще к ночи. — Трижды орденоносец закашлялся. — Вона, валяйте-ка в младшую группу, один хрен, детки все на даче. В саде только я да баба моя, храпит, верно, в три завертки. Не могет пить, слабый пол... А вы и катитесь в младшую-то группу. Червонца бы за три... Ну за два...

В умильном голосе его слышалась надежда. «О Господи, неземное счастье за два червонца!» — Епифан с легкостью взял Машу на руки, бережно, словно невесту, внес на крыльцо и, осторожно поставив на ноги, вытащил хрустящую, размером с носовой платок, бумажку:

— Держи, браток.

— Ёшкин кот, сотельная! — Герой захрустел бумажкой, и голос его сорвался, осип. — Ну, ребяты, ну!.. Давайте по колидору налево, вторая дверь. Там и матрацы имеются, не пропадете. А я к Салтычихе за водкой, уж теперь-то...

Епифан взял Машу за руку, и они шагнули за порог, словно перешли Рубикон, не оглядываясь, не задумываясь о пути назад...

Андрон (1977)

Первое лето служения родине началось для Андрона скверно — кухонным нарядом да еще в варочной. А варочная — это мозаичный пол, который надо драить по десять раз на дню, бездонные котлы, вылизываемые до зеркального блеска, шум, гам, великая суета, грохот посуды и ни минуты покоя. Сатанинское пекло, где воняет мерзостно, жара как в аду, и орут по любому поводу разъяренные повара:

— Эй, варочный! Варочный! Варочный!

Впрочем, не факт, все зависит от смены. Ефрейтор Щербаков, блатняк-ленинградец, земляков особо не мордует, если в хорошем настроении, так еще и в офицерский кабинет зазовет, навалит с верхом антрекотов и наструганной соломкой жареной картошечки. А вот рядовой Нигматуллин... Гоняет, сволочь, и в хвост, и в гриву. Совсем озверел, шакал, после того, как на гауптвахте побывал. И поделом, неча в автоклаве хэбэ кипятить. А уж если стираешь, то хоть воду-то сливай. А то ведь какая история, ефрейтор Щербаков смену принял, увидел что-то мутное в котле и неописуемо обрадовался — спасибо Нигматуллину, бульон уже готов. И сварил не долго думая борщ на хэбэшном отваре...

Плохо началась неделя, хлопотно, в смраде, в грохоте, да только неизвестно, где найдешь, где потеряешь, в армии все в руках командирских. Утром в среду Андрона выдернули в ротную канцелярию. Это было небольшое, декорированное дубом помещение, в котором царила атмосфера дисциплины и субординации. Ротный властелин, старлей Сотников, восседал по-барски за столом, курил и с деловитой начальственностью медленно водил носом. Рядышком устроился ефрейтор Мартыненко и привычно, беглым почерком, заполнял секретную тетрадь — сочинял конспект занятия по политнатаскиванию офицерского состава. На щекастом, лоснящемся лице его было написано страдание: из-за своей незаменимости на дембель он уходил в последней четвертой партии вместе со всеми разгильдяями и залетчиками...

В канцелярии, несмотря на приоткрытую форточку, было душно. На стенах кварцевые, сердечком, ходики, бархатный переходящий вымпел, мухи, почетная грамота, отдельно в массивной золоченой рамке прищур вождя. То ли он заглядывал ефрейтору через плечо, то ли перемигивался с Феликсом, повешенным напротив, не понять. Одно ясно — живее всех живых...

— Разрешите, товарищ старший лейтенант!

Андрон перешагнул порог, притопнул, как учили, по-строевому и принялся докладывать по всей форме, что мол рядовой Лапин по вашему-де приказанию явился.

— Вольно. — Сотников миролюбиво взмахнул рукой, испытующе посмотрел на Андрона и, улыбнувшись милостиво, начал издалека. — Ну как там в варочном?

Вот гад, будто не знает!

— Нормально, товарищ старший лейтенант, — пожал плечами Андрон, однако вдаваться в подробности не стал, — тепло и сыро.

— Верно, тепло и сыро, как в половом органе. — Сотников понимающе кивнул, загасил окурок и сделался серьезен. — Кстати о п...зде — сын у меня родился, Лапин, наследник. Надо бы коляску, а они только в ДЛТ, по записи... Тебя лейтенант Грин держит за чекиста перспективного, поимистого. Достанешь? По госцене? Или в варочном тебе больше нравится?

В варочном Андрону не нравилось. Взял он деньги и увольнительную, выбрался за ворота КПП и, прицепив в первой же парадной «сопли» старшего сержанта, отправился в ДЛТ. Один Бог знает, чего это ему стоило, но коляску он достал — зимнюю,

114

гэдээровскую, с тормозом и теплой подстежкой. Как заказывали, по госцене.

Без приключений Андрон нашел на улице Кораблестроителей нужный дом, загнал коляску в старлейскую квартиру и, до копейки разобравшись со сдачей, благополучно вернулся в часть. Управился к обеду...

За этот подвиг он был переброшен из варочного в зал — мыть кружки и протирать столы, а в воскресенье отправлен в увольнение на целый день. Вот прядильщицы-то были довольны!

Однако же закончилась неделя, как и началась — скверно. Весьма. Из увольнения не прибыл в срок художник Загуменный, пришел, гад, с опозданием на час, поддатый, с битой харей, да еще стал врать, что принимал участие в задержании вооруженного преступника... А впереди ведь понедельник, день тяжелый, учебный, с выездом на природу. Ну, быть бегам!

Позавтракав, погрузились на машины, в молчании доехали до Финбана, подавленно расселись по вагонам, а когда стали подъезжать к Пери, Сотников плотоядно оскалился, с чмоканьем ударил кулачищем о ладонь и встал.

— Рота! Подъем! На выход!

О-хо-хо-хо-хо-хо... Вышли из вагонов, построились, приготовились к самому худшему. А вокруг благодать летнего пригожего дня. Вьются над цветочками пчелы, весело чирикают птички, барышни в юбках чуть ниже трусиков идут, сверкая икрами, на речку. Парадиз...

— Рота! Газы! — рявкнул Сотников и уложил для разминки свой личный состав мордами в пыль: — Вспышка слева!

Делать нечего, натянули противогазы, плюхнулись на брюхо и стали ждать, пока засранец Загуменный залезет в ОЗК — влагонепроницаемый комплект химической защиты. Счастье его, что залетел в одиночку, а так бы пер еще с кем-нибудь на пару зарядный ящик с «крокодилами», зелеными резиновыми дубинками. А это пуда три, не меньше, пупок развяжется сразу... Везет ведь мудакам...

Наконец Загуменный облачился в ОЗК, застегнул ремень с лопатой и подсумками, повесил автомат, натянул противогаз, и Сотников с ухмылочкой скомандовал:

— Рота! За мной!

Уныло поднялись, построились, матерно ругаясь про себя, потрусили. Пыль, жара, резиновая вонь, малая лопатка, мерно барабанящая черенком по жопе. Левой, левой, левой! Колонну замыкали сержанты — озлобленные, без противогазов, налегке; сбоку овчарками, сбивающими стадо, бежали старшина и офицеры — в охотку, без галстуков и фуражек, в рубашечках и хромовых сапогах. Левой, левой, левой! Главное, не смотреть по сторонам, главное, не думать ни о чем, главное, не отрывать набухших глаз от ног бегущих впереди. Левой, левой, левой! А иначе сдохнешь, сдохнешь, сдохнешь...

Само собой, Загуменный стал скоро отставать, выдохся. Ну и не надо, тащись себе полегоньку шагом. Вот так, вот так, вот так, пока не упадешь. Ну ничего, не страшно, полежи, отдохни...

— Рота, стой. — Выждав, пока отрыв будет приличным, Сотников самодовольно усмехнулся, сплюнул и весело скомандовал: — Кругом! За раненым! По-пластунски!

Что-что, а вые...ать личный состав он умел, с командира взвода приучен.

Брякнулись на брюхо, извиваясь по-змеиному, поползли, попластались в дорожной пыли. По-гадючьи, двести метров. А может, триста. Доползли, встали. С руганью подняли Загуменного, взяли под зелены руки, потащили, задыхаясь, сменяясь через каждые сто метров, ненавидя даже больше, чем Сотникова.

— Ну, сука, ну, гнида, ну, падла, вот доберемся до части!

Второй час, седьмая верста. Рота, отбой! Можно противогазы снять, вылить пот и тащиться дальше... Третий час, двенадцатая верста. Привал. Впереди еще столько же. Хэбчики мокрые насквозь, красно-сине-буро-малиновые пятна в глазах, что-то судорожно пульсирует, бьется у самого горла — то ли сердце, то ли желудок, то ли селезенка, наплевать... Пятый час — очко, двадцать первый километр. Рота, стой! Что там такое? Загуменный плох? Носом кровь пошла? Пить надо меньше и больше закусывать! Старшина! Снять с него ОЗК, привести в чувство и выдвигаться на стрельбище!

Господи, хорошо-то как, что налегке. Правильно, загнанных лошадей пристреливают! Ну, Загуменный, ну, падла, ну, сука!..

Наконец прибежали, взмыленные, покрывающиеся на глазах белыми соляными разводами. Пить хочется до умопомрачения, но негде, а из лужи чревато. Терпеть, терпеть, терпеть, глотать тягучую, обильную слюну... Теперь — первое упражнение учебных стрельб из автомата Калашникова, и Боже упаси, чтоб рука дрогнула, не будет ни поблажек, ни увольнений.

Затаить дыхание, плавно жать на спуск и вести огонь короткими очередями, ритмично повторяя про себя: «Двадцать два, двадцать два, двадцать два». А на стрельбище ни ветерка, парит, солнце застыло на небе палящей сковородкой. Пороховая вонь, клацанье затворов, звон выбрасываемых из казенников дымящихся гильз. Двадцать два, двадцать два, двадцать два. Пить, пить, пить...

— Товарищ старший лейтенант! Рядовой Лапин выполнял первое упражнение учебных стрельб из автомата Калашникова! При стрельбе наблюдал: дальняя — упала, ближняя — упала, пулемет — поражен. Остаток четыре патрона.

Между тем отстрелялась рота, хоть и в спешке, но вполне сносно. Два цинка патронов извели. Перекурили втихаря, построились, стали проверять вооружение и снаряжение — ажур. А тут и Загуменный заявился в сопровождении старшины, шепотом отрапортовал как положено, качаясь на ветру, занял место в шеренге. Полная гармония.

— Так, — Сотников, нахмурившись, пожевал губами, — так... — Посмотрел, как строятся другие роты, сплюнул, определился: — К платформе!

Господи, неужели все? Куда там! Метров восемьсот до железнодорожной станции, затем еще четверть часа в строю, на размякшем асфальте, под жгучими лучами солнца...

— Рота, в вагон!

И вот оно, счастье-то — не чуя ног, забраться в электричку, рассесться по нагретым, отполированным задам лавкам. Лямку автоматного чехла — вокруг колена, без сил откинуться на спину и крепко закрыть глаза.

Лапины (1957)

В комнате полумрак, душно. Пахнет примусом, распаренными телесами, водочным угаром, табаком. В углу перед иконами лампадка, в тусклых отблесках ее — Богоматерь-Приснодева, Спаситель собственной персоной и Иаков Железноборский, чудом от паралича исцеляющий. Святая простота,

118

внеземная скорбь и окладистая, до пупа, борода. Ночь, тишина, кажется — покой и умиротворение...

Если бы!

— Ох, чтоб тебя!.. Распалил только, черт пьяный... Что же мне, с кобелем теперь? Или ложку тебе привязывать? — Рослая, нестарая еще женщина резко уселась на кровати, рывком опустив на пол полные, с большими ступнями ноги, подошла к иконам и перекрестилась трижды, не истово, так, для порядка. — За что, Господи? Или прогневила тебя чем?

Под тоненькой ночнушкой груди ее волновались футбольными мячами, ягодицы перекатывались, словно спелые арбузы. Рубенсу и не снилось...

— Вот ведь бабы, а! — С кровати тяжело поднялся человек в трусах, выругался по матери, ловко и привычно закурил одной рукой. — Только и знают, что передок почесать! Все их соображение промеж ног! Суки!

Вторая его рука была отнята по локоть, на срезе культи выделялась выпуклая строчка швов.

— Бог с тобой, Андрюша, окстись!

Женщина отвернулась от икон, и по ее широкому, с простоватыми чертами лицу покатились обильные слезы.

— Я ж тебя всю войну ждала! Думаешь, желающих не было? Да меня полковники за ляжки хватали, «рыбонькой» звали, «душечкой»! А я... А ты... Передок, передок!

Плакала она, как обиженный ребенок. Навзрыд, захлебываясь, прижимая кулаки к маленьким, глубоко посаженным глазкам. Ее крупное, с рельефными формами тело мелко сотрясалось под застиранной рубашкой.

— Медальёновна, отставить рев! — Мужчина в трусах по дуге придвинулся к женщине и, не выпуская изо рта папиросы, звучно похлопал по могучему бедру. — Ну, ну, Варька, хорош сопли мотать!

Резко повернулся, открыл форточку, бросил окурок наружу.

— Сколько раз уже говорено. Только обниму тебя, а мне чудится, будто водителя моего, Левку Соломона, из танка тяну. Солярка горит, паленым воняет. А Левка орет, ноги ему того, по яйца... Какая тут на хрен может быть любовь-морковь... Ну надо — хахаля себе заведи, пахаря грозного, я что, против?

Сказал негромко, мятым голосом, стукнул кулаком по изразцам и вытянулся на кровати, только скрипнули обиженно просевшие пружины.

— Ой, Андрюша, ну что ты, какой такой пахарь грозный? — Женщина всхлипнула, вытерла изрядно покрасневший нос, похожий на картофелину. — Я же тебя люблю, столько лет ждала, так что могу и перетерпеть... Только ты уж не лезь-то, не береди нутро...

— Нутро у нее... А я что, из камня, по-твоему, сделанный?.. — Вновь скрипнули пружины: мужчина сел, сбросив на пол жилистые ноги. — Слышь, Медальёновна, пока ты тут храпака давала, я по летнему-то делу опять парочку пустил. Приятную такую, антилигентную... В младшую группу... Ну, кавалер мне, понятно, благодарность сделал... Возвращаюсь, значит, от Салтычихи — и дерни меня нелегкая пройти мимо двери-то... А там така любовь, така любовь! Аж полы трещат, вот какая любовь! Ну и взыграло, значит, ретивое... Думал донесу до тебя, не расплещу. Ан нет...

Женщина сидела на постели и ласково, словно маленького, гладила мужчину по голове.

— Вчера мне опять единорог приснился, хорошенький такой, вроде молочного телка, а на лбу у

120

него бивень, как у носорога в зоопарке. Скакал он себе, скакал, а потом и говорит, по-нашему, по-человечьи: «Ты, Варвара Ардальоновна, так и знай, зовут меня Арнульфом, а тебе открываюсь, потому как живешь ты в схиме, то есть девственно, и потому имеешь на то полное право. Возьми себе ребеночка со стороны и воспитай, как положено, а за это будет тебе благодать, отпущение грехов и опора в старости. Слушайся меня, Варвара Ардальоновна, потому как аз есмь внук Полкана сын Кентавра, существо вещее рода древнего...»

Замолчав, она вздохнула тяжело, наклонилась, всматриваясь в лицо мужчины, сказала шепотом, просяще:

— Ну что, Андрюша, может, возьмем? Мальчика? И назовем в честь тебя. Пусть будет Андрей Андреевич Лапин. А? И Арнульф порадуется...

Ответом ей был храп, трудный, заливистый, густой, с причмокиваниями и клокотанием.

Тим (1977)

Каникулами сына занялась Зинаида Дмитриевна, и отправился Тим на берег моря Черного, в город-герой Одессу. Точнее, в его ближний пригород Лузановку, место тихое, курортное.

Летели в город-герой на новом реактивном лайнере «ТУ-154». Все было очень мило. Приветливые стюардессы разносили минералку, курчавилась за иллюминатором вата облаков. Не повезло только с соседом, лысым говнюком в отличной паре цвета кофе с молоком. Сперва он все занудничал, что вот такой же, один в один, «сто пятьдесят четвертый» на той неделе спикировал на грунт, потом стал докучать ненужными вопросами и наконец, хвала Аллаху, угомонился, заснул — надрывно всхрапывая и пуская слюни.

Сели благополучно. Разобрались по автобусам, кому в Лузановку, кому в Очаков, погрузили багаж, поехали. Пока суд да дело, Тим свел знакомство с двумя попутчицами, студентками Института культуры. Одну, стройную, в брючном костюме, звали Вероникой, другую, поплотнее, в джинсах и белой блузе, величали Анжелой. Между собой девушки общались, как это было принято в Смольном институте благородных девиц, по фамилиям — мадемуазель Костина и мадемуазель Маевская. К Тиму же институтки обращались на «вы».

Путь был недолог, а формальности минимальны. В лузановском отделении бюро экскурсий туристов ждали ценные советы, направления на групповой постой в частный сектор и курсовки на ежедневное четырехразовое питание. Записали адреса, разобрали талоны на повидло и стали потихоньку разбредаться по хатам...

— Дамы, увидимся на обеде.

Тим щелкнул каблуками и, подхватив вещички, отправился на Перекопскую. Нашел двухэтажную развалюху, крашенную в желтое, а-ля трактор «Кировец», утопающую в море ликующей зелени. На калитке была прибита табличка суриком по жести: «Держися лева». Тронул ветхую калитку, шагнул под сень дерев и тут же отпрянул — справа пахнуло псиной, и огромный волкодав бросился навстречу гостю, сожалея вслух, что коротковата цепочка.

Тим, чувствуя, как бьется сердце, взял себя в руки, криво усмехнулся и бочком, бочком, оглядываясь на барбоса, двинулся искать хозяйку. Скоро песчаная дорожка и пронзительный запах привели его к летней кухоньке, над которой тучами роились мухи.

— Ну я Оксана Васильевна. — Дородная широкоплечая старуха оценивающе взглянула на него и, играючи сняв с огня кипящее ведро, принялась запаривать комбикорм. — А ты сам-то из каковских будешь? Ленинградский?

Она подлила кипятка в бурлящее месиво.

— Так вот, запомни, ленинградский. Шкур ко мне в дом не водить, горилки не пить, газеты в сортирное очко не бросать! Замечу, выгребать вместе с калом будешь. Я гвардии запаса медсестра войны... А если что, я сыну пожалуюсь, он при тюрьме служит. — Она черенком лопаты провернула месиво и указала на замшелую времянку в двух шагах от кухоньки.

На крохотном крылечке сушились свежестиранные пятнистые портянки и стояли огромные, исполинского размера хромачи. Никак не менее пятидесятого.

— Ты все понял, ленинградский? — Она понюхала черенок и сменила наконец-таки гнев на милость. — Щас, хряку задам и тебе постелю. Подыши чуток, пока остынет. А, вот, кажись, еще один из ваших, так что не заскучаешь.

Нет, фортуна положительно сегодня повернулась к Тиму задом — под охи, вздохи и рычание волкодава пожаловал давешний говнюк из самолета, мудак в костюме цвета кофе с молоком.

— Удивительно невоспитанная собака, — доверительно, словно старому знакомому, поведал он Тиму и посмотрел на свои обслюнявленные штаны.

— Эй, ленинградский, подсоби. — Старуха указала Тиму на ведро, сама подхватила другое и резво, по-утиному, потрусила за времянку. — Смотри, добро не расплескай.

123

За времянкой располагался свинарник, плохонький, по вонючести способный потягаться с Авгиевыми конюшнями. Жуткое это сооружение ходило ходуном, словно живое, а из-за заборчика слышался глухой утробный рев, куда там волкодаву. Тим с упревшим комбикормом подошел поближе, глянул в загон и, обомлев, вспомнил Эфиманского вепря из древнегреческих мифов — именно так и выглядел огромный грязный хряк, с чувством пробующий рылом на прочность шаткие бревна прогнившего свинарника.

— Вася, Вася, Васечка. — Опасливо, не заходя в загон, старуха бухнула в кормушку комбикорм, сверху плеснула помоев, вздохнула тяжело, как-то очень по-бабьи: — Яйцы надо ему резать, под самый корень. Вся беда от яйцыв-то его. Кушать плохо стал, матку требует. Опять-то забить его нет возможности, кому он нужен такой, с яйцыми-то. А яйцы-то резать ему не берется никто, больно страшен. — Она шмыгнула носом, высморкалась и стала вытирать руки о передник. — Ну пошли, что ли, в горницу, стелиться.

Гостевая горница была клетушкой с двумя железными кроватями, шкафом дореволюционного образца, колченогим столом и парой венских ископаемых стульев. В углу, надо полагать, красном висели образа святых, под ними, на видном месте, стоял горшок — ночной, объемистый, с белой, пожелтевшей от времени эмалью. Как раз в тон костюму цвета кофе с молоком.

— Надумаете по нужде, места на всех хватит. — Старуха гостеприимно повела рукой и посмотрела в красный угол, то ли на святых, то ли на горшок. — А то ведь как стемнеет, мы песика с цепи спускаем... Ну, с прибытием вас. Располагайтесь, располагайтесь.

Харчеваться путешественникам было уготовано судьбой в скромном заведении «Украйна», где украинским гостеприимством и не пахло. А пахло там кухней, пыльными занавесями, плавящейся на солнце плоской рубероидной крышей в сосульках вара. На обед туристам подали жиденький супец «Киевский», картофельные зразы «Житомирские» и прозрачный как слеза полусладкий компот «Полтавский». Хай живе!

«Ну и влип я», — Тим поднялся из-за стола, хмуро подождал, пока Маевская и Костина допьют «Полтавского».

— Как насчет променада, дамы?

— Ну разве что ненадолго.

Маевская озадаченно взглянула на Костину, та строго посмотрела на Тима:

— Тимофей, я надеюсь, мы вернемся с прогулки к ужину? У нас с Маевской, знаете ли, режим — вечерний оздоровительный бег трусцой, затем бодишейпинг по системе Джейн Фонды и ровно в двадцать два ноль-ноль отход к полноценному сну.

Выдвигаться на променад решили морем, на маленьком шустром пароходике, курсирующем между Лузановкой и Одессой. Чинно пришли на пристань, сели на старую, пахнущую соляркой посудину, с трепетом ощутили, как ходит под ногами палуба. А между тем загорелый мореход ловко отдал швартовы, вспенили, замутили воду гребные винты, и пароходик отвалил от пристани. И — вот она, Одесса. Жемчужина у моря. Дерибасовская, прямая как стрела, бронзовая непостижимость величественного Ришелье.

— Так, так... — Маевская с видом знатока окинула взглядом памятник, наморщила курносый нос: — Фи, какая пошлость. Безвкусица, издержки классицизма. Ты, Костина, как считаешь?

За приятной беседой, они вышли на Пушкинскую и, томимые жаждой, заглянули в заведение «Золотой осел», уютное, располагающее к общению. Фирменным напитком здесь был коктейль «Ментоловый», мятный ликер наполовину с водкой. К нему полагалась соломинка, добрый ломтик цитруса и, конечно же, хорошая сигарета. К вящему Тимову удивлению попутчицы его с удовольствием закурили, не погнушались и «Ментоловым», потом в охотку перешли на водочку и, назюзюкавшись, принялись на пару приставать к Тимофею.

— Я готова отдаться с криком! Я готова отдаться с мукой! Для тебя буду огненным вихрем, для тебя стану долбанной сукой! — с пафосом декламировала Маевская и, опустившись на колени, все пыталась заняться с Тимом оральным сексом.

Костина, будучи менее искушенной в любовных усладах, по-простому лапала его за все места и шептала томно и похотливо, со страстным выражением на лице:

— Я тебя хочу! Я тебя хочу! Слышишь, ты? Я тебя хочу!

Продолжалась, впрочем, вакханалия недолго. Откуда-то из ресторанных недр возник плечистый хмурый человек. Действуя умело и напористо, он ласково подхватил Костину и Маевскую за талии и без членовредительства препроводил на улицу. Вскоре пришлось ретироваться и Тиму, но уже несколько иным манером, пробкой из бутылки, с солидным начальным ускорением, какое получается от мощного пинка под зад.

Стояла теплая украинская ночь, на черном небе блестели крупные оскольчатые звезды. Нелегкая занесла компанию на площадь к знаменитому одесскому театру. Здесь, прильнув к Тиму, институтки повисли у него на руках, словно механические куклы, у которых кончился завод. У Маевской на лице застыла клоунская идиотская улыбка. Дозрели.

Титаническим усилием Тим допер их до скамейки. Теперь бы только дождаться и запихать этих дур на первый же рейс в Лузановку...

Блажен, кто верует.

Скоро подошел грузный гражданин в штиблетах и, блеснув в свете фонаря фиксами, посмотрел на Анжелу, после на Веронику и остановил мутный взор на Тиме.

— Блондиночка почем?

Вероника с Анжелой имели у одесситов бешеный успех. Всю ночь к ним приставали какие-то сомнительные личности, совали деньги, повышая ставки. Тим всем желающим терпеливо объяснял, что девочки сегодня не в форме — у одной внеплановые месячные, а у другой злокачественное высыпание в паху. Под утро пожаловали двое — крепкие, с челками до бровей, с жестким взглядом бегающих глаз.

— Слушай сюда, блядский выкидыш, — один без всяких предисловий вытащил нож, другой достал «черного джека», колбасину из брезента, набитую то ли песком, то ли дробью, — еще раз сунешься на нашу территорию, мы тебя пидором сделаем и кишки выпустим, а дешевок твоих наголо обреем. Всосал, ты, сучий потрох?

Тим довел студенток до пристани и посадил их на пароход, а сам на трамвайчике запустил до дому, в Лузановку. Больше всего на свете ему хотелось есть и спать.

На Перекопской жизнь кипела ключом. Приветственно скалил зубы волкодав, в летней кухоньке потрескивала печурка, а у свинарника раздавались удары по железу. Будто били пудовой кувалдой в двухсотлитровую железную бочку. Впрочем, так оно и было. Жилистый горбоносый семит, сунув связанного хряка в бочку рылом, бил железом по железу, скупо улыбался и приговаривал нараспев:

— Спи, моя радость, усни, в хедере гаснут огни...

Бедный свин пронзительно визжал, задние, схомутованные проволокой ноги его судорожно подергивались. Зрелище не для слабонервных.

— А, ленинградский, ты, — ласково приветила Тима медсестра войны и, улыбаясь, поделилась радостью: — Сейчас Ваське яйцы резать будут! Специалист нашелся, из синагоги. Вишь, уже наркоз дает...

Тим отвернулся и медленно пошел в дом, его и без того неважнецкое настроение окончательно испортилось.

В гостевой гостиной было душно. Пахло чесноком, одеколоном, потными, разметавшимися во сне телесами. Говнюк из самолета почивал на спине и, широко раззявив рот, оглушительно храпел. Однако чуток был утренний сон его. Едва Тим вошел, он моментально заткнулся, чмокнул губами и, перевернувшись набок, открыл мутноватые гноящиеся глаза.

— А, это вы, юноша? Как прошел кобеляж?

Он зевнул, так что клацнули зубы, и, со скрипом усевшись на кровати, свесил подагрические ноги в теплых не по сезону подштанниках.

В это время у свинарника раздался рев, пронзительный, яростный, негодующий, затем опять стукнули в бочку, и все стихло.

— Батюшки, режут кого?

Зануда всплеснул руками, а Тим схватил талоны и поспешил уйти.

128

На крыльце он встретил медсестру войны, с ликующим видом она несла закрытую эмалированную кастрюльку.

— Все, ленинградский, отрезали. Такой мастер, такой мастер. Такие яйцы...

Метельские (1958)

Настенный, купленный еще в сорок седьмом году по случаю хронометр «Генрих Мозер» пробил восемь раз. Вечер. Февральский, воскресный, пустой. С печатным органом ЦК КПСС в руках, с зеленым, как тоска, торшером за спиной, в обществе приевшихся до тошноты Шурова и Рыкунина, кривляющихся под гармошку на экране «КВНа». Кот — дымчатым клубком, к морозу, на коленях, холодильник «ЗИС» — белобокой глыбой в зеркале трюмо, отсветы от линзы на стене, на полировке шифоньера, на нарядных, в позолоте, переплетах книг. И запах — въедливый, неистребимый — клопов, гудящих радиаторов, отклеившихся обоев, пыли, неуютного, коммунального жилья. А за окном — снег, снег, снег, крупный, пушистый, похожий на вату.

«Ну и чушь», — отшвырнув газету, Антон Корнеевич Метельский, в прошлом профессор и членкор, ныне же преподаватель в ремеслухе, бережно согнал с колен кота, встал и, нашарив на шкафу пачку «беломора», жадно и нетерпеливо закурил. На душе стало еще хуже — во-первых, не удержался, не совладал с искусом, во-вторых, вспомнилась резная, как у Александра Сергеевича, трубка с янтарным чубуком, голландский цветочный табачок, покупаемый втридорога. Жасминовый... Да еще газетенка эта с издевательским названием «Правда» — все туманно, полунамеками, в духе лучших традиций времен Усатого: Никита Сергеевич подчеркнул, Никита Сергеевич указал, движение в зале, бурные, продолжительные аплодисменты. Отредактированные для беспартийных масс россказни Хрущева на партийном сборище. Хотя понять не сложно — мордой, мордой в дерьмо Великого Кормчего, чтобы вони побольше, чтобы брызги летели... Мстит за то, что заставлял плясать гопака на заседаниях Политбюро. Се ля ви — шакал рвет на части издохшего льва. А впрочем, поделом ему, Усатому, знатная был сволочь, даром что Отец Народов...

Антон Корнеевич глубоко, так, что затрещала папироса, затянулся, напрасно поискав глазами пепельницу, выкинул окурок в фортку и с внезапной злостью дрожащей рукой выключил шарманку телевизора. Память, стерва, перенесла его на десять лет назад во времена успеха, любви и процветания. Жизнь тогда казалась ему волшебным сном — отдельная квартира напротив цирка, кормушка распределителя, красавица жена, блистательные перспективы научного роста. Да здравствуют теория моногенеза языков и ее отец-основатель академик Марр! Однако все вдруг изменилось в одночасье, провалилось в тартарары, полетело прямиком к чертовой матери. Порфироносный, и родного-то языка не помнящий недоучка, а скорее всего кто-то за него, сочинил статейку на предмет языкознания, и оказалось, что академик Марр — апологет воинствующей буржуазной лженауки, теория же его реакционна... Доктору наук Метельскому еще повезло: всего-то выгнали из партии, переселили в коммуналку и определили поближе к пролетариату, в сферу фабрично-заводского обучения. Потому как не безнадежен, не до конца увяз в буржуазной трясине...

130

«Не до конца, такую мать!» — Антон Корнеевич ругнулся про себя, шагнул к письменному столу, свидетелю былой роскоши, великолепному, инкрустированному севрским фарфором, с ножками в форме львиных лап. Медленно открыл ящик и непроизвольно тронул сафьяновую папку, такую же блестящую, как и десять лет назад. В ней результат всей жизни, и, увы, результат печальный. Мука бессонных ночей, мысли, закованные в слова, труд непомерный. Книга. И, хвала Аллаху, неопубликованная. Не до конца увяз, такую мать, не до конца!..

Кот, любопытствуя, взобрался на стол, важно заурчав, сунулся мордой в ящик. Тщательно обнюхал папку, попробовал когтем и брезгливо, будто стряхивая прах, разочарованно потряс лапой — фи, несъедобно. Метельский гнать его не стал, лишь улыбнулся жалко — верной дорогой идешь, кот, правильно понимаешь политику партии. Не только не съедобно, но и категорически противопоказано советскому человеку. Четыре года уже как Усатый разлегся в Мавзолее, а что изменилось-то по большому счету? Ну, Серов вместо Берии, ну, водородная бомба вместо атомной... А вот жизнь все та же — собачья...

— Антон, чайник! — Дверь, как всегда рывком, открылась, и в комнату, держа скворчащую сковороду, вошла супруга, Зинаида Дмитриевна. — Шевелись, кипит.

В комнате запахло подгорелым, болгарскими сигаретами «Трезор», отечественными духами «Красная Москва». Значит, наступило время ужина.

— Иду.

Антон Корнеевич поднялся, зачем-то запахнул халат, чтобы не были видны подтяжки и, привычно ориентируясь во мраке, поплелся коридором на кухню. Главное, не вляпаться в кошачью кучу и не задеть чей-нибудь ночной горшок, выставленный у двери.

Когда он вернулся с чайником, стол был накрыт. Жареная картошка с жареной же колбасой, нарезанной не толстыми, как полагается, ломтями, а тоненькой соломкой. При соленом, наструганном кружками огурце. Хлеб, масло, шпроты, сыр. На полторы тысячи учительских рэ особо не разгуляешься.

Антон Корнеевич кивнул, от души положил горчицы, взялся поудобней за вилку и нож и невозмутимо, с философским спокойствием принялся неторопливо есть. Первая заповедь мудрого — жуй, жуй, жуй, тридцать три раза. Не индейка с фруктами, конечно, и не шашлык с соусом ткемали, но ничего, надо полагать, пойдет на пользу. Чтобы жить, надо есть. Если бы еще и смысл был какой-то в этой жизни...

Супруга, устроившись напротив, без аппетита ковыряла вилкой; породистое лицо ее было напудрено сверх меры, у губ, когда-то сочных и волнующих, прорезались глубокие морщинки, напоминающие о скоротечности всего земного. Превращение из благополучной, привыкшей к шелковому белью дамы в подругу жизни преподавателя ремеслухи далось ей нелегко. Такие метаморфозы не красят. Да еще давнишний, сделанный по дурости аборт — первый и последний. Нет ничего — ни положения, ни детей, ни счастья в жизни. А впереди только поступь пятилеток, новые морщины и незамысловатая комбинация из трех пальцев...

— Спасибо, дорогая, — Метельский, напившись чая, встал, отнес на кухню грязную посуду, вернулся в комнату и постыдно закурил.

Вот и все, еще один день прожит, тупо, бездарно. Без малейшего смысла. А завтра — надо снова сеять доброе, прекрасное, вечное. Это в душах-то лиговской шпаны?! Вздохнув, Антон Корнеевич затушил окурок, вытащил наобум книгу из шкафа, открыв не глядя, прочитал: «К тебе я пришел, о женщина, милая сердцу, с тем, чтобы пылко обнять, твои, о царица, колени». Ага, старик Гомер, вроде бы «Илиада». Читать дальше сразу расхотелось, какая там царица, какие там колени... Острые, знакомые до чертиков. Разводи их, не разводи... А хорошо бы, бегал сейчас кругами, резвый такой, непременно пацаненок, с теплыми родными ручонками. В синем матросском костюмчике с красными пуговицами, у него у самого был такой в детстве. Нет, что ни говори, мальчишки лучше, девчонки плаксы, дуры, а время подойдет — хвост набок и сломя голову замуж.

— А ты как думаешь, усатый-полосатый? — Со странным умилением, оттаивая душой, Метельский взял на руки кота, чему-то улыбаясь, принялся чесать за мохнатым, израненным в ристалищах ухом. — Тебе кто больше нравится, мальчики или девочки?

Кот, не отвечая, урчал, жмурил хитрые глаза и бодал лобастой головой. На щекастой морде его застыло снисхождение — что за дурацкие вопросы? Вот придет март...

Андрон (1977)

Осень наступила как-то незаметно — девушки на улицах вдруг одели колготки, на службу стали посылать в плащах, травка на газоне, что напротив кухни, сделалась жухлой и неинтересной, цвета мочи. Дедушки считали время до приказа, дембеля готовили парадку и альбомы, командиры, озверев, яростно закручивали гайки.

Нарядную неделю Андрона загнали «на флажок». Флажок — это знамя части, главнейшая полковая святыня, стеречь которую надо до последнего патрона, вздоха и капли крови. Кто не верит, пусть почитает в уставе. А покоится святыня за стеклом, в шкафчике аккурат у входа в штаб, совсем недалеко от логова властелина части полковника Куравлева. Вокруг красота — плакаты на стенах, красочные панно, буквы золотые, выдержки из уставов. Пол мраморный, выдраенный так, что бросишь кусочек сахару — не видно. И охранять святыню полагается в лучшем виде — в парадной форме, в белых перчатках, вытянувшись с автоматом на низенькой деревянной тумбочке. А тумбочка, даром что дубовая, с секретом. В крышке ее устроена хитрая пружина и потайной контакт, стоит оставить пост, и в дежурке заревет звонок. Это тот, последний, с которым ты уйдешь на дембель...

Плохо на тумбочке днем, беспокойно. Шастают туда-сюда майоры да капитаны, зыркают глазами, честь отдают. Не тебе — святыне. А то и сам Юрий свет Иванович выкатится из логова, взглянет оценивающе, выпятит губу, и если что не так, Сотникову п...здюлей.

Куда как лучше на тумбочке ночью. Тишина, покой, слабый свет дежурного фонаря, почему-то красного, как в борделе. Блядское место, только вот баб жалко нет. Можно засадить под крышку тумбочки штык-нож автомата, так, чтобы потайной контакт и секретная пружина не сработали, снять дурацкие, потные изнутри перчатки и спокойно предаться плавному течению мысли. Андрон так и сделал, вбил в щель поглубже свое табельное оружие и принялся неторопливо расхаживать вдоль стен, почитывать штабную ахинею и потихоньку ощущать, как начинает ехать крыша. «Линия охраны периметра проходит красной линией сквозь сердце каждого настоящего воина... Медалист Карай и ефрейтор Громов бодро и весело идут по следу вооруженного преступника... Наши командиры: замполит части подполковник Гусев — в засаде, на привале, на партсобрании, на турнике. Всегда в строю... Воин, запомни офицера совет — бди днем и ночью, ложных сигналов нет! Воин, запомни офицера наказ — бди днем и ночью, не закрывай чутких глаз!» Параноики рисуют нолики, а неврастеники вяжут веники.

В это время снаружи поднялся шум, и дежурный по полку старлей Сотников закричал пронзительно на всю округу:

— Смир-рно!

Не такая уж она и херня насчет ночной бдительности — Андрон стремглав вскочил на тумбочку, выдернул автомат, надел перчатки и очень даже правильно сделал. С грохотом открылись двери, послышались тяжелые шаги, и в вестибюль пожаловал угрюмый Куравлев, да не один, на пару с «зеленым» полканом, мордастым, грузным и самоуверенным. За ними шествовали два подполковника и три майора, все важные, осанистые, преисполненные чувства собственной значительности. Так ходить могут только проверяющие. И точно, ночную тишину прорезал вой сирены, отрывисто защелкали замки руж-парков, сумбурно застучали сапоги бойцов — быстрей, быстрей, быстрей, тревога «буря»! Всем снаряжаться, вооружаться и вниз, вниз, вниз строиться на плац! Лётом, шмелем, шевеля грудями! Плевать, что не навернуты портянки, нема заряженных аккумуляторов к рацухам и батареек к фонарям, а секретные, только что полученные автоматы калибра 5,45 ни хрена не пристреляны. Не до того. Главное — показать себя, перекрыть нормативное время сбора по тревоге. А боевую задачу уж как-нибудь выполним!

Словно зритель в кинотеатре, следил Андрон за разворачиванием событий — вот стали прибывать штабные офицеры, невыспавшиеся, бледные, многие с бодуна. Прошел, отчаянно зевая, нехуденький партийный бог, тихо просочился взволнованный начфин, вихрем проскочили как наскипидаренные начальник строевой, главный физкультурник и замначштаба по службе. Шум, гам, великая суета. Конечно, кому это хочется из Питера куда-нибудь в Тюмень или на Кушку? От вареной колбасы по два двадцать, сливочного масла по три шестьдесят и питательных, с обрезками мяса суповых наборов по девяносто копеек. А ментовская форма, бесплатный проезд и офицерская общага с благоустроенным сортиром?..

И вот вошканье стихло. Раздались дубовые двери, и снова в штаб пожаловал полковник Куравлев, но уже повеселевший. Весьма язвительно улыбающийся «зеленому» коллеге — ну что, суки, взяли? Видать, все же показали наши себя, перекрыли норматив. Прошли, вздыхая с облегчением, штабные офицеры, с солидностью протопал полковой комиссар, откуда-то вывернулась девица старшина, прытко, виляя бедрами, порысила к себе в финансовую часть. Ноги короткие, кривые, под обтягивающей юбкой. Б-р-р... «А ведь кто-то же берет такую на конус. — Андрон сочувственно взглянул ей вслед, широко зевнул и глянул на часы. — Ну где они там, харю давят, что ли?» Ничего подобного, вот они, голубчики, разводящий со сменой. Дальше все по уставу, совсем неинтересно. Разводящий ко мне, остальные на месте! Пост сдал! Пост принял!

«Давай, давай, счастливо обосраться!»

Превратившись из часового в караульного, Андрон разоружился, зашел на кухню к своим, перекусить, и со спокойной совестью отправился в роту спать — всякие там проверки, «зеленые» полковники, тревоги «бури» ему были по боку, по крайней мере до конца наряда. Он часовой, лицо неприкосновенное...

Как бы не так! Утром его высвистал к себе старший лейтенант Сотников.

— Лапин, снимаю тебя с наряда. Поступаешь в распоряжение подполковника Гусева, смотри не облажайся.

А сам озабоченно шмыгнул носом — вот чертово начальство, думай теперь, кого ставить на флажок. Одна извилина, да и та от фуражки!

— Воин! — вкрадчиво изрек подполковник Гусев, тот кто и в засаде, и на привале, и на турнике всегда в строю. — Рядовой Лапин! Вы характеризуетесь своим командиром как образец верности присяге, соблюдения уставного распорядка... Воин! Рядовой Лапин! Доверие командиров нужно оправдать! Ни на минуту нельзя забывать, что постоянная боевая готовность, надежная охрана объектов и борьба с малейшими проявлениями преступности всегда были и остаются главной задачей внутренних войск МВД СССР. Чтобы с наибольшим успехом выполнить ее, необходима высокая степень политической сознательности...

Андрон доверительно вслушивался, смотрел внимательно и честно в начальственные очи, мутные, заплывшие, неопределенного цвета. Замполит напоминал ему девушку из дурацкого анекдота, только та хотела и молчала, а этот хочет и все говорит, говорит, говорит...

— А потому Коммунистическая партия, Центральный Комитет и лично министр МВД СССР ге-

137

нерал-полковник товарищ Щелоков настоятельно требуют — учиться военному делу настоящим образом. — Гусев замолчал, испытующе, из-под бровей посмотрел на Андрона и взял-таки быка за рога. — Воин! Лапин! Ты уже, наверное, заметил, что к нам в полк прибыли проверяющие. Из Москвы. Крайне важно охватить их культурной программой. Отправить в цирк. Достать билеты. Любой ценой. — Он с видимым усилием прервал поток красноречия и зашуршал бумажкой. — Вот, читай.

Это было лаконичное, на официальном бланке с печатью послание в дирекцию Ленинградского цирка.

Гусев с грохотом открыл сейф, вытащил бурую сторублевую ассигнацию.

— Действуй. Мою машину возьмешь, сейчас позвоню.

С чувством протянул купюру, тяжело вздохнул и скупо улыбнулся.

— Только ты уж того, возвращайся... С победой.

Чем-то он напоминал крокодила в проруби — снулый, заторможенный, отмороженный и зубастый...

— Есть, товарищ подполковник.

Андрон, лихо козырнув, выскочил во двор, высмотрел у боксов замполитовскую «Волгу» и по-хозяйски плюхнувшись на командирское место, хлопнул рулевого по плечу.

— Трогай, земеля. Папа приказал — шмелем.

Долетели как на крыльях. На фасаде цирка было крупно написано: «Едем к медведям!» и сыто жмурился огромный нарисованный топтыгин. «Шел бы ты в берлогу», — Андрон мельком посмотрел на него и, толкнув массивную дверь, важно поинтересовался у вахтера:

— Папаша, где тут администратор у вас?

138

Не хухры-мухры, милиция пожаловала, законная рабоче-крестьянская власть!

— Администратора тебе, милый? — Вахтер язвительно осклабился и неожиданно, словно из поганого ведра, обдал Андрона пренебрежительным взглядом. — Ну давай, сунься, сунься. Слева, третья дверь по колидору.

В прокуренном голосе его слышалась насмешка.

«Пердун замшелый, плесень бацильная», — насторожившись, Андрон нашел указанную дверь, медленно открыл и со всей отчетливостью понял, почему это вахтер его не видел в упор, — администраторская была забита под завязку: милицейскими, «зелеными», суровыми неразговорчивыми людьми в одинаковых пальто, как пить дать из одной компашки — глубокого бурения. Никого со звездами ниже капитанских в этой толпе не было.

— Вы последний?

Андрон уважительно уткнулся в мощную подполковничью спину, застенчиво потупил очи и застыл пай-мальчиком, вдыхая запахи пота, одеколона и возможных неприятностей. Однако все обошлось наилучшим образом, без эксцессов.

— Сколько? Двенадцать?

Расторопный администратор, плешивый и в очках, ловко наколол письмо на гвоздик, словно в магазине чек, правой цепко ухватил протянутые деньги, левой отсчитал, не глядя, сдачу и, с треском оторвав дюжину билетов, спокойно и отчетливо объявил:

— Следующий!

Он был словно опытный дрессировщик в клетке с прирученными хищниками.

Андрон, возликовав, убрал добычу на грудь, вежливо оттер плечом какого-то майоришку и пробкой из бутылки выскочил из цирка, забрался в «Волгу».

— Воин? Рядовой Лапин? Ты? Уже? — здорово удивился подполковник Гусев, однако тут же все понял и сдержанно обрадовался. — А, вижу результат! Значит, Сотников не ошибся в тебе, а я в нем.

Проверку полк сдал на «отлично», как всегда. Было очень шумно и торжественно — маршировали по плацу ротами, пели хором строевые песни, с помпой выносили полковое знамя и с пафосом говорили речи. Когда проверяющие отчалили, началась раздача слонов и чествование героев, причем в шеренге за талонами на повидло Андрон оказался на правом фланге. В канун победы Октября он был пожалован Серебряным крестом — знаком за отличие в службе второй степени, а чуть позже, уже к зиме, определен на должность писаря, суть ротного каптерщика. Красная пятиконечная звезда его стремительно восходила...

Епифан (1958)

— Завтра к восьми подашь, в горком вызывают. — Вздохнув, Епифан протянул шоферу руку и не спеша стал вылезать из машины. Длинное, с мутоновым воротником пальто мешало, сковывало движения. Сразу же в лицо ему ударил снег, порывом ветра чуть не сорвало шапку, пыжиковую, добротную, полученную по разнарядке Центроблсбытсоюза.

Закрывшись от стихии портфелем, Епифан живо проскользнул в подъезд, поднялся к себе на четвертый и, потопав по коврику чешскими ботинками на меху, напористо, по-хозяйски, позвонил.

— Здравствуй, дорогой. — Дверь ему открыла Маша, румяная, улыбающаяся, как-то по-особенному близкая в теплой оренбургской шали.

Беременность она переносила прекрасно — никаких там токсикозов, позывов к рвоте, пигментных пятен и истерии, срок уже семь месяцев — а настроение легкое, безоблачное, словно у невинной девушки.

Епифан поцеловал ее в прохладную, пахнущую миндалем щеку, прошел узким коридором в комнату, разделся и, распахнув дверцу «Ладоги», начал вынимать из портфеля изыски распределителя — балык, икра, буженина, сервелат. Будущим матерям нужно как следует питаться, впрочем, будущим отцам тоже.

— А что у нас сегодня на ужин? — С облегчением сбросив габардиновый доспех, Епифан с немецкой аккуратностью повесил его на плечики, присел пару раз, разминая колени, и со степенной неторопливостью стал переодеваться в домашнее. — Что-нибудь вкусненькое?

Он заметно пополнел, приосанился, округлился телом, как видно, на партийные хлеба не возбранялось намазывать и толстый слой масла.

— Борщ, как ты любишь, с толченым салом, свиные ребрышки с капустой, по-баварски, и... — Она вдруг прильнула к Епифану и крепко поцеловала его. — Я испекла торт, бисквитный, с яблоками и лимоном. Конечно, не швабский штрудель с миндалем... Сегодня ведь ровно полгода, как мы женаты... Дорогой, может, ты подождешь минут пятнадцать, пока он пропитается кремом, а я пока загляну в консультацию, только что позвонили, там какая-то путаница с анализами. А потом мы спокойно отметим наш праздник. И будь добр, отпусти тетю Пашу, она караулит торт. Сапрыкины на кухне...

Маша снова чмокнула его, быстро оделась и резво, словно не беременная вовсе, выскочила из квартиры.

Сапрыкины — это серьезно... Епифан не мешкая вышел в коридор, щелкнул ригелями и поспешил на кухню, где царило обычное коммунальное столпотворение, куда там вавилонскому. Плевались чайники, шипело молоко, злословили, люто озираясь, соседки. Мрачный, с перепоя, гегемон Панфилов жарил яйца с вермишелью и хлебными шкварками, Верка-потаскушка торопливо мазала икру на булку, видимо, опаздывала на работу, Сара Самуиловна, похожая на ведьму, что-то истово размешивала в ступе, пришепетывала и по-змеиному водила головой, не иначе наводила на кого-то порчу. В чаду между столами бродили пролетарии Сапрыкины — глава семейства с половиной и четырьмя наследниками — и все пытались чего-нибудь украсть. Какое счастье, что скоро все это кончится — Епифана уже поставили в спецочередь на получение отдельной квартиры...

— И здрасте вам, Епифан Евсеич! Наше вам почтение! — Завидев Дзюбу, народ на кухне подобрался, ругань перешла в латентную форму, зависть и ехидство выразились в виде кривых улыбочек. — С будущим прибавлением вас! И чтобы каженный год вас вот так-то!

— Уж пирожок-то хорош у вас, так хорош, прямо вся на слюни изошла.— Тетя Паша, дебелая и хитроватая, собрала сальное лицо морщинками, заискивающе улыбнулась. — Верно, в нем масла сливочного фунт, никак не меньше. Вы бы, Епифан Евсеич, уважили бы кусочком к чаю, подсластить нашу горькую жизнь.

— Будет вам, Павлина Тихоновна, не торт, а баланда, — Дзюба внезапно придвинулся к старухе и перешел на шепот, — если не прекратите вести при мне разговоры за горькую жизнь. Партия делает все возможное для повышения благосостояния советского народа, результаты уже налицо...

На кухне сразу стало тихо.

Тетя Паша перекрестилась и бочком, бочком, забыв про сладкое, пошла из кухни. За ней потихоньку выскользнула Верка-потаскушка, быстренько убралась Сара Самуиловна, выкатился колобком толстенький, временно нигде не работающий хозяйственник Наливайко. В кухонном чаду остался только пролетариат.

— Правильно, Евсеич! Никакой жизнь, ни горькой, ни...

Гегемон Панфилов рыгнул, подавился, а в это время прозвенел звонок, резко, напористо и длинно.

Неужели это Маша вернулась? Что-то скоро... Дзюба закурил, угостил «Казбеком» Панфилова и задумчиво стал рассматривать торт. Однако попробовать кулинарный шедевр ему не пришлось.

— Епифан Евсеич, там вас требуют. — В кухню, словно на крыльях, влетела тетя Паша, круглое, похожее на блин лицо ее светилось счастьем. — Всенепременнейше! Идите, идите, я за пирожком пригляжу...

— Меня? Интересно, кто это... — Дзюба, пожав плечами, вышел в коридор и оторопел.

За долю секунды перед ним пронеслась вся его не такая уж долгая двадцатишестилетняя жизнь... У входных дверей скалился Юрген Хаттль, в зимней форме генерала КГБ, кокарда на его папахе отсвечивала тускло и зловеще. В затылок ему дышали двое мордоворотов, плечи их, обтянутые шинелями, были внушительны, как шкафы...

— Так-то мы служим рейху, дорогой штурмфюрер, — ласково и негромко произнес по-немецки Хаттль, и улыбочка сошла с его бледного перекошенного лица. — Разве не говорили вам на последнем инструктаже, что вино и бабы способны довести до цугундера? А? Взять его!

Дважды упрашивать мордоворотов не пришлось — крепкие руки схватили Хорста, и в шею ему, точно в сонную артерию, вонзилась длинная игла. Его сразу потерявшееся, бесчувственное тело поволокли вниз, на улицу, где урчала двигателем черная «Волга».

— В багажник его, — мстительно приказал Хаттль и нехорошо оскалился, — пусть проветрится.

Мягко упало тело, синхронно захлопнулись дверцы, с ревом полетела сквозь белую круговерть черная «Волга». Снежинки в лучах ее фар казались роем умирающих мотыльков...

В то же самое время Маша возвращалась из консультации — в недоумении. Никто ею не интересовался, не звонил, тем более на ночь глядя. Завтра, все завтра, утро вечера мудренее. Срок еще семь месяцев, спешить некуда. Скоро только кошки родятся.

«Пошутил, что ли, кто? Неудачно... Ну да и ладно, прогуляться перед ужином даже полезно...» Отворачиваясь от порывов ветра, Маша стала переходить улицу и при мысли о том, что ее ждет дома, невольно улыбнулась. Господи, хорошо-то все как! Милый, милый Епифан, добрый и славный! Сейчас они поужинают при свечах, разрежут торт, и хотя беременным ничего нельзя, откупорят заветную бутылочку мозельвейна...

Ветер, оглушительно завыв, бросил ей в лицо пригоршню снега, на мгновение оглушил, ослепил, и Маша даже не услышала, как из-за поворота стремительным болидом вылетела машина. Последнее, что она запомнила, был свет фар, неотвратимо надвигающийся на нее...

Тим (1977)

Новый учебный год начался. И потянулось все одно и то же — лекции, обязательный факультатив, нескончаемые комсомольские собрания под

144

лозунгами «Нет империализму!», Ленинские зачеты, субботники, овощебазы, народные дружины, поборы в Фонд мира, ОСВОД и ДОСААФ — словом, всепобеждающее торжество марксистско-ленинского учения. Кто это там сказал, что все течет и меняется? Брехня. Болото, оно и есть болото. Замшелое.

Кое-какие изменения все же были. Тощий, сколиозно-рахитичный Юрка Ефименков вдруг переменился: приосанился, убрал живот и стал держаться с невозмутимым спокойствием много чего видевшего мужчины. В глазах его появился орлиный блеск, насмешливо, с холодным сарказмом, посматривал он на воспитанников секции бокса. Что за чудесная метаморфоза!

— Слушай, Юрка, может, посидим, хлебнем пивка, поговорим за жизнь? Приятно пообщаться с хорошим человеком. Пошли, я угощаю.

Тим, понуждаемый любопытством, как-то пригласил Ефименкова в «Очки», что на канале Грибоедова, и тот, невзирая на репутацию язвенника, а стало быть, и трезвенника, от общения не увильнул, согласился сразу:

— А что, это можно. Если за жизнь.

Сказано — сделано, забурились в пивняк, приложились к кружкам. Пиво было теплым, безвкусным, как моча, разбодяженным внаглую, без соды, закусь — плохонькой, убогой: сушки, черемша, заветрившаяся сельдь. Зато вот разговорец вышел интересным, такой, от которого захватывает дух.

Оказывается, Юрка Ефименков тайно занимался карате, древним, смертоносным боевым искусством, название которого знающие люди переводят как «пустая рука». Длинная и пустая той самой наипустейшей пустотой, которая по самой сути своей сверх меры переполнена своей же самодостаточностью. И вот этим древним искусством Ефименков занимался в засекреченной подпольной школе, возглавляемой прямым приемником любимого ученика легендарного сенсея Барионова, другом и сподвижником другого знаменитого мастера, доктора народной медицины Мафусаила Хрупкина, Александром Яковлевичем Смородинским, человеком незаурядной судьбы, прошедшим огонь, воду, медные трубы и «коридор смерти» в южном Шаолине. Уже четверть века практикующим «тигриный стиль» Сето-кан — стремительный, динамичный, преисполненный изящества и духовной энергии. Такому палец в рот не клади, глаза не мозоль, поперек дороги не стой. Будет плохо.

За разговорцем допили пиво, кликнули официанта и в ожидании заказа отправились в туалетную, по малой по нужде, слить отстой. Слив, Юрка показал Тиму технику цуки, сюто-учи и гедан маегири, выкрикнул задиристо, не по-нашему, на весь сортир и начал делать что-то наподобие пионерского салюта — верхний концентрированный блок аге-уки, проверенную защиту предплечьем от вражеских поползновений в голову. Потом хотел еще задвинуть хейан содан, но не смог, писсуары помешали.

Однако и в таком урезанном виде зрелище впечатляло и завораживало. Ах, Сето-кан, Сето-кан, Сето-кан! Сенсей ни рей, маваси гири, мороте цуки, миги и хидари дзенкуцу-дачи. Загадочная Азия с ароматом цветущей сакуры, с заснеженным бамбуком, склоняющимся до земли под тяжестью холодного савана, с отважными самураями, горловым сэппуку и грубыми, необузданными отношениями полов. С колоритнейшим Хокусаи и непревзойденным в сложении танки Басе. В сиянии луны на полу на циновке тени от сосен...

146

«Хо-хо!» — глаза Тима заблестели, как у дурковатой барышни из «Двенадцати стульев» при виде ситечка, и он почтительно, не скрывая уважения, умоляюще посмотрел на Ефименкова.

— Юра, ты меня уважаешь?

Ах, йоко гири! Гедан-барай! Маваси-цуки!

Ефименков, успокаивая дыхание, выдержал паузу и с заговорщицким видом перешел на шепот.

— А то! Иначе я не открылся бы тебе, друг. Ладно, не здесь, а то посторонние...

Вернулись в зал к пиву, дернули еще.

— Так, значит, хочешь к нам? — икнув, спросил Ефименков, разломил соленую сушку и внимательно воззрился на Тима. — Ну давай. Но учти, прибился к нам — не пяться. У нас длинные руки. И смотри, никому ни слова, сам знаешь, какие времена.

Тиму было приказано явиться завтра на угол Московского и Черниговской к девятнадцати тридцати и иметь с собой тренировочный костюм плюс двадцать пять рублей в конверте с разборчиво написанным домашним адресом.

— Как будто сам себе алименты шлешь, — доходчиво объяснил Ефименков и обнадеживающе, в несколько фамильярной манере, похлопал Тима по плечу. — Я, друг, дам тебе самые лестные рекомендации. Возьмут, возьмут, и даже без испытательного срока.

Назавтра в точно означенный час Тим был на условленном месте.

— Физкультпривет! — прибыв с пятиминутным опозданием, Ефименков протянул тощую руку с длинными, как у скрипача, пальцами, посмотрел на часы. — Ну что, пошли в до-дзе. Пора.

Конопатое лицо его было торжественно и одухотворенно.

Ладно, пошли. До-дзе находился на Черниговской улице, в здании ветеринарного института. В спортзале пол был застелен борцовскими матами, лампы под потолком горели через одну. Пахло ногами, по́том и кожаными, в рост человека, куклами, предназначенными для отработки бросков. На стене висел бодрый транспарант белым по красному: «Сегодня ты олимпийская надежда, а завтра гордость страны!» Не очень-то все это напоминало до-дзе, место истины, самозабвенной медитации и интуитивно-чувственного погружения в сакральные глубины мироздания. Сенсей, крепенький, носатый, смахивал на комиссара, подготовленного к расстрелу.

— Значит, ты Тимофей Метельский? — Сенсей небрежно принял конверт и, прищурившись, испытующе уставился на неофита. — И хочешь заниматься в нашей школе?

Тим, сглотнув слюну, кивнул, купюра в конверте хрустнула, Юрка Ефименков ободряюще моргнул — хочешь, хочешь.

— Ну так и занимайся, пойдешь в младшую группу. А сегодня можешь посмотреть, шо це таке за карате и с чем его едят.

Який гарный дытына, даром что сенсей!

Зрелище завораживало. В начале, сидя на пятках и истово кланяясь, все блюли древний ритуал, священную традицию. Затем настало время медитации, самоотрешенной, углубленной, направленной на единение с пятью стихиями, космосом и энергией «ки». Соединившись, приступили к разминке, интенсивной и по-восточному изощренной — стоя, лежа, у стены, в одиночку, в парах. Мелькали пятки, шуршали кимоно, струился пот, трещали связки. Потом по сенсеевой команде все построились и стали махать руками, ногами, заходили в раскорячку и так, и этак, закричали громко и пронзительно: «Кияй!».

Не просто так, кату делали.

Наделавшись, разбились по двое и принялись по новой махать конечностями, пинать, тузить, лягать друг друга, кричать опять-таки пронзительно и громко «Кияй». Не шутка это, парная работа. И вот на середину вышел сам сенсей и принялся показывать класс — мастерски лупить сэмпаев. Те тоже не промах, уворачивались, ставили блоки, уходили вбок и все с криками, надрывными, пронзительными, как и положено, из середины живота. Кияй! Кияй! Кияй!

Зрелище это и крики боевые пробрали Тима до глубины души. Он начал делать по утрам зарядку, вечерами бегал трусцой, повесил вместо «Битлз» плакат с оскалом Брюса Ли и повергал в шок Лену тем, что мог смотреть часами какой-нибудь там «Войти в дракона», «Игру со смертью» или «Зеленого шершня». А еще он впитывал запоем размноженное на ротапринте и купленное втридорога всевозможное переводное чтиво.

Сердце его замирало от восторга, когда читал он о прошлом боевых искусств, о подвигах знаменитых мастеров, которые жили по принципу «Иккэнхиссацу» — с одного удара наповал. Это были не просто слова — ударом «железный молот» дробили череп тигру, приемом «рука-копье» пронзали бычий бок и вырывали внутренности... Да что там прошлое! Великий мастер наших дней Ояма Масатацу, живое воплощение титанов древности, выступает безоружным на корриде, ребром ладони отшибает горлышки бутылок, колет как орехи огромные булыжники. Трехдюймовые ледяные плиты разлетаются от его ударов на мелкие осколки. Вот к чему ведет тесное слияние физических и медитативных практик, верное преобразование духа-разума в Пустоту посредством дзена...

Братья (1958)

«Товарищ, товарищ, болят мои раны, — напевая себе под нос, Захария Боршевич снял с плитки закипевший чайник, привычно повернул рукав белого халата и принялся с чувством намазывать булку маслом. — Болят мои раны в глыбоке...»

Вот так, сливочное на ситник, толстым слоем по всему срезу. Это вам не мешалду из кобмижира с сахаром на черняшку вонючую мазать... Теперь поверх масла — прослойку ливерной за восемнадцать рэ килограмм, в палец толщиной, и горчички, горчички, но не перебарщивая, не нарушая гармонии. Знать бы еще, из кого эту ливерную делают, небось из трефного, из раздвоеннокопытных... Впрочем, насрать — законы писаны для дураков. Сразу вспомнился отец, старый, пейсатый, в треснувших очках, монотонно бубнящий законы Моисея. Палец его, исколотый иглой, назидательно буравящий спертый воздух мастерской... Хорошо ему было говорить о заветах Господних — умер в блаженном неведении, не хлебнувши Советской власти. Не застал ни ГУЛАГа, ни индустриализации, ни «построенного в общих чертах» социализма. Не ходил по этапам, не получал похоронку на единственного сына...

«Эх, Лева, Лева, бедный мальчик мой. Погибнуть в девятнадцать, изжариться в танке... Живьем... Эх!» — Захария Боршевич перестал жевать, сгорбился, на бутерброд упала мутная старческая слеза. Какие тут заповеди, какой Моисей! Трижды прав старший брат Хайм — отсидел, плюнул на все и уехал в Израиль. Что социалистическая родина, что историческая — один хрен. А закон Божий тут ни при чем.

Есть от горьких мыслей расхотелось, чай начал отдавать веником, колбаса показалась пресной, без-

150

вкусной, цветом напоминающей дерьмо. Как и сама жизнь...

«Эх, вэй!» — Захария Боршевич поставил кружку, закурил, ломая спички, и тут в кабинет ворвалась Зоечка, коллега, тоже врач, без пяти минут неделя.

— Захар Борисович, женщина! Тяжелая! Черепно-мозговая, внутреннее кровоизлияние, сбита машиной. Покровы синюшные, зрачок не реагирует. Беременная, месяцев семь.

— Без сознания небось? И пульс на сонной отсутствует? — Захария Боршевич кивнул с мрачным видом, сунул папиросу в пепельницу. — Погибнут и она, и ребенок. Успокойтесь, коллега, сядьте, выпейте чайку. Наука здесь бессильна.

Знал, что говорил, — в сказки не верил, а за тридцать лет практики насмотрелся всякого.

— Не буду я с вами чаи распивать! Вы бы только видели, какая она красивая! — Зоечка вдруг приложилась кулачком о стол и громко разрыдалась. — Ну да, клиническая смерть, ну да, хрестоматийный случай, как в учебнике... А шли бы вы с вашей наукой к чертовой матери! Захар Борисович, миленький, ну не сидите так, ну сделайте что-нибудь, вы же маг, волшебник! Ну хоть ребеночка спасите!

Эх, молодость, молодость, дурная голова ногам покоя не дает. И не только своим, недурным, между прочим.

— Ладно, пойдемте уж, полюбуемся на вашу красотку. — Вздохнув, Захария Боршевич поднялся, мощно высморкался в платок, успокаивающе тронул Зоечку за плечо. — Ну-ну, ну-ну... Камфару, кофеин, адреналин, ничего не забыли?

Спросил так, для порядка, чтобы не молчать. В ответ — яростные кивки, обиженные всхлипывания, испепеляющие взгляды. Что поделаешь, молодость, молодость. Ну ничего, это быстро пройдет...

Спустились в приемный покой, открыли дверь бокса.

— Ну-с... — Захария Боршевич кинул взгляд на распростертое, отмеченное беременностью тело, на гипсовую маску лица, на белокурые, удивительно красивые волосы, нахмурился, скомандовал отрывисто, по-ефрейторски: — На стол! Попробуем спасти плод!

Дальнейшее происходило в молчании, только дробно позвякивал инструментарий да порывисто дышала Зоечка из-под марлевой маски. Потом Захария Боршевич вдруг замер, и в голосе его послышалось изумление:

— Двойня, едрена мать!

И тут же тишину операционной прорезали крики, громкие, торжествующие, в унисон. Кто это сказал, что чудес не бывает?

А праздничным тортом с яблоками и лимоном побаловала себя тетя Паша, тайно, в одиночку, под вишневую наливочку и несущиеся из репродуктора песни о победе. Да, да, играй наш баян и скажи всем врагам, что раскудрявый клен зеленый — лист резной, парнишка на тальяночке играет про любовь, а в пирожке никак не меньше фунта сливочного масла. Главное, чтобы не было войны...

Часть вторая
ПРЕСТУПЛЕНИЕ И НАКАЗАНИЕ

Хорст (1958)

Первое, что Хорст почувствовал, когда пришел в себя, были запахи резины и бензина. Он лежал, скорчившись, как недоносок в банке, в замкнутом, абсолютно темном пространстве, судя по всему, багажнике автомобиля. Было дискомфортно и ужасно холодно, однако не настолько, чтобы замерзнуть насмерть, — кто-то позаботился накрыть его плотной, отдающей керосином дерюгой.

«Вот сволочи, никак на расправу везут», — обдирая локти об обжигающий металл, Хорст перевернулся на бок и принялся тереть больную, гудящую после наркотика голову.

Скоро он пришел в себя, глянул на часы со светящимися стрелками — его везли со скоростью примерно сорока миль в час, судя по поведению подвески, машина двигалась по загородному шляху. Напружинив тело, Хорст тут же расслабился, сделал глубокий вдох и принялся бороться за жизнь по проверенной методике, отработанной до автоматизма еще в центре, — постарался ассоциировать себя с водителем. Уловить биение его сердца, ощутить движение его крови, слиться с ним в желаниях, чувстве баранки, крепко зажатой в прокуренных пальцах. Называлась эта метода мудрено, «саймин-дзюцу», то бишь ментальная петля. Наконец, вспотев от усилий, Хорст почувствовал себя рослым, грузным детиной. Нога его в хромаче сорок пятого размера надавила всей тяжестью на газ...

— Химмельдоннерветтер! Ты что, сдурел, сраная задница? — услышал он визгливый голос Юргена Хаттля, но еще сильнее придавил педаль и резко крутанул сразу сделавшийся бесполезным руль.

Страшная сила навалилась на него, вдавила в жалобно скрипящий, мнущийся как бумага металл и, покувыркав, вышвырнула из темноты багажника в мрачную темноту зимней ночи. Впрочем, не такую уж и мрачную — на небе висела луна, а у подножья огромной изувеченной сосны весело горела перевернутая «Волга», правое переднее колесо ее все еще вращалось с мерзким, похоронным каким-то звуком. В тон ему стонал, пуская розовые пузыри, задыхающийся в сторонке Юрген Хаттль. Потом машина оглушительно взорвалась, к лапчатым вершинам сосен взвилось ослепительное пламя, и Хаттль, когда все стихло, прошипел:

— А баба-то твоя, также как и мамаша, слаба на передок. Не устояла перед бампером.

На его бледном, белее савана, лице застыла пакостная, злорадная усмешка, рот в багровых отсветах пожарища казался узкой безобразной щелью.

— Что? — Хорст кое-как выбрался из сугроба, пумой метнулся к Хаттлю, с яростью взял за горло. — Что ты сказал?

— Повторяю еще раз, для идиотов. — Хаттль судорожно дернулся, схватился за грудь, и по подбородку его потянулась жижа. — Бабу твою мы поимели бампером... Предатель, сука, коммунист! Ну давай, давай, убей меня, иуда!

Хорст медленно сомкнул стальные пальцы, Хаттль, дернувшись, обмяк, и в воздухе, зловонном от пожарища, запахло человеческим дерьмом.

154

Хорст истошно закричал и, не силах сдерживаться, потеряв все человеческое, бешено лягнул недвижимое тело Хаттля.

— Не верю, ты, сволочь, не верю!

Потом, уже справившись с собой, он снял все, что можно было снять с убитого, взял бумажник, парабеллум, набор ножей и пошел, проваливаясь по колени в снег, к дороге. Не важно куда, лишь бы отсюда подальше. Мутно светила луна, шептались стрельчатые ели, Хорст Лёвенхерц, он же Епифан Дзюба, брел вдоль дорожной колеи. И тут в голове его вдруг послышался шепот, невнятный, завораживающий, похожий на шелест осенних листьев. Звуки, казалось, доносились не извне, а рождались в нем самом. Голоса, голоса, голоса. Хор, море, океан голосов. Чужих, на незнакомом языке, мгновенно уносимых эхом, однако смысл сказанного был понятен — иди, иди на север, поклонись звезде...

«Что за черт! — Хорст оступился, упал, но тут же неведомая сила подняла его на ноги и погнала в лес. А голоса в голове становились все громче, ревели как гром: «Иди, иди на север, иди к звезде!» Потом перед глазами Хорста разлился яркий свет, и он увидел могучего гиганта, бородатого, в кольчуге, потрясающего копьем. Бога-аса Одина, совсем такого, как на иллюстрациях к Старшей Эдде. Мудрого, всезнающего, зрящего в судьбы мира.

— Иди к звезде, — строго приказал он Хорсту, сделал величавый жест и указал на север копьем. — Иди с миром.

Глубоко запавший единственный глаз его светился пониманием. Затем, подмигнув, Один воспарил в свой Асгард, и Хорст увидел мать, баронессу фон Кнульп — бледную, небрежно причесанную, без привычных бриллиантовых серег.

— Будь стоек, маленький солдат, путь твой на север, — сказала она чуть слышно дрожащими губами и медленно двинулась прочь...

— Мама, подожди, мама, — закричал было Хорст, но тут все окутало пламя, и из смрадного, воняющего серой облака чертом из табакерки выскочил Хаттль, на нем были только генеральская папаха и лиловые, обгаженные подштанники.

— А ну, шагом марш на север! — грозно, по-ефрейторски раздувая щеки, заорал Хаттль. — Зиг хайль! Хорст поскользнулся и, провалившись в бездонную щель, все быстрее полетел в мерцающем свете, нет, не вниз, а на север, на север, на север... Потом что-то липкое и невыразимо мерзкое окутало его, все цвета и звуки погасли. Время для него остановилось. Пробудил Хорста негромкий взволнованный голос:

— Андрей Ильич, иди сюда! Вроде отпускает его, порозовел, ворочается. Ну да, веко дрогнуло...

Послышались тяжелые шаги, и другой голос, низкий и раскатистый, подтвердил:

— Верно, Куприяныч, легчает ему. Теперь оклемается, Бог даст.

— Пить, пить, — трудно сглотнув слюну, Хорст медленно открыл глаза и мутно уперся взглядом в лицо улыбающемуся человеку. — Пить...

Человечек этот был бородат, низкоросл и плюгав, в отличие от второго — огромного, широкоплечего, звавшегося Андреем Ильичем. Оба они смотрели добро, без хитринки. По-человечески. Однако пить Хорсту не дали, ни глотка.

— Нельзя прямо сейчас, загнуться можно, — веско произнес Андрей Ильич и, подсев поближе на дощатую лавку, протянул широкую, как лопата, руку. — Ну-с, давайте знакомиться. Трифонов, художник, бывший член их союза. А также космополит и американский шпион.

— Куприянов, Куприян Куприянович, — с живостью включился в разговор бородатый человечек и оскалился широко, но невесело. — Тоже шпион, правда, английский. Вдобавок медик-недоучка и член семьи изменника родины. А вы что, и вправду генерал?

Рябоватое скуластое лицо его было некрасиво, но притягивало искренностью, энергичным блеском умных глаз. Чувствовалось, что и с юмором у него все в порядке.

«А я, коллеги, шпион немецкий», — хотел было покаяться еще не пришедший в себя Хорст, но удержался, ответил уклончиво:

— Да нет, генерал я свадебный, понарошечный. А так комбайнер-орденоносец, хлебороб-целинник Епифан Дзюба. Здоровы будем.

— Значит, не генерал, а комбайнер, — едко в тон ему хмыкнул Андрей Ильич и, вытащив огромный, лосиной кожи кисет, принялся вертеть козью ногу. — Ну и ладно. А то обстановка-то у нас спартанская. Не бояре, враги народа. Куприяныч, ставь-ка чайник, надо потчевать гостя дорогого!

Похоже, его очень радовал тот факт, что Хорст ухлопал генерала КГБ с физиономией Юргена Хаттля. Ясное дело, живые генералы КГБ свою папаху и удостоверение не отдают.

— А где я? — Хорст, приподнявшись на кровати, еле справился с внезапной дурнотой, опустился на подушку и крепко обхватил пылающую голову ладонями. — Ничего не помню, все как с похмелья...

Щеки его покрывала густая щетина, а в голове, пустой и гудящей, словно колокол, ползала по кругу единственная мысль: идти на север, идти на север...

— Добро пожаловать в Лапландию, товарищ комбайнер, — с ухмылочкой Трифонов поднялся, ловко закурил и широко повел рукой с дымящейся цигаркой. — Страну озер, медведей и советских заключенных. А что касаемо бедственного состояния вашего, так это меричка, если по-простому. Сиречь арктическая истерия.

— Эмерик, точно эмерик, — сказал Куприяныч и обнадеживающе глянул на Хорста. — Ничего, ничего, прогноз благоприятный. Шаман у нас хороший, вылечит. Очень, очень сильный нойда.

На полном серьезе сказал, без тени улыбки, с полнейшим профессиональным уважением.

— Шаман? — Хорст прищурился, и в голове его, гудящей и больной, стало одной мыслью больше — про дурдом. Вот только очень-очень сильных нойд ему не хватало. Для полного счастья.

— Наука здесь бессильна, — Куприяныч, как истый представитель этой самой науки, изобразил раскаяние и сделался похожим на нашкодившего гнома. — Нет даже единого мнения о причинах болезни. Объяснение одно — психоз. Впрочем, неудивительно, симптоматика изумляет — кто поет на незнакомых языках, кто кликушествует, кто идет на север, кто предсказывает будущее, причем с поражающей воображение достоверностью. Внешность больных во время приступа кардинально изменяется, многие становятся похожими на мертвецов или восковые куклы, а если человека в этом состоянии ударить, скажем, ножом, то вреда это ему не нанесет — раны затягиваются прямо на глазах. Вот вы, товарищ комбайнер, сколько времени шатались по лесам? С неделю наверное, не меньше. И тем не менее как огурчик — ни обморожений, ни истощений. А все потому, что когда душа заснула, в тело ваше вселились духи — так по крайней мере трактуют эмерик шаманы-нойды. Сейчас же наоборот, душа проснулась, а духи почивают — отсюда и тошнота, и ломота в конечностях, и головная боль. Ну да ничего, это пройдет. Давайте-ка теши лососевой да печени лосиной. С брусничным чайком. Теперь уже можно.

Хорсту между тем действительно полегчало, в голове, все еще гудящей, но терпимо, появилась третья мысль — о еде.

Хорст спустил с лежанки ноги, поднялся, осмотрелся.

Бревенчатая, рубленая в лапу изба, проконопаченная для тепла мхом. Дышала жаром низенькая печь, тускло изливала свет керосиновая лампа, обстановка — стол, лавки, полки — незатейлива. Пахло дымом, табаком и автомобильным выхлопом — в лампе, видимо, горел бензин, смешанный, чтоб не полыхнуло, с солью. Впрочем, трогательная тяга к прекрасному ощущалась и здесь — одна из стен была завешана натюрмортами, портретами, ландшафтами, выполненными в различных манерах, от классической до кубизма. Правда, на бересте, скобленом дереве, жуткими малярными красками.

— Что, интересуетесь возвышенным, товарищ комбайнер? — обрадовался Трифонов, поймав взгляд Хорста, и тут же в голосе его послышалась печаль. — Только строго прошу не судить. Беличьих хвостов в округе предостаточно. А вот с холстами и красками бедствую... Э, да у вас слезы на глазах, вы дрожите. Куприяныч, надо что-то делать, меричка возвращается...

— Нет, нет, мне уже лучше, — вытерев глаза, Хорст справился со спазмом и указал на небольшой, углем по бересте, портрет. — Кто это?

С портрета на него смотрела Маша, необыкновенно красивая, серьезная до жути, делающая отчаянные попытки, чтоб не расхохотаться. Сочные губы ее предательски кривились, глаза лучились озорством, знакомо билась на щеке густая непокорная прядь.

— Девушка жила по соседству. — Трифонов, вздохнув, оценивающе глянул на портрет, поцокал языком, нахмурился. — Да, слабовата композиционно. А девица ладная, хотя как натурщица ноль. Как же ее звали-то? С ней еще история приключилась пакостная. Вот чертова память...

— Машей, Машенькой звали. — Куприяныч улыбнулся, и тут же бородатое лицо его сделалось злым. — Я бы всех этих цириков гэбэшных... Всех, всех... К стенке. И длинной очередью.

В тихом омуте черти водятся — маленький неказистый Куприяныч сделался страшен.

— Ага, к кремлевской, — сразу оторвавшись от портрета, Трофимов кивнул ему, перевел глаза на Хорста, засопел и снова посмотрел на Куприяныча, уже без одобрения, озабоченно. — Ну вот что, пулеметчик молодой. Давай-ка ты за шаманом. Надо принимать меры, на товарище комбайнере лица нету. Эдак не дотянет до посевной...

Он не знал, что Хорсту не могли помочь все шаманы мира...

Тем не менее с подачи Куприяныча нойда взялся — пригласил к себе на следующий день. Хорст напялил узковатую, с трудом застегивающуюся шинель, нахлобучил генеральскую папаху и в компании с Куприянычем подался на улицу.

Было снежно, морозно и темно. Плевать, что скоро полдень на часах, — все укрывала пелена арктической ночи. И не такая уж плотная — далеко на горизонте вспыхивало, переливаясь, зарево полярного сияния... Постучали в низенькое, теплящееся тусклым светом оконце, услышав громкое: «Открыто, заходите», поднялись на крыльцо. Изба была как изба — сени с кадками, где малосолились хариус да ленок, жарко потрескивающая печка, обшарпанная, с отражателем «летучая мышь», воняющая кероси-

160

новой гарью. И хозяин был под стать — юркий, улыбающийся саам, облаченный, нет, не в шаманское одеяние с бляхами, погремцами и амулетами, на изготовление которого идет чуть ли не с пуд отборного железа, но в женское, из оленьей кожи, платье, в женскую же шапку с наушниками и банальнейшую безрукавку.

— Как погодка, однако? — радушно поздоровался он, крепко, как со старым знакомцем, поручкался с Хорстом и без долгих разговоров потянул гостей к столу. — Нынче солянка медвежья хороша. Баба моя мастерица, однако, язык только длинный. Послал ее, чтоб не мешалась, к соседям.

Сели за большой, сделанный из лиственницы стол, принялись за солянку, оказавшуюся выше всяких похвал. Разговаривали о том, о сем: об оленях, о рыбалке, о видах на погоду, о медведях-шатунах, об одной вдове лопарке, уже два года как сожительствующей со снежным человеком. И ведь не беременеющей никак, однако... Хорст сидел молча, вяло пользовал тушеную медвежатину и пребывал в глубочайшей уверенности, что играет не последнюю роль в каком-то дурацком, удручающем своей нелепостью фарсе. Шаманы, мистика, оккультная чертовщина!

После чая с рыбниками и пирога с печенкой шаман неторопливо поднялся и стал, что-то бормоча, расплетать свои длинные, собранные в косицы волосы. Потом вытащил трубку, закурил и долго глотал табачный, отдающий дурманом дым. Голова его была опущена, лицо бледно, тело сотрясала сильная и частая икота. Казалось, что его вот-вот вырвет.

Хорст, чувствуя себя последним идиотом, с мрачной удрученностью взирал на действо, настроение его, и без того пакостное, стремительно приближалось к нулю. Поражала обыденность происходящего, какая-то вульгарная, банальная приземленность. А шаман тем временем приложился к ковшу, пошатываясь, вышел на середину избы и с поклонами, опускаясь на колено, начал брызгать изо рта водой — четырежды на каждую сторону света. Получалось это у него здорово, шумно. Затем сонным, неторопливым движением он взял обыкновенный кнут и, опустившись на лавку в центре горницы, запел. Тело его судорожно подергивалось, бледное лицо гримасничало. Похоже, он совсем не собирался гарцевать на своем волшебном коне, погоняемом шаманской плетью — это было «малое шаманство», без барабанного боя и переодевания, так сказать, представление без декораций.

Хорст хмуро глядел на шамана и вдруг с отчетливостью понял, что постигает смысл пропетого:

«На юге в девяти лесных буграх живущие духи солнца, матери солнца, вы, которые будете завидовать... прошу всех вас... пусть стоят... пусть три ваши тени высоко стоят».

«На востоке на святой горе, властелин мой дед, мощной силы, толстой шеи — будь со мной...»

«И ты, седобородый почтенный чародей, прошу тебя: на все мои думы без исключения, на все мои желания согласись... Выслушай! Исполни! Все, все исполни!»

Отрывистые фразы завораживали, от них кружилась голова, перед глазами хороводили мерцающие пятна. И, заглушая все, в ушах знакомо рокотали голоса: «Иди на север! Иди на север! Иди на север!..» Потом накатилась тьма, и в сгустившейся пронзительной, прямо-таки кладбищенской тиши то ли кто-то вскрикнул, то ли мыркнула рысь, то ли жалобно заплакал раненый сокол. Не понять... Ничего не понять...

«Что за черт», — Хорст, пытаясь сбросить наваждение, вскочил, протер ослепшие глаза и... увидел бездыханного шамана — тот, как восковая кукла, неподвижно распростерся на полу. Кнут подобно анаконде обвивал его жилистую шею. Рядом стоял угрюмый Куприяныч.

— Т-с, — прошептал он, приложив к губам палец и соболезнующе глянул на Хорста, — дурной знак, видишь, как лежит, на спине. Плохо дело!

Конечно, плохо — шаман вроде бы того... А тот тем временем открыл потухшие глаза, и пергаментные, в пене, губы его дрогнули:

— Любят тебя духи. Сказали, уйдут позже. Когда ты, — шаман уперся мутным взглядом в Хорста, с трудом поднимаясь с пола, — сплаваешь на север, а после поплывешь на юг. Не послушались меня... Слабый я, однако, нойда. — Он глубоко вдохнул, пригладил волосы, чувствовалось, что он постепенно выходит из транса. — Не то что мой отец и дед моих детей... Его бы послушали духи... Тот мог отращивать за мгновение бороду, камлал, однако, в трех избах сразу, всаживал в гранит гусиное перо и колол себя в темя, в печень и в желудок. А я, — шаман виновато улыбнулся, извлек неуловимо быстро нож и, расстегнув рубаху, вонзил отточенную сталь себе в живот, — могу, однако, лишь в желудок.

Бледное лицо его сделалось страшным, рот судорожно полуоткрылся, крепкие татуированные пальцы так и остались лежать на рукояти. Казалось, что он хочет снять позор при помощи сэппуку, по-японски, но не решается поставить точку и чего-то ждет.

В избе стало тихо. Хозяин уперся взглядом в пол, гости, не дыша, — в бледное лицо хозяина. Куприяныч взирал с благоговением, а Хорст весьма скептически. Удивили Москву голой жопой. Ну да, силовой гипноз, ну да, финский нож в брюхе, инструкторы в разведшколе и колдуны в бразильской пампе делали под настроение и не такое.

А нойда тем временем крякнул, вытащил, не пролив ни капли крови, нож и, вздохнув прерывисто, снова помянул покойного родителя.

— Да, великий был отец нойда, мощный. Когда здесь был большой начальник из Питера, он его к себе звал, в институт. Жутко, однако, секретный.

И чтоб никто его не заподозрил в пустословии, шаман бережно снял с полки сверток. Осторожно развернул пожелтевшую «Правду Севера», вытащил книгу под названием «Доктор Черный», открыл. На титульном листе напористо значилось выцветшими чернилами: «Николаю Васильевичу Данилову, светильнику разума, на память от автора. Кольский полуостров. 1921-й год. А. В. Барченко.» Писал, судя по почерку, сильный, уверенный в себе человек.

И Хорст зашелся от изумления. Фамилия Барченко была ему хорошо знакома — слышал не раз на секретных занятиях в разведцентре.

Андрон (1978)

— Лапин, ты не расслабляйся, шевели грудями-то. — Старшина Тимохин шмыгнул покрасневшим носом. — Еще и половины не расстреляли.

Они прятались от ветра в хлипком дощатом загоне, поставленном у огневого рубежа — распотрошив цинк, снаряжали магазины с тем, чтобы выскочить наружу и палить, не глядя, в белый свет как в копеечку. Калибр 5,45, игольчатая пуля с малой устойчивостью на траектории. Не жалко, патронов много. Рота скверно отстрелялась из «пэ-эмов», и разъяренный Сотников погнал ее в бега по большому кругу осматривать красоты Васкелово. А патроны остались, два цинка, и куда их? Назад

164

не примут, накладная закрыта... Летом хорошо — в ближайший пруд, там боеприпасов, наверное, на две Отечественные хватит. Но сейчас ведь зима, крестьянин торжествует, мороз воевода, за ногу его мать. Вот и приходится тра-та-та в два смычка да еще короткими очередями, чтобы не нервировать полкана Куравлева, окопавшегося у печки на своем командном пункте. Автоматы тявкают злобно, резко и норовисто толкают в плечо, бьются в руках. Ага, уже в агонии, перегрелись, начали «плеваться». Мордой их в снег, чтобы зашипели по-змеиному, пусть остынут.

— Ладно, Лапин, давай перекурим, что ли. — Тимохин вытащил «Родопи», протянул Андрону. — На, не так жрать будет хотеться.

— Спасибо, — Андрон взял из вежливости, хотя болгарские не уважал, сунул на ощупь в шапку за отворот, — я потом, что-то губы мерзнут.

Пригодится, запас карман не тянет.

Старшина Андрону нравился — несуетливый, без гонора и службу понимает, куда там офицерам. Сам из рядовых чекистов, лямку тянул в этой же второй роте. Однако тоже не без странностей, отсюда и кликуха Черный Груздь. С тех самых пор, когда для профилактики грибка поставил в бане таз с каким-то снадобьем и приказал всей роте мочить в нем копыта. На следующий день с грибком были все...

Время тянулось медленно, будто засахарившаяся патока по стенке ржавого бидона. Такого же ржавого как и зимнее солнце, равнодушно поглядывающее на заснеженный полигон, на остроконечные ели, на Андрона и старшину, выстреливающих народные деньги в прозрачную синь неба. Все по классику, мороз и солнце — день чудесный. Чудесный-то он чудесный, только вот холод собачий. Бельище, свитер, шерстяные носки, замечательные портянки из байковой пеленки, а задубел Андрон как шелудивый бобик.

Наконец прибежала рота — кто зеленый, кто красный, но все звонкие, тонкие и прозрачные. Однако Сотников остался недоволен, плохо, плохо, вые...аны слабо. Тут же он организовал передвижение по-пластунски, отработку маскировки на пересеченной местности и, чтобы служба медом не казалась, неполную разборку автомата Калашникова. Заиндевевшего, липнувшего к пальцам, на пахнущем антоновкой февральском морозе. Повошкались, померзли, покувыркались в снегу и стали потихоньку выдвигаться на станцию...

А дальше все одно и то же: полк, рассольник на обед, чистка газовых камор, уставы, «сон в полумраке» — официально говоря, политподготовка. Правда, не для всех. Едва приехали, Андрона Сотников послал за чебуреками. Офицерам роты по полдюжины на нос, такова традиция. Непременно с пылу, с жару, из проверенной шашлычной, расположенной неподалеку.

Традиция — святое. Андрон, как водится, зарулил в пельменную, взял без очереди двойную порцию, с сыром и перцем за восемьдесят две копейки, съел, выпил кофе. Командиры командирами, а голодное брюхо к приказам глухо. Только уж потом расстарался с чебуреками, вернулся в полк, поставил чайник — ваше благородие, кушать подано, идите жрать, пожалуйста!

А дальше как всегда, покой нам только снится. Для смышленого непьющего бойца отцы командиры работу найдут. На этот раз Андрона высвистали в штаб, начштаба майора Ковалева изводила жажда.

— Лапин, привези-ка «Боржому», — сказал он страдальчески и, оторвав мутный взгляд от секретной карты, задрапировал ее черной занавесочкой. —

На худой конец «Полюстрово». На таньгу, десять тугриков.

Неплохой мужик, но тоже не без вольтов. Если во время инструктажа дает ориентировку на преступника, обязательно уточнит со странной улыбкой:

— А из особых примет одно яйцо у супостата левое, другое правое. Шутка...

Очень смешно, особенно в сотый раз.

Вопрос на засыпку — где достать минералку вечером? Правильно, в кабаке. Андрон и рванул в ресторан, привокзальный, на Витебский. На платформах и около ясно чувствовалась жизнь — дул ветер странствий, суетились пассажиры, что-то невнятно бормотал из репродуктора голос дикторши информатора, казалось, что ее только что оприходовали — орально, злостно, разнузданно и вшестером. А вообще-то в плане секса здесь все было в порядке, ночные бабочки шатались табунами. И какой же это мудак придумал, что самое блядское место в Питере это Московский вокзал. Куда ему до Витебского!

Он затарился «Нарзаном», «Боржоми» не было, съел еще теплый пирожок с морковкой и, захомутав на набережной частника, скоро уже потчевал исстрадавшегося начштаба.

— Вот, товарищ майор, холодненькая, с магнием и железом. Для головного мозга.

Наконец все вроде бы отлепились. Андрон хотел было забиться в каптерку, полистать веселый журнал, экспроприированный у мелкого хулигана, но не получилось, пожаловали в гости деды — тихо посидеть, смирно, по-стариковски. Нацедили в тазик сгущенки, наплюхали малинового варенья и, не чванясь, позвали:

— Давай к нам, харя небось не треснет.

Пришлось за уважуху макать батон в розовое месиво, внимать воспоминаниям ветеранов и петь со всеми вместе любимую вполголоса:

> Я ухожу, сказал мальчишка ей сквозь грусть,
> Я ухожу, ты жди меня, и я вернусь.
> Ушел совсем, не встретив первую весну,
> Пришел домой в солдатском цинковом гробу.

И еще с полдюжины куплетов в том же духе. Славно повеселились. Наконец деды двинули потихоньку спать: «День прошел, и хер с ним!»

И Андрон дорвался — задраил на все обороты дверь, устроился поудобней и дрожащими пальцами принялся шуршать листами — вот это телки! И в фас, и в профиль, и так, и сяк, и стоя, и лежа, и каракатицей, и раком. Стройные, грудастые, улыбаются пакостно, с намеком. Европа, высший класс. Жаль только, не пощупаешь. Полистал, полистал Андрон журнал, нахмурился и отшвырнул на фиг, извод один.

Наконец он заснул, словно провалился в мутную, стоячую воду. И сразу же увидел русалку из Сиверской, рыжеволосую, прекрасную, кружащуюся в чувственном танго. Куда там красоткам из журнала!

Стражи Родины (1958)

Кабинет был необъятен, облагорожен дубовыми панелями — с массивной мебелью, бордовым ковролином и физиономиями вождей в позолоченных рамах. За огромным Т-образным столом вальяжно развалился генерал, суровый, с орлиным взором, с лампасами и в погонах, а полковник, похожий на истукана, искусно балансировал на самой кромке стула и с завидной ловкостью играл в вопросы и ответы. Собственно, спрашивал здесь толь-

168

ко генерал, напористо, вникая. Настроение у него было скверное — черт знает что такое творится в отечестве... Какие-то там блюдца, выныривающие из воды и не реагирующие на залпы корабельной артиллерии, летающие шары, легко разрушающие сверхзвуковые истребители, заумные уроды, читающие мысли, пара... пара... парапсихологи, мутанты, телепаты. Пси-эффект, такую мать. Пораспускали народ, наобъявляли амнистий...

Раньше генерал курировал ГУЛАГ, после занимался атомной программой, и вот пожалуйста, жопа в Новый год, извольте бриться — надо бдеть безопасность родины на новом рубеже. Ладно, партия наш рулевой, дотянем как-нибудь на бреющем до пенсии. А там... Генерал, вздохнув, представил свою дачку в Переделкино, трехэтажную, кирпичную, в боровом лесу, засопел и взглянул на полковника.

— Ну что там у нас дальше? Согласно утвержденного мною плану.

А дальше был начальник восьмого сектора, вернее, начальница, удивительно красивая голубоглазая блондинка с эффектной фигурой. Форменный, в талию китель плотно облегал ее стан, грудь была объемиста и высока, стройные ноги в лаковых лодочках... Чудо как хороша была начальница сектора.

— Майор Воронцова, — по всей форме представилась она, с легкостью уселась в предложенное кресло и, достав объемистый талмуд с грифом «Совершенно секретно. Хранить вечно», превратилась в статую командорши. Деловитость, собранность, субординация. Что изволите, ваше превосходительство?

— Ну-с, давайте-ка сначала, — генерал, приосанился, выпятил грудь, С профессиональной наблюдательностью заметил, что губы у майорши чувственные, пухлые, колени круглые, породистые, а глаз живой, с игривой сумасшедшинкой, что говорит о взбалмошности и темпераментности натуры. С такими подчиненными куда приятнее не с начала начинать, а с конца... Ишь ты, каков бабец, гладкий, с ногами, у такой небось не сорвется.

Однако только Воронцова приступила к докладу, как генерал, нахмурившись, увял и, одолеваемый скукой, начал думать о дачке. Речь шла об уникальных артефактах, обладающих паранормальными свойствами, в частности о каком-то там таинственном раритете под названием «Око Господне». Предположительно это фрагмент Бенбена, некоего реликтового предмета, находившегося в древнеегипетском городе Ану, он же Гелиополь, в храме бога-прародителя Атума. Какой-либо конкретики не существует, известно только, что раритет тот был конической формы и имел, если верить летописям, явно внеземное происхождение. Четыре тысячи лет назад в правление Аменхотепа Первого в Египте произошло восстание рабов, и Бенбен канул в пучину классовой борьбы. А спустя века появились исторические упоминания об Уриме и Тумиме — таинственных предметах, находившиеся в особом карманчике на наперснике еврейского первосвященника, о загадочном сапфире Шетия, о пряжке пояса архидруидов и о многом, многом другом. Даже пресловутый Грааль, если верить Вольфраму фон Эшенбаху, жившему на рубеже двенадцатого и тринадцатого веков, это не сосуд, а таинственный предмет под названием «лапсит экс каелис», то есть «камень, упавший с неба». Таким образом, есть косвенные подтверждения того, что Бенбен не был утрачен бесследно, а только расчленен, и одним из его фрагментов и является Око Господне. Что представляет оно собой конкретно, неизвестно, есть только информация о том, что обладание реликвией дает неограниченные оккультно-паранормальные возможности. Так Александр Македонский при его помощи чуть было не покорил весь мир, но потерял — и вскоре погиб от малярии. Искали Око и Тамерлан, и Чингисхан, и Френсис Дрейк, и Колумб, и Наполеон, и Николай Второй, и Гитлер. Искали и ЧК, и ГПУ, и НКВД, и МГБ, и КГБ. На Кольском полуострове, в горах Тибета, в алтайских пещерах, в саванне и джунглях, на дне океана, в пампасах — всюду, куда могли дотянуться наши руки. Тем не менее результатов пока что ноль.

Воронцова медленно закрыла папку, облизнула губы и подняла глаза. Ресницы у нее были длинные, стрельчатые, взгляд — цепкий, выжидающий.

— Спасибо, майор, вы свободны, — с миром отпустил ее генерал, вытащил серебряную папиросницу и, едва дверь захлопнулась, уточнил: — Хороша. Замужем?

Спросил просто так, без всяких задних мыслей.

— Вдова, мать-одиночка. С характером, — полковник почему-то покраснел, на миг преобразился из истукана в человека. — Из дворян, голубых кровей.

Обида, сожаление и злость поочередно отразились на его лице, прежде чем оно опять сделалось тупой бесстрастной маской.

— То есть как это — из дворян? — сразу насторожился генерал, так и не закурив, защелкнул папиросницу. — У нас что здесь, дворянское собрание? Институт благородных девиц?

Вот только голубой крови в начальствующем составе ему не хватало.

— Да нет, здесь все чисто. Никакой буржуазной отрыжки,— полковник еще больше выпрямился, проглотил слюну. — Мать ее, полковник Воронцова, даром что княгиня, проверенный член партии, орденосец, рекомендована на службу самим Дзержинским. Начинала еще с Бокием в СПЕКО, работала с Бехтеревым и Барченко. Лично была знакома со Сталиным, в тридцать седьмом году ее и пальцем никто не тронул. Сейчас на пенсии. Персональной. Ну а дочка вся в нее пошла, трудовая династия, так сказать...

Прервавшись, полковник замолчал в ожидании вопросов, но генерал — на то и генерал — был не прост, сам, словно опытный актер, взял паузу. Выдвинул бесшумно ящик, подпер подбородок рукой и, как бы глубоко задумавшись, опустил глаза к объемистой, писаной коряво шпаргалке, пожевал губами и стал читать: «СПЕКО, спецотдел, особая секретная служба, созданная 5 мая 1921 года постановлением Малого Совнаркома, подчинялось непосредственно Центральному Комитету партии. Задачи — разработка шифров, радио и радиотехническая разведка, дешифровка телеграмм, пеленгация и прикладная криптография. Изучение аномальных, загадочных и необъяснимых с точки зрения науки явлений. Реорганизована 9 мая 1938 года. Начальник: Бокий Глеб Иванович, 1879 года рождения, старый большевик, из дворян. Расстрелян 15 ноября 1937 года. Бехтерев Владимир Михайлович, академик, директор созданного в 1918 году Института по изучению мозга. Отравлен в декабре 1927 года. Барченко Александр Васильевич, родился в 1881 году, литератор, оккультист, ученый. Сначала двадцатых сотрудник СПЕКО, официальная крыша — научный руководитель лаборатории нейроэнергетики Всесоюзного института экспериментальной медицины. В 1921—23 годах возглавлял экспедицию на Кольский полуостров. Официальная цель — изучение эмерика, полярной истерии. Неофициальная — поиск следов и артефактов предположительно гиперборейской культуры».

Тянулась пауза, висела тишина... читал свои каракули генерал, старательно, без спешки, трудно разбирая и вникая в написанное.

Оторвавшись наконец от шпаргалки, генерал кинул быстрый взгляд на полковника.

— Скажите, а какова была цель экспедиции Барченко на Кольский полуостров? Ну этой, в начале двадцатых?

Ого! Полковник шевельнулся, скрипнул сапогом, и снова замер.

— Барченко, товарищ генерал-полковник, искал на Кольском остатки древней цивилизации, подтверждение своей теории о том, что север — колыбель человечества. В частности камень с Ориона, предположительно Око Господне.

— Что это значит, «предположительно»? — окрысился генерал, рука его непроизвольно с грохотом задвинула ящик. — Мы что тут все, в бирюльки играем?

В голосе его тем не менее скользнуло уважение — а полковник-то орел, все, гад, помнит. Будет, как пить дать, генерал-майором. С таким ухо лучше держать востро.

— Дело в том, товарищ генерал-полковник, что информация по СПЕКО большей частью утрачена, — вице-генерал-майор вздохнул, и на крепких его скулах выкатились желваки. — Прямое попадание бомбы в архив. А кроме того, вся эта шайка-лейка — Барченко, Кандиайнен, Гопиус да и сам Бокий были мастерами наводить тень на плетень. Работали сами на себя или на кого другого. Ясное дело, враги народа. Что же касается Барченко, он целый год сидел в расстрельной камере, сочинял, чтобы реабилитировали, книгу всей жизни — и вот пожалуйста: все туманно, полунамеками, иди-ка, разберись. И не стали, поставили к стенке...

Андрон (1978)

— Палтус, Лапин, рыба благородная и суеты не терпит. — Прапорщик Тимохин ухмыльнулся и смачно раскусил рыбий хрящик, отчего уши его пришли в движение. — К нему и пиво-то не очень, лучше всего водочки, граммов эдак пятьсот, из запотевшего графинчика. Уж я-то знаю, столько его схавал за десять лет службы. В могиле не сгнию, весь просолел.

Они расположились за столом у только что вскипевшего чайника и на пару перекусывали, чем Бог послал. В каптерке густо пахло мандаринами, «охотничьими» колбасками, копченой рыбой. На то были свои причины. Третьего дня полк был задействован на разгрузке цитрусовых, вчера нес боевую службу в районе мясокомбината, а сегодня пришли посылки молодому пополнению — ему соленое, копченое и сладкое в больших количествах вредно.

— Ротному не забудь, отполовинь, один хрен, нам с тобой все не стрескать. — Тимохин с отвращением взглянул на гору палтусов, икнул и потянулся к чайнику. — Запомни, Лапин, сытое начальство — доброе, а ласковый боец двух мамок сосет. Жадность порождает бедность.

Если бы не старшинская форма, палтусовый сок, стекающий по подбородку, и потертый знак «Отличник милиции», Тимохин мог бы смело сойти за философа античности.

Поговорили еще о смысле жизни, прикончили ватрушку, намазанную маслом, и Андрон понес привет из Мурманска отцам командирам.

— А, Лапин! — Сотников уже с порога заметил сверток, принюхался, подобрел и криво, но благожелательно усмехнулся: — Ну что, писать тебя на службу? Хочешь ко мне в машину кузовным?

Вот радость-то — ни по бабам, ни вольным воздухом подышать, да и вообще... Лучше быть подальше от начальства и поближе к кухне.

— Товарищ старший лейтенант... — начал было упираться Андрон, но тут позвонили по внутреннему, и дело решилось само собой, в пользу секретаря полковой парторганизации главного майора Семенова.

Почему это главного? А вы походите в майорах два с половиной срока, тогда, может, и поймете. Был он чекистом осанистым, видным и далеко не дураком. К тому же отличался юмором, живостью ума и любил всячески подчеркивать свою принадлежность к славному племени наследников Гиппократа. Еще бы, мединститут сумел закончить, экстерном за два года, с красным дипломом специалиста-проктолога. Даром, что ли, в полку служил сын проректора по научной части!

— Здравствуй, сынок, — дружески сказал он Андрону и крайне демократично протянул крепкую, лопатообразную ладонь. — Хорош сидеть на попе, пора подвигать ягодицами. Надо бы одной заднице, — он тяжело вздохнул, нахмурился и ловко, профессиональным жестом ввинтил палец в воздух, словно в навазелиненный анус воображаемого пациента, — достать трусняк самый блядский, у его дочки на днях торжественный пуск в эксплуатацию, то бишь в замуж... Вот тебе без сдачи. Главное, урви трусняк. Давай, сынок! Пер аспера ад, сука, астра! Через тернии, значит, к звездам! Вини, види, Вицин!

И Андрон двинул в «Гостиный» на «Галеру». Если партия говорит надо, комсомол отвечает есть! На «Галере» было многолюдно, дело близилось к женскому дню. Толкали-покупали импортную обувку, бельишко хэбэ, мохеровые свитера, паленые, по сто двадцать рублей за пару джинсы «левис» и «вранглер», различающиеся исключительно лейблами. Андрон прошелся раз, другой, третий, примелькавшись, занял временный наблюдательный пост и положил глаз на барыгу с трусами «неделька». Только тот оказался спекулянтом наглым, оборзевшим, с невыносимыми манерами.

— Ну че приклеился, — спросил он Андрона вызывающе, — вашему Проскурякову уже пла... тилитили, трали-вали.

Коротко, от кармана Андрон впечатал ему в дых, сграбастал целлофановый пакет с товаром и, не мешкая, растворился в толпе.

На скамейке в Катькином саду Андрон рассмотрел добычу — две упаковки. Остатки. Но сладки — майор Семенов был доволен. И прядильщицам понравилось, каждой досталось по трусам. С любовью натянутым Андроном.

Да, полковник Куравлев выдавал замуж дочь. Поговаривали, что молодая-то совсем не молода, давно не девушка и насквозь беременна, только насрать, главное, папаши пару дней было не видно и не слышно. Зато потом все навалилось разом, вернулся похмельный Куравлев, озлобленный, помятый и зеленый — щегол водила, не вписавшись в поворот, поставил на «мигалку» свой УАЗ, и в довершение ко всему в честь женского праздника по Ленобласти объявили усиление. А это значит ни продыху, ни увольнений, одна только служба, служба, служба. Бдение до победного конца...

А тоскливее всего в воскресенье, когда службы нет. Нужно выдержать четыре киносеанса, высидеть весь день в душном закуте солдатского клуба. А на простыне экрана все те же. Наши пограничники с нашим капитаном, с Мухтаром, который «ко мне», со «Щитом и мечом» и «Живыми и мертвыми». Опять Иван Васильевич меняет профессию, Сатурну приходит конец и лихо танцует твист студентка, комсомолка и просто красавица Варлей. А зори-то какие здесь тихие! Можно спать, свесив голову на грудь, пускать злого духа, скинув сапоги, исходить по́том, как в парной...

Андрон солдатский клуб не жаловал, в каптерке, выдрыхшись на милицейских шубах, он жарил яичницу на утюге, заваривал «чайковского» покрепче и читал занудную сентиментальную муру, книженцию без обложки, начала и конца, найденную на подоконнике в сортире.

«...Стройное тело Натальи Юрьевны казалось в полумраке алькова сгустившимся в изысканные формы сиянием луны. Ее крупная, словно две пиалы, грудь, несколько полноватые, но упругие бедра, широкий, говорящий о чувственности подбородок сводили Оленецкого с ума, заставляли бешено биться сердце и в который уже раз за сегодняшний вечер разжигали неистовое желание. Такое нескромное и пленительное. Тонкими, но сильными пальцами он коснулся ее точеных плеч, приложился обветрившимися губами к голубоватой жилке, бьющейся под нежным ухом, но в это время проснулись каминные часы, звон их был хрустально чист, мелодичен и напоминал колоколец.

— Нет, нет, граф, право же, мы опоздаем. — С улыбкой добродетели Наталья Юрьевна отстранилась и неожиданно легко поднялась с необъятной, времен Марии Антуанетты кровати с резными ножками. — Magna res est amor*, но все же высшее благо — чувство меры.

Она накинула батистовый пеньюар и царственной походкой направилась в туалетную, густые, цвета меда волосы ее роскошным водопадом низвергались на алебастр плеч.

_____

* Великое дело любовь *(лат.).*

177

„Omnia vanitas"*, — зевнув, Оленецкий потянулся к портсигару, взял толстую асмоловскую „пушку" и некоторое время лежал не шевелясь, бесцельно рассматривая будуар — пуфики, подушечки, эльзасская, с бандеролями, тканная золотом шпалера и неожиданно — строгое, с миниатюрными бронзовыми сфинксами бюро работы мастера Рентгена. Княгиня удивительнейшим образом сочетала в себе чувственную изысканность Цирцеи, вулканическую страстность Венеры и холодную расчетливость Дианы. Все тайное, загадочное, непознанное манило ее. Будучи натурой одаренной, с умом практическим и живым, она безмерно восхищалась ученостью Блаватской, состояла в переписке с доктором Папюсом и была по слухам в близких отношением с Эрихом фон Грозеном, известным оккультистом, алхимиком и хиромантом. Если сравнивать княгиню с цветком, то напоминала она экзотическую орхидею, изысканно прекрасная, распространяющая таинственный, сладко кружащий голову аромат.

„Что за женщина! Ceve**, поручик", — Оленецкий усмехнулся и сунул дымящийся окурок в малахитовую пепельницу. Он опустил жилистые ноги на ковер и начал одеваться, неспешно, с чувством собственного достоинства, как и полагается поручику лейб-гвардии Конного полка: шелковое белье, белые лосины, белый же колет, алый супервест с орлом, высокие, твердой кожи ботфорты со шпорами. Придворная форма, не успел переодеться — все случилось так спонтанно...

— Чудесно, вы уже готовы, — из туалетной комнаты вернулась Наталья Юрьевна, свежая, благоухающая мылом и, без тени смущения сбросив

---

* Все суета *(лат.).*
** Будь осторожен *(лат.).*

пеньюар, занялась своим туалетом. Надела пояс, паутиновые чулки, облачилась в струящееся, отделанное талашкинскими кружевами платье, водрузила на пышную прическу огромную, словно колесо, шляпу со страусовыми перьями. Оторвала взгляд от зеркала и улыбнулась поручику.

— Вам еще не в тягость мое общество, граф? Тогда поехали.

Черным ходом, чтобы не судачила прислуга, они неслышно выбрались на улицу, взяли на Садовой лихача, и рессорная лакированная повозка, шелестя резинками по торцовой мостовой, понесла их под стук копыт на набережную Фонтанки. Там сегодня в своем доме небезызвестный Эрих фон Грозен устраивал спиритический сеанс. В качестве медиумов были приглашены Ян Гузик, крупнейший специалист по вызыванию духов и... княгиня Воронцова, чьи оккультные способности стали притчей во языцех в салонах высшего общества. Не испусканием ли таинственных флюидов объясняется ее воздействие на мужчин? Столь роковое, неотвратимое и притягательное?

Между тем приехали, отпустили лихача.

— Прошу вас, — с полупоклоном, придерживая палаш, поручик подал княгине руку, и они направились к дому фон Грозена, двухэтажному, с массивным эркером и большим, в форме длиннохвостого пса, флюгером на крыше. Мрачный, в семь линий фасад его был...»

«Был исписан по такой-то матери», — Андрон с трудом добрался до заключительной страницы, испачканной чем-то бурым, зевнул, тупо отшвырнул чтиво куда подальше. Проблемы, блин! Оккультизм-онанизм, мистика-фуистика! На сеанс они едут к знакомому алхимику! Уж не в мамашин ли детсад? А в повозку запряжен Арнульф. Вот с таким рогом, вот с таким хером!..

Мысли, сонные и ленивые, крутились тяжело, словно жернова, настроение было паршивым, хотелось снова уткнуться мордой в шубы и спать, спать, спать...

Знать бы, что будет, наперед — жить было бы скучно. А так... В понедельник утром Андрона вызвал майор Семенов.

— Лапин, сегодняшнюю учебку можешь послать в анус. Звонили из управы, просили три букета. Бабам генераловым. Снимай хэбэ, бери машину, дуй.

Вот так, одевайся, дурак, обувайся, дурак, поедешь, дурак, к царю. Скорее, к Змею Горынычу, в логово начальника внутренних войск по Северо-Западной зоне. Бабам цветы, детям мороженое. Господи упаси перепутать, не потрафить или плохо прогнуться. Ошибаться нельзя, будет хуже, чем саперу. И Андрон в грязь лицом не ударил, честь полка не посрамил — на Андреевском рынке урвал у черных целое ведро гвоздик, в спешке даже не выбросил кирпич, положенный для устойчивости на дно. Разделил соцветия революции на три части, завернул каждую в целлофан, весело скомандовал водиле:

— Трогай, брат, на Халтурина.

Именно там, на бывшей Миллионной, совсем неподалеку от Эрмитажа, и размещалась штаб-квартира ВВ, в массивном, основательной постройки доме. Волнуясь, но не показывая вида, Андрон прошел через КПП, взлетел по мраморным ступеням на второй этаж и, миновав просторную приемную, предстал перед главным комиссаром всей Северо-Западной зоны.

— Здравия желаю, товарищ генерал-майор, ротный писарь рядовой Лапин! Представляюсь по случаю доставки цветов!

Он чувствовал себя словно Йоганн Вайс в имперском бункере на приеме у фюрера. Не хватало

180

только эсэсовской формы, шнапса и костлявых ключиц фройляйн Ангелики.

— Вольно, боец. — Комиссар насупился, глянул настороженно на букет, медленно поднимаясь из-за стола, в нудном, скрипучем голосе его звучала тревога. — Да, хороши настурции, знатно отпочковались, махрово. И почем же такое? Дорого небось?

Судя по интонации, настроение его заметно ухудшилось.

— Ну что вы, товарищ генерал-майор, какие тут могут быть деньги? — Андрон, не прекращая жрать начальство глазами, изобразил восторг, замешательство и приторную улыбку. — Это ведь все равно, что платить за цветы, возложенные к могиле неизвестного солдата. За все уже уплочено сполна.

Генерал ему не нравился, мелкий, жилистый. На клопа похож, злого, кусачего. Если раздавить, чрезвычайно вонючего.

— К могиле какого это неизвестного солдата? А-а-а. — Скуластое лицо расплылось в улыбке облегчения. — Молодец! Как говоришь, фамилия-то? Кто ротный командир?

А тем временем цепкие руки его все мяли букеты, прикидывали их на вес, трепетно и с интересом шуршали целлофаном — комиссар выбирал «настурции» помахровее, посвежей.

— Лапин! Рядовой Лапин, товарищ генерал-майор! — Андрон отдал честь, притопнул, вытянулся струной. — Командир роты товарищ старший лейтенант Сотников, товарищ генерал-майор!

— Лапин, Лапин, рядовой Лапин. Сотников, Сотников, старший лейтенант Сотников. — Напрягая память, генерал прищурился и жестом триумфатора протянул Андрону руку. — Так и запомним — рядовой Сотников, старший лейтенант Лапников!

181

Странно, но память комиссара не подвела — к светлой годовщине дня рабочей солидарности Андрон урвал второй крест, первой степени, а старший лейтенант Сотников поднялся в капитаны...

Под вечер в каптерке второй роты Сотников, Зимин и старшина крупно разговаривали по душам с сержантом Скобкиным, а Андрон и художник Загуменный, сидя у окна за стеллажом, тихо предавались прекрасному — обсуждали колорит и композицию новой картины мэтра.

Это был рисунок — монументальный, два на три метра, на обратной стороне плаката по ГО. Молодая высокогрудая и крутобедрая смуглянка в ожерелье, чулках в крупную сетку и туфлях-лодочках грациозно и пленительно поставила стройную ногу на спинку стула. Цветущее тело ее вакхически изогнулось, давая полную возможность рассмотреть все потаенные, вызывающие сердцебиение подробности, полные, сердечком, губы красавицы улыбались загадочно, маняще, напоминая о безудержных наслаждениях цветущей плоти. Манера Загуменного напоминала чем-то стиль Рубенса, Брюллова и молодого ван Дейка, чувствовалось, что глаз его верен, душа возвышенна и рука тверда. И не только рука...

— Я тебя, суку, на ноль помножу, ушатаю, вые...у и высушу! — пообещал напоследок Сотников и зверски ощерился. — Завтра же поедешь на губу. Эй, Лапин, готовь зеленое хэбэ этому засранцу.

Андрон с готовностью оторвался от созерцания прекрасного и вытащил хэбэ «зеленого» сержанта — тесная, обтрюханная гимнастерка, штаны необъятные, мешком, ни один уважающий себя боец такие не наденет. Спецфасон для любимых командиров. Правда, теперь-то Скобкин навряд ли останется сержантом. Это же надо быть таким дебилом — свинтить по бабам с земляком из авторотты, разобрав для этих целей стену в боксе, не поделить блядей с метровскими ментами и сгореть глупо и бездарно уже под самый дембель!

На следующий день Скобкина посадили на УАЗ и повезли искупать. Вспомнил Андрон о сержантском существовании недели три спустя, когда его вызвал к себе Сотников.

— Лапин, Тимохин занят. Бери машину, заберешь с Садовой Скобкина.

Чего проще... Андрон залез в УАЗ, поехал на губу. В отличном, между прочим, настроении. Приятно посмотреть в глаза врагу, униженному, вывалянному в грязи, сказать небрежно: «Что-то невеселый вы, товарищ сержант, и вообще, звонкий, тонкий, прозрачный. Ничего, капитан Сотников вас развеселит».

До губы долетели быстро, как на крыльях. Андрон выправил в комендатуре пропуск, потер сапог о сапог, чтобы лучше блестели и по своей воле направился в узилище. Нехорошо было там, мрачно и строго: ржавые, помнящие еще, верно, декабристов решетки, всякая идущая навстречу сволочь, коей нужно отдавать по уставу честь, витающая в воздухе вонь субординации и дисциплины. На плацу фигачили строевым старший лейтенант с капитаном, а неказистый мичман весело подбадривал их писклявым голосом:

— Више ногу, товарищи офицеры, више ногу! Уставной канкан не для слабонервных.

— Разрешите?

Андрон, постучав, просунулся в канцелярию, топнул по всей форме, так что люстра закачалась, мол, мы такие-то такие-то и прибыли за опальным сержантом Скобкиным. Приказано доставить живым или мертвым!

— А забирайте, со всем нашим удовольствием, на хрен ли он нам теперь такой!

Сержант Скобкин и в самом деле был нынче нехорош, заморенный, похожий на покойника. Хэбэ его было невероятно грязно, эмблемы на петлицах заменены одна на автотранспортную, другая на бронетанковую, видимо, в знак протеста. Что-то сразу расхотелось Андрону в глаза ему смотреть, а уж улыбаться язвительно и тем паче. На обратном пути, не доезжая Фонтанки, он велел водителю затормозить у шашлычной, купил без очереди бозартмы, набрал немерено хлеба и притащил в машину Скобкину — жри.

Хорст (1958)

Близилась весна, теплело, полог полярной ночи бледнел. Хорст потихоньку осматривался. Нелегкая занесла его в самое сердце Кольского, в ссыльнопоселение, притулившееся на берегу древнего величественного озера. Километрах в трех за лесистой горой-тундрой раскорячилась мертвая после амнистии пятьдесят третья зона, еще чуть дальше к югу находилось второе поселение, по соседству с ним саамский погост — то бишь, поселение, и все. На сотни верст только снег, сопки да тайбола — заболоченная тайга. Северный полярный круг, древняя земля саамов — Самиедна. Летом здесь не заходит солнце, вдоль сапфирно-синих ручьев цветут хрупкие колокольчики и крохотный, ростом в ладонь, шиповник — трогательная полярная роза. Зимой властвует ночь, стоят трескучие морозы, бушуют ураганы и воют метели. Издалека над Сейд-озером на обрыве горы Куйвчорр видна огромная фигура черного человека. Это след ушедшего в скалу мрачного повелителя ветров и бурь Куйвы. Время от времени старец гор сходит с Куйвчорра и обрушивает лавины и ураганы, неся вечный покой тем, кого непогода застанет в пути.

Только кто по своей воле забредет в этакую глушь? Разве что рыбаки и оленеводы, рожденные в Самиедне, да оперативный уполномоченный, засидевшийся в капитанах. Появляясь раз в три недели, он привозит «Правду» двухмесячной давности, пьет всю ночь напролет с местным активистом — отставным охранником с заброшенной зоны — и все порывается пойти узнать, что это за человек такой поселился у Куприяныча с Трофимовым. Только ведь брусничный самогон совсем не шутка, после него мутнеет в голове и заплетаются ноги, так что кондыбать пару километров в темноте участковому совсем не улыбается. И он продолжает пить, закусывая лососиной с тем, чтобы, проспавшись, отбыть в свой райцентр со спокойным сердцем — на вверенной ему Советской властью территории порядок. Полнейший. На сотни верст снег, снег, снег, ветра вой и холодные сполохи полярного сияния. Образцовая, густо выбеленная тоска.

Да уж... Поначалу Хорсту было плохо. Бешено хотелось к Марии, в вязкую тьму небытия. Самый страшный враг — память. Да еще припадки эти, выворачивающие душу, как желудок при рвотных спазмах. Уйти, уйти, поставить точку. И лучше быстро, чтоб без боли. Однако как-то обошлось. Слишком уж была природа вокруг наполнена через край жизнеутверждающей силой, чтобы вот так, походя, спустив курок или затянув петлю, уйти от первозданного ее величия. Ну и еще, конечно, люди... Они были большей частью добрые, несуетные, не принимающие злословия и лжи. Местные — те, кто родился здесь, и пришлые — те, кто остались, невзирая на трескучий холод, собачью жизнь и амнистию. Те, которым ехать было некуда. Здесь не принято было спрашивать, кто ты и откуда. Раз пришел, значит оно тебе надо, живи. Вернее, выживай... Ловилась рыбка, стучали копытами олени, добывая ягель, валились в снег, вздыхая тяжко, трехобхватные ели. Трещал мороз, белели щеки, радужный нимб окружал луну...

Трофимов с Куприянычем, правда, работали дома. Один с одержимостью буйнопомешанного часами мог не выпускать кисть из натруженных пальцев, а когда все же иссякал, шел к знакомой лопарке по соседству с тем, чтобы сменить объятия музы на другие, не менее приятные. Другой по праву хоть и не доучившегося, но врача пользовал нарывы, чистил раны, иногда выезжал в персонально поданной лодке-кереже к роженице или на аборт. Приглашали его куда как чаще, чем шамана...

Бежало время, таяли снега, люди постепенно привыкали к Хорсту, называли меж собой кто комбайнером, кто генералом, в лицо же уважительно Епифаном. И все больше по батюшке. А что — ухватист, плечист, как начнет лес рубить, только щепки летят. Оленя валит за рога, бревно прет в одиночку. Вот только с бабами не живет и самогонку не пользует, молчит, будто в воду опущенный. Смурной, снулый. Странный, однако, непонятный человек, видно, есть в нем потаенный изъян.

Изъян не изъян, а донимала Хорста меричка, только Куприяныч с Трофимовым знали, как он мучается по ночам, не спит, бродит, словно сомнамбула с бормотаньями по избе. Что слышит он, что видит широко открытыми незрячими глазами?

А в ушах Хорста знай себе ревели голоса, оглушительные, как шум прибоя — иди на север! Иди на север! Иди к звезде! Куда на север-то? Да на скалистый, видимый как бы в дымке мысок, над которым фонарем висит Полярная звезда. Во как, полнейший бред! И так каждую ночь на полную луну. Прямо по Гоголю все, не хватает только чертей и Вия. Духи уже есть, в печенках сидят. Да, что-то крепко застрял Хорст в кольской тайболе. По идее надо было бы сменить внешность, раздобыть документы понадежней и бежать, бежать, бежать без оглядки — куда-нибудь в Сибирь, страна большая. Только не за кордон — там достанут, порвут на куски, у новой Германии руки длинные. А здесь разве что мудак уполномоченный из райцентра, пьянь хроническая. Тетка Дарья третьего дня так и сказала: «К моему-то опять уполномоченный припирался, самогонки выжрал — лопни его утроба! — наверно, с бадью, а уж жрал-то, жрал... Икру ему вареную подавай, а чем я, спрашивается, кобеля кормить буду? И о тебе, Епифан батькович, имел, между прочим, интерес — кто такой, да из каких краев, да есть ли у него какой такой документ? Нюрка-то моя тоже все о тебе справляется, и почему это Епифан батькович к нам не заходит никогда, может, посидели бы рядком, поговорили бы ладком? А может, и почесались бы передком».

Тетка Дарья, русская, неопределенного возраста бабища, крепкая, с ядреным рельефом. Ни языком, ни женской сметкой Богом не обойдена, да и мужским вниманием не обижена — в молодости не скучала, да и теперь не бедствует, сожительствует с постояльцем, отставным конвойным старшиной. А промышляет тем, что гонит самогонку, крепчайшую, духовитую, из меда и брусники. А вот с дочкой тетке Дарье не повезло, занюханная какая-то получилась, квелая. Не в мать, без огня. И вроде бы все при ней, и жопаста, и ногаста, и буферяста, а не тянет ее к мужикам, ей бы лучше книжку почитать, на трофимовскую мазню полюбоваться или на берегу посидеть, глядя на зеркальные воды озера. Тридцать пятый год уже пошел дурище, а она, стыдно сказать, — девка. Что только Дарья не делала — и под офицеров зоновских ее подкладывала, и под местных саамов, и под зеков даже — нет, и все. В общем, беда с ней, с блаженной. Так что, Епифан батькович, приходите, может, клюнет эта дура на генерала...

О приглашении этом Хорст вспомнил через месяц, когда вскрылось, пошло ломкими льдинами бескрайнее, похожее на море озеро. Стоял погожий, по-настоящему теплый вечер, солнце незаходящим шаром светило с необъятного молочно-голубого неба. В воздухе роилась мошкара, а сам он был неподвижен, ощутимо плотен и полон неосознанного томления — запахов травы, сосновой смолки, разогретой, наливающейся соками земли. Хороший-то он вечер хороший, да только тоскливый — Куприяныча еще с обеда вызвали к больной, а Трофимов, намывшись в баньке, отправился к забаве, веселой и безотказной лопарской вдове. Тошно в одиночку томиться в избе. А Хорст и не стал, надумал заглянуть-таки к тетке Дарье, даром, что ли, приглашали. Тем более путь хорошо знаком, вдоль прозрачного ручья, мимо вековых, в серых бородах лишайников елей, по пологому, сплошь пронзенному корнями склону. Главное только — не шуметь, а то выйдет из чащи хозяин Мец, черный, мохнатый, с длинным хвостом, да и устроит какую-нибудь неприятность... Пожив здесь, Хорст проникся уверенностью, что во всей этой чертовщине есть рациональное зерно: то ли непознанные силы природы, то ли загадки психики. Как ни назови, объяснение одно — духи. Те самые, которые так любят его и потому, если верить шаману, не уходят. Так, занятый своими мыслями, Хорст шагал по чуть заметной тропке, и та скоро привела его в лесистую лощинку, где и притулилась деревня Поселение. Домов с полста, чуть ли не половина заброшенные, бесхозные.

Тетка Дарья обреталась на отшибе, по соседству со столетними елями. Тут же неподалеку стоял заброшенный одноногий саамский лабаз — полуразвалившимся черным от непогод скворечником. На драной крыше его сидело воронье, скучающе посматривало на приближающегося двуногого. А вот немецкая овчарка, что выскочила из-под крыльца, отреагировала бурно — с рычанием, бряцаньем цепью, оскаленной слюнявой пастью.

Хорст непроизвольно отшатнулся, а дверь тем временем открылась, и на пороге появился человек в подштанниках.

— Рекс, твою мать! Пиль! Тубо! Взять! Такую мать!

Заметив Хорста, он вытянулся и браво отрапортовал, перекрывая собачий рык:

— Смирно! Равнение налева! Товарищ генерал, во вверенном мне бараке все укомплектовано! Смело мы в бой пойдем за власть Советов! Эх, дорогой ты наш товарищ Волобуев...

Это был отставной конвоец-старшина тетки-Дарьин сожитель-постоялец, пьяный до изумления, в подштанниках с завязками. Пошатываясь, он ел Хорста слезящимися глазами, придурочно улыбался и из последних сил держал за цепь беснующегося кобеля.

— Ктой-то тут? Что за ор? — На шум высунулась тетка Дарья, и голос ее из начальственно-командного сразу сделался ласковым. — Ой, гости дорогие, Епифан батькович! Вот уважил так уважил!

— Это же наш начальник политотдела, сам товарищ Волобуев! — попробовал было возмутиться конвоец, но Дарья вдаваться в подробности не стала, быстренько навела порядок. Загнала овчарку под крыльцо, сожителя с глаз долой, отсыпаться, и с криками: — Нюра, Нюра, кто пришел-то к нам! — принялась сноровисто накрывать на стол.

Семга, лососина, оленина, бобрятина, соленые грибы, икра, сквашенная особым образом, ядрено пахнущая глухарятина. Духовитый, для своих, двойного гона самогон. Прозрачный как слеза, нежно отливающий янтарем. Да, хорошо жила тетка Дарья, не бедствовала: половицы покрыты краской, в окнах стекла хорошие, на рамах шпингалеты железные, колосники и печные дверки чугунные. Не изба — дворец.

— Здрасьте вам... — Из дальнего покоя вышла Анна, дочка тетки Дарьи, опустив глаза, устроилась на лавке, глянула на гостя равнодушно, словно те вороны на лабазе.

Хорст ее уже видел пару раз — так, ничего особенного, ни рыба ни мясо, нос картофелиной. Без изюминки девушка, без изюминки. На любителя.

— Прошу, Епифан батькович, к столу. — Мигом управившись, Дарья раскраснелась, утерла вспотевшее лицо и с улыбочкой усадила Хорста на почетное место. — Чем богаты, тем и рады. Как раз время ужинать.

Стол был на карельский манер, на длинных и широких полозьях, чтобы сподручнее было двигать по избе во время выпечки хлеба или мытья полов и стен. Сейчас же он стоял в красном углу, вот только икон за спиной Хорста что-то не наблюдалось. В пришествие Христа здесь не верили, так же как и в непорочное зачатие. А ели много, смачно и в охотку, даже Нюра повеселела и занялась с энтузиазмом жареным бобром. Не гнушалась она и самогончика, чокалась наравне со всеми. И не раз, и не два, и не три... А рюмок здесь не признавали. В общем, съедено и выпито было сильно, так что развернулась душа и потянуло на разговоры.

190

— Вот я, Епифан батькович, все давно хочу тебя спросить. — Дарья отставила глухаря и трепетно, с чувством стала наливать всем по новой. — Ты вот хоть и нашенский генерал, а нет ли у тебя случаем сродственника в Германии? Я ведь не так, не с пустого места спрашиваю. — Как-то затуманившись, она встала, сотрясая пол, прошествовала к комоду. — Шибко ты машешь на фрица одного, ох и ладный же был мужик, всем мужикам мужик. — Она с грохотом выдвинула ящик, порылась, пошелестела в бумагах и вытащила пожелтевшее фото. — Веселый был, все пел — ах, танненбаум, ах, танненбаум! А уж по женской-то части ловок был, дьявол, словно мысли читал!..

С фотографии на Хорста смотрел отец. Могучий, в шлеме нибелунгов, он словно изваяние покоился в седле, держа огромный, весом в пуд железный щит с изображением свастики. Сразу же Хорсту вспомнился рокот трибун, тонкое благоухание роз, исходящее от матери, свой детский, доходящий до самозабвения восторг. Он почувствовал холод руки Магды Геббельс, услышал ее негромкий, чуть насмешливый голос: «Да, Хорстхен, да, это твой отец». Господи, сколько же лет прошло с тех пор? Он больше никогда не видел своего отца одетым нибелунгом — в основном в черном однопогонном мундире, перетянутом портупеей, и фуражке с высокой тульей, эмблема — серебряный тотенкопф, мертвая голова. И часто в обществе огромного чернобородого человека с мефистофилевским взглядом — мать говорила, что это доктор Вольфрам Сиверс, начальник засекреченного института, и что они вместе с папой ищут какие-то древние сокровища. И вот — напоминание о нем сквозь года. Выцветшее, пожелтевшее, с замятым уголком и надписью по-немецки: «Дорогой Дарьюшке, самой темпераментной женщине из всех, что я знал. А знал я немало. Зигфрид».

Хорст с трудом проглотил липкий ком в горле.

— Как он умер? Когда?

— Утоп. — Дарья, бережно пряча фото, всхлипнула, и по щеке ее румяной покатилась пьяная слеза. — И катер ихний утоп, и гидраераплан, и палатки все посмывало в озеро. Аккурат перед войной. Говорила ведь я ему — не езжай на Костяной, плохо будет. С этим, как его, Пьегом-Ламаем* шутки не шутят. Как же, послушает он, такой-то орел. — В голосе Дарьи послышалась гордость, слезы моментально, будто были из чистого спирта, испарились. — Ты не думай, Епифан батькович, что раз мы люди северные, дремучие, так нам и вспомнить нечего.

Она вновь продефилировала к комоду и, покопавшись, извлекла книгу, при виде которой Хорст мигом протрезвел: это был «Доктор Черный», сочинение А. В. Барченко. Точь-в-точь такой же, как у шамана. Мало того, с размашистой дарственной надписью на титульном листе: «Дарье Лемеховой, моей музе, вдохновительнице и утешительнице, с любовью от автора. Кольский п-ов. 1922-ой год. А. В. Барченко».

Ну день сюрпризов! А Дарья между тем налила в одиночку, тяпнула и с усмешкой Клеопатры посмотрела на Хорста.

— Вот, профессор столичный нами не побрезговал, даром что совсем девчонкой была. Ласточкой звал, душенькой, коленки целовал и все такое прочее... Потому как была не жеманница какая затхлая, много о себе не понимала. Ты-то, кобылища, когда за ум возьмешься, с сокровищем своим расстанешь-

---

* Правильно Пьег-Олмай — дух ветров.

ся? — С внезапной яростью, рожденной самогонкой, она сурово глянула на дочь и вдруг что было сил ударила рукой об стол, так что подскочила с бряканьем посуда. — Где наследники, я тебя спрашиваю, внуки где? Кому это все? — Рука ее оторвалась от стола и сделала мощное кругообразное движение. — Советской власти? Уполномоченному, суке? А?

Дочка мирно уписывала варенье — какие могут быть ответы с набитым ртом.

— Странно, — нарушил затянувшуюся паузу Хорст. — И у шамана есть такая же. Вы что же, может, знали того?

В самую точку попал.

— Знала ли этого шаманского пса? — Праведный материнский гнев нашел-таки достойную цель. — Да через эту образину патлатую вся моя жизнь, можно сказать, пошла сикось-накось. Мы больше года с ним были в экспедиции. Он проводником, я кашеваром, что делить-то? Ладили. А потом Лександр Васильич, то есть товарищ Барченко, то ли откопал чего, то ли узнал, и проклятый тот шаман все его бумаги отвез на Костяной, к Шаман-ели, под охрану духов. Так и сказал: «Не вашего ума дело. Не пришло еще время». А на Лександру Васильича навел заклятие-морок, мол, забудь все, что знал, не твое. Ну тот и забыл — и что коленки мне целовал, и что лапушкой звал, и что в столицу за собой манил. Уехал не в себе, а мне оставил вот, — Дарья порывисто вздохнула и кивнула на Нюру, — подарочек. Я, конечно, не сдержалась тогда и к шаману — ах ты, старый пес, такой-сякой. А он мне — рот закрой, а то срастется. Он как пить дать и немчуру-то утопил, чтобы только на Костяной не попали. Ох хорошо, что преставился, прямая дорога ему в Рото-Абимо. Черти, верно, с него сотую шкуру дерут.

Она еще говорила что-то, но Хорст только вежливо кивал и слушал вполуха. Он внутренне дрожал от возбуждения — напасть на след материалов Барченко, вот так запросто, за кружкой самогона!

— Так, значит, увез на остров, к Шаман-ели, под защиту духов? Потому что еще время не пришло? Ну и ну, — крякнув, Хорст вытащил моченую брусничину из чашки, сунул в рот, скучающе зевнул. — И что же они, эти духи, теперь никому проходу не дают?

— А кто и раньше-то по своей воле на Костяной совался? — Дарья оглянулась, и в голосе ее, недавно разухабистом и пьяном, скользнула настороженность. — Души заборейские тревожить? Только нойды плавали туда по своим делам... Э, постой, постой, как же это я сразу не докумекала. — Она прищурилась, словно при подсчете денег, и уже не пьяно — оценивающе воззрилась на Хорста. — Тебе ведь, Епифан батькович, на остров надо... Ну да ладно, то дело генеральское, а мы люди маленькие. Только ведь на Костяном тебе не быть, духи не дадут, жертва им нужна. А мне, Епифан батькович, наследник нужен, страсть как нужен, внук. Так что давай, может, столкуемся полюбовно, баш на баш — я тебе Нюрку даю на остров девкой, ты мне ее возвращаешь бабой с начинкой, ну а первинками ее пусть эти пользуются. — Она ткнула пальцем куда-то в потолок, перевела взгляд на дочь. — Ну что, кобылища, поедешь с Епифаном батьковичем поневеститься? Когда у тебя кровя-то были?

— Идут еще. — Нюра, отхлебнув, поставила кружку с чаем, блеклые, невыразительные глаза ее быстро набухли влагой. — Почти пришли. Ой, маменька, что-то боязно мне...

— Вот и ладно, через недельку и тронетесь, как раз лед сойдет, — веско произнесла Дарья не терпящим возражения тоном. — Перевозчиком Васильева возьмем, пусть свой должок отрабатывает, ну а уж куда заруливать, Епифан батькович чай разберется. Дурацкое дело не хитрое. — Она снова глянула на дочь, но уже сурово, по-матерински. — Ну все, иди спать, нам с Епифаном батьковичем еще поговорить надо.

И верно, едва та ушла, сказала воркующе:

— Ну что, посидели рядком, поговорили ладком. Можно бы теперь и передком...

Но Хорст откланялся и пошел домой.

Тим (1978)

В кинотеатре «Великан» открылся фестиваль французского кино. Заглавная лента называлась «Пощечина». Уж не социалистическому ли реализму? В ДК имени Первой пятилетки гастролировал французский драматический театр «Компани Мадлен Рено — Жан-Луи Барро», в кинотеатре «Аврора» открылся зал стереоскопического показа, оборудованный специальной аппаратурой. Зрители надевали полароидные очки, и им казалось, что под потолком летают птицы, а между рядами кресел плавают экзотические рыбы. Не надо ни косяка с дурью, ни водочки под плавленый сырок «Городской».

В обществе стал остромодным стиль «ретро», в антикварных магазинах раскупалось все вплоть до сортовой посуды, бывшей в употреблении. Романтики старины осуществляли настоящие набеги на дома, поставленные на капремонт. Особым шиком считались каминные решетки, дверные наличники, бронзовые ручки, малахитовые подоконники. Милиция регулярно устраивала засады, мародеров показательно судили, но все новые и новые волонтеры вливались в армию любителей экзотики. Нет, положительно, жизнь на месте не стояла.

Тим тоже не застаивался — бегал, прыгал, махал конечностями, исходил по́том на тренировках и любовном ложе. На одной стене в его комнате были крупно написаны восемь изначальных истин карате:

— дух един с небом и землей;

— дыхание, кровообращение, обмен веществ в теле осуществляется по принципу смены солнца и луны;

— путь заключает в себе твердость и мягкость;

— действовать следует в соответствии со временем и ритмом всеобщих перемен;

— мастерство приходит после постижения пути;

— правильное сохранение дистанции предполагает продвижение вперед и отступление, разделение и встречу;

— глаза не упускают ни малейшего изменения в обстановке;

— уши слушают, улавливая звуки со всех сторон.

На противоположной стене висели портреты Фунакоси Гитина в парадном кимоно, его сына и любимого ученика Еситаки в повседневном и также было написано уже помельче: «Когда хищная птица нападает, она падает вниз камнем, не раскрывая крыльев. Когда дикий зверь нападает, он вначале приседает и прижимает уши. Так и мудрый, когда намерен действовать, кажется слегка замедленным. Нужно уметь сохранять достоинство, но не быть при этом жестоким. К силе прибегают как к последнему средству лишь там, где гуманность и справедливость не могут возобладать. Причем победить в ста схватках из ста еще не есть высшее искусство. Победить противника без борьбы вот высшее искусство. Как хищная птица, которая нападает, падая вниз и не раскрывая крыльев, как дикий зверь, который нападает, приседая и прижимая уши».

Куда быстрей пернатого хищника падали успехи Тима в учебе, времени на которую катастрофически не хватало. Карате, музыка, дама сердца — прекраснейшее сочетание, способное загнать в академическую могилу кого угодно. Сквозь титанические усилия, словно подбитый истребитель Тим на бреющем дотянул до сессии, исхитрился получить стипендию и, хорошо зная инициативность Зинаиды Дмитриевны, похлопотал о летнем отдыхе сам: взял вместе с Ефименковым по профсоюзной льготе путевки в Цей, в альплагерь. Конечно, дали не сразу, заставили вначале отжиматься, бегать кросс, вступать в местную альпсекцию.

Плевать, за путевку в горы стоимостью сорок два рубля, включая дорогу, можно и пострадать. А альпийские луга, благоухающие волшебным разноцветьем, величественные ледники, суровые, видевшие тысячелетия, заснеженные громады скал... В общем, в хоккей играют настоящие мужчины, а лучше гор могут быть только горы, на которых еще не бывал.

Прибыв в Орджоникидзе, Тим с Ефименковым остановились в общежитии при местном турагентстве. По-спартански. Зато утром в Цей выехали с комфортом — на такси, в складчину, с альпинистами из Днепропетровска. «Волга» весело петляла по серпантину шоссе, урчал мотор, дорога подымалась в гору, крутые склоны были живописны, покрыты лесом и в одном месте украшены гигантским, выложенным из камней портретом Сталина. Автора, по слухам, по окончании работ сбросили в ущелье. Культ личности-с, дикие времена-с.

В альплагере прошли фильтрацию — новички налево, «значки» направо, разрядники вперед, получили всякие там трикони, рукавицы, репшнуры и, познакомившись с соседями по комнате, отправились осматриваться на местности. Горы совсем рядом, лес, надо полагать, девственный, шумная, быстро текущая река. Словом, природа-мать, красота.

Любовались ландшафтами недолго. Небо как-то сразу потемнело, опустилось на землю, и в горах наступила ночь. Такая, что хоть глаз выколи. В лагере зажглись ртутные огни, а после ужина и оргсобрания был объявлен отбой, безоговорочный и незамедлительный. Вот так, дисциплина железная. Сухой закон. Никакого «керосина». Нарушителей ждет неотвратимая кара.

И потянулась каждодневная ишачка, великая суета, подготовительный процесс по штурму пика Николаева, вершины «единица-Б». Не влезешь в гору — не получишь знак «Альпинист СССР», и как же после этого жить?

Только для Тима тренаж тут же прекратился. При выходе на «траву» — альпийские луга — он оступился, вывихнул колено и был отчислен в вольноопределяющиеся — то ли валяться в бараке, то ли шататься по лагерю, то ли помогать по хозяйству... Он выбрал нетрадиционный путь, песню понес в массы, благо, гитара нашлась, а в клубе, устроенном в старой церкви, акустика была отличной. Вечерами, спустившись с гор, альпинистская элита собиралась здесь, зажигала старый, прокопченный камин и приглашала Тима: «Друг, сделай, пожалуйста, что-нибудь для души!»

И Тим делал: «приморили, гады, приморили», «здесь вам не равнина, здесь климат иной», «над могилой, что на склоне, веют свежие ветра». Альпинисты слушали, фальшиво подпевая, пускали слезу и, выкурив по трубочке, уходили спать — режим. А в клубе собирались аборигены — молодые и не очень люди из хозобслуги, все как один усатые, крепкие, уверенные в движениях и речах дети гор. Они приносили с собой выпивку и закуску, приводили русских девушек, разочаровавшихся в альпинизме, и говорили Тиму, со всем нашим уважением: «Друг, сыграй, для Руслана, Аслана и Беслана, которые сейчас далеко. Дерни так, чтобы до БУРа долетело».

И Тим дергал: про фарт, очко и долю воровскую малую, про паровоз, кондуктора и тормоза, про Москвы ночной пустые улицы, про любовь жиганскую, обманную, зазнобную. «Хорошо поет», — умилялись, крепко выпив, джигиты, угощая, лезли чокаться с Тимом и, размякнув, подобрев, уводили в ночь русских девушек, явно не для занятия альпинизмом.

Иногда в клуб захаживали осетинские девушки, непременно группой, и обязательно с чьим-нибудь братом, почтительно смотрели на Тима и робко просили акына спеть чего-нибудь про любовь. Ну он и пел про любовь...

Потрескивали, перемигиваясь, уголья в камине, звенела скверная, не строящая на полтона гитара, вибрировал подхватываемый эхом медоточивый глас Тима, и в результате всех этих музыкальных экзерсисов к нему подкралась беда — в него влюбилась первая окрестная красавица, старший повар Света Собеева. И, естественно, не в силах сдерживать страсть, стала одаривать его знаками внимания.

Каждый вечер на ночь глядя к Тиму подходил веселый сорванец, младший брат Светы, заговорщицки улыбался и тихо говорил:

— Идти надо, уже ждут.

В кромешной тьме они спускались на берег речки, где у догорающего костра сидел угрюмый абрек, старший брат Светы и недобро щурился на огонь.

— Здравствуй, русский. — Он протягивал Тиму крепкую, татуированную руку, придвигал трехлитровый бидончик с мясом, доставал шампуры и начинал готовить шашлык. — Сейчас хавать будешь.

Южное гостеприимство так и сочилось из него.

— Здравствуйте, Тимоша...

Нарядная и красивая являлась Света, кидала воровато влюбленный взгляд и, не поднимая больше глаз, принималась хлопотать по хозяйству, раскладывать сыр, помидоры, зелень.

Когда все было готово, она отодвигалась в сторону и, тяжело вздыхая, ждала, пока абрек напотчует Тима шашлыком, аракой и прочими изысками осетинской кухни. Все происходило в тишине, потому как Света согласно статусу молчала, а у ее брата было как-то нехорошо с русским. Иногда, впрочем, абрек приводил кунака, тощего, тоже татуированного джигита. Вот уж тот-то был балагур и весельчак, с хорошо подвешенным языком и скучать не давал, правда, рассказывал все про коломенский централ да постоянно заводил одну и ту же песню: «А мальчонку того у параши барачной поимели все хором и загнали в петлю...».

Попировав, возвращались в лагерь, и наступала пора прощания.

— Давай, до завтра.

Мужчины жали Тиму руку, Света вздыхала со страстной неудовлетворенностью, яркие, неправдоподобно крупные звезды весело подмигивали с графитового неба. Вот такая любовь, по закону гор, с набитым брюхом.

Раздобрел Тим от такого житья, приосанился, на всю оставшуюся жизнь наелся жареной баранины. Юрка Ефименков, замученный и злой, с завистью косился на него и утешался только тем, что страдает не зря и скоро станет альпинистом СССР.

И вот день икс настал. Участники восхождения, на славу экипированные, запасшиеся сухим пайком, под руководством опытных инструкторов приступили к покорению вершины. И скоро выяснилось, что гора очень пологая, с вырубленными кое-где для удобства подъема ступенями. Какой там штурм, какая там романтика!..

При расставании согласно древнему обычаю Тиму поднесли дары: Света презентовала личное, в полный рост фото с трогательной надписью: «Любишь — храни, не любишь — порви», абрек — замечательный, сделанный из напильника кынжал с трехцветной наборной ручкой, кунак — шелковую марочку, носовой платок, разрисованный впечатляюще и ярко: тюремное окно с решеткой, плачущий зек за ней и сверху на муаровой ленте надпись золотыми буквами: «Кто нэ бил лышен свобода, тот нэ знаит ые цына».

И вот — снова прищур Отца народов на отвесной скале, ночь в Орджоникидзе на полу с рюкзаками в изголовье, тряские плацкарты поезда...

Хорст (1958)

— Нет, дорогие мои, что бы вы ни говорили, а движущая сила эволюции это влечение полов. — Трофимов трепетно, с вдохновенным лицом отрезал на два пальца семги, понюхав, крякнул, в упоении вздохнул и истово заработал челюстями. — М-м-м, амброзия, хороша. Ну и засол. Так вот, взять хотя бы, в частности, искусство. Что творения титанов древности, что гений Леонардо, что шедевры мастеров пленэра, все это гипертрофированный, правда, сублимированный в нужное русло банальный половой инстинкт. Нужно отдать должное Фрейду, он трижды прав.

Огромному жизнерадостному Трофимову было совсем не чуждо все человеческое, и он любил поговорить о необъятном, таинственном как космос влечении полов. Как говорится, и словом, и делом.

— Да нет, наверняка все не так просто, — Куприяныч хмыкнул и облизал жирные, благоухающие семгой пальцы. — Леонардо-то твой, Андрей Ильич, был, между прочим, педерастом, то есть человеком с патологической направленностью полового инстинкта. Тем не менее «Мадонну Литту» написал. Нет, думаю, дело не только в сером веществе гипоталамуса, не только в нем. А рыбка и в самом деле задалась, засол хорош. А, Епифан?

— Угу, — лаконично ответил тот и еще ниже наклонил гудящую больную голову — после вчерашнего у Дарьи она раскалывалась на куски. — А что это за мода здесь таскать девиц на Костяной? — Он мученически разлепил сухие губы. — На берегу, что ли, нельзя...

— Э, голубчик, вот вы о чем, — обрадовался Трофимов. — Собственно, принесение девственности в качестве жертвы это древний, уходящий корнями в тысячелетия обычай. Все логично — положить на алтарь богов самое ценное, а потом что-то попросить взамен: покровительство, охрану, процветание, здоровье. Наверняка не откажут. Девушки-египтянки отдавали свой гимен Осирису, моавитянки — Молоху, мидийки — Бегал-Пегору, волонянки — Милидатте, гречанки же — конечно, Афродите. Здесь же красавица жертвует свое сокровище духам. Девственность на Севере обуза. Ни на игрища не сходишь, ни мужа не найдешь — парни рассуждают так: зачем ты мне такая нужна, если раньше на тебя любителя не нашлось...

Он не договорил, на улице послышался треск приближающегося мотоцикла, как машинально отметил Хорст, американского «харлея-дэвидсона». Заокеанская трещотка эта мгновенно разорвала тишину, нарушила очарование утра и неожиданно заткнулась как раз под самыми окнами, будто в глотку ей забили кляп.

— Эге, похоже, сам гражданин начальник прибывши. — Трофимов шмыгнул вислым носом, как будто бы унюхал что-то пакостное, и со значением взглянул на Хорста. — Сдается мне, товарищ генерал, что близкое знакомство с капитаном вам будет ни к чему. Так что не обессудьте, вот сюда, без церемоний, по-большевистски. — С ухмылочкой он указал на крышку подпола и сделал знак Куприянычу, чтобы тот убрал посуду Хорста. — Конспирация, батенька, конспирация.

А на крыльце тем временем протопали шаги, дверь без намека на стук распахнулась, и бойкий, словно у торговца на рынке, тенорок провозгласил:

— Здорово, хозяева! Хлеб да соль! Чаи да сахары! Ишь ты, я смотрю, хорошо живется вам.

Скрипнули половицы, пахнуло табаком, и через щель между полом и крышкой Хорст увидел сапоги, офицерские, хромовые, на одну портянку, но замызганные и стоптанные внутрь, как это бывает у людей, способных на предательство. Каблуки могут многое порассказать о владельце обуви. Как выкаблучивается, как идет по жизни.

— Свое жуем, чего и вам желаем. — Судя по голосу Куприяныча, капитана он не жаловал.

— А, гражданин большой начальник! Чего же вы на мотоциклетке-то, — подхватил Трофимов, — приехали бы сразу на танке. На среднем гвардейском, с пушечкой.

— А лучше на паровом катере, — отозвался Куприяныч, фыркнул и расхохотался.

— Ну все, все, отставить зубоскальство. — Сапоги шаркнули по полу и остановились вблизи от лица Хорста. — Я ведь прибыл не шутки шутить.

Что это за генерал поселился тут у вас? Прописка есть у него? И сам-то он где?

Тенорок уполномоченного дышал ненавистью — ишь как разговаривают, сволочи, весело им, хиханьки да хаханьки. Знают, что теперь их ни на зону не упечь, ни под конвой...

— В отлучке он. Сказал, вернется на рассвете, — со вздохом, неожиданно переменив тон, ответил Куприяныч. — Сами ждем. С нетерпением. Он нам денег должен.

— Да нет, едва ли он вернется на рассвете, — констатировал Трофимов, в его падающей интонации было что-то философское и трагическое. — Он вообще-то генерал-то свадебный, вот и отправился на свадьбу, жениться. Так что ж ему на рассвете-то, от молодой жены...

Уполномоченный, нервно притопнув сапогом, начал торопливо прощаться.

— Вы, Трофимов с Куприяновым, смотрите у меня, того. Может, змеюку пригреваете на груди, потом ох как пожалеете. Может, генерал-то ваш вообще белый. Юденич недобитый. Если вернется от жены в течение дня, пусть меня найдет. Я у Дарьи Лемеховой на инструктаже актива.

Скрипнули половицы, бухнула дверь, протопали сапоги по крыльцу, рявкнул, оживая, мотоцикл, покатил...

— Товарищи подпольщики, можно выходить. — Трофимов без труда сдвинул крышку подпола, с ухмылкой протянул Хорсту руку. — Что, насладились представлением? Это был наш оперативный уполномоченный капитан Пи...

— Сукин, — вклинился Куприяныч зло. — Гнида гэбэшная. Была б моя воля... — Он засопел от ненависти и указал на стену, облагороженную картинами. — Помнишь, ты еще о девушке справлялся,

204

о Маше? Так вот чекист этот изнасиловал ее еще пацанкой, чуть не задушил. Она хотела утопиться тогда, но не получилось, откачали. Я откачал...

Хорст онемел. Ближайшее будущее для него определилось.

Утром, поднявшись чуть свет, он поспешил в лесок за сопкой, где петляла единственная, ведущая в райцентр дорога. Воздух благоухал свежестью, сказочно пели птицы... Облюбовав сосенку на обочине, он привязал к ее стволу крепкую веревку, держа в руке свободный конец, с оглядкой перешел дорогу и беззвучно, словно барс, затаился в кустах. Надолго... Уже где-то в полдень вдали затарахтел мотор знакомого «харлея-дэвидсона», вспорхнули в небо потревоженные птицы, веревка, привязанная к осине, натянулась как струна. Щелкнув мотоциклиста под кадык, она легко, словно куклу, сбросила его на землю. Грузно припечаталось тело, покувыркался заглохший мотоцикл, и настала тишина. Мертвая.

Андрон (1978)

Наступила осень, пышное природы увяданье. Увядала бы она побыстрей, хрен с ним, с багрянцем и с золотом лесов — голые-то ветки дембельскому сердцу куда приятней.

В ноябре к светлой годовщине Октябрьской революции в полк пожаловали проверяющие — как всегда, из Москвы, целым кагалом, как водится, жрали мясо, пили жопосклеивающий компот. Достали всех.

В полдень, едва прибыли с учебки, Андрона вызвали в ротную канцелярию. Там царило уныние. За столом угрюмо восседал мрачный Сотников, в углу задумчиво сосал «Стюардессу» Гринберг, Зимин, потерянный и злой, бесцельно шарил взглядом по стенам. Командиры молчали. Потом ввели Андрона в курс дела. А дело было плохо. У любого настоящего военачальника есть свои военные секреты, а хранятся они в секретном портфеле, и лежит тот портфель в особо засекреченной секретной части, запечатанный особо секретной командирской печатью. И вот капитан Сотников потерял свою командирскую печать. А секретный портфель придется вскрывать в пятницу, на постановке задачи, и чем его, проклятого, потом назад запечатывать? В присутствии командира полка и проверяющей сволочи?

— Эх, хорошо, если неполным служебным обойдется. — Сотников сунул недокуренную сигарету в пепельницу. — А могут и с роты снять. С переводом в Тюмень.

— Ну да что ты, командир, за какую-то там чекуху. — Зимин фальшиво взмахнул рукой, и стало ясно, что он не так уж и расстроен, как старается показать. — При твоей-то репутации. Ну пожурят по-отечески...

— А я тебе говорю, отделаешься губой, ментовской, на Каляева. — Грин со вкусом докурил до фильтра и изящным щелчком определил хабарик в урну. — Я там бывал, еще капитаном. Парадиз, дом отдыха. Ну это уж на крайняк... Надо делать, как я говорю, Равинский мозга, золотые руки. Кто в позапрошлом годе с ушатанным затвором помог? До сих пор ведь автоматец-то стреляет. А чекуху ему заделать, как два пальца обоссать. К Равинскому надо ехать, к Равинскому. Эй, Лапин, рванешь в Гатчину, отмазать командира? Скажешь, мы за ценой не постоим.

И Андрон рванул, утром, вместо бани, с бережно снятым с сейфа пластилиновым оттиском командирской печати. Проехался на частнике по Московскому, сел у Средней Рогатки на «Колхиду» и попер по Киевскому шляху, хорошо знакомой дорогой на Сиверскую. Вспомнилась ленивая Оредеж, Вова Матачинский со своей командой, блядовитая Надюха с мудаком Папулей, танцы-панцы под завывание гусляров, все такое далекое, невсамделишное. А всего-то два года прошло. Протащилось юзом, прокандыбало, пробуксовало. Семьсот двадцать один день. Сорок три тысячи двести шестьдесят минут. Сколько-то там секунд, не упомнить, на бумажке написано. Как в песок. Хер с ними...

В Гатчине Андрон, поплутав немного, взял верный курс, и дорога в конце концов привела его к скромному жилью Равинского. Строго говоря, не к такому уж и скромному — три этажа, каменные стены, бетонный четырехметровый забор с вмурованными по верху осколками стекла. Железные ворота массивны и крепки, а едва Андрон постучал, как во дворе залаяли собаки, утробно, зло, отлично спевшимся натасканным дуэтом. Такие шкуру спустят сразу.

— Ну чего надо-то?

Ворота чуть приоткрылись, и в щели неласково блеснул глаз, вроде бы человечий.

В хриплом голосе так и чувствовалось — незваный гость хуже татарина. А татарин уж всяко лучше поганого мента.

— Мне бы Равинского Толю, — ласково попросил Андрон и ловко, с демонстративной небрежностью далеко сплюнул сквозь зубы. — По делу.

— А, щас. — Створки притворились, скрежетнул засов, и хриплый голос словно плетью, ударил по собакам: — Цыц, сучьи дети, пасть порву!

Хлопнула дверь, и все стало тихо, только позванивали по-тюремному оковами барбосы да свистел по-хулигански ветер в облетевших верхушках кленов. Погода, похоже, портилась.

Ждать пришлось недолго. Лязгнула щеколда, в створке обозначилась калитка, и давешний хрипатый голос позвал:

— Эй, где ты там, зайди.

На широком, выложенном битым кирпичом дворе стояли двое: амбалистый, с плечами в сажень мужик с тяжелым взглядом и франтоватый мэн в фирмовом джинскостюме. Чуть поодаль на заасфальтированной площадке «Жигули» шестой модели, а еще дальше у фасада дома сидели на цепи два волкодава и пристально смотрели на Андрона.

— Ты чьих будешь, чекист? — Мэн в джинскостюме оскалился, и стало ясно, что он здесь главный. — А, по постановке ног вижу, что командирован нацменьшинством в лице Жени Гринберга. Как он там, еще не докатился до ефрейтора? Нет? Не страшно, еще успеет. Ну так в чем нужда, еще один затвор потеряли?

Улыбался он одними губами, глаза, холодные и настороженные, смотрели мрачно и оценивающе.

— Вот, — Андрон бережно достал пластилиновый слепок, протянул с улыбкой, — осторожно, дорого как память.

— Так, ясно, печать пошла к затвору. — Мэн, прищурившись, посмотрел на оттиск, покачал лобастой, коротко остриженной не по моде головой. — Ты смотри, Сотников в капитаны выбился. А я-то его еще летехой помню, такой был щегол малахольный, клюва не раскрывал. — Он внезапно замолчал, как бы продумывая что-то, вытащил пачку «Кэмела», не предложив никому, закурил. — Ну вот что, гвардеец, сходи-ка ты погуляй, проветрись, подыши свежим воздухом. А вечером подгребай, часам этак к семи. Будет полная ясность.

С ухмылочкой он подмигнул и, не обращая более на Андрона внимания, неторопливо двинулся к дому. Волкодавы радостно заволновались, приветственно заскулили, забренчали цепями. С чувством прогнулись.

— Давай на выход.

Амбал без промедления открыл калитку, Андрон шагнул через порог, глухо лязгнул за его спиной тяжелый засов. Да, незваных ментов в доме Равинского не жаловали.

Андрон пошел бесцельно, куда глаза глядят, отворачивая лицо от порывов злого ноябрьского ветра. Впервые за последние два года свободного времени у него было — девать некуда. И надо как-то его убить.

В парке Андрону не понравилось — разруха, холод, вода что в Белом, что в Черном озере одинаково грязная, мутная, взбудораженная ветром. Зато на здешнем рынке чистота, порядок плюс прикормленные, гладкие менты. А тут еще пошел занудный, моросящий дождь, самый что ни на есть пакостный, осенний. Ну и дыра! В столовой при вокзале Андрон выхлебал безвкусные щи, поковырялся вилкой в ленивых пельменях и отправился в кино. Хвала Аллаху, давали «Гамлета», две серии.

Когда Андрон выбрался на воздух, было уже темно, а унылая морось сменилась весьма бодрящим дождем. В такую погоду даже в казарме уютно. «Чертово время, резиновое», — Андрон глянул на часы, выругался и, подняв воротник, потащился к хоромам Равинского. Как ни укорачивал шаг, все равно пришлось ждать полчаса перед железными воротами. Наконец время рандеву настало. Ввиду плохой погоды Андрона допустили на крыльцо, под крышу.

— Держи, гвардеец. — Равинский протянул плотный, запечатанный пластилином конверт, усмехнулся. — Наш привет вашему Сотникову. Прежде чем читать, пусть на штампульку полюбуется.

На синем пластилине отчетливо виднелся оттиск секретной командирской печати.

— Жду с ответом до субботы. Ну все, покеда, не май месяц.

Равинский, поежившись, исчез за дверью, зевнули, звеня цепями, скучающие псы, насупившийся амбал довел Андрона до ворот.

— Физкультпривет, давай двигай.

И Андрон двинул — по бывшему проспекту Павла Первого, за Ингербургские ворота, на Киевский шлях. Достал из сапога жезл, с ходу застопорил «еразик» и меньше чем через час был в полку пред мутными, но полными надежды глазами Сотникова. Молча тот осмотрел печать, хмыкнул одобрительно, заметно повеселел.

— Ну, бля, ну, сука, ну, падла...

Вскрыл конверт, прочитал послание и сделался мрачным, словно грозовая туча.

— Ну, бля, ну, сука, ну, падла! Эй, лейтенанта Грина ко мне, бегом! Ну, падла, ну, сука, ну, бля!

— Вызывали?

Грин появился, словно из-под земли, важно прочитал записку и с безразличным видом пожал плечами.

— А что ты хочешь, командир, за все нужно платить. Се ля ви. Вот это можно взять в хозроте, это у связистов, ну а что касается этого, — он прочертил ногтем по глянцевой бумаге, — так и быть, выручу тебя, пошарю по заначкам, поскребу по сусекам.

Поскреб Евгений Додикович основательно — на следующий день Андрон едва допер Равинскому тяжелый, уж лучше не задумываться чем набитый чемодан. Это во время-то усиления, когда ГБ—ЧК бдит в три глаза!

— Порядок. — Равинский глянул внутрь, быстренько прикрыл крышку и вручил Андрону круглую, вырезанную по уму штампульку. — Все, в расчете.

Протянул ширококостную руку, усмехнулся, будто оскалился от боли.

— А Сотников твой сука! И Гринберг сука! А ты мудак, правда, везучий. Давай п...здуй!

Андрон и в самом деле был везучий — больше до конца усиления его никто не кантовал. Торчал себе тихо в каптерке, не мозолил начальству глаза, во время сдачи проверки по строевой скрывался от инспектирующих в яме, что в дальнем ремонтном боксе. Было грязно, вонюче и неуютно, но совсем не скучно — рядом сидели подполковник Гусев и майор Степанов. Настоящие коммунисты никогда по струнке не ходят. Зато уж потом, когда инспектора отчалили и дембелей стали отпускать домой, Андрона загоняли в хвост и в гриву, билеты давай. До Новгорода, до Пскова, до Мурманска. Живей крутись. А перед воинскими кассами на Московском вокзале очередь километровая, пьяная волнующаяся, изнывающая нетерпением. Шинели, бушлаты, бескозырки, береты с косячками. Домой, домой, достало все в дрезину!

С музыкой ушла домой первая партия, под гром аплодисментов вторая, потом тихо, по-простому третья. В полку из дембелей остались только раздолбаи всех мастей, залетчики и правдолюбцы. Да еще Андрон — особо ценный кадр, таких обычно отпускают между одиннадцатым и двенадцатым ударом новогодних курантов.

А тем временем настала зима, слякотная и грязная. Андрона послали за билетами для последней партии. Граждане тащили елки, пахло мандаринами и хвоей. Только на Московском перед воинскими кассами было не особо-то весело, там, в плотном окружении шинелей и бушлатов, пел под гитару ефрейтор-танкист. Плотный, ядреный, с выпущенным из-под шапки чубом — знаком воинской наглости.

Такой же, как и благодарная аудитория. Казалось бы, надо радоваться — отслужили, отмантулили, отдербанили, отдали, — но веселья ноль, только дергающиеся кадыки, мокрые глаза да помойка в душе. Пел ефрейтор, нежил гитару чесом:

Покидают ленинградские края
Дембеля, бля, дембеля, бля, дембеля.
На вокзалы, в порты, на метро и в такси
Уезжают домой старики...

А мимо тянулся провожающе-отъезжающий люд. Благополучные дамочки отворачивались, морщили носы, граждане мужеского пола улыбались, смотрели с пониманием, пожилые женщины не стеснялись, пускали слезу. Патрули близко не подходили, косили издалека, из-за укрытия — черт с ними, пускай поют. И хмельная мрачная толпа пела, может, впервые за последние два года, в полный голос:

На вокзале подруга в слезах,
Губы шепчут: «Останься, солдат».
А солдат отвечал: «Пусть на ваших плечах
Будут руки лежать салажат».

Постоял Андрон, постоял, послушал-послушал, и, не дергаясь насчет билетов, преспокойно вернулся в часть.

— Все, больше не могу, домой отпустите.

Посмотрел на него Сотников внимательно и возражать не стал.

— Ладно, пойдешь завтра. Сегодня на тебя уже расклад в столовой сделан.

Настоящий командир, хоть и сволочь, но не дурак. Понял, что ловить уже нечего.

Ночью Андрону приснился отец — в гробу. Лапин-старший лежал обернутый красным знаменем и криво, едва заметно улыбался. Его здоровая посиневшая рука прижимала к груди так и не полученный при жизни по линии собеса протез. Красная эмаль на орденах и медалях явственно напоминала запекшуюся кровь...

Утром Андрон выправил отпускные документы, попрощался со всеми и в паршивейшем настроении подался на дембель — вышел на Измайловский и взял частника за яйца. Прилетел домой, взбежал по хорошо знакомой лестнице и застыл, встретившись глазами с Варварой Ардальоновной.

— Андрюшенька, сынок, папа умер. Сегодня ночью.

Вот и верь материалистам, что вещих снов не бывает.

Хорст (1958)

На Костяной выдвигались ранним утром, ласковым, солнечным и погожим. Ничто не предвещало беды, однако перевозчик, немолодой саам Васильев, был мрачен как Харон. Он курил короткую костяную трубку, хмурился, его морщинистое, словно печеное яблоко, лицо выражало тревогу — вот ведь что придумала эта чертова Дарья, если бы не долги, ни за что бы не поехал.

Хорст, расположившись на баке, был так же задумчив и тих, соображал — где искать эту чертову Шаман-елку на этом дьявольском острове. Это ведь он с берега кажется как маковое зерно и, если верить россказням, являет собой лодку, на которой похотливая владычица вод Сациен высматривает себе очередную жертву. При ближайшем же рассмотрении — это каменный авианосец со множеством мачт, поди-ка разберись, какая из них шаманская елка-палка. Мутно Хорст посматривал на зеркало воды, на пенную, в пузырьках, дорожку за кормой, на костлявые коленки Нюры в бежевых, довоенного фильдеперса чулках, они мелко и чуть заметно дрожали. Не от страсти, от страха. Ветер погонял блики на воде, теребил концы Нюриного праздничного плата, вяло надувал штопанный, лоснящийся от грязи парус. Не флибустьерский черный, не феерический алый, не одинокий белый. Серый... Курил вонючую трубочку саам, переживала за свои первинки Нюра, натужно напрягал воображение Хорст. Скользила лодочка по водной глади.

Костяной надвинулся внезапно, вынырнул чудовищным, поросшим лесом скалистым поплавком. С виду остров как остров, каких тысячи в лапландских озерах. Сосны, валуны, скудная земля, ящерки, греющиеся на граните под солнцем. Береговая линия с уютным пляжем и никаких там топляков, коряг и подводных камней, так что причалили без приключений, под шепот желтого, мягко подающегося песка. Саам, что-то буркнув, почтительно сдернул шапку, ловко выскочил из лодки, выволок ее нос на сушу и низко, будто извиняясь, принялся униженно кланяться. Потом положил монетку в песок и тихо опустился на камень бледным лицом к воде. Пусть духи думают, что он их не боится, подставляет позвоночник, почки и мозжечок. Может, и не тронут.

— Пошли, — добавив про себя: «Зазноба», Хорст, незаметно озираясь, выбрался на берег, помог сойти потупившейся Нюре, присвистнул — руки у невесты были холодны как лед, она вся дрожала, как отданная на заклание овца. — Не отставай. — Хорст вдруг почувствовал себя быком-производителем, пригнанным на случку, этаким чудовищем Минотавром, посягающим на честь провинциальной Ариадны, и, не оглядываясь, пошагал вперед.

214

Ну где тут шаманская елка-палка, лес густой...
Скоро деревья расступились, и Хорст замер, а Нюра, вскрикнув, схватила его за руку:

— Ой, мамочки...

Всю внутреннюю поверхность острова занимала гигантская, округлой формы поляна, напоминающая чудовищное родимое пятно. Земля здесь была багрово-красная, необыкновенно плотная, будто тронутая огнем, и на кирпичной этой пустоши не произрастало ничего, ни кустика, ни деревца, ни крохотной былинки. Зато нескончаемыми баррикадами покоились оленьи рога — уложенные особым манером, они образовывали лабиринт со стенами в рост человека и узкими, спиралеобразно разворачивающимися проходами. На Крите и не снилось. Сколько же лет, десятилетий, веков понадобилось, чтобы нагородить такое. И кому понадобилось...

— Епифан батькович, миленький, я дальше не пойду, — тихо, но твердо сказала Нюра, под впечатлением увиденного всхлипнула и еще сильнее ухватила Хорста за руку. — Хоть убейте. Мне бы это, по нужде, по малой. Здесь вас буду ждать. — Голос ее упал, пальцы разжались, и она исчезла за равнодушными соснами.

Хорст, всматриваясь в лабиринт, вышел из-за деревьев, не сразу обнаружив вход, немного постоял, успокаивая дыхание, глянул на белый свет, будто прощаясь, и отважно, плечом вперед втиснулся в щель. Внутри было сумрачно и прохладно, воздух отдавал затхлостью, аммиаком, земляной ржой и почему-то серой. «Вот оно, небо-то с овчинку», — он посмотрел наверх, тронул древнюю, шершавую на ощупь костяную стену и двинулся вперед, бочком, бочком, без суеты.

Скоро он очутился на развилке. Ни к селу, ни к городу ему вспомнился богатырь, выбирающий из трех зол меньшее, потом на ум пришло крылатое изречение Кормчего: пойдешь налево — попадешь направо, и вдруг, заглушая все мысли, послышался знакомый голос: «Иди на север! Иди к Звезде!». Хорст глянул вверх, и на душе у него сделалось пусто — на нежно-голубом прозрачном небе дня противно всем законам физики, астрономии и здравого смысла ему привиделась синяя, необыкновенно яркая звезда о восьми лучах. Какую он не раз видел во время приступов болезни. Значит, вначале голос, теперь звезда? А может, вообще все мираж, иллюзия, химера? Тем не менее звезда привела его к скалистому мыску, и ель, произрастающая на его стрелке, была самой что ни на есть настоящей — огромной, разлапистой, трехобхватной, с замшелыми ветками, касающимися земли. Правда, необычной формы, завернутая в штопор. На ветвях этой странной ели висели лоскутья, тонкие, завязанные невиданными узлами ремешки, какие-то вырезанные из кости зловещего вида фигурки. Могучие, напоминающие удавов корни замысловато змеились вокруг плоского, размером с хороший стол, потрескавшегося валуна. Очень, очень похожего на жертвенный камень.

Хорст, рассматривая дерево, медленно пошел по кругу и встал как вкопанный — на высоте метров трех висела командирская сумка. Объемистая, плотной кожи, на длинном ремешке, с такими через плечо изображали обычно командармов Гражданской. Да и товарищ Троцкий не брезговал планшетками. Странно только, почему эта выглядит как новенькая, будто не треплют ее лопарские ветра, не сечет дождем, не мочалит метелью. Может, и впрямь духи берегут?

Хорст, оправившись от изумления, хмыкнул и долго раздумывать не стал — влез себе на жертвенный камень, встал на цыпочки и аккуратно так потянул сумочку с затрепетавшей ветви... Спрыгнул без звука с камня, замер, затаив дыхание, подождал. Ничего. Ни грома, ни молнии, ни землетрясения. Видно, духи и впрямь потрафляли ему. Или выбирали момент. А может, и нет их вовсе. Сумочка же вот она, тяжелая, на ремешке, раздувшаяся, как накачанная через соломку лягушка.

Подгоняемый нетерпением, Хорст возложил ее на алтарь, чувствуя, как бьется сердце, открыл: стопка общих, в клеенчатых обложках тетрадей, сложенная карта-трехверстка, какие-то бумаги вразнобой. Развернул одну, оказавшуюся неотправленным письмом, прочитал: «Здравствуйте, уважаемый Феликс Эдмундович! Спешу довести до вашего сведения, что наша гипотеза, касающаяся нетрадиционного взгляда на энергетическую структуру материального мира, получила практическое подтверждение. Так, в частности, добыты неопровержимые доказательства того, что Кольский полуостров суть территория бывшей Гипербореи — имеются в виду пространства недр, населенные неведомыми энергетическими структурами, дублирующими обычные вещественные образования и предметы. Закономерности их рождения, развития, функционирования и соотношения с жизненными информационными и мыслительными процессами — есть проблема, заслуживающая особого внимания...»

«Вот она, индульгенция, вот он, пропуск в Шангриллу!» — ликуя в душе, Хорст бережно убрал письмо, зашелестел листами взятой наугад тетради. «Великий символ покоя на любой планете есть ее ось. Она являет собой луч максимума энергетического покоя — такую область, где всякая конкретная точка имеет угловую скорость, равную нулю. Она — Ключевой Покой, источник любого Истинного Движения. Горизонтальное мельтешение представляет собой лишь помеху, если необходимо раскрыть для движения Вертикаль. Не потому ли в районах Северного, а гипотетически и Южного полюсов, имеются условия для существования стабильных, энергетически самодостаточных полевых структур, несомненно коррелирующих своей вибрацией с частотами вселенского информационного потока. И не являются ли в частности лапландские нойды хранителями этого древнейшего и постоянно обновляющегося Универсального гнозиса? Владеющие неким гипотетическим, полученным свыше ключом?..»

Хорст, широко зевая, с радостью закрыл тетрадь, сунул добычу в сумочку, бросил ремешок через плечо. «Нет уж, пусть это в Шангрилле читают. Я — пас. А за планшеточку данке шен, с меня причитается». Он с благодарностью взглянул на ель, повернулся по-военному, через левое плечо и исчез в хитросплетении лабиринта. Настроение у него было бодрое. Однако при выходе из лабиринта шаги Хорста непроизвольно замедлились, дыхание участилось, а на душе сделалось тоскливо. Близился завершающий акт сакрального островного действа — кульминационный, дефлорационно-жертвенный.

Вот и честна девица, ни жива ни мертва, на своей палаточке под сосенками. Нос красный, глаза на мокром месте, взор снулый. Ждет брачевания, душенька. Почитай, тридцати пяти годков красавица. Посмотрел, посмотрел на нее Хорст, вспомнил почему-то Машу, да и рубанул рукой, будто рассек Гордиев узел.

— Пошли.

— Куда пошли-то, Епифан батькович? — Нюра перестала расплетать косу, подняла заплаканные очи. — Вроде бы дошли уже...

А когда все поняла, проворно натянула чулки, юбку, сияющие козловые коты, вскочила, словно молодая козочка, с палатки и троекратно облобызала Хорста.

— Ой, спасибо, Епифан батькович, ой, спасибо! Что дорогого пожалел, не тронул...

Хорст с живостью повернулся и, не зная, то ли плакать, то ли хохотать до слез, пошагал по узенькой тропинке к озеру.

— Смотри-ка ты, вернулись, — вяло удивился саам Васильев, сидевший все в той же позе лицом к воде. — Умирать, значит, будете долго... Ну, влезайте пока, отчаливать надо.

Ласково светило солнце, бегали блики по воде, небо радовало глаз голубизной, горизонт — кристальной чистотой, озеро — гладкой, как зеркало, поверхностью. Только саам Васильев греб, будто подгоняемый девятым валом, так что до родимого причала долетели как на крыльях. На шатких, черных от непогоды мостках стояла, щурясь из-под руки, распаренная Дарья. Вся ее мощная фигура лучилась надеждой.

— Ну что, своротили? — взглянула она с радостью на Хорста, перевела глаза на дочь, и праздничное лицо ее стало хмуриться. — Целку свернули тебе, я тебя спрашиваю, кобылища?

Ох, веще материнское сердце, его не проведешь.

— А ну-ка...— Дарья, не разговаривая более, схватилась за палаточку, развернула рывком, выругалась и, скатав по новой, приложилась дочери поперек спины. — Ах ты, кобылища недоделанная, недогулянная!

Потом, пылая гневом, повернулась к Хорсту, яростно засопела и дернула его за ремешок планшетки:

— Вот, значит, ты каков, Епифан батькович! Девушку непокрытой оставил, слово свое не сдержал. Зато уж я-то найду, чего сказать, за словом, чай, в карман не полезу. К нам как раз двое товарищей приехавши из райцентра. Расскажу я им, что ты за генерал таков, ох как расскажу...

Дома Хорста ждали похлебка из оленины, тушеный бобер и большие неприятности.

— Товарищи прибыли к нам на деревню. Двое, гэбэ—чека. — Куприяныч теребил бородку. — А прибыли по душу своего коллеги, сгинувшего без следа капитана Писсукина. В общем, Епифан, уходить тебе надо от греха. Харч, ружье дадим.

— Вот ведь до чего вредный человек Писсукин, — задумчиво сказал Трофимов. — Был — гадил. Нет его — опять-таки вонь на всю округу. А чекисты теперь покоя не дадут. Сегодня заявились парочкой каретной. Завтра припрутся цугом. Лучше не ждать.

И Хорст не стал — взял немудреный харч, курковую берданку двадцатого калибра, обнялся на прощание с Трофимовым и Куприянычем.

И понесла нелегкая Хорста куда глаза глядят. А смотрели они в сторону леска, где он нашел припрятанный две недели назад мотоцикл с одеждой и документами чекиста Писсукина. Разжаловав себя из генералов в капитаны, Хорст переоделся в форму Писсукина, рассовал по карманам патроны и, взывая мысленно ко всем духам Лапландии, без надежды на успех стал заводить мотоцикл. Странно, но тот ожил сразу... Повесил Хорст ружьишко за спину, взял в шенкеля «харлея» да и крутанул ручку газа так, что взревел мотор, всхрапнул глушитель и побежали назад смолистые сосновые вехи. Путь его лежал на северо-запад, к Мурманскому шляху, с дальним прицелом на норвежскую границу. Долго, пока хватило топлива, погонял Хорст «харлея» и не увидел, конечно, ни дыма столбом, ни всполохов в ночи, ни жарких искр, взметающихся в небо. Это загорелась изба тетки Дарьи, причем принялось как-то разом, видно, богат был запас самогона. Никто не вырвался из лап пожара — ни хозяйка дома, ни конвоец-старшина, ни двое заезжих, перепившихся в корягу чекиста. Яростно ревело пламя, с грохотом рушились стропила, весело играли отсветы на стволах равнодушных сосен. Вороны на лабазе каркали зловеще, довольно водили клювами — духи получили свое, взяли обильную жертву. Уцелела одна Нюра — сбежав накануне от разгневанной мамаши, отсиделась до утра у саама Васильева.

Нет, огненного этого аутодафе Хорст не видел. Когда закончился бензин, он утопил мотоцикл в болоте, перекусил оленьей печенкой и со спокойным сердцем улегся спать. Никому не было до него дела, ни людям, ни зверям, ни духам, ни меричке. А утром под птичий гомон он проснулся, с аппетитом позавтракал и взял курс на Норвегию. Так вот и держал его до победного конца, шел долго.

Наконец — вот она, граница. Дозоры, следовая полоса, пограничные секреты. Двое суток Хорст отсиживался в кустах, приглядываясь, подмечая, затем нацепил на руки и на ноги копыта загодя убитого кабана и благополучно оказался на территории Норвегии. Здесь он попрощался с бородой, выкрасил в отваре бадан-травы одежду и, изображая охотника, с трубочкой в зубах и ружьецом в руках, направился к морю и вскоре уже стучался в дверь отдела кадров маленького рыбообрабатывающего заводика, что притулился на скалистом берегу Варангер-фьорда.

Это была надводная часть айсберга, называемого «Секретный центр» — неприглядная, воняющая треской, салакой и знаменитой норвежской сельдью. Хорста здесь встретили без радости и посмотрели косо. Однако, глянув на содержимое планшетки, мгновенно подобрели, спросили только как бы невзначай:

— Как умер Юрген Хаттль?

— Как герой!

Через две недели в звании штурмбанфюрера Хорст взошел на борт атомной подводной лодки. Ловко обманув пограничников, субмарина пронырнула в Норвежское море, вышла в Атлантику и набрала полный ход. Нойда оказался прав — курс был взят на Антарктиду, на Землю Королевы Мод. Южнее и не придумаешь.

Андрон (1979)

Присыпали Лапина-старшего скромно, без излишеств, на Южном кладбище. Не до жиру. Парторганизация, где он двадцать восемь лет стоял на учете, выделила от щедрот своих на ритуальные услуги тридцать шесть рублей. Хорошо еще, объявился однополчанин, отставной майор Иван Ильич — помог деньгами, а главное, участием, взвалив все хлопоты по организации похорон на себя.

Был мглистый, скучный декабрьский день. С ночи ударило оттепелью, снег, просев, раскис, пошел грязными, ноздреватыми подпалинами. Костяки деревьев отпотели, сделались угольно-черными, под цвет бесчисленных ворон, роем клубящихся над самыми вершинами. Казалось, сама природа прослезилась, одевшись в траур.

Гроб с телом Лапина-старшего брякнули в яму, чавкнула жадно жижа на дне, влажно упали на крышку липкие пригоршни грязи. Прах к праху. И все. Был Лапин-старший и нет его... Ни к селу, ни к городу Андрон вдруг вспомнил, как давным-давно отец купил ему подарок — пластмассовую, летающую непонарошку восхитительно-оранжевую ракету. Была она замысловатого устройства и стартовала только после хитрых манипуляций — ее надлежало заправлять водой, прикреплять к особому насосу и качать, качать, качать... Это с одной-то рукой? Но Лапин-старший все же как-то качал, костерил конструкторов, Циолковского, Гагарина, Титова и Белку со Стрелкой. Ракета летела у него черт знает куда, с шипом, срывалась не вовремя, обдавала все и вся потоками вспененной, бурлящей воды. Вот весело-то было. Только та вода высохла давно... А вот глаза у Андрона внезапно повлажнели, подернулись слезой, так что серый, промозглый мир сделался туманным и расплывчатым.

Проводив отца, Андрон будто окунулся в вакуум — уличные друзья все куда-то порастерялись, знакомые девушки повыходили замуж, Варвара Ардальоновна, резко сдав, после смерти мужа замкнулась в себе, говорила мало и общалась большей частью с Богоматерью-Приснодевой и регулярно являвшимся по ночам единорогом Арнульфом. Однако все же спросила, без особого пристрастия:

— Чем заниматься-то думаешь, Андрюшенька? По какой тебе хочется части?

Все правильно, вкалывать надо, с неба само не упадет. Кто не работает, тот не ест. А у Андрона и мысли не было, по какой части ему хочется. Главный майор Семенов звал его к себе, в систему, говорил, жестикулируя, с убедительностью Цицерона:

— Хорош тебе, Лапин, говорю, жевать говно и сидеть на жопе ровно. Пора, пора уже оторвать сфинктер от ануса. Давай я тебя прапором пристрою на свиноферму, по десятой категории. Красота. Почет, уважение, парное мясо. Поросята молочные, хрюшки породистые. Хак фак, бля, ут феликс вивас — так поступайте, чтобы жить счастливо... Ну ладно, не хочешь к нам, двигай тогда к гражданским ментам, хотя они все пидорасы. Можно в Калининский звякнуть, у меня там замначальника РУВД в корешах ходит. Встанешь на должность, осмотришься, поступишь в Стрельнинскую школу, а как получишь звезду, пристроим тебя в главк, в БХСС, мне и там замначальника никогда не откажет... Ладно, давай так, ждем весны, а там я тебя засуну в институт — можно в театральный, можно в «корабелку», можно в первомед. Я, естественно, как врач рекомендовал бы последний вариант. Впрочем, сум куку. В смысле — каждому свое.

В общем, пока суд да дело, Андрон устроился на отцовское место, то ли сторожем, то ли дворником, то ли электриком. Преемственность поколений, такую мать, рабочая династия. Тоска. Ржавые, гудящие басом трубы в подвале, скучный, бальзаковских кондиций детсадовский персонал. Хоть бы одна хорошенькая. Да впрочем, какая разница, все одно — табу. Не е...и по месту жительства и не уе...ен будешь.

Чтобы хоть как-то развеяться, Андрон решил однажды поехать в Сиверскую, пройтись по старым адресам, проведать корешей. Плюнув на билет, сел на электричку зайцем.

Сиверская встретила его резким, бросающим порошу в лицо ветром, нечищенными, с сугробами улицами, жалким, наполовину занесенным снегом городком аттракционов. Тихую Оредеж сковали льды, ели, поседев, впали в спячку, домики в палисадах стояли сиротливо, печальные и одинокие среди скелетов деревьев. Только два цвета — белый и черный, никаких полутонов. Не лето красное.

По старым адресам было тоже невесело. Плохиша не было дома, у Боно-Бонса никто не ответил, а у Матачинского дверь открыла какая-то старуха, то ли бабка, то ли тетка, фиг поймешь, не приглашая войти, зыркнула недобро, буркнула глухо, будто из-под земли:

— Нету его. В прошлом годе сел.

Перекрестилась, плюнула и отпрянула за порог, только бухнула дверь да лязгнул засов.

«Ну дела, одних уж нет, а те далече», — опечалившись, Андрон потопал было на станцию, однако передумал и решил все же дать крюка — заглянуть для очистки совести к Мультику. Тот оказался дома, все такой же, рыжий, патлатый, уже изрядно на кочерге. Очень похожий на конопатого Антошку из мультфильма про то, как дили-дили, трали-вали это мы не проходили, это нам не задавали.

— А, это ты. — Он признал Андрона без труда, но все никак не мог припомнить, как его зовут и, морща лоб, натужно напрягал извилины. — Привет, земеля. Давай в дом, брат. Ну, корешок, как делы?

В доме было жарко, пахло печью, табачным дымом, чистыми, недавно вымытыми полами. В углу, на экране «Радуги», бодро шел «Полосатый рейс», на столе, застеленном белой скатертью, плошки с салом, огурцами и капустой вкусно соседствовали с ополовиненной бутылкой «Старки». Вторая емкость, уже порожняя, притулилась у ножки на полу. Во всем чувствовался порядок, уют и полное отсутствие течения жизни. Время здесь как бы остановилось.

— Давай, брат, седай, дерябни водчонки, с морозу-то. — Так и не вспомнив, как его зовут, Мультик усадил Андрона за стол, устроился сам и крикнул повелительно, с интонацией гаремного владыки: — Зина! Зинуля! Стакан давай, гости у нас.

— Ой, здрасьте,— вплыла Зинуля, дородная, один в один кустодиевская красавица, застенчиво улыбаясь, принялась греметь посудой, потчевать Андрона и тем, и другим, и третьим. — Вы уж кушайте, кушайте, у нас огородина своя, без всяких там химий.

Похлопотала, похлопотала, взглянула влюбленно на Мультика и, колыхая необъятным бюстом, вальяжно поплыла из комнаты.

— Пойду яишню жарить.

Вот такая и в горящую избу войдет, и коня на скаку остановит.

— Наша, бригадир с лакокрасочного. — Мультик гордо посмотрел ей вслед и, захватив щепоть капусты, принялся слюняво жевать. — Я ведь, брат, нынче в Гатчине, на мебелюхе вкалываю. А что, жить можно — двести двадцать плюс прогресс, премии всякие квартальные. Ну еще лака затаришь в воровайку, клея ПВА, на бутылку всегда хватит. Опять-таки, если что, Зинуля завсегда деньжат подкинет. Удобная баба. И накормит, и напоит, и подмахнет. Старший брат ее майором в военкомате, третий год меня от армии отмазывает. Э, да ты, земеля, совсем не пьешь! Подшитый, что ли?

Конопатая рожа его выражала искреннее удивление, чтобы на халяву да и не пить!

— Триппер лечу. — Андрон, не поднимая глаз, вилкой загарпунил корнишон, хотел было откусить, но передумал, положил огурчик на тарелку. — Матачинский-то где сидит?

Если в Ленобл的асти, можно и на свиданку подтянуться, подогреть харчами и вниманием. Второе куда важнее первого.

— Я что, адресный стол? — Поперхнувшись, Мультик помрачнел, закашлялся, глянул исподлобья. — Не в курсах я, земеля, не в курсах. И вообще не при делах. Матата все взял на себя, чтоб групповухи не было, велел держаться от себя подальше. Вот я и держусь. В Гатчине на мебелюхе вкалываю, с Зинулей, двести двадцать рэ плюс прогресс. Лучше, брат, жить как все, не высовываться и не гнать волну. Может, вмажем все-таки по двести грамм, а?

— Ясно, понятно. Давай вкалывай дальше.

Андрон поднялся, надел куртенку, не подав руки, кивнул и, не чувствуя мороза, в похоронном настроении побрел на электричку. Стылое солнце садилось в облака, снег под ногами скрипел, мысли, словно заведенные, вертелись по кругу — тяжелые, безрадостные, какого-то фиолетового оттенка. Нет, скорее пронзительно красного, кумачового: «Мы не рабы, рабы не мы. Ударный труд сокращает срок... Украл, выпил, в тюрьму... Антошка, Антошка, сыграй нам на гармошке... На нарах, бля, на нарах, бля, на нарах...»

Взметая снежный шлейф, к перрону подкатила электричка, Андрон залез в тепло вагона... Тянулись за окнами пролески и поля, входили на остановках заснеженные люди, только ему все было по фигу, полузакрыв глаза, откинувшись на спинку, он думал о своем. Спроси, о чем конкретно, не ответил бы. То ему хотелось вернуться и набить Мультику морду — вдрызг, то становилось западло поганить о такую гниду руки, то делалось до слез жалко Матату — эх, товарищ, товарищ. Как там тебе на нарах? Глупый вопрос...

Электричка долетела до Варшавского. Раздались вагонные двери, ударили в лицо перронные ветра, уныло покосилась вокзальная лахудра, продрогшая, несчастная, с сопливым носом — на мороженое мясо любителей не находилось. «Шла бы ты домой, Пенелопа», — Андрон соболезнующе ей подмигнул, выбрался на набережную и, отворачивая лицо от вьюги, двинулся по Лермонтовскому мосту через Обводный.

К вечеру мороз усилился, вокруг горящих фонарей мерцали радужные нимбы, прохожие трусили скорой рысью, терли уши и носы, зябко кутались в шарфы и поднятые воротники. «Сейчас пожрать что-нибудь и чая погорячей», — Андрон в предвкушении ужина прибавил шагу, с ритмичным скрипом полетел как на крыльях, но неожиданно замедлил ход и остановился, вглядываясь. Посмотреть было на что, даже послушать — на Лермонтовском у памятника другу Мартынова расхаживал по-строевому хороший человек майор в отставке Иван Ильич и выводил несвязно, хрипатым голосом:

— И от Москвы до Британских морей
Красная Армия всех сильней!

Его коричневого колера болгарская дубленка распахнулась, невиданная шапка из австралийского опоссума сбилась набок, и сам он был лицом невероятно красен, вывален в снегу и в общем-целом пьян до изумления. Это ж надо так набраться — ать-два, ать-два, ать-два, затем четкий разворот по уставу, как полагается, через левое плечо, и снова чеканный шаг, торжественный, строевой, с оттянутым носком, на всю ступню. И песня: «Так пусть же Красная... непобедимая... своей мозолистой рукой...»

К чему ведет такая строевая подготовка предугадать несложно — или мордой в снег до полного посинения, или в лапы рабоче-крестьянской милиции, очень даже загребущие, между прочим. Не будет ни болгарской, коричневого колера дубленки, ни дивной шапки из австралийского опоссума, ни завалявшегося в карманах презренного металла, подделывание которого преследуется по закону. Опять-таки все кончится радикальной синевой — по всей роже. Словом, перспективы у марширующего ветерана были безрадостны. Это у лапинского-то однополчанина, с честью проводившего того в последний путь? Ни в жисть!

— Иван Ильич, вольно! Оправиться! — скомандовал Андрон и вытащил из снега ушанку из опоссума. — Давай, бери шинель, пошли домой. Ты где живешь-то?

— Товарищ генерал, представляюсь по случаю вступления в должность!

Вытянувшись, отставной майор принялся рапортовать по всей форме, однако, так и не закончив, все же дал надеть многострадальную шапку и застегнуть облеванный тулуп, с третьей попытки припомнил номер телефона.

— Санитар! Санитар! Звони на базу! Пусть высылают транспорт. А я пока вспомню пехоту и родную роту, и тебя, за то, что ты дал мне закурить...

Андрон дотащил гвардейца до автомата, стрельнул две копейки, позвонил.

— Хэллоу, — ответил ему певучий женский голос, полный самоуверенности, неги и спеси, — говорите же, пронто, пронто.

Тим объяснился кое-как, замерзшие губы неважно слушались его. Не в болгарской дубленке — в курточке на рыбьем меху.

— Так, папахен в своем репертуаре. — Спеси в голосе поубавилось, он сразу сделался решительным и командным. — Вы там где? На углу Обводного и Лермонтовского? Стойте, где стоите, буду через сорок минут.

И первая повесила трубку, стерва. Однако слово сдержала. Не прошло и часа, как со стороны Московского подлетела бежевая «шестерка» и резко, так, что колеса пошли юзом, дала по тормозам. Прислоненный к телефону-автомату Иван Ильич машину узнал и, перестав бубнить себе под нос о том, что «часовой не должен отдавать винтовку никому кроме своего прямого начальника», вытянулся, отдал честь и скорбно констатировал:

— Трындец!

Из «Жигулей» между тем вылезла не то чтобы краса, но, в общем-то, девица, подбоченясь и не обратив на Ивана Ильича ни малейшего внимания, протянула Андрону руку.

— Здравствуйте, Костина... Мне кажется, мы с вами уже где-то встречались. Хотя можно и ошибиться, столько лиц, столько встреч...

Она убрала руку и с презрением посмотрела на Ивана Ильича.

— В машину, пропойца. Очухаешься, поговорим.

Да, та еще была девица. Тоже в дубленке, но песочной, афганского пошива, в шапке из вольной норки, в невиданных, кремового цвета сапогах. Нос в меру курнос, губы бантиком, фиалковые глаза светятся праведным гневом.

— Слушаюсь...

Иван Ильич отклеился от автомата, шагнул было к «Жигулям», но тут же его бросило на снег, и он принялся барахтаться в сугробе, вставая на карачки, опускаясь на брюхо и невнятно комментируя происходящее:

> — Врагу не сдается наш смелый «Варяг»,
> Пощады никто не желает...

— Черт знает что такое. — Девушка закусила губу и просительно посмотрела на Андрона: — Ну что прикажете с ним делать?

Нормально сказала, по-человечески, без гонора и спеси.

Андрон достал гвардейца из сугроба, засунул в «Жигули» и сам с наслаждением залез в отдезодорированное, пахнущее елкой тепло салона.

— Поехали.

Эх, хорошо, не «Жигули» — Ташкент!

— Меня зовут Анжела. — Девица живо юркнула за руль и, пустив мотор, включила «поворотник».— А вас?

Андрон представился, двигатель взревел, машина, буксуя колесами, тронулась. Покатили, вихляясь на наледи, вдоль главной городской клоаки, на Новомосковском мосту ушли направо и, пересекая всякие там Киевские, Рощинские, Заставские и Благодатные, направились аж за Среднюю Рогатку на Пулковское шоссе. Миновав гостиницу, зарулили в карман, проехали два блочных корабля и пришвартовались у третьего, аккурат у мидл-шпангоута.

— Аллес! Папахен, на выход, — резко скомандовала Анжела, но отставной майор размяк в тепле, почивал сном младенца и был абсолютно неподъемен.

Пришлось Андрону выволакивать его из «Жигулей» и транспортировать на четвертый этаж, потому как по закону подлости лифт, естественно, не работал. Ну вот наконец обшитая дерматином дверь, прихожая с рогами, зеркальный коридор, душная, обставленная с чудовищной безвкусицей комната — все дорогое, аляповатое, не на своих местах. Финский, разложенный наполовину диван принял ветерана в свои объятия, и он, почмокав слюнявыми губами, затих, вытянулся — отвоевался на сегодня.

— Ой, Ваня, Ваня, какой же ты, Иван, дурак...

Верная подруга жизни, плотная, крашенная хной, грустно махнула пухлой, густо окольцованной рукой и принялась разоблачать его.

— Спасибо вам, Андрей. — Прикрыв дверь опочивальни, Анжела вышла в коридор, сняла перчатки, шапку и, бросив их на вешалку, достала четвертак. — Вот, хватит?

Каштановые волосы она стягивала «хвостом», но не на затылке, а сбоку, что делало ее похожей чемто на одноухую таксу. К слову сказать, вопреки породе весьма длинноногую.

— Я его не за деньги пер. — Андрон насупился, пошмыгал носом и хмуро взглянул на благодетельницу.

— По доброте душевной.

Благополучная разряженная сучка. Хорошо ей, при «Жигулях» да в дубленке, думать, что деньги — это все. Андрон вдруг всей кожей ощутил жуткое убожество своей кроличьей обдергайки, легонькой не по сезону куртки, грубых «скороходовских» говнодавов, такому грех не подать.

Не разговаривая более, он повернулся к двери и хотел уйти, но Анжела мягко придержала его за локоть.

— Не желаете денег, и не надо. А как насчет чаю?

Голос ее заметно потеплел, фиалковые глаза светились удивлением и интересом. Так смотрят на юродивых, не от мира сего.

Ладно, чаю так чаю... На кухне — шик, блеск, красота. Чешская мебель, венгерская сантехника, поражающий воображение финский холодильник. По виду храм кулинарии, изысканного вкуса и правильного выделения желудочного сока.

— Присаживайтесь, Андрей.

Анжела набрала воды в электрочайник, включила в сеть, вздыхая тяжело, полезла в холодильник — сыр, балык, миноги, шпроты, ветчина, болгарские томаты в собственном соку. Странное сочетание к чаю. Все навалом, нарезанное на толстые куски, без любви к желудку и гастрономической эстетики.

Андрон выдержал марку. Выпил чай под сырный бутерброд, с достоинством поднялся:

— Спасибо. Время. Все было очень вкусно.

Вот так, знай наших, хоть и бедные, но гордые.

— Я вас подкину до метро. — Анжела вышла вместе с ним на улицу, гостеприимно распахнула дверь «Жигулей». — Садитесь... И все же, мне кажется, мы с вами где-то встречались. Я отличный физиономист. Специально развивала зрительную память по системе де Бройля.

Приехали быстро.

— Спасибо за приятную компанию!

Андрон хотел было незамедлительно устремиться к дому, но отделаться от Анжелы сразу не удалось. Такса не такса, но хватка у нее была бульдожья.

— Ты ведь знаешь телефон, да? — Она взяла Андрона за рукав и заглянула ему в душу своим фиалковым, развратным и многообещающим взглядом. — Ну так позвони, завтра же. Я отправлю родителей на дачу, испеку пирог с ромовой начинкой и надену платье с глубоким декольте. Приезжай, не пожалеешь. Поклянись, что позвонишь. Повторяй за мной, руку вот сюда, мне на колено... Ладно, верю. Иди. Жду тебя завтра. Чао!

Чувствовалось, что, несмотря на тачку, сногсшибательный прикид и систему де Бройля, мужчины ее своим вниманием не баловали.

Стражи Родины (1959)

Генерал вникал медленно, со всей степенной обстоятельностью, проистекающей из золоченого шитья мундира, дубовости кабинета и ширины червонного лампаса. По вечерам, аж до «Эстафеты новостей», горела лампа на его столе, звенела бронированная дверца сейфа, метался по приемной, кляня в душе все и вся, замученный дежурный офицер. Чертово начальство — то ему кофе, то ему пепельницу, то ему это, то ему то...

Генерал вчитывался в информацию к размышлению. Дело касалось Третьего рейха, Южного полюса и необыкновенного интереса, проявленного этим самым Третьим рейхом к этому самому Южному полюсу. Да, здесь было над чем задуматься. Странная, очень странная выкаблучивалась петрушка!

В 1938 году Германия обнаружила необъяснимый интерес к Антарктиде. В течение 38—39-х годов были проведены две экспедиции к Южному полюсу, научно-исследовательское судно «Швабия» совершало регулярные рейсы между Антарктидой и германскими портами. Самолеты Третьего рейха произвели детальное фотографирование территории, ранее совершенно неизученной. При этом они сбросили над Антарктидой несколько тысяч металлических вымпелов, несущих на себе знаки свастики. Впоследствии территория получила название Новой Швабии и стала считаться частью Третьего рейха. Зачем только вот понадобилось великой Германии удаленная и безжизненная земля площадью приблизительно шестьсот тысяч квадратных километров? Косвенный ответ дал в 1943 году гросс-адмирал Карл Дениц, обронив после доброй порции шнапса примечательную фразу: «Германский подводный флот гордится тем, что создал для фюрера на другом конце света Шангриллу — неприступную крепость». Получается, что все эти годы с 38-го по 43-й в Антарктиде возводилась мощная секретная база. Для транспортировки грузов сформировали совершенно секретное соединение германских субмарин под кодовым названием «Конвой фюрера» — тридцать пять подводных лодок, изготовленных по новейшей технологии. В самом конце войны в порту Киля с них сняли торпеды и прочее вооружение, зато нагрузили какими-то массивными запечатанными контейнерами. Там же на борт субмарин поднялись пассажиры, лица которых, видимо из соображений конспирации, были закрыты белыми марлевыми повязками, точное количество их не подлежит оценке...

Генерал криво усмехнулся, потер крепкий свой затылок и, перевернув лист, досадливо крякнул — сноска отправляла его к секретной папке с названием «Высокий прыжок». Это значило, что нужно вылезать из кресла, идти к сейфу, бренча ключами, открывать его, потом снова запирать, возвращаться... Нет уж, фигушки. Генерал нажал клавишу селектора, рявкнув, коротко отдал приказ. Закурил, откинувшись на спинку кресла, подпустил к портрету Феликса струйку дыма, потянулся, а едва в дверь постучали, выпрямился и милостиво разрешил:

— Да, да.

Вошел полковник-эрудит с внешностью истукана. Притопнул каблуками, замер, изобразил доброжелательность и внимание — прибыл по вашему приказанию, готов к труду и обороне.

— Присядьте. — Генерал кивнул на стул для подчиненных, с силой, словно вошь, раздавил окурок в пепельнице и с ходу взял быка за рога: — Что это за операция такая проводилась, «Высокий прыжок», ну там, в Антарктиде?

— «Высокий прыжок»... «Высокий прыжок»... — полковник-эрудит пошевелил губами, скуластое лицо его выразило усиленную работу мысли. — А, есть... Это, товарищ генерал-полковник, была военная акция, замаскированная под научную экспедицию, которую проводили в январе сорок седьмого года ВМС США. Командовал операцией адмирал Ричард Е. Берд. В его распоряжении был авианосец плюс тринадцать кораблей поддержки, а также двадцать пять единиц самолетов и вертолетов палубной авиации. Экспедиция прошла южный полярный круг и встала на якорь вблизи Земли Королевы Мод.

Были проведены разведывательные полеты, сделано около пятидесяти тысяч фотоснимков обширного района Антарктиды. А затем случилось что-то труднообъяснимое с позиций вульгарной логики. Всего через неполный месяц, в феврале сорок седьмого года, операция «Высокий прыжок» была неожиданно свернута... Почему? Информации ноль.

Последнюю фразу он произнес негромко, извиняющимся тоном, но всем видом показал — неподсудны мы, делали, что могли.

— Как это «информации ноль»? У нас здесь что, сборище инвалидов? — Рявкнув, генерал преисполнился гнева, но сразу отошел, вытащил папиросу и с важностью закурил. — Ну ведь существуют же сплетни, толки, продажные газетенки, народная молва. Земля, она, полковник, всегда слухами полнится, главное — уметь услышать...

— Так точно, товарищ генерал-полковник, — обрадовался полковник-эрудит и осторожно скрипнул стулом, меняя позу, — есть непроверенная косвенная информация о том, что Берд был атакован превосходящими силами противника и получил чувствительное поражение. Так, в мае сорок восьмого года журнал «Бризант» поместил статью, в которой утверждалось, что вернулась экспедиция далеко не в полном составе. Будто бы как минимум один корабль, четыре самолета и до роты живой силы были потеряны вскоре после того, как эскадра достигла Земли Королевы Мод. Известно также, что Берд признался, будто бы прекращение экспедиции было вызвано действиями вражеской авиации.

— Кто же это его так, а? — Генерал прервал полковника и глубокомысленно потер тяжелый, формой напоминающий кирпич подбородок. — Может, японцы? За Перл-Харбор? Ну а в газетенке той желтой что пишут по этому поводу?

236

— В журнале «Бризант», товарищ генерал-полковник, была выдвинута любопытная гипотеза, — полковник как-то скис и выговаривал слова раздельно, словно на морозе, — будто бы в течение всей второй мировой войны немцы строили в Антарктиде секретный подземный плацдарм. Американцы пронюхали что-то и послали свои ударные отряды. Однако экспедиция Берда натолкнулась на превосходящие силы противника. Предположительно немцев.

«Ну конечно же немцев! Тех самых, в белых марлевых повязках!» — генерал вспомнил и о Новой Швабии, и о так и не найденных подлодках из конвоя фюрера, и о красноречивом высказывании гросс-генерала Деница и, не показывая вида, спросил:

— Ну а сами-то вы что думаете по этому поводу?

Пусть, пусть скажет, посмотрим, далеко ли ему до генерала-майора.

— Я, товарищ генерал-полковник, глубоко уверен, что это деза. Грубая фальшивка, чтобы сбить нас с толку. — Полковник еще больше выпрямился, глаза его презрительно сощурились. — Как всегда, хотят пустить нас по ложному следу. Не выйдет. Да где это видано, чтобы немцы полезли в вечную мерзлоту?! Для них же главный враг — генерал мороз. Благодаря ему они и до Москвы-то не дошли. Гм... А тут льды, айсберги, торосы, метели. Опять-таки, все белым-бело, зимушка-зима, никакой конспирации. Медведь антарктический, и тот, когда сидит в засаде, нос лапой закрывает, чтоб не выделялся, и где в таком разрезе там устроить базу?

— Нос закрывает? Лапой? — страшно удивился генерал, и голос его сразу подобрел. — Ишь ты, смышленый, стервец. Хоть и белый, а в душе наш, Топтыгин. Значит, лапой?

— Так точно, товарищ генерал-полковник! Передней левой, когда пингвинов выслеживает. — Полковник разрешил себе улыбнуться, но тут же снова стал серьезен и сделал резюме: — Все это происки ЦРУ. Тщетные...

Оба и не подозревали, что в Антарктиде белые медведи не водятся.

Тим (1979)

Март наступил незаметно. Жутко заорали женихающиеся коты, девушки похорошели, заневестились, с крыш похотливо свесились фаллосы сосулек. А как же иначе, весна — пора любви, томления и взбудораженных гормонов. Время Эроса, Венеры и Кондома. И несусветных глупостей. Вот и Юрка Ефименков не уберегся, получил купидонову стрелу аккурат в чувствительное место. И ведь нашел в кого влюбиться — в первую геофаковскую красавицу, четверокурсницу Галю Охапкину. А Галя была девушкой хваткой и цену себе знала, вращалась исключительно в преподавательских кругах. Фигуристая, смышленая, родом откуда-то с хутора близ Диканьки, она умело пользовалась тем, что так щедро отвалила ей природа, — упругими бедрами, высокой грудью, смазливой, с румянцем во всю щеку мордашкой. Да чтобы с каким-то там худосочным третьекурсником? Тьфу! Хай ему бисов!

И что только Юрка не делал — подарил Гале свое фото, красочно изображающее его в роскошном йоко-гири, звал ее в кино на «Как украсть миллион» и «Этот безумный, безумный, безумный мир», презентовал цветы, книги и даже както раз духи, но ничего не помогало. «Юрочка, ты такой забавный, хороший. Мальчик. Нет, нет, я занята».

Совсем дошел бедный Ефименков, побледнел, спал с лица и не в силах более бороться с искусом попросил совета у Тима: «Ты, сподвижник по пути, брат по духу, скажи истинно, как же мне, идущему с тобою рядом, быть?» О харакири, добровольной кастрации и тайном умыкании объекта страсти речь, естественно, не шла, не те времена. «Не знаю пока, брат», — честно признался Тим и в свою очередь, не откладывая на потом, обратился за мудростью к Лене.

— Эй, кто тут у нас рыжая ведьма и знаток оккультных прибамбасов? Что нужно, дабы произвести на девушку должное половое впечатление? У девушки голубые глаза, а все остальное жопа.

Разговаривали вечером на измятой Лениной постели. Тихон, обожравшись рыбы, дрых себе без задних лап на кресле, в комнате было полутемно и накурено, а за стеной тихо и необитаемо — неведомые мореплавающие родичи опять отчалили куда-то за горизонт. Ладно, и без них хорошо — в страсти изойти любовным по́том, а после расслабляться в сладостной истоме, вкушая экзотические, недавно появившиеся в продаже плоды — грейпфруты. Именно так, как советовали газеты: «Плод следует разрезать пополам, затем поверхность мякоти засыпать сахарным песком, а затем выделившийся сок следует брать ложечкой».

— Голубые, говоришь, глаза? — Лена слишком глубоко черпанула ложечкой, и тягучая капля упала ей на грудь. — А остальное жопа? Ах ты, баловник!

Она сидела на кровати по-турецки и здорово напоминала индусскую богиню Кали, такая же прекрасная, пышногрудая и манящая, правда, двурукая и выпачканная не в крови, а в грейпфрутовом соке.

— Не шевелись. — Тим подполз поближе, с чувством, чтоб добро не пропадало, облизал ее сосок. — Не для себя стараюсь, для друга. Его девушки хорошие не любят. Ну присоветуй чего-нибудь, ваше сиятельство, сделай милость. Этакое магическое.

— Ну, приворотов существует множество. — Лена игриво улыбнулась и, упав на спину, капнула грейпфрутом на другой сосок. — Можно высушить и стереть в порошок сердце голубя, печень воробья и семенники зайца, прибавить равное количество спермы и дать съесть объекту страсти. Можно скрутить винтом две свечи, приговаривая: «Как эти свечи свиты вместе, так и мы с тобой будем свиты», потом зажечь их перед образами и представлять со всей страстностью, как будешь нежить особу, которой хочешь обладать. Можно положить на ее пути замок, а когда она переступит через него, запереть и ключ выбросить в воду, сказав про себя: «Как замок теперь никто не откроет, так и нас с тобой никто не разлучит».

Лена подождала, пока Тим слижет весь сок, и медленно, сладострастно улыбаясь, выжала грейпфрут себе на лобок.

— И еще я вспомнила отличное средство. Будешь послушным мальчиком, расскажу. Так, так, еще, молодец... Ладно, слушай. Помнишь, я рассказывала про друга моей прабабки барона фон Грозена? Так вот, дом его стоит на особом магическом месте, откуда есть выход таинственных могущественных сил. Словом, если в конце последней четверти луны залезть на крышу, взяться обеими руками за флюгер, а он, если ты помнишь, сделан в форме пса, и загадать заветное желание, оно обязательно исполнится. Но этот твой друган должен отыскать дом фон Грозена самостоятельно, таково условие. Ничего, пусть погуляет по Фонтанке, остынет, может, и не захочется ему лезть на крышу.

Далее она рассказывать не стала — и так все было ясно. Дом, крыша, флюгер... Украл, выпил, в тюрьму...

— Мистика какая-то, хреновина, чертовщина, — сказал на следующее утро Ефименков, прослушав информационное Тимово сообщение, однако купил справочник астронома и улизнул с занятий фланировать по Фонтанке.

С неделю околачивался Ефименков на ее берегах, гулял, учил таблицы фаз луны, дышал свежим воздухом, играл то ли в Пуаро, то ли в Пинкертона, то ли в Шерлока Холмса. Наконец ранним утром он позвонил Тиму домой.

— Есть! Нашел!

И засмеялся блаженно, словно сын турецко-подданного, отыскавший последний, двенадцатый стул.

В тот же день после третьей пары были устроены рекогносцировка на местности, а потом и военный совет на той же самой местности.

— Значит, не соврала рыжая, — подумал вслух Тим и, прислонившись задом к ограждению Фонтанки, пристально уставился на двухэтажный особняк. — Ишь ты, флюгер и впрямь как собака Баскервилей...

— Два этажа, ерунда, — сказал возбужденный Ефименков. — Я уже смотрел, пожарная лестница есть. И сегодня как раз луна идет на убыль. Сама природа шепчет. Это ведь детсад, никто не дернется. Раз, два — и бобик сдох.

В предвкушении блаженства в компании Охапкиной глаза его сверкали похотью.

На том и остановились: брать детсад сегодня же. Природа благоприятствовала мероприятию. День, и без того пасмурный, быстро превратился в ночь, темную, безлунную, сочащуюся отвратительным дождем. Погодка — хороший хозяин собаку не выпустит. Только вот железному барбосу на крыше детсада деваться было некуда, и он терпеливо сносил черную балтийскую меланхолию. Привык за столько лет. Даже поскуливать перестал, гоняясь за своим хвостом. С годами поумнел, остепенился, насмотрелся на двуногих с высоты. Сколько их прошло по этим берегам — в ботфортах, туфельках, обмотках, подкованных солдатских сапогах, полуботинках на «манной каше». Вот еще двое, носит их нелегкая. Не спится им в такую-то ночь, когда весь мир расчерчен гнусной сеткой мороси. Явно не с добром пришли, ишь как озираются. Не иначе воры.

А пришли это Ефименков с Тимом, мокрые, продрогшие, но настроенные решительно. Операция по глобальному решению полового вопроса вступала в свою предваряющую фазу.

— Тим, прикроешь, если что. — Юрка, подпрыгнув, ухватился за нижнюю ступеньку лестницы, хотел было подтянуться, не смог и принялся отчаянно трепыхаться, упираясь изо всех сил ногами в водосточную трубу.

Скоро не выдюжили ни пальцы, ни ржавая, держащаяся на честном слове труба. На ее флейте Ефименков сбацал не ноктюрн, а похоронный марш. По тишине. Зато приземлился беззвучно, умело группируясь, как и учил сéнсей, по принципу мягкое на твердое. Правда, здорово ушиб локоть, копчик и основание черепа. Пришлось Тиму подставлять плечо и подталкивать Юрку в зад, дабы обеспечить его успешное восхождение к треклятому флюгеру. И вот оно состоялось — гулко заиграла кровля, и послышался звук удара чем-то мягким о железо. Затем громко выругались, заскользив, поднялись и пошли топотать дальше. Наконец, наступила тишина. Только продолжалась она недолго.

Лязгнул оглушительно засов, и из особняка выскочила фигура, плечистая, в ватнике, настроенная весьма воинственно. Мигом сориентировавшись в обстановке, она бросилась к пожарной лестнице, ловко ухватилась за ступеньку и без труда бы взобралась на крышу, если бы Тим не рванул ее за ноги — Ефименков нуждался сейчас в полнейшем медитативном покое. Хорошо рванул, от души.

— А, так ты, сука, у них на шухере? — прорычала фигура, поднимаясь из лужи, и целенаправленно, со зловещим спокойствием стала приближаться к Тиму. — Значит, падлы, на гособственность хвост подняли?

Сомнений не оставалось, пахло дракой, крупной, решительной и бесповоротной. И пусть. Тим резко выдохнул по системе ибуки, сместил центр тяжести в «киноварное поле», сакральное место сосредоточения «ки», и занял глубокую, устойчивую позицию дзенку-цу-дачи. Все как сенсей прописал. Глаза его мерили дистанцию, лицо было покойно, губы улыбались — пускай, пускай только сунется, сразу узнает всю сокрушительную мощь традиционного боевого карате.

Фигура сунулась. Как-то неожиданно, слишком быстро, чтобы поймать ее на стоп-удар. Вышла себе спокойненько на среднюю дистанцию и как начала работать сериями, только держись. Какие там блоки, подставки, активная защита и встречная техника. Остаться бы живу. Получив «двойку» под дых, Тим и сложился вдвое, тут же схлопотав под глаз, а затем в челюсть, залег, скорчившись, подобрал ноги к животу и приготовился к самому худшему. Боли, правда, он не чувствовал, только безмерную обиду и горечь. Вот тебе и карате-до, энергия «ки», непобедимый дух-разум.

Не сопротивляясь, он дал себя поднять, поставить на ноги и доволочь до дверей детсада. Потом сильные руки потащили его наверх, по узкой винтовой лестнице, в маленькую комнатуху на самом чердаке. От легкого толчка он уселся на кровати, вспыхнул, заставляя зажмуриться, свет, и давешний голос, но не злой, а удивленный, спросил:

— Мужик, ты кто?

— Хрен в пальто...

Тим в порядке проверки поцокал зубом, расклеил заплывшие глаза и прищурился, подслеповато всматриваясь, — напротив с ухмылочкой стоял он сам, собственной персоной. Не призрак, не зеркальное отражение — сиамский близнец в ватнике и рваных трениках, с пудовыми кулаками. Ну и ну...

— Слушай, отвернись или дай тазик, — попросил он сиамского и, сдерживаясь, сделал судорожное движение горлом, — блевать тянет.

И был тут же препровожден в сортир, где высморкал кровь, омыл раны и смог дать вразумительное объяснение. Незнакомец же, узнав, что Тим не вор, а помогает другу, проявил человеколюбие и облагодетельствовал его мокрым полотенцем, сказав веско и сурово:

— Фигня это все. И не дай Бог, если этот твой Ефименков мне фальцы на крыше порушил.

Фигня не фигня, а подействовало. Через неделю счастливый Ефименков лечился от свежезацепленного триппера.

Хорст (1959)

— А я ведь помню вашу матушку, штурмбанфюрер. — Борман ностальгически вздохнул, глубоко засунул руку в карман мешковатых брюк и незаметно почесался. — Кристальной чистоты души была женщина. А умна, а шикарна. Да, пусть будет ей земля периной...

Полное, одутловатое лицо его затуманилось, бульдожьи глазки блеснули влагой — как все очень жесткие люди, он был крайне сентиментален. Ах,

баронесса, баронесса. Какая женщина, правда, кост-
лявая. А лобок вообще словно бритва. Впрочем, об
усопших или хорошо, или никак. Спи спокойно,
майне кляйне медхен.

— Русский осколок, партайгеноссе, разворотил ей
матку.— Хорст выпрямился в кресле и выказал немедленную готовность идти рвать глотки всем врагам рейха.— Она умирала мучительно, в страшных корчах.

— Да, да, мы, немцы, имеем свирепое право на
мщение.

Борман и сам сделался свиреп, рявкнув, выпятил
губу и посмотрел на стену — волчьи, песьи головы,
золоченые щиты, вычурная вязь геральдики. Рыцарские гербы, длинной вереницей, светлая память
о павших товарищах. Они — гербы, не товарищи —
стройно вписывались в убранство кабинета, ладно
стилизованного под баронский зал замка Вевельсбург, что в Падеборне. Центральную часть занимал
внушительный дубовый стол, похожий на тот, что
принадлежал некогда славному королю Артуру.
Кресла в количестве чертовой дюжины обтянуты
свиной кожей и несли на высоких спинках серебряные пластины с затейливыми вензелями.

— Так вот, к вопросу о святом мщении, штурмбанфюрер.— Борман оторвал взгляд от стены, страшные его глаза в упор уставились на Хорста.— Материа-
лы, что вы доставили, не имеют цены. Наши аналити-
ки считают, что этот русский Барченко сродни еврею
Риману, славянину Тесле и опять-таки еврею Эйн-
штейну. Сам фюрер хотел встретиться с вами, отме-
тить ваш вклад в дело возрождения могущества рейха.
К сожалению, не смог, срочно вылетел на Тибет.

Как, Гитлер жив? По идее, Хорсту следовало бы
изумиться, выпрыгнуть из массивного, с резными
ручками кресла. Увы... За три неполных дня прове-
денных в Шангрилле удивить его чем-либо уже было

сложно. Необъятная — с зимними садами, стадионами, искусственными водоемами база, исполинские, куда там капитану Немо, подводные лодки, тарелки, летающие один в один как НЛО — все это поражало воображение и казалось материализовавшимся фантастическим сном. Так что жив фюрер — и ладно. Всучить недалеким русским обугленные трупы двойников — дело нехитрое. Пусть смотрят им в зубы и тихо радуются.

— Однако как ни крути, штурмбанфюрер, этот ваш Барченко всего лишь теоретик, — Борман сделал вялый жест рукой, и в хриплом, лающем его голосе послышалось презрение. — Формулы, выводы, моральные сентенции. Словоблудие, свойственное славянам, отсутствие немецкой хватки и арийского практицизма. А возрождающейся Германии не нужны вербальные поллюции, ей нужны конкретные дела. Вы понимаете меня, штурмбанфюрер? — Он вдруг с лая перешел на крик и потряс паучьим волосатым пальцем, отчего сразу сделался похож на рассерженного школьного учителя: — Вы показали себя с лучшей стороны, вы молоды, энергичны, вы стопроцентный ариец. Так что же, дьявол побери, мешает вам найти этот чертов кристалл? Я хотел сказать, магический.

Лоб его пошел морщинами, плечи передернулись, ноги топнули по каменному — все было в лучших традициях рейха, поменьше слов, побольше дела.

— Око Господне, партайгеноссе. — На вдохновенном лице Хорста запечатлелось уважение напополам с решимостью. — Яволь, дайте только срок.

— Найдите его, штурмбанфюрер, найдите во имя памяти всех убиенных немцев!

Часть третья
КОВАРСТВО И ЛЮБОВЬ

Хорст (1964)

Шел лунный месяц Рамадан, девятый по исламскому календарю. Вот уже неделю все правоверные каждодневно постились, «с момента, когда можно отличить белую нить от черной, и до захода солнца», — надеясь попасть после смерти в рай, открытый лишь для тех, кто следует умеренности при жизни. Зато после захода, если позволял кошелек, — бриуаты, треугольные, аппетитно хрустящие пирожки с мясом и курятиной, таджины, тающие во рту гуляши, бастеллы — круглые слоеные, с начинкой из жареных голубей и миндаля, традиционные, с томатом и зеленью супы шорпы и, само собой, кускус с телятиной, бараниной или, под настроение, с рыбой. Именно так, по высшему разряду, Хорст и принимал одной каирской ночью своего позднего гостя — пожилого крестьянина-рейса в чистом по случаю праздника белом джелалабьяхе. Как и подобает председателю всеегипетского подотдела общества советско-арабской дружбы, такой же крепкой, как Асуанская плотина, братски возводимая на первых порогах Нила. Хорст, с уважением порасспросив гостя о детях, внуках, видах на урожай, пригласил его к милда, низенькому круглому столу с бортиками, где была сервирована кемайя, разнообразная закуска в маленьких тарелоч-

247

ках. И хотя правоверному мусульманину полагается в таких случаях, прежде чем навалиться на еду, возблагодарить аллаха и съесть для начала что-нибудь легонькое, финики, например, араб без церемоний взял кефту, жаренный на решетке шарик баранины, жадно раскусил и всем видом показал, насколько хороша она, советско-арабская дружба.

Звали его Ибрагим — старый рейс Ибрагим, а познакомился с ним Хорст недели две назад неподалеку от Ахет-Хуфу, по-простому пирамида Хеопса. Был жаркий, исходящий пылью, крикливо-суетливый полдень. Над пирамидой тучами кружились голуби, а у подножия — туристы, мелкие торговцы, алчущие клиентуры рейсы. Жизнь не затихала на древних скалах тысячелетнего Ростау. Однако настроение у Хорста было похоронным. Только что он вылез из Ахет-Хуфу на Божий свет и физически, каждой своей клеточкой ощущал немыслимое бремя гигантской пирамиды. Вот уже неделю его мучила навязчивая мысль, смешно сказать, о каком-то там папирусе времен позднего Среднего царства. Выполненном иеротическим письмом, плохо сохранившимся и несомненно являющим собой копию с какого-то раннего оригинала. Назывался сей папирус Весткарским в честь одной эксцентричной дамы, передавшей его безвозмездно в дар науке, и рассказывал о фараоне Хеопсе, собиравшемся соорудить в своей строящейся пирамиде некие тайные палаты на манер тех, что были в храме Тота. И все было бы ничего, если бы не другой папирус, так же периода Среднего царства, содержащий «предостережение Ипувера», в нем старый жрец сетует, что канули золотые времена и «нет уже тех достойных, кто может забрать то нечто, спрятанное в пирамиде». Значит, нечто, спрятанное в пирамиде? Уж не в секретных ли палатах фараона Хеопса? Без малого неделю

Хорст лазил по Ахет-Хуфу, прикидывал так и этак, простукивал стены, чуть ли не обнюхивал Большую галерею, камеру царя и комнату царицы, с непониманием посматривал на массивный, из крепчайшего гранита саркофаг — как его вытесали, из цельной-то глыбы? Это в эпоху-то медно-каменной культуры? Нет, трижды прав Шампольон, по сравнению с древними мы, европейцы, словно лилипуты. Ишь чего понастроили. На площади основания Ахет-Хуфу можно разместить храм святого Петра, а также Миланский и Флорентийский соборы вместе с Вестминстерским аббатством. Наконец Хорст плюнул на ортодоксальную археологию и стал подумывать о методах Бельцони, добывавшего раритеты при посредстве тарана и динамита. Вот тут-то ему и повстречался рейс Ибрагим, дочерна загорелый, беззубо улыбающийся, в донельзя истертом выцветшем джилалабьяхе.

— Салам алейкум, товарищ, — безошибочно угадав в Хорсте русского, поздоровался он, подкрутил седеющие усы и доверительно сообщил: — Это ведь я водил Картера к Тутанхамону, я лучший проводник во всем Египте. Ты, товарищ, со мной ходи, мне бакшиш плати, я тебе такое покажу. Э, рубли не надо, доллары давай, фунты, марки.

Глядя на него, создавалось впечатление, что за двадцать пять зеленых он завернет вам Ахет-Хуфу в шелковую бумагу или по крайней мере попытается это сделать. А уж за тридцать пять — откроет все тайны древней земли Кем. Хорст не долго думая дал ему полтинник. И Ибрагим честно вывернул перед ним наизнанку все достопримечательности Мемфисского акрополя: «поля пирамид» в Дашуре, Саккаре, Абусире, Завиет эль-Ариане и в Абу-Руваше. Казалось, мигни только Хорст, и перед ним откроются ворота в Дуат, бренное обиталище душ усопших. А еще Ибрагим знал множество историй — и про негасимые светильники гробниц, и про таинственный, светящийся во тьме сплав орихалк, и про загадочную, ныне выродившуюся породу котов, с которыми в свою бытность фараоны охотились на диких гусей. Почему египетские краски не выцветают тысячелетиями? Почему эмблемой касты фараонов была очковая кобра, а жреческой — обыкновенная? Почему, почему... А вот насчет тайных помещений в пирамиде Хеопса старый рейс молчал, отнекивался, нет, говорил, товарищ, не знаю. Мол, главная тайна Ахет-Хуфу совсем в другом. Когда халиф аль-Мамун в девятом веке с помощью огня и уксуса пробился в пирамиду, то обнаружил он не пустоту, как утверждают историки, а увидел две исполинские скульптуры, стоящие на пьедестале. Одна изображала мужчину с копьем в руке и была из золота, другая — из серебра и представляла собой женщину с пращей. Посреди того же постамента стояла ваза из неведомого минерала. Когда ее наполнили водой, она весила ровно столько, сколько и пустая.

Третьего дня Ибрагим поведал Хорсту преинтереснейшую историю. Будто бы сын его пятой дочери, непутевый Муса, тот что работает шофером у господина Али, так накурился гашиша, смешанного с семенами дурмана, что, ничего не соображая, сел в машину и сдуру укатил куда глядят глаза в пустыню. Естественно, застряв, бросил грузовик, долго куролесил по пескам, распевая песни, а в районе старых каменоломен вдруг замолк, потому что натолкнулся на запечатанный вход. В гробницу, богатую, похоже, нетронутую мародерами, местоположение которой Ибрагим готов указать... И надо торопиться, потому как у непутевого Мусы короткий ум и длинный язык.

— Кушайте, уважаемый, кушайте, — Хорст с искренним радушием прижал ладони к сердцу, легко поднялся с пуфика и, вытащив бутылку необъезженной еще «Белой лошади», вздохнул: — Ох, грех, грех...

— Да, грех, грех... — в тон ему вздохнул араб, проглотил тягучую слюну и пальцами — пророк предписал есть руками — взял с блюда сочную брошетту, маленький закусочный шашлычок. — Но не такой уж и тяжкий. — Обмакнул мясо в соус и с презрением покосился на поднос, где стояли всевозможные напитки: соки, молоко, вода, ароматизированная флердоранжем. — На то они и грехи, чтобы их отмаливать. Аллах простит.

Все верно, как сказал один еврей: если нельзя, но очень хочется, то можно. Из чайных, доверху наполненных пиал. Под салат из жареного перца с запеченными помидорами, цыплята с черносливом и медом, посыпанные кунжутом, и хрустящие бриуаты с голубятиной.

— А не кажется ли вам это странным, уважаемый? — тонко поинтересовался Хорст, когда уже изрядно прогалопировали на «Белой лошади» и принялись за запеченного барана, коего полагалось есть со смесью соли и молотого тмина. — Каких-то два десятка километров от Каира и — нетронутая гробница. Просто чудеса тысячи и одной ночи.

Конечно чудеса, если учитывать тот прискорбный факт, что основная часть захоронений на нильских берегах была осквернена еще в эпоху фараонов.

— Что ж тут странного, товарищ. — Старый рейс отдал должное гранатовому соку и снова обратил свое внимание на баранину. — Тот, кто имеет разум, в эту чертову каменоломню не пойдет. А глупцы оттуда уже не возвращаются. Скверное место, плохое. Слышал ли ты, товарищ, о коварной богине Миург, владычице миражей, дурмана и опьянения. — Ибрагим непроизвольно перешел на шепот и, оторвавшись от мяса, начал в одиночку запрягать «Белую лошадь». — Она умеет двигать по пустыне колодцы, перекатывать своим дыханием каменные шары, служащие ориентирами для погонщиков караванов. А скольких она заманила за черту реального мира в свою призрачную страну Миургию. Те люди, оборванные и высохшие, с полузакрытыми глазами, бродят от оазиса к оазису, из селения в селение, ничем не занимаясь, ни с кем не разговаривая. Что они видят, о чем они думают, знает только Миург. — Старый рейс глянул на Хорста поверх края пиалы. — Так вот в этой каменоломне можно запросто повстречать ее. Как в свое время это случилось с царем Камбисом и его пятидесятитысячной армией. Никто не вернулся назад...

Настала тишина, нарушаемая лишь лопастями вентилятора да осторожными шагами буфетчицы, с почтением подающей кускус. Из уважения к гостю арабу, она была одета в мавританском стиле — в шелковые просторные шальвары, некое подобие кафтана и светло-голубую чадру.

— Что-то не пойму я, уважаемый, эту самую владычицу миражей. — Выждав, когда буфетчица уйдет, Хорст скатал из кускуса шарик и одним движением большого пальца с ловкостью отправил в рот. — Камбиса с его войском ухайдокала, а непутевому Мусе гробницу отдала. Где логика?

— Видимо, гашиш, смешанный с дурманом, размягчил ее каменное сердце. — Рейс глубокомысленно пожал плечами, поставил пустую пиалу и, дабы уклониться от темы, потребовал бумагу и карандаш. — Вначале через Нил, потом вот по этой дороге сюда, затем по той туда... Теперь направо через ров в каменоломни... Вот здесь по левой стороне ближе к началу. Темно-оранжевая скала с трещиной словно крест... Найдете.

Сам он ехать во владения Миург отказался категорически.

Провел ладонями по бороде, с достоинством поднялся и, не оглядываясь, направился к дверям. Было далеко слыхать, как стучит его тамариндовая палка по древней каирской мостовой.

Хорст повертел так и этак коряво нарисованный план, глянул на «Победу», прикидывая время до рассвета, морщась, закурил «Красный молот» и тронул выключатель селектора:

— Начальников секторов ко мне.

А когда прибыли начальники секторов — культурно-массового, спортивно-оздоровительного и общеобразовательного — все, как один, под потолок, с комодообразными плечами, одетые в рубашки «первомайка», белые бриджи «Дружба» и белые же тапки «Рот-фронт», Хорст коротко приказал:

— Получасовая готовность. Вооружение, снаряжение полностью. Баки под завязку. Выступаем по моему сигналу в составе отделения. Все, идите инструктируйте людей.

Выступили на рассвете, под заунывно-тягучие азаны муэдзинов. На двух с виду неказистых, но с американскими моторами «роллс-ройс» «газиках», в составе тяжеловооруженного кадрированного отделения. Проехали сонный после ночного обжорства Каир, переправились через широкий — редкий крокодил доплывет до середины! — Нил и попылили древней дорогой, видимо, помнящей еще и Тутанхамона, и завоевателей гиксосов, а может быть, и самого первородителя Атума. Свернули, как сказал Ибрагим, налево, потом ушли согласно плану направо, и ехать вскоре стало некуда — пустыня заглотила дорогу в свое алчущее ненасытное чрево.

Хорст вылез из машины, взяв азимут по солнцу, сориентировался на местности — до района каменоломен оставалось еще километров двенадцать. По сыпучим дюнам, под палящими лучами, в призрачном, ощутимо плотном мареве... Ничего, дошли. Заброшенную каменоломню отыскали сразу, в узкой долине, западную часть которой скрывали отроги гор, а восточную — высокий холм. Мрачное место, похожее на преддверие ада. Однако людей там хватало. Кто работал лопатой, кто махал кайлом, кто долбил тяжелым, поблескивающим на солнце ломом. А происходила вся эта археологическая суета возле той самой темно-оранжевой скалы, о которой говорил старый рейс. Как видно, у непутевого Муссы и впрямь был длинный язык.

«Доннерветтер! Такую мать», — не обнаруживая своих эмоций, Хорст изучил в бинокль лагерь, отметил грамотное расположение палаток, прикинул приблизительное количество людей, глотнул из фляжки и посмотрел на заместителя, плечистого седого немца, работавшего еще в гестапо у Мюллера.

— Ганс, со мной. Остальные — в прикрытие.

Сейчас же второй его зам и начальники секторов сорвали с плеч автоматические винтовки и, перемещаясь короткими перебежками, взяли лагерь под контроль. На ровную мушку.

Командовала археологическим процессом на редкость привлекательная пышногрудая блондинка в белой рубашке с отложным воротником и коротких, до середины бедер, шортах. Лицо было как у голливудской кинодивы — породистое, с правильными чертами и крайне самоуверенное. Сразу чувствовалась, что блондинка была дамой тертой, с яйцами. И точно, она не стала задавать вопросы вроде «ду ю спик инглиш» или «шпрехен зи дойч». Нет, прищурилась недобро, хмыкнула оценивающе и улыбнулась Хорсту с Гансом как шаловливым детям.

— Что, товарищи, заблудились? А документ у вас есть?

Сейчас же, по мановению ее руки из палатки вышли двое, лапнули синхронно кобуры, выплюнули в унисон окурки.

— Я президент филиала общества советско-арабской дружбы, — веско сказал Хорст и, вытащив мандат, паспорт, пропуск, допуск и разрешение на оружие, указал на Ганса: — А это заместитель мой...

В глубине души ему было смешно — давай, давай, блондинистая, тряси буферами. Ведь стоит только дать знак, и от тебя, и от мордоворотов твоих только мокрое место останется.

Блондинка быстро пролистала документы, собрала стопкой и вернула Хорсту.

— Ну а здесь-то, товарищ председатель, какого хрена собачьего вам надо?

Хоть и мельком, а все успела проверить: и фактуру обложек, и реквизиты содержания, и натуральность печатей, и совмещаемость оттисков. Документы ажур, не подкопаешься. Органолептикой не взять.

Блондинка слегка улыбнулась, на миг показав красивые, неправдоподобно белые зубы.

— Так вот, товарищ председатель с товарищем заместителем. Больше сюда ходить не надо. А то будете дружить с тамбовскими волками. Всю оставшуюся жизнь.

По ее равнодушно-насмешливому тону чувствовалось — не шутит.

— Нет уж, лучше мы с арабами. — Хорст сразу подобрался, посерел лицом и исхитрился снять блондинку миниатюрным, вмонтированным в пуговицу фотоаппаратом.

На том и расстались. Блондинка, резко развернувшись, вернулась к археологии, двое из палатки — в палатку, председатель с заместителем — на огневой рубеж.

— Отбой, готовиться к построению, — коротко скомандовал Хорст, с чувством помочился на бархан и глянул на научного секретаря, все еще разглядывающего гробницу через мощный «цейс». — А каково ваше мнение, уважаемый херр Опопельбаум?

Вот так, уважаемый и херр. А как иначе — старый член партии, проверенный ариец, близко знакомый с Евой Браун и фюрером. Работал на Анненэрбе, сотрудничал с самим Хаусхоффером, был обласкан Геббельсом и дружил семьями с доктором Менгеле. Перед таким не зазорно снять каску.

— Они уже почти отрыли вход. — Херр Опопельбаум опустил бинокль, сухо пожевал губами и вытер старческой ладонью обильный пот со лба. — Думаю, к вечеру расчистят коридор от грязи и песка. Заходить в гробницу, по всей видимости, будут завтра. Так что у нас вся ночь впереди.

Знал, что говорил, херр Опопельбаум, прямо в корень глядел.

— Ну и отлично, данке шен...

Хорст отвернулся от секретаря, скомандовал построение и первым, как и полагается полководцу, отправился в обратный путь. А в это время раздался рев, вздрогнули, пошли волнами древние пески, и со стороны советской базы, расположенной в Дашуре, показался «Синий гриф». Та еще птичка — средне бронированная, на восьми колесах, с крупнокалиберным пулеметом ПКТ. И не голубая вовсе — желто-рыжая, закамуфлированная под цвет пустыни. Она натужно обогнула бархан и, поднимая облако клубящегося песка, направилась прямехонько к заброшенным каменоломням.

Когда прибыли на базу, Хорст сразу же подозвал Ганса и, оторвав, отдал ему пуговицу-фотоаппарат.

— Проявить, отпечатать, негатив уничтожить. Я хочу знать об этой дамочке все.

Потом он приказал кормить людей, сам с волчьим аппетитом съел крошенку из редьки с простоквашей и сметаной, наваристый украинский борщок и рыбу, жаренную в кляре по-московски, скомандовал в расположении отбой и с наслаждением нырнул в крахмальную прохладу простыней.

Снились ему радужные пески пустыни — вечные, мерцающие, напоминающие о смерти и круговороте жизни. А потом был скорый подъем, высококалорийный ужин, недолгие сборы. И вот снова — улочки Каира, мост через сонный Нил, древняя, уходящая в никуда дорога. Быстро допылили до берегов песчаного моря, взяли вооружение-снаряжение, пошли. Полночная пустыня шипела по-змеиному, в небе посверкивали южные, необычайно крупные звезды. «Что за черт», — Хорсту вдруг показалось, что одна превратилась в правильный синий многоугольник, один в один какой он видел, странствуя по Кольскому. В загадочную восьмиконечную звезду из призрачного видения. Обманную и непостижимую.

«Неужели снова меричка? — Он отчаянно моргнул, бешено потер глаза, но тут же расслабился и вздохнул с облегчением. — Нет, не меричка». Понял, что видит Сириус, звезду хоть и яркую, но вполне банальную. Собачью. Ну и слава Богу, видно, обман зрения. Только радовался Хорст напрасно. Пока он любовался звездами, его чуть не приголубила вздыбившаяся кобра, хорошо, Ганс успел отбросить ее своим эбеновым стеком. Нет, в ночной пустыне нужно под ноги смотреть, а не витать в небесах, пусть и необыкновенно красивых. А то можно на них попасть...

Выдвинулись на исходную, осмотрелись, прислушались. Жизнь в лагере была локализована в двух палатках — в одной храпели на пару, густо и заливисто, из другой доносились пьяненькие в меру голоса:

— А вота мы винями! А вот мы крестями! Давай-ка, лейтенант, подставляй шнобель!

Хорст, Ганс и начальники секторов вытащили пистолеты с глушителями, бесшумно дослав патроны, по-пластунски подтянулись поближе и... ни голосов, ни храпа, ни лейтенанта со шнобелем. Только шепот звезд да змеиное шипение песков.

Хорст убрал дымящийся «ПБ» и махнул рукой в сторону гробницы.

— Ганс и остальные, за мной. Херр Опопельбаум, прошу вас.

Торопясь, они подошли к скале, откинули деревянный щит, закрывающий вход в гробницу, дружно посветили фонарями — каменная лестница вела в длинный коридор. Он был уже расчищен, дальний его конец перекрывала каменная кладка. Нетронутая, отмеченная глиняной печатью царских усыпальниц с оттиском шакала и девяти фигур.

Когда пробили стену, открылась тесная, не повернешься, гробница, саркофаг, хоть и прекрасного желтого кварцита, но выполненный грубо, как бы наспех, без души. Ни замысловатых барельефов, ни вычурных иероглифов, ни богинь-охранительниц по углам. Халтура. Да еще второй саркофаг, победнее, с деревянной крышкой с барельефом Исиды. Женский. Гробница эта чем-то напоминала двуспальную кровать, узкую, продавленную, с нестиранными простынями. Но это только на первый взгляд.

— Ну-с, что тут пишут? — Херр Опопельбаум подошел к стене, кашлянув, поводил лучом, и фонарь в его руке задрожал. — О майн готт, Четырнадцатая династия! Это же картуш неизвестного науке фараона. Как его... Хидаша Первого...

— Что-то неважно шли дела в Четырнадцатой династии. — Хорст тоже поводил лучом и сделал знак своим, чтобы приступали к реквизиции. — Евреи, случаем, не в то время из Египта исходили?

— Да нет, Моисеем там еще и не пахло. — Херр Опопельбаум всмотрелся в иероглифы, тихо засопел, и голос его сделался злым: — Майн готт, и здесь революция. Вы только посмотрите, что они пишут! Правители земель разбежались... Брат убивает брата... Сыновья поднимают руки на матерей... Районы Египта опустошены... А вот и о самом фараоне: «Говорили, что он пастух всех людей? Что в его сердце нет зла? Где он сегодня? Не заснул ли он? Не видно его могущества...»

— Ни черта не видно, — согласился Хорст, а тем временем шкрябнул лом, что-то тяжело упало на пол, и спустя секунду Ганс позвал:

— Штурмбанфюрер! Херр штурмбанфюрер!

— Ну что там еще?

Хорст обернулся, подошел поближе и обомлел.

В женском саркофаге действительно женщина. Но не иссохшая безобразная мумия, а как живая — стройная, смуглокожая красавица, пышногрудая и крутобедрая, беспробудно спящая уже четыре тысячи лет. С открытыми глазами, вставными, сделанными из арагалита и обсидиана. С маленьким букетиком цветов на прекрасном лбу...

— А, тафар мумия? Прекрасный экземпляр, — херр Опопельбаум посмотрел оценивающе, тонко усмехнулся. — Только не надо заниматься с ней некрофилией, камараден, девочка и так уже нафарширована, причем потрошили и набивали еще живьем. Как бишь звать-то ее? — Он наклонился к саркофагу, фыркнул, пожевал губами. — А, Кийа, любимая сестра-жена Хидаша правогласного...

— Живьем? — Ганс положил в рюкзак алебастровую, в форме лотоса, лампу, потряс, чтоб утрамбовалось, и заинтересованно придвинулся ближе. — Ведь хлопотно же?

— Конечно хлопотно, — веско подтвердил херр Опопельбаум и пальцем осторожно тронул женщину за грудь. — Ведь надо не просто удалить внутренние органы, а опустить тело в содовую ванну и поддерживать в нем жизнь в течение семидесяти двух суток. В результате тело приобретает поразительную устойчивость к естественному распаду. Необъяснимый пока еще наукой феномен... Ну-с, вернемся-ка к нашим баранам. — Он опять принялся водить фонариком по строчкам иероглифов, а к Хорсту подошел радист, протянул почтительно микрофон и наушники:

— Херр штурмбанфюрер, вас.

На связи был Фриц из боевого охранения, в голосе его сквозила растерянность:

— Херр штурмбанфюрер, в палатке у русских трезвонит телефон. Что делать?

Что делать, что делать? Снять трубку и выругаться, матерно, пьяно, невнятно, но не обидно — метода проверенная, больше звонить не будут...

Опопельбаум что-то мурлыкал негромко, но вдруг замолчал и почему-то на цыпочках приблизился к Хорсту.

— Штурмбанфюрер, похоже, мы ухватили птицу удачи за ее сраный хвост. Здесь имеется полный текст Весткарского папируса. — И он кивнул на западную стену, сплошь исписанную яркими, ничуть не потемневшими от времени иероглифами. — Теперь будет что почитать на ночь. Где мой саквояж?

Саквояж у херра Опопельбаума был объемист, в меру вытерт и видом напоминал облезлую беременную таксу, пошит же был из первоклассной, качественно выделанной кожи, снятой с... В общем, лучше не уточнять. Дареному коню в зубы не смотрят. А саквояж и был подарком, дружеским, ко дню пятидесятилетия. От благодарного командования концлагеря Дахау. Полезнейшая вещь, прочнейшая, вместительнейшая. В ней есть местечко и для фотоаппарата, и для штатива, и для пленки. «Да, да, будет что почитать на ночь», — херр Опопельбаум страшно воодушевился, занял позицию и принялся семафорить вспышкой. Но когда пленка кончилась и он собрал свой саквояж, опять напомнил о себе радист.

— Штурмбанфюрер, вас.

На связи был Фриц, он орал:

— Штурмбанфюрер, русские идут! Едут на своем драндулете!

— Прикрывайте нас! — резко оборвал его Хорст, бросил микрофон радисту и во всю силу легких закричал: — Ахтунг! Ахтунг! Все на выход! Рассыпаться в цепь! Шнеллер! Шнеллер!

Сам он вытащил противотанковую гранату, выдернул чеку, мгновение помедлил, вспоминая о прекрасной незнакомке из тысячелетнего далека, и бросил гранату на пол, поближе к западной стене... Метеором полетел наружу. А там в небе, по-змеиному шипя, висела осветительная ракета, плотным облаком клубился песок, и «Синий гриф», выползая из-за бархана, шарил щупальцами прожекторов по лагерю.

— Отходим! За мной! — Хорст, пригибаясь, рванулся за бархан, бережно поддержал херра Опопельбаума, с яростью подтолкнул отстающего радиста. — Быстрей, быстрей, быстрей!

Наконец всполохи прожекторов, развороченная гробница и пулеметное таканье остались позади.

— Отставить бег! В шеренгу становись! — Хорст вытер вспотевший лоб, высморкался, харкнул, тягуче сплюнул. — Проверить вооружение, снаряжение, доложить о потерях.

Люди прервали бешеный свой бег, начали строиться в шеренгу, и тут херр Опопельбаум закричал, щемяще, жалобно, будто бы укушенный в нежное место. Крупнокалиберная пуля прошла саквояж насквозь, в лоскутья разодрала кожу и уничтожила фотоаппарат. Полнообъемный вариант Весткарского папируса приказал долго жить...

Братья (1979)

— Так что, голуби, молитесь на меня...

Дважды лауреат Ленкома молодой композитор Глотов закурил, с важностью выпустил дым из ноздрей и сигаретой описал в воздухе замысловатую кривую.

— По сорок семь рябчиков за вечер, по три вечера в неделю, за месяц стало быть двенадцать раз по сорок семь. Умножьте сами, я арифметику учил неотчетливо. В общем, с полгодика пошабашите, купите свой аппарат, а там... — он шумно затянулся и царственно повел дрожащей, белой как у мертвеца рукой, — встанете на точку и будете делать бабки.

Обещанного, говорят, три года ждут. Однако прошло лишь полтора, и вот свершилось — маэстро Глотов нашел-таки хлебное местечко, приличную кормушку под крышей Дома культуры в поселке Песочная, что по Выборгскому шляху.

Казалось бы, надо ликовать и радоваться, но у Тима было как-то муторно на душе — он устал разрываться на части, чтобы гнаться за двумя зайцами, нужно иметь тройное здоровье. Нет, пора определяться — или карате, или музыка.

С песней оно, конечно, хорошо по жизни, только по пути постижения истины следует двигаться в молчании. И еще хорошо бы, чтобы никто не раздавал ценных советов типа: «Сын, тебе пора бросать заниматься глупостями и начинать готовиться к приобщению к науке» или: «Тимофей, ты опять не ночевал дома! Это аморально и чревато венерическими последствиями!»

Да, верно говорят американки-штатники, что детям после восемнадцати надо жить отдельно от родителей. Лучше и для родителей, и для детей. Никаких свар, скандалов, нравоучений и выяснения отношений на повышенных тонах.

Собственно, в семье Метельских дело все же обходилось без крика, в пристойной, занудливо-академической манере. Положение обязывало — Антон Корнеевич, взматерев, взрастил целую плеяду последователей и, жутко переживая, что сын более интересуется размножением и дракой, чем отысканием путей к научному олимпу, все же предпочитал воздействовать на него в интеллигентном ключе.

Зинаида Дмитриевна с годами отяжелела, обрюзгла и превратилась из академдамы в занудную старуху, сварливо раздражающуюся по поводу и без повода — это не так, то не так. Тима в глубине души она считала никчемным лоботрясом, недоумком. Гитара, девки, мордобой, музыка эта ужасная. Все это ушатами изливалось на Тима, а в его отсутствие — на Антона Корнеевича. С существенным добавлением: «Никакой благодарности, что усыновили, не дали пропасть, вытащили из нищеты. Свой бы небось был не такой...» Как ни крути, классик был прав — черт ли сладит с бабой гневной. А вообще-то, если посмотреть в корень, прав Фрейд — все дело в климаксе.

— И вот еще, — Глотов между тем докурил, плевком затушил окурок и со значением, как на старшего, посмотрел на Левушку, — будете получать деньгу, мелочь оставляйте кассиру. Это закон. Там вообще-то не кассир, кассирша, с тохесом пятьдесят второго калибра. Я ее как-то драл на сейфе, так себе, подмахивает на четыре с минусом.

Левушка почтительно кивал, но все эти прожекты нужны ему были как собаке боковой карман. Скоро ту-ту, как и все нормальные люди, на родину предков. И не беда, что посредством какого-то неведомого науке процесса родина ассирийских предков переместилась почему-то в Австралию, в славный приморский городишко Перт. Жаль, что не сразу в Лас-Вегас. Впрочем, можно куда угодно, главное отсюда подальше...

До конца недели пребывал Тим в состоянии раздвоенности, сомневался, мучился, решал извечный в отечестве вопрос: что делать? Музыка или мордобой? Но вот настала пятница, и жизнь сама показала, куда нужно подаваться. Уж во всяком-то случае не в Дом культуры поселка Песочная...

— О-хо-хо, работы тут еще непочатый край. — Тим, размазывая грязь, вытер пот со лба, сплюнул и снова впрягся в пахоту. — Авгиевы, блин, конюшни.

Маленькой, украденной в старшей группе мотыжкой он рыхлил слежалую, напоминающую войлок пыль, с тем, чтобы Андрон мог сгребать ее в угол лопатой.

— Конюшни, говоришь? — Тот хмыкнул, весело чихнул и, отворачиваясь от поднимающегося облака, налег на черенок лопаты. — Не согласен, брат. Там говно было, а здесь пыль. Пыль времен, наследье старины глубокой.

Действительно, серо-коричневая вата местами была толщиной в метр. И попадались в этом культурном слое то аптекарский пузырек с «птицами» и «мантиями», то позеленевшие монеты с профилем государя императора, то жестяная кокарда времен первой мировой войны, золотой галун от офицерского погона. Тим как истый знаток старины относился к каждой находке бережно, с пониманием, к тому же знал, что покупатели всегда найдутся. И на ржавый жандармский «Смит и Вессон», и на расписание дачных поездов на 1905 год, и на пожелтевший портрет товарища Ворошилова в полный рост.

А вообще ему нравилось здесь, в этом старинном здании. Можно всю ночь напролет слушать музыку, стучать по боксерскому мешку, говорить, не понижая голоса, на любые темы. Андрон небось не закричит с истеричной интонацией: «Тимофей, это приличный, а не сумасшедший дом! Немедленно выключи своих битлов! Отцу завтра рано на работу, ты пока что еще ешь его хлеб!»

Уже два месяца прошло, как Андрон набил Тиму морду, а все неясно, по-братски или нет. Отчего они так похожи?.. Конечно, хорошо бы по-простому подойти к папе академику, спросить с невинной улыбкой: «Слушай, отец, а всегда ли ты хранил обет и верность своей дражайшей половине суть моей ненаглядной мамочке?» Как же, тебе дадут ответ! Потом догонят и дадут еще. Расскажут про взаимопонимание поколений.

Да, Андрон, Андрон, сторож-смотритель с пудовыми кулаками... И все же почему они так похожи? Правда, не совсем — тот левша, волосы на голове у него растут по часовой стрелке и травмировано левое колено. А во всем остальном полная идентичность, даже даты рождения в паспортах совпадают. Скорей всего они астрономические близнецы, люди, рожденные строго в одно и то же время в одном и том же месте. Такое случается. Тим специально занимался вопросом — прецедентов в истории немало.

Четвертого июня 1738 года в Лондоне родились два совершенно различных мальчика: один простолюдин Самуэль Хэммингс, другой король Георг Третий. Самуэль стал кузнецом и открыл самостоятельное дело в тот же день, когда Георг вступил на трон — 15 октября 1760 года. Они оба женились 8 сентября 1761 года, болели и имели травмы в одно и то же время. Каждое значительное событие в жизни одного имело коррелят в жизни другого с соответствующей поправкой на общественное положение. 29 января 1820 года король Георг Третий умер, в тот же день почил в бозе и кузнец Самуэль Хэммингс.

Снова Англия. Георг Четвертый, принц Уэльский родился в тот же час и в том же месте с мальчиком, ставшим трубочистом. Родители, узнав о совпадении, в шутку прозвали сына Принц Георг. Блистательная жизнь аристократа не имела ничего общего с жалкой судьбой простолюдина. Однако в тот день, когда принц Уэльский был допущен ко двору, трубочист вышел из подмастерьев... Оба отличались транжирством, любовью к выпивке, прекрасному полу и азартным играм. Увлечение скачками привело к тому, что трубочист приобрел лучшего бегового осла, а принц лучшего бегового пони. В день когда Принца Георга лягнул его любимый осел, Георг Четвертый получил удар по ребрам от любимого скакуна. Оба покинули бренный мир одновременно.

И вот еще веселенький примерчик не для слабонервных. 10 сентября 1956 года федеральная полиция штата Калифорния зафиксировала аварию на шоссе недалеко от Сан-Франциско. В результате лобового столкновения погибли оба водителя. При составлении протокола обнаружилось, что они родились в один и тот же день и были родом из одного городишки...

Так или иначе Тиму было хорошо в обществе Андрона. Просто и легко. Не как с Леной. С ней приходилось все время быть на высоте, думать, что сказать, казаться беззаботным, остроумным и веселым. С Андроном же можно промолчать весь вечер, слушать «Пёрпл» или «Хип», поговорить за «Жигулевским» за жизнь или устроить контактный спарринг из разряда карате против бокса. Впервые Тим почувствовал, что у него есть дом...

Чердак был необъятен, полон таинственности и грязи, человеческая нога наверняка ступала сюда последний раз еще до победы исторического материализма. Сквозь маленькое, странной формы окно скупо пробивался дрожащий свет, мощные дубовые стропила были черны, словно обгорели. А на полу пыль, пыль, пыль...

— Вот уж не думал, что тебе так дорог прах отечества...

Тим, махнув мотыгой, попал во что-то твердое, вгляделся, присел и восхищенно присвистнул:

— Хотя в нем иногда попадается кое-что стоящее. Вот, думаю, рваных на полста.

В руке он держал четырехгранную бутылочку, сплошь испещренную ликами святых и замысловатой славянской вязью. На одной из граней отчетливо читалось: «Вера твоя спасет тя. Иди с миром. Святая вода Угрежского монастыря».

— Да, на Аллаха надейся, а сам не плошай. — Андрон с интересом повертел бутылку и осторожно положил в угол, где лежали остальные трофеи. — Пристроим с Божьей помощью. Есть у меня барыга один, как раз на старине сидит.

Тесен мир. Не далее как третьего дня его нагло обрызгал щегольской, крашенный в желтое «Москвич»-«люкс». Андрон, как водится, не стерпел, подобрал булыжник, оружие пролетариата, да и запустил вдогонку — рабочий класс он, такую мать, или нет?! Правда, стекло, к сожалению, не разбил, но загрохотало знатно, видимо, пришлось по крыше. «Москвич» тут же дал по тормозам, из него выскочил мэн с монтажкой и, словно наскипидаренный, бросился на Андрона — мол, я тебе пасть порву, моргалы выколю, всю оставшуюся жизнь будешь на аптеку работать. Все как в кино. Только Андрон его бить не стал, да и мэн, протерев глаза, опустил монтажку и расплылся в ухмылке.

— Ух ты, бля, сука! Ну ништяк!

Это был Сява Лебедев, давешний Андронов избавитель он рекрутчины, но в каком виде: неописуемо крутой джинскостюм «левис», невыразимо сногсшибательные шузы «монтана», модный, в три волосины, причесон «гаврош». А золотая гайка на пальце, а ненаша сигаретина в зубах, а сияющий, с молдингами, автомобиль «Москвич»! Правда, покоцанный в районе крыши...

— Вот тебе, сука бля, и ништяк! — Андрон демонстративно отряхнул штаны и протянул Сяве обтюханную руку. — Ну здравствуй, хрен мордастый! Что, забурел? Волну гонишь?

В общем, разговорились.

— Значит, отслужил-таки? Отдал два года молодой жизни? Ну и дурак! — Сява соболезнующе покосился на Андронов прикид и протянул ему нераспечатанную пачку «Мальборо». — Бери, бери, защитник отечества. Заслужил. А я все, отканал подчистую, белый билет купил. Не годен к строевой, да и вообще ни к какой. Занимаюсь стариной-матушкой. Всякие там иконки, книжонки, монетки, крестики, прочий триппер. Два кента у меня на подхвате, арканят лохов у «бронзы» и у «Букиниста». Как подсохнет, будем зависать в Сосновке, солнце, воздух, бабки, сразу все тридцать три удовольствия. Надумаешь, вливайся, не обижу. Ну ладно, пора мне, люди ждут. Давай.

Оставив телефон, Сява небрежно попрощался, вскочил в свой покоцанный «Москвич» и умчался, ревя мотором. Чертовски шикарно!

— Барыга — это хорошо. Барыга — это славно. — Тим опять махнул мотыгой и извлек еще одну бутылку, на этот раз пивную. — Вот ему из той же серии.

Бутылка была огромной и, несмотря на грязь, невероятно нарядной: двуглавый орел, земной шар и горделивые буквы полукругом: «Калинкинъ. Петроградъ. Заявленъ отдѣлу промышленности». Работать сразу стало в лом, захотелось покоя, неспешной беседы по душам, а главное — пива, ларечного «Жигулевского», разбодяженного. Но увы, в наличии и такого не оказалось. Пришлось удовлетвориться чаем из батовского самовара, доставшегося от Лапина-старшего. С творожной, ворованной у детей запеканкой, со сгущенным, украденным у детей же молоком. Потом поговорили о преимуществах локтевой техники на дистанции клинча и поставили для души Аркашу Северного.

> Шел трамвай девятый номер,
> А в трамвае кто-то помер,
> Тянут, тянут мертвеца.
> Лаца-дрица-ацаца.

Не страшно, что на всю катушку — на базе только свои, а Варвара Ардальоновна даром что сделалась глуховатой, так еще принимала на ночь снотворное. Пушкой не разбудишь.

Утром Тим отправился учиться, учиться и учиться, а Андрон с головой окунулся в хозяйственные хлопоты, стараясь не думать о предстоящем вечере. Тот еще предстоял вечерок, полный страсти, сюсюканья и ненужных разговоров. Предстояло ехать крыть Анжелу и при этом быть еще начитанным, галантным и влюбленным до гроба. Да, Анжела, Анжела, хваткая девушка, у такой не сорвется. Тогда, в феврале, она заманила-таки Андрона в постель, была как следует оттрахана и утром сказала торжественно и влюбленно:

— Это судьба. Мы созданы друг для друга. Ты из всех мужчин самый лучший. Ну иди же сюда, поцелуй свою маленькую девочку!

В общем, втюрилась словно кошка. И пристала как банный лист. Презентовала на 23 февраля настоящий французский парфюм «Ван мэн шоу», затаскала по выставкам и театрам, по субботам завела поздние обеды в кругу семьи. С коньячком, под рыбку и буженинку. Папа, Иван Ильич, принял Андрона как родного.

— Орел, весь в батю! А знаешь, Андрюха, сколько мы с ним фашистов положили? И не узнаешь! Давай наливай! Ну что, споемте, друзья? А ну-ка песню нам пропой, веселый ветер...

Мама, Катерина Васильевна, гостеприимно улыбалась, бросала оценивающие взгляды и утирала счастливую слезу — молодец-то каков. И умен, и пригож, и не закладывает за воротник. Может, Анжелка угомонится, перестанет вешаться мужикам на шею... А Андрон ел себе со вкусом буженину, помалкивал и чувствовал себя бугаем-производителем, благословляемым в торжественной обстановке на случку. Ничего у него не было к Анжеле, единственное их связующее — это койка...

А в городе вовсю бушевала весна. На день рождения Ленина кто-то зашвырнул круг «краковской» на его памятник у Смольного, и с поздравлениями вождю собрались все окрестные собаки. При выпуске моряки-курсанты одели на бронзового Крузенштерна огромную, специально сшитую тельняшку, а свежеиспеченные военные инженеры надраили до блеска муди медного коня, хорошо хоть не добрались до всадника. А из-за пивного ларька на проспекте Горького скоммуниздили трафарет Звезды Героя, при помощи которого обновляли портрет генсека, вывешенный на стене соседнего дома. Искало КГБ с собаками, но не нашло. Собаки те убежали к Смольному, к памятнику Ленина... Весна...

Хорст (1966)

Касатки были белобрюхи, до жути зубасты и вели себя как-то странно. Слишком уж организованно. Синхронно, всей стаей, кружились вокруг, делали боевые развороты, выписывали спирали и с каждым витком приближались все ближе и ближе. Вот, перегруппировавшись, они сбились в клин, и головная, пятиметровая рыбина устремилась прямиком на Хорста. Промахнулась, расшвыряла Ганса и Фрица и по инерции, живой торпедой, пронеслась вперед. С боевым ножом Хорста в боку. Ганс с Фрицем застыли рядом, спина к спине, образуя треугольник, в руках их сверкали длинные боевые ножи. Точнее, дрожали... Такие дела. Атлантика, дно маленькой уютной бухты, что у Багамов, когорта разъяренных рыб и треугольник людей. Пока еще живых.

И черт знает, откуда они взялись, эти касатки. Уже с месяц Хорст сотоварищи тревожил ластами сии прозрачные воды и ничего, только водоросли, стайки рыбешек да плавучие, в виде буйков, гидрофоны — американцы поставили, чтобы враг не прошел. А тут вдруг разъяренные пятиметровые чудовища. Стаей, и, похоже, дрессированной...

Раненая касатка развернулась, поддала хвостом и стремительно понеслась на Хорста. Мерзкая пасть ее кривилась не то от боли, не то в презрительной ухмылке... «Значит, на таран? — Хорст отнял губы от металлического наконечника вентиля и, не задумываясь, инстинктивно, выбросил баллоны акваланга вперед. — На, жри!» Страшный удар кинул его через головы Фрица и Ганса, резкая боль иглой пронзила левую руку. Мелькнули в пасти касатки вентили баллонов, и она, дергаясь всем телом, исчезла в глубине.

Делая руками и ногами отчаянные движения, Хорст пулей пронесся сквозь пятиметровый слой воды, прикрыл глаза от радужного света и, с жадностью разевая рот, хватил живительного океанического бриза. Взглянул на вату облаков на ясном небе, еще раз глубоко вдохнул и погрузился в воду ногами вверх — пусть уж начинают с головы. Чтобы сразу. Однако же касатки дружно, словно по команде, вдруг потеряли к людям интерес, сделали напоследок круг почета и медленно ушли на глубину. Словно дрессированные звери с арены цирка.

«Интересно, а кто у них за Дурова? — Хорст снова вынырнул на поверхность, снова жадно вдохнул. — Ну все, вроде финита». Как в подтверждение его мыслей рядом булькнуло, и на свет Божий появился Ганс, он сорвал опостылевший нагубник и, тяжело дыша, сказал:

— Фрицу капут.

— Давай аптечку, мою касатка сожрала. — Не показывая вида, Хорст протянул ему раненую руку, глянул равнодушно на окровавленный рукав. — Акваланг остался?

Все эмоции потом, сейчас выживать.

— Остался. — Ганс с хрипом перевел дыхание и указал на закипающие на водной глади пузыри. — Только... нагубника нет.

Понятное дело, откусили вместе с головой.

— Ладно, тащи его сюда. И дай-ка нож, мой прикарманила касатка. — Хорст подождал, пока Ганс скроется в воде, и принялся срезать резиновый рукав гидрокостюма — кожа на руке была пропорота от кисти до локтя. Рана была бы много глубже, если бы не часы, они взяли на себя удар касатки, и зуб только на полдюйма углубился в тело. Опасности — ноль, а вот дерет в соленой-то воде на все сто процентов.

Ганс не задержался, вернулся скоро, в руках он держал акваланг с куцым, срезанным, словно бритвой, шлангом. Помог прицепить его Хорсту на спину, туго перебинтовал рану, глянул вопросительно, с тревогой:

— Ну как?

— Нормально. — Хорст, сплюнув, сунул обрубок в рот, двинул осторожно рукой и медленно погрузился в воду — неглубоко, на метр, но и то хлеб, плыть можно. Если, конечно, касатки не помешают.

Через полчаса они уже сушились на борту «Валькирии», квинтэссенции германской инженерной мысли, воплощенной в металл на одной из секретных верфей Ливерпуля. С первого взгляда, это была обыкновенная фешенебельная посудина, на каких бороздят океанские просторы эксцентричные миллиардеры: вертолетная палуба, теннисный корт, бассейн с опресненной водой. А реально это был боевой, хорошо замаскированный, до зубов вооруженный корабль неограниченного района плавания. С торпедными аппаратами, глубинными бомбами, ракетными установками. Плюс современнейшие системы связи, мощнейший — с сонарами, радарами, гидрофонами и эхолотами — акустический пост, особое антитурбулентное покрытие корпуса. А скорость — куда там торпедному катеру! В кормовой части «Валькирии» был смонтирован секретный спуск для боевых пловцов и двух миниподлодок, подвешенных на кранбалках в трюме. И каждая субмарина несла самонаводящуюся торпеду, способную потопить линкор!

И все же «Валькирия» еще и служила науке, правда, косвенно. Плавучая лаборатория херра Опопельбаума, находящаяся в районе мидл-шпангоута, была оборудована по последнему слову техники: и магнитометрами, и спектральными анализаторами, и электронными микроскопами, и мембранными хроматографами. Кембридж, Оксфорд и Академия наук СССР лопнули бы от зависти. Появление «Валькирии» в здешних водах было обставлено как часть кругосветного круиза, совершаемого любимым сыном султана Брунея, натурой похотливой, на редкость эксцентричной и необузданной в желаниях. Естественно, в компании визиря, евнуха и активисток гарема. Причем все было продумано до мелочей, и приятное крепко сочеталось с полезным — первая жена принца являлась радисткой-шифровальщицей. Вторая высококлассной фельдшерицей, третья дипломированной буфетчицей, четвертая... Любвеобильное общество было совсем не по душе капитану «Валькирии» Вильгельму Отто фон Ротенау, бывалому морскому лису. Женщина на корабле — к беде. А уж полдюжины... Однако что бы там ни думал Вильгельм Отто фон Ротенау, но до недавнего времени все складывалось великолепно — на дне океана у Багамских островов Хорст сотоварищи обнаружил древний, построенный тысячи лет назад город. С таинственными пирамидами, необозримыми криптами, какими-то непонятными величественными сооружениями. Со дна были подняты огромный рубин, подставка из светящегося металла, предположительно орихалка, внушительных размеров бронзовая колонна, заключающая внутри себя какой-то странный, напоминающий пропеллер предмет. Неподалеку от города был найден и испанский галеон, перевозивший некогда в своих трюмах золото. Все эти сундуки с пиастрами, реалами, эскудо и дукатами очень отвлекали, мешали археологическому процессу. Однако работа все же спорилась. И вот — дрессированные касатки, битва не на жизнь, а на смерть, трагическая гибель Фрица.

— Я не буду накладывать швы, а наложу повязку. Марлевую. Плотную и очень стерильную, — сказала, улыбаясь, Хорсту его «вторая жена». — А ночью приду и сменю ее. Вы ведь не против, штандартенфюрер?

Да, да, штандартенфюрер. Свое внеочередное звание Хорст получил, когда он приволок из Индии легендарный трон, некогда принадлежащий Великим Моголам. Око Господне — это хорошо, но и золотой престол с изображениями павлиньих, сплошь усыпанных бриллиантами хвостов. Молодец, штурмбанфюрер, вот тебе дубовые листья на петлицы...

— Да, странная история, штандартенфюрер, — сказал задумчиво херр Опопельбаум, когда они остались вдвоем в кают-компании и с чувством помянули Фрица лангустами и шнапсом. — Касатки эти очень мне напоминают легавых. Вопрос: кто же дал им команду «фас»? И как?.. Надо будет добыть хотя бы одну особь. И непременно произвести воздушную разведку, думаю, без опытных псарей тут не обошлось.

На утро минисубмарина и пять аквалангистов отправились в подводный город. Люди были в защитном, предохраняющем от акустических ударов снаряжении и вооружены секретными короткоимпульсными излучателями, использующими пинч-эффект. В то же время с вертолетной палубы в небо взмыл бронированный геликоптер, пилотируемый асом-универсалом Эрихом Фердинандом Марией фон Плоттеном, стажировавшимся в Тушино в самый пик советско-немецкой дружбы. Уроки сталинских соколов даром не пропали — и часа не прошло, как он засек подозрительную надводную цель, идентифицировал ее как малое научное судно «Академик Иоффе» и, сделав серию фотоснимков, на бреющем вернулся на базу. А тут и аквалангисты вернулись с уловом — с прицепленной к буксирному концу полудохлой парализованной касаткой.

— Давайте-ка ее на корму, там света больше, — распорядился херр Опопельбаум, надел испытанный, хорошей кожи, фартук и повернулся к лаборанту, плечистому крепышу оберштурмфюреру. — Несите-ка инструментарий, голубчик. Будем делать жидовскую рыбу фиш. Ха-ха-ха!

Касатку подцепили кран-балкой, вздернули на воздух и бросили на палубу у теннисного корта. Она бессильно разевала пасть, вяло шевелила поникшими плавниками. На месте глаз у нее были страшные кроваво-черные свищи — с пинч-эффектом не шутят!

Крепыш оберштурмфюрер вернулся с дисковой портативной электропилой.

— Ну-с, голубчик, приступайте-ка к трепанации. — Херр Опопельбаум прищурился, примериваясь, усмехнулся и задал пальцем траекторию. — Для начала вот так.

— Яволь!

Взвизгнула отточенная сталь, судорожно дернулась касатка, по палубе побежала кровавая слизь. Залетали кругами, заклекотали с надеждой белые как саван прожорливые чайки, в воздухе пронзительно запахло смертью, первая и пятая супруги Хорста опустили ракетки, бросили игру и с интересом воззрились на процесс потрошения.

— Достаточно, голубчик, достаточно.— Херр Опопельбаум раскрыл свой верный таксообразный саквояж.— Ну-с, приступим.

Саквояж был древний, чиненый-перечиненый, с огромными заплатами на боках. Правда, вшитыми аккуратно, из хорошей кожи, а главное, совершенно в тон.

— Пари-па-пам, пари-па-пам. — Херр Опопельбаум вытащил хирургический набор, щелкнув, натянул резиновые перчатки и ловко, будто протрубил всю жизнь на рыборазделочном заводе, принялся работать ножиком. — Золото Рейна, пари-па-пам, золото Рейна...

Неожиданно он бросил петь, сильно изменился в лице, и презрительная усмешка искривила его бледные губы.

— Так я и думал. Штандартенфюрер, посмотрите!

Он подошел к Хорсту, стоящему у подветренного борта, и разжал окровавленный кулак.

— Каково, а?

На мокрой его ладони лежало нечто, напоминающее сигаретный фильтр. Склизкий, ощетинившийся иглами многочисленных контактов.

— Да ведь это...

— И я о том же, штандартенфюрер, это транспондер. А как вам понравится это? — Тут же в пальцах Опопельбаума оказалась лупа, и на поверхности сигаретного фильтра стали видны какие-то буквы, знаки, а главное — пятиконечная звезда. Такая же как на Спасской башне, на крыльях родины, на генеральских погонах. Вот ведь не удержались, вживили ее и в рыбьи мозги.

— Так. — Хорст бросил сигарету в воду, взглянул на чаек, рванувшихся к окурку. — Теперь понятно, под чью дудку касатки пляшут. Вот, значит, кто заказывает музыку.

События последних дней мгновенно выстроились в его мозгу в четкую логическую последовательность. Касатки, гибель Фрица, советское исследовательское судно с мерзейшим сионистским названием. Нет бы — Павлов. Ну Келдыш еще куда ни шло.

А то ведь Иоффе... Все это звенья одной цепи, затягивающейся на арийской шее. Хозяйничать в затопленном клондайке Советам больше нравится самим... Ну-ну, посмотрим. Как там у них говорится, на чужой каравай рот не разевай? А может, вдарить из главного калибра по этому «Академику Иоффе»? Нет, надо выждать время и повышать боеготовность. Кто предупрежден, тот вооружен.

— Спасибо, херр Опопельбаум, вы славно поработали. — Хорст кивнул, подошел к переговорнику и объявил на «Валькирии» боевую тревогу.

Под звуки ревунов вернулась в воду истерзанная касатка, крепыш оберштурмфюрер смыл из шланга кровавую память о ней. А тризну справили товарищи — белобрюхие, зубастые, разрывающие на части...

Три дня тянулось ожидание, томительное и выматывающее... Тем не менее Хорсту улыбнулась удача. На глубине пятидесяти футов он обнаружил пирамиду со входом у вершины, проплыл по узкой вертикальной шахте вниз и к изумлению своему нашел подобие закрытой двери — из серебристого, тускло светящегося во тьме металла. Восторженно осмотрелся, вытащил «взрыв-щипцы», чтобы справиться с мудреным массивными запором, и тут услышал в наушниках сигнал — тревога, общий сбор, аврал, касатки... Но пока Хорст ворочался в туннеле, запоминал местоположение пирамиды и усиленно работал ластами, все было кончено — касатки уплыли с поля боя. На поверхность, кверху брюхом. Зато появились акvalangисты, скопом, с ножами в руках. И в специальном защитном снаряжении, экранирующем действия излучателя. Весь их наглый вид говорил: а видали мы ваш пинч-эффект в гробу в белых тапках!

Только ведь воюют не числом, а умением. Хорст, пригнувшись, уклонился он ножа, взрезал напада-

278

ющему пах и, стараясь двигаться расслабленно и плавно, с ходу встретился со следующим противником. Резанул ему запястье, приласкал коленом в живот и, не обращая более внимания, стал выискивать другого супостата — с распоротой лучевой артерией больше двух минут не живут. А побоище между тем разгоралось не на шутку. Сверкали боевые ножи, под ударами шлемов крошились стекла масок, вода помутнела от человеческой крови. Откуда-то сбоку из красного этого облака к Хорсту метнулся нападающий, но не в добрый час — получив укол в плечо, он сразу же выронил клинок. Хищной серебристой рыбкой нож спикировал на дно и, подняв напоследок муть, канул без следа в песке...

«Сам, падаль, нарвался», — Хорст взял супостата на стальной зажим и хотел было пройтись ножом по горлу, но вдруг понял, что имеет дело с женщиной. Ну русские дают, своих баб на дно морское тащат! Нет, резать женщину он не стал — полоснул ножом по шлангам и с силой, словно норовистую кобылицу, хлопнул русалку ладонью по бедру.

— Пшла!

Послушалась сразу — пробкой из бутылки устремилась наверх. Бешено работая ластами, в шлейфе воздушных пузырьков. Ее счастье, что глубина небольшая.

— Все, отходим. — Хорст дал условный сигнал и, сожалея о так и не открытой двери в пирамиде, во главе своих отправился на «Валькирию».

Ночью он проснулся от ощущения беды — «Валькирия» вся вибрировала, мелко содрогаясь от мощи моторов. Тоненько позвякивал хрусталь, тени от луны стремительно бежали по полу. «Что за черт?» — Хорст перелез через дежурную жену, схватил на ощупь трубку телефона.

— Алло, мостик? Что за спешка?

— Маневр, херр штандартенфюрер. Уклоняемся от торпед, — отрапортовал Вильгельм фон Ротенау, и в хриплом его голосе послышалась ярость. — Акустик засек три болванки, идут от русских веером. Бог даст, проскочим.

«Ах, значит, от русских и веером», — Хорст отчетливо представил звук идущих под водой торпед, побледнел от злости и скомандовал в телефон:

— Алло, мостик. Объявляю нулевой вариант. Повторяю, нулевой вариант!

— Есть по нулевому варианту, — бодро отозвался Вильгельм фон Ротенау, кашлянул и гордо сообщил: — А торпеды, херр штандартенфюрер, стороной прошли. И русские свиньи сейчас об этом очень пожалеют.

— Отлично, сейчас буду. — Хорст, бросив трубку, оделся, растолкал утомленную жену и, стремглав выскочив из каюты, взбежал на капитанский мостик. — Ну, как дела?

Дела шли — «Валькирия» на глазах превращалась из праздношатающейся путаны в грозную деву-воительницу. Ревели оглушительно сирены, урчали электрические моторы, стучали по ступеням и настилу палуб пружинистые немецкие ноги. Шнелле! Шнелле! Вспыхнули, выискивая врага, мощные прожекторы, слаженно запели сонары, чуткие людские пальцы закрутили верньеры дальномеров. Из недр «Валькирии» на юте и на баке появились башни главного калибра. Есть цель, к бою готовы! Бухнули шестидюймовые орудия, разразились гибельным огнем, смертоносные стальные дьяволы с ревом понеслись над океаном. Недолет! Перелет!

— Ага, мы их взяли в вилку! — в восторге закричал фон Ротенау, глянул с нетерпением на экран радара, выругался и шепотом спросил: — А где они? — По-бизоньи заревел, топнул ногами, бешено схватил трубку телефона. — Эй, акустик, как там слышимость? Что, никаких шумов? Химмель-доннер-веттер! Сакрамент!

Он снова зарычал, выбросил за борт бинокль и негромко, словно обиженный ребенок, пожаловался Хорсту:

— Ушел, ушел, лег на дно, х...ев жид!

Ох непрост оказался «Академик Иоффе», взлететь не мог, испариться тоже, значит, залег на дно. Похоже, инженерная мысль в стране Советов не дремала.

— Ну ничего, я его еще вые...у, высушу, из Марианской впадины достану, суку! — Вильгельм фон Ротенау вынул из нактоуза запасной бинокль и велел ложиться на боевой курс — приступать к немедленному глубоководному бомбометанию.

Сделав циркуляцию, легли, примерились, прибавили ходу, приступили. Заухал за кормой, вздыхая тяжко, океан, взметались к небесам обрывки пены, бледнела полная луна, мерцая, содрогались звезды, а разъяренный Ротенау все никак не унимался — еще заход, еще, еще. Пирамида не пирамида, Нептун не Нептун, академик Иоффе не академик Иоффе. Огонь! Огонь! Огонь!

Хорст не вмешивался — пусть побесится, отведет душу напоследок, все равно нужно убираться, так и не открыв загадочную дверь в подводной пирамиде...

Тим (1979)

Проснулся Тим от громовых раскатов — бабахнуло где-то совсем рядом, между щетинистых верхушек сосен. «Люблю грозу в начале мая», — он зевнул, лениво потянулся и, нехотя открыв глаза, разочарованно фыркнул — все вокруг было серым, словно штаны пожарного. Серый полумрак комнаты, серый в полумраке кот, серая рубашка Лены, спавшей «лягушкой», на животе. А снаружи было еще хуже, иссиня-фиолетово, невыразимо мрачно, дождь выстукивал на хай-хэте крыши грустную свингово-блюзовую тему: «Скоро осень, за окнами август... Хрен вам, а не ностальгически-романтический медовый месяц на берегу реки детства. И чтобы жизнь медом не казалась, идите-ка растапливайте печь».

Снова громыхнуло, но деликатнее, глуше. Ветер зашумел верхушками сосен, хлопнул резко полузакрытой рамой и погнал лиловые сполохи дальше. Гроза уходила прочь.

— Правильно, завтра докуем. — Лена улыбнулась во сне, перевернулась на спину, открыв глаза, и крепко прижалась к Тиму. — Расслабься, тебе все это снится.

В кои-то веки они выбрались на дачу к Лене — подышать воздухом детства, побродить, взявшись за руки, по берегам сонной Оредежи и вот — низкая облачность, осадки по колено, промозглая не по сезону свежесть вечером. Гроза в начале мая это, может, и хорошо, а вот весь август напролет — сыровато для ног и утомительно для души. Приходилось днями, на радость Тихону, ловить на удочку пескарей, искать моховики и красненькие в лесу или самозабвенно сплетаться в объятиях под стук барабанящего по крыше дождя. Однако одной любовью сыт не будешь — после баловства Лена шла на кухню возиться с керосинкой, Тим садился поближе к свету и с видом академика на отдыхе листал какую-нибудь заумную книжонку.

В июне он прибился на практику к смежникам-археологам, провел полтора месяца в поле на раскопках гнездовских курганов под Смоленском и в душе начал считать себя заправским археологом. Теперь его идеалом, объектом преклонения и подражания стал Игнатий Стелецкий, прославившийся исследованиями подземной Москвы. Вот кто истинный ученый, положивший всю свою жизнь на алтарь науки. Не какая-нибудь там кабинетная крыса, вроде папочки-академика!

Управившись, Лена звала его за стол, накрываемый обычно на веранде, затем они сражались то в шахматы, то в шашки, то в подкидного дурака, разговаривали ни о чем и снова шли сплетаться в неистовых объятиях...

А запевала-дождь все барабанил и барабанил по крыше. Словом, как-то монотонно, невесело было в просторном доме с запущенным яблоневым садом, построенном, если верить Лене, еще во времена молодости ее бабушки-колдуньи.

Вечерами она топила круглую железную печурку, подолгу сидела у раскрытой дверцы, глядела в огонь, и его неверные отблески плясали в ее бездонных глазах.

А Тим, отложив книгу, глядел на нее. И все не мог наглядеться, растягивая мгновения, чище и прекраснее которых — он знал это наверняка — в жизни его уже не будет.

— Никогда... — чуть слышно прошептал он.

Но она услышала, вопросительно повернула голову. Тень пламени переметнулась на щеку, волшебство истаяло.

— Ленка... — сказал он тихо. — Ленка... Я хочу быть с тобой... Я люблю тебя, я не могу без тебя... Выходи за меня. Я понимаю, я пока еще никто, мальчишка...

— Мальчишка... — задумчиво повторила она. — Вот именно... Сколько тебе лет?

Тим вскинулся.

— Двадцать один! И что?!

— А мне — двадцать семь скоро. Через десяток лет я буду весить центнер. Как мамочка. А ты — красивый тридцатилетний доцент — будешь стыдиться меня и изменять направо-налево со смазливыми студенточками. Мерси!

Она засмеялась, мелодично, как китайский колокольчик, смехом своим разряжая взрывоопасную ситуацию.

Он засмеялся вместе с ней, легко встал, играючи взял на руки будущий центнер, завалил на продавленный диван и младым вампиром впился в ее пухлые алые губы...

Но в этот вечер что-то лопнуло между ними. Невозвратно, как лопается гитарная струна.

Оба почувствовали это — и оба не подали виду...

И вот медовая ностальгия закончилась. Тим довез до места жительства кота в лукошке, трогательно попрощался с Леной и почему-то с легким сердцем отправился домой. Знать бы ему, какая там собиралась буря...

Зинаида Дмитриевна в выходном халате налила ему чай, придвинула тарелку с бутербродами, села рядом. В полнейшем гробовом молчании. Тиму, хоть и был он изрядно голоден, кусок в горло не полез.

— Мам, случилось что? — встревоженно спросил он.

Выдержав паузу, сделавшую бы честь Вере Комиссаржевской, Зинаида Дмитриевна с трагическими модуляциями произнесла:

— И он еще спрашивает! Примерный сын, добрый сын!.. Отец!

На кухню со зловещим видом выплыл академик Метельский.

— Папа, привет! Я и не знал, что ты дома...

284

Не говоря ни слова, Антон Корнеевич хлопнул о стол книжкой в красной обложке.

— Что это? Я спрашиваю, что это такое?!

— Это? — Тим поднял на отца удивленный взгляд. — Это «Мастер и Маргарита».

— Это книга антисоветского издательства «Посев», найденная матерью в твоем столе, когда она прибирала у тебя в комнате, — отчеканил Антон Корнеевич.

— Никто не просил ее лазать в мой стол! — выкрикнул Тим. — Это мое дело, что я там держу!

— Ах, дело! — Отец побагровел. — По такому делу недолго и на Колыму загреметь!.. А если бы эту антисоветчину нашли в моем доме, в доме академика Метельского?! Ты не подумал, что это могла быть спланированная провокация против меня? От кого ты получил это издание?

— Вообще-то я не обязан говорить, но если на то пошло — Левка подарил, Напал. Перед отъездом.

— Так я и знал! Какому-то диссидентствующему жиду дали задание меня скомпрометировать, а за это выпустили из страны!

— Господи, отец, да что с тобой? Кому это надо?

— Кому? — Метельский горько усмехнулся. — Моим недругам, завистникам, интриганам... Которые хотят отобрать у меня кафедру, вычеркнуть из списка на квартиру в академическом доме!

— А эту пакость, что ты притащил в дом, я немедленно сожгу! — гордо пообещала Зинаида Дмитриевна. — Я не позволю тебе порочить доброе имя отца!

— Ты позоришь род Метельских! — с пафосом произнес Антон Корнеевич и манерно, театральным жестом указал на дверь. — Иди откуда пришел!

Тим хотел было что-то заорать в ответ, но сдержался, молча развернулся и так хлопнул дверью, что из квартиры напротив высунулся сосед, респектабельный, в очках и с трубкой в зубах.

Тим вихрем слетел вниз по лестнице, пробкой вывинтился из подъезда и некоторое время шел без мыслей, на автомате, куда глаза глядят. Было обидно, до слез жалко книги и — голодно.

У метро, после двух пирожков с мясом и трех с морковью, двух стаканов газировки и выкуренной «Примы» ситуация показалась Тиму не такой уж и безнадежной. Он набрал номер Лены — ау май лав, выручай. Странно, но той, несмотря на воскресенье, дома не оказалось. Тэкс. У Юрки Ефименкова было постоянно занято, видимо, плохо лежала трубка. А книжка с телефонами прочих друзей-приятелей осталась дома. И Тим, особо не раздумывая, подался к Андрону.

Слава Богу, тот оказался дома, с тщанием красил в желтое массивные входные двери.

— А, здорово, — обрадовался он, опустил макитру и участливо посмотрел на Тима. — Что-то, брат, не выглядишь ты посвежевшим и вообще сбледанул с лица. Горячая телка попалась? Ладно, дадим сейчас последний штрих и будем тебя откармливать. Кстати, как тебе колер, впечатляет?

Он окончательно выжелтил двери, полюбовался на работу и, подхватив ведро, повел Тима прямиком к столу.

— Будь как дома, брат. Сейчас картошки поставим, «уху камчатскую» откроем, за пивком рванем. Захочешь, еще пельмени есть, пожарим в шесть секунд. Надо, надо тебя поправлять.

Так и поступили. Собственно, хлопотал Андрон — варил картошку в мундире, бегал с бидоном к ларьку, жарил каменно-твердые, будто вылепленные из гипса, «останкинские». Тим же сидел, не шевелясь, в странном оцепенении и слышал, как по радио рассказывали о белом медвежонке, из которого ничего уже путного не вырастет. Экипаж атомного ледокола «Арктика» напоил его допьяна спиртом со сгущенкой, лыка не вяжущего взял на борт, а по прибытии в Ленинград подарил зоопарку. Новосел получил имя Миша, быстро освоился в новых условиях и чувствует себя как дома. Плещется в теплой луже вместо Северного Ледовитого и жрет казенную пайку взамен парной нерпы...

— Ты, брат, давай наворачивай. — Андрон, ни о чем не спрашивая, подкладывал ему в тарелку, от души подливал пивка и себя не забывал, за ушами трещало.

Настроение у него было ровным и безмятежным, все в жизни казалось ясным, преисполненным смысла и определенности. Завтра они с Анжелой идут на «Старшего сына» с Ларисой Луппиан, через неделю прибывает мать с единорогом и детьми, а годиков этак через шесть, если все сложится благополучно, понесет его с песнями по морям, по волнам. Самый главный майор Семенов свое слово милицейское сдержал, правда, частично и пристроил Андрона, ни больше ни меньше, как в Институт водного транспорта, на вечерний. «Ты, Лапин, держи сфинктер-то по ветру, — сказал он Андрону веско, с авторитетным видом, — и думай головой, а не анусом. Закончишь судомех, получишь визу, подмахнешь за кордон. Будешь моряк — в жопе ракушки. По морям по волнам, нынче здесь, завтра там. В общем, грудь моряка лучше жопы старика. Иди учись. Как классик завещал». Эх! И если бы еще не экзамены эти дурацкие. Правда, майор Семенов сказал веско, на полном серьезе — ты, главное, приди, а там они тебя сами в жопу поцелуют. Сынок главнокомандующего из приемной комиссии нынче стрелком патрульным у Сотникова бегает...

Съели картошку с «камчатской ухой», прикончили поджаристые, с хрустящей корочкой пельмени, не побрезговали и холодцом «любительским», называемым в народе волосатым. Однако только собрались пить чай, как на улице забибикали в клаксон, напористо, занудно, как болельщики на хоккее: тра-та-та-та-та-тра-та.

— Ты смотри, явился не запылился. — Андрон удивленно хмыкнул, снял с плитки кипящий чайник и вытер ладонью губы. — Это барыга за триппером. Ты здесь посиди пока, не высовывайся. А то начнутся вопросы: кто? что? откуда? Объясняйся, почему и по облику, и по рожам завсегда мы с тобой были схожи. В общем, не скучай.

Он подмигнул, пригладил коротко остриженные волосы и, приосанившись, пошел встречать Сяву Лебедева — наконец-то тот сподобился почтить вниманием, не прошло и полгода.

— Здорово, здорово! Ну показывай, что тут у тебя, только в темпе, меня люди ждут!

Он был необыкновенно крут, шикарен и действовал с размахом. Взял, особо не торгуясь, весь товар, оглядел с видом знатока чердак, где была расчищена лишь малая толика — пятачок перед боксерской грушей, хмыкнул, с неодобрением покачав головой, закурил и выразил свое неудовольствие:

— Ты что-то, Андрюха, старый стал, ленивый! Надо рыть дальше! Это же клондайк, золотое дно! И вообще домик-пряник, мечта поэта. С ним надо работать и работать. Латунные щеколды и бронзовые дверные ручки, мраморные подоконники и дубовые рамы. А в чердачной пыли мухи не е...лись самое малое лет сто. А может, двести. Чудеса...

Он вдруг замолчал, и голос его из начальственно-покровительственного сделался вкрадчивым и таинственным.

— А знаешь, домик-то наверняка заговоренный, может, даже и с привидениями. Я сам один такой знаю, на бывшей Большой Дворянской. А еще не дай Бог, — он как-то опасливо огляделся и, кашлянув, перешел на шепот, — здесь есть «синий фон»

— Что есть? — не понял Андрон.

— Синий фон. Вроде как языки синего пламени из газовой горелки. Кто такой повстречает — сразу в панику, с ума сходит, внутренности через рот выдавливаются, череп лопается... Ладно, Андрюха, я пошел, береги себя.

Андрон проводил его, задраил дверь и, торжествуя, с видом разгулявшегося купчины веером швырнул на стол дензнаки.

— Теперь, брат, живем, барыга не подвел, схавал все разом. И туману напустил — у вас-де домик заговоренный, с привидениями, с каким-то там синим фоном. Хорошо, что не с голубым. В общем, херня, опиум для народа.

— Может, и не херня. — Тим зевнул, усевшись на кровати, откинулся к стене. — В старых местах особая энергетика. А если еще и спрятано что-то, вообще атас. У нас мужики приехали из-под Херсона с практики, такого порассказали...

И он принялся живописать Андрону о заговоренных сокровищах скифских курганов. Много золота покоится в херсонской земле, но попробуй-ка его возьми. Нарушители заклятия погибают от ударов молний, от укусов змей, от несчастных случаев и загадочных болезней. Страшнее всего, когда охотников за скифскими сокровищами настигают курганные оборотни. Днем эти чудища парят в небе коршунами или рыщут в степи волками, а ночью устраивают расправу с осквернителями курганов. Нет ничего страшнее их жуткой мести. Меркнут звезды и луна, гаснут фонари у злосчастных похитителей, из-под земли поднимается черный, непроглядный туман, мерзкий запах которого сводит людей с ума. Они слышат звуки, от которых стынет в жилах кровь, и цепенеют от ужаса самые отчаянные храбрецы. Словом — жуть.

— Вот такие, брат, пироги с котятами. — Тим по новой зевнул, сполз головой на подушку и трудно приоткрыл красные, слипающиеся глаза. — Слушай, я покемарю чуток?

— Дави харю, дави, небось не треснет.

Андрон усмехнулся, убрал несъеденный харч в холодильник и с грохотом понес посуду в мойку.

Таким вот макаром Тим и остался — по принципу: так есть хочется, что и переночевать негде. На следующий день, ни о чем не спрашивая, Андрон побеспокоился о второй плацкарте, застелил ее казенным, выбеленным хлоркой бельем, и на этом процедура водворения закончилась — живи. А всякие там россказни о чудесах, привидениях и заговоренных домах забылись сразу. Правда, не надолго.

Хорст (1970)

В Париже стояла жара. Солнце отражалось в радиаторах машин, в зеркальном нагромождении вывесок, воздух был горяч, словно в римской бане, женщины проваливались каблучками в мягкий, будто восковой асфальт. Август веял духотой и зноем, но это были вздохи умирающего. Лето кончалось, облетали каштаны. Не за горами были осенние дожди, уличная сырость и промозглые ветра. Пока же — голые коленки женщин, приторное бла-

290

гоухание далий, выгоревшие тенты кафе на раскаленных парижских тротуарах. Увы, ни что не вечно под луной...

«Ну и пекло, этот чертов кондиционер пора на свалку», — Хорст вылез из необъятной, времен Марии-Антуанетты, кровати, сам, не вызывая горничную, налил огромную, из каррарского мрамора ванну. Побрился, привел себя в порядок, надел халат и ровно в восемь тридцать уже спускался в Зеленую столовую. Сегодня он опять завтракал один — Ганс неделю был в отъезде, а херр Опопельбаум с лаборантом еще с вечера забрался под землю. На то был свой резон: третьего дня Хорст облагодетельствовал старого клошара, но, как оказалось, клошара не простого, а внука легендарного бродяги, знакомившего еще Гюго с бескрайними подземельями древней Лютеции. И тот в знак благодарности открыл секретный вход в сложное переплетение коридоров, раскинувшихся под лесным массивом Фонтенбло. Более того — показал огромный алтарный зал, на одной из стен которого Хорст узрел ту самую восьмиконечную звезду, некогда привидевшуюся ему на Кольском, а потом в Египте. Пусть теперь ею любуется херр Опопельбаум.

— Бонжур, мсье Жан. — Вышколенный лакей-обершарфюрер ловко отодвинул стул, помогая Хорсту усесться, налил ему кофе, снял с камина и положил на стол севрский поднос с корреспонденцией. — Почта, мсье.

— Ладно, ладно, вольно, я сам.

Хорст положил салфетку на колени, взялся за еду — овсяная каша поридж, яичница с беконом, безвкусные, в меру подгорелые тосты. В убогой избенке на Кольском полуострове в компании экс-ссыльнопоселенцев он питался значительно вкуснее. Хоть и в Париже, а ни каких там легкомысленных маседуанов, жареных ракушек и салатов, подаваемых в любом бистро. Ничего не попишешь — особая диета, английский стиль. Как и полагается председателю правления крупной оптово-розничной виноторговой фирмы.

Хорст взял наугад письмо, вскрыл грязной вилкой, бегло прочитал: «...в трех бутылках водки „Московская особая" из реализованной Вами в шестьсот двадцать мест партии найдено 3 (три) заспиртованные особи насекомых, одна из которых классифицируется как муха зеленая навозная, а две других таракан запечный обыкновенный. В качестве моральной компенсации...» «Нет, пусть уж Ганс разбирается со всем этим. — Хорст отшвырнул письмо, морщась, приложился к кофе. — У него природный дар к торговле, видимо, были евреи в родне. Скорее бы возвращался, что ли».

Такие вот дела — Ганс спекулирует на ярмарке в Шампани, херр Опопельбаум роется в земле, а он сидит в четырех стенах и есть блевотную овсянку без соли. А как быть, если накопилась работа на дому, срочная и неотложная? Собственно, как на дому — в мрачном трехэтажном особняке с видом на Елисейские поля, просторном, с бетонированным подвалом, с балконами и эркером. Кадрированную роту разместить можно. Плюс хороший ружпарк. Ну, положим, роту не роту...

Когда дошло до плам-пудинга, Хорст продемонстрировал твердость характера, встал, скомкал салфетку и направился к себе. На третий этаж, коего занимал ровно половину. Поднявшись на площадку лестницы, он повернул налево, задумчиво прошел сквозь анфиладу комнат и отпер дверь последней, угловой, более напоминавшей глухую келью. Окон здесь не было, свободного места тоже — все пространство занимала мощная электронно-вычисли-

292

тельная машина, сделанная на заказ в Америке, в Силиконовой долине.

«Ну давай, давай, включайся», — Хорст повернул пакетник, щелкнул рубильником, надавил кнопку «Пуск». Вот так, ключ на старт, дай Бог, чтобы полетела. Зашуршали лопастями вентиляторы, завертелись шайбы с магнитной лентой, вспыхнул, начал разгораться бочкообразный иллюминатор монитора. Десять секунд — полет нормальный.

«Ну, с Богом», — Хорст устроился на винтовой, словно у рояля, табуретке, клацнув клавишами управления, взял вступительный аккорд, вгляделся и... На экране высветилась пышногрудая блондинка, та самая, знакомая и по Египту, и по Багамам, и, наверное, еще по полудюжине географических названий. Валерия Евгеньевна свет-Воронцова, теперь уже полковник. Вот она, вся как на ладони, стерва. Год рождения, рост, вес, размер ступни, объем бедер, талии, номер бюста. Венеру Милосскую ваять можно. Вот, вот, руки бы ей и оторвать, чтобы не лезла, куда не надо. Заодно с носом, чересчур длинным. Впрочем, нет, нос совсем не плох — породистый, гордый, правильной формы. Оно и понятно, не с суконной фабрики, из графьев. Муж ее, полковник-чекист Тихомиров, занимался поисками золота Роммеля, в Ливии был пленен племенем сенусси, медленно кастрирован, клеймен железом и мученически убит. Мать, почетный чекист полковник Воронцова, знавала еще Дзержинского, пережила с десяток чисток и ныне благополучно здравствовала в Ленобласти, жируя на персональной пенсии. Семейка, такую мать. Сама же Валерия Евгеньевна жила одна, в строгости, воспитывала дочь, хотя и не чуралась физиологических контактов с нужными для выполнения заданий мужчинами да и женщинами. Питалась исключительно вегетариански, хотя для пользы дела могла и сальца, и буженинки, и поросеночка заливного с холодной водочкой под расстегайчики. С визигой, севрюжинкой, налимьей печенью. Да при зернистой-то икорке...

Значит, физиологических контактов не чурается? Это хорошо... Хорст, оскалившись, закурил, помассировал слезящиеся глаза и принялся вникать дальше. Так, личный номер, крайне положительные характеристики... Дальше, дальше... Владеет в совершенстве холодным и огнестрельным оружием, занимается рукопашным боем по системе Ознобишина, отлично водит машину. Знакома со взрывным делом, работает вслепую на рации, особо опасна при задержании. Ворошиловский стрелок. Особые приметы: три родинки в паху, две на груди, у правого соска, одна, серпообразная, на левой ягодице. Из крепких напитков предпочитает водку, из безалкогольных — томатный сок, из нужных для выполнения задания мужчин — плечистых стройных голубоглазых блондинов. Советская Мата Хари в чекистских полковничьих погонах. Мощно ступает по родительским стопам... Хорст задумчиво заклацкал клавишами, и агрегат показал ему мать Валерии Евгеньевны, Елизавету Федоровну. В годах, но все еще красивую, с властным и самоуверенным выражением лица. И какого черта было ей, дочери графини Воронцовой-Белозеровой, в карательной организации, аббревиатуру которой расшифровывали в те времена как «всякому человеку капут»? Нет бы куда-нибудь во Францию, в Париж, в Ниццу. Тем более что с Россией уже ничего не связывало — мать ее, то бишь бабушка Валерии Евгеньевны, приказала долго жить незадолго до революции. И почему это Елизавета Федоровна в сорок седьмом году при первой же возможности перевелась служить из Москвы в трижды колыбель революции на гораздо менее перспективную должность? Чтобы быть поближе к мамашиной могилке? Так ведь фамильный склеп Воронцовых-Белозеровых разорили еще при нэпе. Странно, очень странно...

«Оц-тоц-перевертоц бабушка здорова», — вспомнил Хорст слова русской каторжанской песни и стал разбираться с бабушкой, той самой, из фамильного склепа. Материала было с гулькин хрен. Зацепиться было не за что — старинное, скверного качества фото, биографические данные, вехи жизни, ну там еще по мелочи. Интерес вызывала лишь копия допроса Гроссмейстера автономного масонского братства некоего Бориса Филогонова. Сей вольный каменщик был известен тем, что склонял своих последовательниц к сексуальному трехплановому посвящению, уверял, что происходит от Наполеона Первого и, обладая гипнотическим влиянием, ловко выколачивал из членов своей ложи деньги и молчание. Пока им не заинтересовалось ОГПУ. Так вот, гроссмейстер этот показал, что до революции самым сильным магом в Петербурге был немец фон Грозен, а ассистентом и медиумом при нем состояла бессменно графиня Воронцова. Причем, конечно же, они были в половой связи, и чтобы посвятить их будущего ребенка дьяволу, вышеозначенная графиня заклала в жертву своего любовника, какого-то поручика-конногвардейца. А потом естественным путем в срок родила от фон Грозена девочку, которую назвали Лизой. Лизаветой. Полковницей Елизаветой Федоровной...

Хорст хмыкнул — ни черта не понять, какие-то тайны Мадридского двора. Одно ясно — и полковница-мама, и полковница-дочь что-то ищут. И легче всего это делать, имея на плечах погоны...

Клацнув клавишами, Хорст запарковал магнитные носители, отдал кнопку «Пуск», скрежетнул рубильником, повернул пакетник — вентиляторы встали, гудение смолкло, экран-иллюминатор погас.

В спальне заметно посвежело — за окнами было пасмурно, назойливое солнце скрылось из виду. «Смотри-ка ты, был дождь, а я и не заметил. — Хорст вышел на балкон, с хрустом потянулся и вдохнул полной грудью. — Устрою-ка я себе день отдыха. Погода шепчет».

Парижский воздух был теплый, парной, наполненный влажной истомой. Снизу, с Елисейских полей, слышался запах листьев, сгоревшего отработанного бензина, терпкой, пробуждающей древние желания сладковатой земляной прели. Тихо шелестели каштаны, томно ворковали парочки, ветер был нежен, как пальцы влюбленной женщины. Только где она, влюбленная женщина?

Вернувшись в спальню, Хорст снял халат, глянул в необъятное, во всю стену зеркало и, почему-то тяжело вздохнув, начал одеваться — шелковое белье, шелковые носки, шелковая рубашка. Выбрал кремовый, не бросающийся в глаза тысячедолларовый костюм, надел нубуковые туфли от «Армани», пригладил выбритые в ниточку усы. Снова посмотрелся в зеркало, снова тяжело вздохнул — хорош. Сукин сын... Взял чековую книжку, бумажник, надел шикарный, весь в бриллиантах «Ролекс». Ну вроде все. Теперь — сказать лакею, чтобы никаких обедов, брезгливо отказаться от машины и скучающей походкой вниз, по широкой мраморной лестнице.

— Ахтунг! — Седой консьерж при виде Хорста подобрался, вскочил как бы подброшенный пружиной, прищелкнул каблуками и вскинул подбородок. Слава Богу, что не закричал «зиг хайль». Это был ветеран движения, местный активист из парижского «Шпинне», вносящий свою малую посильную лепту в дело возрождения великой Германии.

— Вольно, вольно, старина, вы ведь не в своем Заксенхаузене...

Хорст сам открыл массивную, на мощных петлях дверь, непроизвольно тронул галстук-«бабочку» и, подхваченный людским потоком, чинно поплыл по парижским тротуарам. Народу, несмотря на будний день, хватало — потеющие, скучные бульвардье в соломенных немодного покроя шляпах, какие-то быстроглазые молодые личности, юбки, блузки, легкомысленные чулочки, брючки, джинсы, каблуки. Да, что и говорить, женщины были хороши, на любой вкус: аппетитные, грудастенькие, длинноногие, пикантные, румянощекие, цветущие, с соблазнительными бедрами, волнующими икрами, чувственно манящие, распутно-недоступные и загадочные, как сфинкс. Только Хорсту все их сказочные прелести были пока что побоку — он зверски хотел есть, и всеохватывающее чувство голода заглушало на корню все прочие.

Вырвавшись из человеческого потока, он свернул на улицу Фобур-Сент-Оноре, быстро миновал ограду церкви Вознесения и увидел вскоре незамысловатый ресторан, над дверьми которого неоново значилось: «Националь алярюс шик гастрономик». На самих дверях было написано по-русски на прибитой гвоздиком аккуратной фанерке: «Обеды как у мамы. Заходи не пожалеешь». Хорст здесь бывал, а потому, сняв слишком уж респектабельный кис-кис и положив в карман до жути заокеанский «Ролекс», он спустился в маленький, с ребристым потолком полуподвал, занял одноместный столик у оконца и заказал всего подряд, по принципу — гуляй, душа. От крученых блинчиков с икрой до наваристого флотского борща «Броненосец Потемкин». Под хрустальный звон запотевшего графинчика с чистой, словно слезы Богородицы, сорокаградусной благословенной.

Народу было мало, пара-тройка пролетариев в старомодных блузонах, усатый, сразу видно, водитель такси, невыспавшаяся, в несвежем макияже, стофранковая проститутка. Да и кто пойдет-то сюда? Открывали заведение русские, эмигранты, отсюда и ностальгические интерьер а-ля кружало, какие-то массивные дубовые шкапы, аляповатая, в тяжелых рамках, выцветшая безвкусица лубков. Сирин, Гамаюн, Алконост. Сказочные птицы счастья. Несбыточного, призрачного, оставшегося дома. В России.

И черта собачьего было Хорсту здесь? С тридцатитысячным «Ролексом» мог неплохо подхарчиться и у Максима. Или так уж соскучился по капустно-свекольной хряпе? Правда, на мясном отваре, с толченым салом, чесночком, сметаной и мучной забелкой? С горячими, тающими во рту хрустящими пампушками? Да нет, дело было не в борще. С неодолимой силой тянуло Хорста ко всему русскому, связанному с Россией. Не родительский замок в Вестфалии, не ледяные просторы Шангриллы видел он в своих лихорадочных снах — нет, сонное течение меж невских берегов, гранитное великолепие набережной, закатные пожары на куполе Исаакия, город, где осталось его счастье. Оно там, в невозвратимом прошлом — в сказочном благоухании сирени в теплом ветерке, играющем Машиной челкой, в ее руках, губах, ощущении близости, в нежном голосе, полном любви... Когда принесли гуся, фаршированного яблоками, Хорст успел освоить объемистый графинчик, и безрадостные мысли накатили на него с новой силой. А тут еще седой артист с офицерской выправкой запел со сцены душещипательно, по-русски, под гитару:

Целую ночь соловей нам насвистывал,
Город молчал, и молчали дома,
Белой акации грозди душистые
Ночь напролет нас сводили с ума.
Сад весь умыт был весенними ливнями,
В темных оврагах стояла вода...
Боже, какими мы были наивными!
Как же мы молоды были тогда!..

Есть фаршированного гуся он не стал — щедро расплатился, дал на чай и официантке, и артисту, и несколько нетвердо вышел на воздух. Ноги сами собой
понесли его на улицу Ла Боэсси к мрачному, строгого
вида зданию. Однако внешность обманчива, дом этот
был очень веселый и назывался «Паради шарнель».

— Бонжур, мсье! Как погода? — ласково поздоровалась с Хорстом sous-maitress, помощница хозяйки, и, подмигнув, цинично усмехнулась. — Вы
как, все в своем репертуаре, мсье? Тогда придется
подождать — Зизи вот-вот освободится.

Она отлично помнила этого щедрого, вежливого
клиента. Не хам, не извращенец, не скандалист, не
тушит сигареты о ягодицы женщин. Мужчинка хоть
куда. Также она прекрасно знала, что он не станет
изучать объемистый фотоальбом, а сразу пожелает
Кудлатую Зизи, заумную интеллигенточку, приехавшую из Прованса. И что ему в ней — рыжа, костлява, разговаривает тихо, вкрадчиво, а держится жеманно, будто графиня Монсоро. К тому еще и неряха. А вот и она.

И Кудлатая Зизи отлично знала, что этот щедрый, неутомимый, словно жеребец, клиент будет
нежен с ней как в свадебную ночь, а в решающий
момент в пароксизме кульминации вскрикнет коротко и страстно:

— Машка! Машенька! Мария!

Плевать, пусть орет, чего хочет, лишь бы денег давал да не изгадил простыни, а то мадам будет снова недовольна. Она не знала, что со спины была очень похожа на Машу. Машку, Машеньку, Марию...

А когда настала ночь и на небе высыпали звезды, Хорст разжал обманные объятия, сунул рыжей, ничего не значащей для него женщине денег и с тоской на сердце покинул веселый дом. Все его мысли были о красавице блондинке — пышногрудой, шикарной, с осиной талией и тридцать пятым размером ступни, постоянно наступающей этим своим тридцать пятым размером ему на пятки. Недолгий праздник плоти закончился, наступали суровые будни.

Братья (1979)

— Оторвись, будешь на подхвате. — Андрон похлопал по плечу Тима, с хищным видом листающего отксеренную «Камасутру», хмыкнул сурово и назидательно. — И вообще, зря стараешься. Восток — дело тонкое. А у нас чем толще, чем лучше.

В канун годовщины Октября, под вечер, Варвара Ардальоновна с Арнульфом смотрели телевизор, Тим настраивался на рандеву с Леной, Андрон же наводил заключительные штрихи, готовясь к великому празднику. Последней каплей в чаше торжества гегемонии пролетариата был плакат из серии «Спасибо тебе, родина, за наше счастливое детство», который надлежало водрузить над входными дверьми в вестибюле. Андрон разжился электродрелью, достал сверло с победитовой вставкой, выстругал мощнейшие, под гвоздь-«двухсотку», дубовые пробки. Что там транспарант — бронелист с амбразурой всобачить можно.

В общем, провели разметку, наметили точки, начали сверлить. Странно. Сверло, преодолев слой штукатурки, начинало буксовать, перегревалось, хваленый победит оказался бессилен.

— Ишь ты, сволочи, как раньше строили. Небось на яичном желтке, на громодянской крови. — Андрон, потерпев фиаско, закурил, посмотрел с презрением на электродрель. — Советское — значит отличное. Завтра же в ЖЭКе возьму перфоратор «Бош». Говорят, штука атомная, дзот раздолбать можно. А здесь не линия Маннергейма, всего-то плакатик повесить.

Он машинально постучал ладонью по стенке. И вдруг штукатурка отлетела сразу, пластом, и с грохотом, подняв облако пыли, разбилась на куски.

— Ни хрена себе фигня, — присвистнул изумленный Тим.

Потом оба замолчали, насупились и мрачно воззрились на стену.

На том самом месте, где должен был водрузиться плакат, в древнюю кладку была вмурована странная трапециевидная плита из черного полированного камня. Формой она на удивление напоминала крышку гроба и выглядела зловеще и контрреволюционно. Да еще надпись на латыни позолоченными буквами и какие-то непонятные знаки, перечеркнутые кривыми, крест-накрест клинками. Та еще плита. Даже не зная латыни, на ней можно было ясно прочитать: «Пи...дец».

Андрон так и прочел, громко, на все здание, с соответствующей интонацией. Что-то у него в последнее время все не в жилу, не в кость, не в масть, не в дугу и не в тую. Непруха, словом, черная полоса. Во-первых, институт, гори он ярким пламенем. Черта ли собачьего ему во всех этих пиллерсах, шпангоутах, льялах и двойном дне! Аудитории, лектории, курсовые, лабораторные, замдекана с рожей, которую хорошо бы вдрызг, — левый апперкот под бороду, а правой боковым по сусалам. Тьфу, блевать тянет. Ну это как бы тыльная сторона медали. А есть еще анфасная. Вернее, анжельная... Третьего дня выяснилось, что законы природы суровы и неотвратимы.

— Андрюша, а я в положении, — сказала, улыбаясь, Анжела и для вящей убедительности погладила себя по животу. — Это у меня первая беременность, и прерывать я ее, естественно, не буду. Рожу тебе ребеночка, мальчика, на тебя похожего. Ты рад? Ну иди же сюда, поцелуй свою верную женушку...

Так и сказала, на полном серьезе — «верную женушку». О-хо-хо! Может, пока не поздно, броситься к ногам Семенова, повиниться истово, покаяться и пустить горючую слезу, скупую и революционную: «Дяденька главный проктолог ВВ, прости засранца! И определи служить конвойным прапорщиком! Не надо по двенадцатому разряду, главное, куда-нибудь подальше. От водного института и дуры Анжелки, которая от меня в тягости...» В леса, в тайгу, в болото, на съедение комарам. Тоже не выход. Ну и ситуевина!..

— Ишь ты, нацарапали чего. — Тим между тем достал лист бумаги и с пылом истового ученого принялся копировать написанное. — Еще и грозятся, падлы. В общем, за точность не ручаюсь, но получается что-то вроде: «Здесь весьма хреново», а насчет закорючек с саблями завтра посоветуюсь с Махрей. Есть там у нас одна девушка ученая с железобетонной целкой. Не желает работать трещиной, пусть шевелит извилинами. Ну, брат, давай закрывать, советским детям это не надо.

Полночи они вгрызались в стену, макали в воду шипящее сверло, страшно матерясь, стучали молотками. Наконец человеческий гений победил — плакатик повис. Неизвестно, надолго ли, зато идеологически ровно. Никаких уклонов, а главное, никакой латыни.

На следующий день после третьей пары Тим разыскал Махрю, тощую, угловатую девицу с большими грустными глазами и солидным крючковатым носом. Сидя на диване в курилке, она, подобно молодому Цезарю, делала сразу три вещи: яро смолила «Шипку», ела бутерброд с колбасой и вдумчиво штудировала «Историю» Геродота. С первого же взгляда любому здравомыслящему человеку становилось ясно, что общаться с ней куда приятней на вербальном уровне, нежели на гормональном.

— Здорово, Махря, — сказал Тим, усаживаясь рядом. — Бутерброд с колбасой? Поздравляю, вкусно, питательно, полезно. Адекватно для корректного пищеварения.

Сам он только что умял в столовой двойное пюре с котлетами и чувствовал себя добрым и одухотворенным.

— Ни черта корректного. Сплошной крахмал. — Махря закрыла книгу, выщелкнула окурок и, ухмыляясь, взглянула на Тима. — Здорово. Что-то я не вижу пряников.

— Да я, солнце мое, не заигрывать пришел. — Тим тоже усмехнулся, вытащил свои, «Союз-Аполлон», галантно угостил Махрю. — По делу. У нас ведь кто всех пригожей и мудрей? То есть кто у нас и умница и красавица? — Подмигнул, вытащил бумажку со вчерашними письменами, развернул и небрежным жестом отдал Махре. — Не знаешь случайно, что бы сие значило?

— Что-что, латынь, благородный язык Вергилия и Нерона. — Махря положила книгу на диван, а полусъеденный бутерброд на обложку книги. — Тереблис эст локус ист, то бишь ужасно это место... А здесь, с кинжалами, вроде бы похоже на язык Иосифа Флавия, ну да, точно, это иврит. Слушай, есть у меня сионист знакомый, когда-то ходили на зигелевские чтения. Подождешь пару дней? Я тебе позвоню.

— Спасибо, солнце мое. И не звони мне, я живу по чужим людям. Сам найду тебя. Чао.

Место встречи изменить нельзя. Спустя два дня Тим нашел Махрю все на том же диване, правда, на этот раз со «Стюардессой» в зубах и за чтением занимательнейшей «Географии» Страбона.

— Привет, солнце мое. Ну что, общалась приватно с сионистом?

— Общалась, уж так общалась — с тебя, Метельский, молоко за вредность.

Махря оглушительно закрыла книгу, бросила окурок в урну и, вытащив из кармана «коровку», по-братски поделилась с Тимом.

— На, кошерная... В общем, вначале сионист меня чуть не прибил за оскорбление в лучших чувствах, потому как буквы на иврите означают имя Божье, а что символизируют мечи, понять несложно — секир башка. Потом, правда, сменил гнев на милость и раскололся. — Махря прожевала конфету и требовательно протянула тощую, с длинными пальцами руку. — Мужчина, не угостите папироской? Мерси... Ну так вот, каббала, тайное учение иудаизма, оперирует десятью именами Бога, и это, третье, самое загадочное и могущественное, истинное значение его неизвестно. И рубить его шашкой — значит, отрицать вселенское устройство. — Она затянулась, далеко выпустила дым и вдруг фыркнула по-кошачьи. — То есть, отречемся от старого мира, отряхнем его прах с наших ног... В общем, сионист жутко ругался, и не думай, что на иврите.

Тим из благодарности курнул вместе с Махрей, похвалил ее плюшевые, ядовито-фиолетовые штаны

304

и с поклоном отчалил до дому, то бишь на Фонтанку. А там царила кутерьма — в старшей группе гавкнулся радиатор отопления, видимо, уж слишком развели пары в честь годовщины Октября. Было очень жарко, шумно и мозгло. Словно в долине гейзеров. Персонал эвакуировал детей, те немилосердно орали, зато Андрон застыл как изваяние, мокрый, невероятно злой, укутав батарею дымящимся матрасом. В нем было что-то от Александра Матросова, героев молодогвардейцев и бравых моряков, отправивших к Нептуну свой эсминец «Стерегущий».

— Столбом не стой, кантуй вторым слоем, такую мать, — сказал он проникновенно Тиму, выругался, сплюнул и повысил голос. — Александра Францевна! Ну что там «аварийка», едет?

— Андрюшенька, занято у них, короткие гудки, — плачуще, с надрывом отвечала заведующая, и в голосе ее слышалась мука. — Ты уж держи, не отпускай. Господи, ведь только новые столы завезли, гэдээровские, из массива! Все, все, к едрене матрене, к чертовой матери!

— Иду, брат. — Андрон порывисто вздохнул, обреченно сгорбился и, шлепая по остывающему кипятку, принялся сражаться со стихией.

Будто в парилку попал. А дом, напоминающий то ли Сандуны, то ли сумасшедший, все ходил ходуном, обдавал горячим паром, оглушал суетой, неразберихой и истошными криками. И впрямь, terribilis est locus iste.

Хорст (1969)

В Москву Хорст прибыл как вестник от махатм, не пожалевших некогда землицы для брата своего махатмы Ленина. Пришел пешком, босой и налегке, назвавшись скромно — гуру Рама Кришна, с холодной головой, горячим сердцем и чистыми, ловко жестикулирующими руками. Но отнюдь не с пустыми, с еще одной порцией земли для незабвенного махатмы Ильича. В большом, отливающем великолепием золота и разноцветьем бриллиантов ларце. Только какая дорога может быть без добрых попутчиков? Херр Опопельбаум мастерски изображал ученого сагиба-переводчика, а оберштурмбанфюрер Ганс — свирепого телохранителя-сикха. Спектакль был еще тот — на древнем, непереводимом санскрите, под бряцанье булатного талвлара и мерное постукивание четок, перебираемых ловкими, крашенными хной пальцами Рамы Кришны. А сами четки-то, мать честна, из драгоценнейших черных жемчужин! Казалось, на берегах Москвы-реки повеяло дыханием Ганга, загадочным, таинственным, полным очарованием востока. И естественно, что вначале по-простому не получилось — пресса, органы, ученая братия, общество дружбы, пионеры. Однако операция была спланирована тщательно, с тонким знанием человеческой психологии — недаром говорят французы: чтобы остаться в тени, нужно встать под фонарь. К тому же выяснилось, что сундучок с землей просто позолоченный, с фальшивыми бриллиантами, сама земля — вульгарный перегной, а гуру Рама Кришна редко моется, чудеса не практикует и выражается лаконично, по-спартански — все «ом» да «ом» по любому поводу. Правда, на приеме в Кремле он все же разговорился и, приложив руки к сердцу, троекратно повторил:

   — Харе рама, харе Кришна,
      Харе Кришна, харе Рама,
      Ом намах Шивайя.

Первоначальный жгучий интерес к Хорсту и компании быстренько угас, сменившись лицемерным равнодушием казарменного гостеприимства. Раз уж спустился со своих Гималаев — живи, только дыши в духе советско-индусской дружбы. Но продолжали докучать пионеры, их простодушную настойчивость можно было понять: всех иностранцев распугал грохот танковых гусениц по пражским мостовым. Остались самые стойкие — ну Долорес Ибаррури, ну Фидель Кастро, ну еще кто-то с бородой и без. А тут — живой йог. Отвадили детей путем обмана, сказав, что гуру подался в дхьяну, и душа его в Арупалоке разговаривает по душам с Брахмой. Вернется не раньше, чем через неделю. Поверили наивные дети, поверили, отдали оберштурмбанфюреру Гансу салют, повязали пионерский галстук херру Опопельбауму и ушли под барабанный бой. А Хорст тем временем подался — нет, не в дхьяну, — в ванну. Долго мылся, стригся, брился и принялся готовиться к продолжению операции. Ему предстояло перевоплотиться в озеленителя Артамонова. Мысли о том, что его могут хватиться, не волновали Хорста — пионервожатая наверняка стучала не на барабане. Пусть чекисты думают, что в параллельном пространстве. Если что — херр Опопельбаум прикроет, навешает им лапши насчет телепортации и многомерности миров. Пусть ищут.

Вечером, когда стемнело, он вылез из гостиничного номера по водосточной трубе, ночь провел на конспиративной квартире, у спившегося, уклоняющегося от советского правосудия полицая, а утром был в сквере напротив белокаменного, загибающегося в виде буквы «П» многоквартирного дома. Дом этот откуда-то сверху, наверное, казался огромной подковой, подкинутой простым советским людям на вечное счастье. Однако сами простые советские люди называли его сучьим закутом и старательно обходили стороной — всем известно, что собаки с комитетской псарни бешеные.

Однако Хорст, не убоявшись лубяночных терьеров, надел зловещий синий озеленительский халат, достал гигантские — слона кастрировать можно — ножницы и с песней принялся кромсать ни в чем не повинные акации.

Так он прошелся вдоль всего фасада здания, полюбовался на свою работу, крякнул, оценивающе выругался и, опустившись на траву, вытащил кефир, плавленый сырок и «городскую» булку. Медленно потряс бутылку, посмотрел на свет, разломил «Дружбу» надвое, понюхал, снова выругался, сплюнул и приступил к еде. Парковались, отъезжали сверкающие «Волги», пыхтели, гоняя воздух, закрывающиеся двери, сновали, исчезая в недрах здания, суровые неразговорчивые люди — никто не обращал внимания на Хорста. А он, справившись с кефиром, булкой и отвергнув «Дружбу», поднялся, раскатисто рыгнул и поплелся к дому в ближайшую парадную. Там было светло, просторно и чисто оштукатурено, а за загородкой, у входа на лестницу, помещался коротко остриженный плечистый человек.

— Ты че, мужик, — поднял он на Хорста бесцветные глаза и лениво, но свирепо усмехнулся. — Охренел?

В мятом его голосе сквозило отвращение, так общаются с вонючим псом, который даже не стоит пинка, — мало ли, можно ботинки испачкать.

— Мне бы бутылочку помыть, стеклотару. — Хорст живо показал, какую именно, и почтительнейше расплылся в просительной улыбке. — Да и по нужде бы мне, по большой. По самой. С утра еще животом скорбный. С консервы это у меня, с консервы. С частика в томате.

— Пшел, — резко, будто выстрелил, выдохнул плечистый человек, и глаза его нехорошо сощурились. — Сейчас костями будешь у меня срать, не частиком в томате...

Пока он исходил праведным чекистским гневом, Хорст осматривался, оценивал степень защищенности периметра, наличие и тип сигнализации, систем слежения, блокировки и оповещения. Не в Шангрилле — кроме стриженного цербера за загородкой ни черта собачьего здесь не было. Зато уж голосист-то, брехлив. Ишь как складно перешел от диареи к Колыме. Только хорошая собака кусается беззвучно.

— Извиняюсь великодушно, что побеспокоил. — Хорст, сладко улыбаясь, завершил разведку и подался к выходу.

Рыкнул напоследок цербер, хлопнула дверь, резвая не в меру «Волга» обдала Хорста бензиново-угарным выхлопом — пора было идти дальше уродовать акации.

Насилие над природой продолжалось до вечера, до того самого момента, пока у дома не остановился ЗИМ и из него не вышла полковник Воронцова. Как всегда великолепная, в белой синтетической блузке и короткой, цвета кофе с молоком, юбке.

«Вася, подашь завтра к девяти», — прочитал Хорст по ее губам, проследил с ухмылочкой, как она идет к дверям и с галантной доброжелательностью кивнул — до завтра, Валерия Евгеньевна, до завтра. Щелкнул ножницами, снял халат и поехал на конспиративную квартиру — нужно было как следует поесть, хорошо отдохнуть и крепко подумать.

Полицай был дома и верен себе — под мухой. Сгорбившись, он сидел на кухоньке за маленьким столом и вдумчиво вникал в поучительное чтиво. Книга была объемистая и называлась «Нюренбергский процесс». После каждых пяти страниц полицай вздыхал, тер бугристый безволосый череп и с бульканьем опорожнял вместительную, мутного стекла рюмку ванька-встанька. Чтение спорилось.

— Все пьете, Недоносов? — выразил Хорст вслух свое неодобрение и принялся выкладывать продукты, купленные по дороге. — Только ведь у пьяного что на уме, то и на языке. А длинные-то языки мы того... Вместе с шеей.

И чего этому Недоносову не хватает? По документам бывший фронтовик, орденоносец, комполка в отставке. Почет, уважение, персональная квартира, опять-таки денежное довольствие — и из Кремля, и из Шангриллы. О, загадочная русская душа!

— Тошно мне, тошно. — Вздрогнув всем телом, полицай оторвался от чтения, не переворачивая страницы, выпил и закусил. — По ночам все Дзержинского вижу, бородатого, с Лубянской площади. Придет бронзовым гостем, фуражку снимет, в руке по-ленински зажмет и тычет ею мне в харю. Я тебя, гада, я тебя, гада! А башка у него лысая, навроде моей. Но с рогами. Мне бы уехать куда, от него подальше. Чтоб семь верст не клюшкой.

— А, феликсофобия, это интересно. — Хорст понимающе кивнул и ловко вскрыл жестянку с лососиной. — Вы закусывайте, Недоносов, закусывайте. Ладно, что-нибудь придумаем. Есть у нас льготная вакансия в Ленинграде. Что, поедете в город трех революций?

Лососина была великолепной — свежайшей, тающей во рту, благоухающей изысканно и восхитительно. Чему удивляться, Москва — столица нашей родины.

— Да мы это, завсегда... Куда угодно. Лишь бы подальше от этого, с рогами. — Расчувствовавшись, полицай вскочил, правда, не забыв судорожно выпить и закусить. — Когда отъезжать?

310

Судя по его идиотской улыбке, он и так уже был далеко.

— Вас известят, связь по паролю. Ставьте чайник.

Хорст жестом отослал его к плите, нарезал теплый, хрустящий хлеб и взялся за «докторскую» колбасу. Ел он медленно, вдумчиво, старательно набираясь сил, — ночью его ждала работа. Нужно было успеть проштудировать от корки до корки пухлый справочник цветовода-озеленителя.

А утром он был снова в сквере — взглядом проводил на службу Валерию Евгеньевну, наметил фронт работ и принялся выкапывать луковицы тюльпанов, очень осторожно, с заботой о земле. В ручку его лопаты был вмонтирован узконаправленный резонансный микрофон новейшей конструкции. С неделю подвизался Хорст на тяжкой ниве мастера-озеленителя — рыл, стриг, ровнял, пилил, даже выкорчевал мемориальный вяз, на котором вешали героев Красной Пресни. Над сквером будто бы фашист пролетел, но собранная информация того стоила — операция близилась к своему эндшпилю. Приватному разговору с полковником Воронцовой. Момент был самый благоприятный — Валерия Евгеньевна сутки как в законном отпуске, так что хватятся ее, если что, не скоро. Были кое-какие сомнения о времени и месте рандеву, но Хорст решил действовать нагло, с напором застоявшегося Казановы — с женщиной нужно быть смелым. Особенно с такой. А поэтому в двадцать два ноль-ноль одетый в форму с васильковыми петлицами он, ничуть не таясь, зашел в знакомую парадную. Там было все по-прежнему — чисто оштукатурено, просторно и светло, и даже цербер за загородкой был все тот же, зевлорото-речистый. Однако он ни слова не сказал визитеру, даже не взглянул в его сторону, люди обычно видят только то, что хотят, а Хорст и приказал ему мысленно: расслабься, парень. Дверь открыл сквозняк. Тревога ложная. В Багдаде все спокойно. Просто отвел глаза. Штука нехитрая, раньше ей владела любая уважающая себя цыганка. Старый учитель Курт, что остался в бразильской пампе, делал под настроение, бывало, и не такое.

Да, да, спасибо старине Курту — Хорст беспрепятственно прошел на лестницу, поднялся на шестой этаж и замер у одерматиненной двери, отмеченной номером шестьдесят девять. Огляделся, прислушался и, вытащив стетоскоп — куда там медицинскому! — прижал чувствительнейшую мембрану к замку. Веки его опустились, рот для лучшего резонанса открылся...

Квартира была полна звуков — постукивал компрессор холодильника, пел сердцем «не кочегары мы, не плотники» телевизионный верхолаз Рыбников, журчали водяные струи в ванной комнате. Впрочем, пели и там, голосом Валерии Воронцовой: «Ландыши, ландыши». Отвратительно, с полным отсутствием слуха.

«Да, не кочегары мы, не плотники, — хмыкнув, Хорст убрал стетоскоп и не глядя, на ощупь, вытащил отмычку, — но сожалений горьких нет». Чуть слышно щелкнул замком, снова оглянулся и беззвучно вошел внутрь — да, старый добрый Курт научил его всему.

Квартира была типовая, ничем не примечательная: прихожая с рогами и зеркалом, кухонька с пузатым холодильником, скромненькая мебель, телевизор не ахти, тюлевые свежестиранные занавесочки. Это у поймистой-то белогривой хищницы, имеющей — а Хорст это знал наверняка, — немереную кучу денег на личном счете в банке Акапулько? И хорошо, если только там. Да, та еще штучка. А, вроде уже намылась, вытирается. Давай, давай, только молча, молча. Какое там, из ванной комнаты уже не заглушаемое водным плеском с новой силой неслось: «Не букет из майских роз... тра-та-та ты мне принес... Ландыши, ландыши...»

Наконец дверь открылась, затрещал электрошокер, и пение смолкло.

— С легким паром...

Хорст ловко подхватил бесчувственное тело, отнес на кухню, избавил от халата и, положив на стол навзничь, принялся привязывать руки и ноги к ножкам. Управился быстро, отошел на шаг, полюбовался работой. Собственно, не работой — Воронцовой. Тело у нее было как у двадцатилетней, упругое, тренированное, с шелковистой кожей, роскошные белокурые волосы доставали до пола. Да и лежала она в такой вызывающей, игриво недвусмысленной позе — рубенсовской Данае и не снилось. А благоухало от нее умопомрачительно и сладко, нежной, путающей все мысли ландышевой эссенцией.

«Этого еще не хватало. А ну-ка, штандартенфюрер, отставить!» — Хорст взял себя в руки, профессионально, взглянул на Воронцову — да, в ориентировке все было указано правильно. Вот две родинки на груди, вот три в паху. Она это, она, голубушка. Ну-с, приступим... Он вытащил десятикубовый шприц, с первого же раза попал иглой в паховую вену Воронцовой и осторожно, глядя на часы, начал медленно двигать шток — снадобье надлежало вводить не торопясь, во избежание осложнений. Это была квинтэссенция немецкой прикладной фармакологии, средство для наркодопроса женщин, вызывающее, если верить инструкции, растормаживание подкорки, бешенство матки и превращающее любую представительницу слабого пола в болтливую, похотливую, готовую на все самку.

«Проверим, проверим. — Хорст осторожно вытащил иглу, взглянул на розовеющие щеки Воронцовой, усмехнулся. — Давай, давай, просыпайся, спящая красавица. Труба зовет. Посмотрим, как там у тебя с маткой».

С маткой у Воронцовой было все в порядке — сладко потянувшись, она вздрогнула всем телом, судорожно выгнулась и медленно, со стоном, разлепила глаза.

— Ты? Ты!

Странно, в голосе ее не чувствовалось ненависти, только удивление да воркующие нотки, как у мартовской загулявшей кошки. Правда, зрачки у нее были не узкие, вертикальные — огромные, мутными блинами расплывшиеся во весь глаз.

— Расскажи, что тебе известно об Оке Господнем? — ласково, но твердо попросил ее Хорст и накрыл ладонью высокий, тщательно подбритый треугольник лобка.— Ну-ну, будь же хорошей девочкой.

Все тело Воронцовой била частая нутряная дрожь, но она все еще боролась, не поддаваясь действию наркотика, а потому ответила с издевательской ухмылкой:

— О каком, о правом или левом? Ты еще не понял, что этот бог слеп?..

— Ты хочешь сказать, что камня два?

Хорст наклонился к ней, требовательно сжал пальцы, но Воронцова сразу переменила тему — выгнувшись, она облизнула губы и сделала бедрами жадное, откровенное движение.

— Ну иди ко мне! Ну иди же ко мне!

По ее плоскому животу пробежала судорога, тело поднялось и опустилось, как бы подхваченное невидимой волной, — это молотом стучал в серое вещество гипоталамуса разработанный немецким гением чудо-афродизиак. Только, похоже, умельцы из Шангриллы погорячились, снадобье было больше для бешенства матки, чем для растормаживания подкорки: с грехом пополам Хорст смог выяснить, что маг и чудотворец Брюс родил волшебника барона де Гарда, тот в свою очередь произвел на свет чаровника и оккультиста барона фон Грозена, от которого-то и произошла полковница Елизавета Федоровна, с коей вместе полковница Валерия Евгеньевна жить категорически не желает. Потому как та ведьма и знатно испоганила ей, Валерии Евгеньевне, жизнь — во-первых, вынудила идти в охранку, во-вторых, выскочить за мудака Тихомирова, а в-третьих, рыскать за этими чертовыми камнями, дающими, по слухам, мировое могущество. Зачем ей эти камни?.. Зачем могущество?.. Мужика бы, мужика! Больше ничего членораздельного вытянуть из Воронцовой не удалось. Она стонала, похотливо извивалась и беспрестанно повторяла: «Ну возьми меня! Ну возьми же меня! Ну возьми!»

Словом, вела себя как заурядная менада — увитая плющом, сексуально необузданная жрица дионисийского культа. Те, помнится, вводили наркотическое снадобье прямо во влагалище и, полубезумные, едва прикрытые лохмотьями, держа в руках задушенных змей и искусственные, позже трансформированные в ритуальные свечи фаллосы, гонялись себе по просторам Греции в поисках мужчин, а бывало, и жеребцов. Буйствовали, неистовствовали, вытворяли черт знает что, рвали все живое на части, пили кровь своих жертв.

Хорошо, что Воронцова была крепко связана и распята на кухонном столе. По идее теперь надо было бы вытащить другой шприц, всадить иглу — куда, не важно, лишь бы поглубже, коротко нажать на шток... Затем отвязать холодеющее тело, бережно опустить его в ванну, тщательно замести следы.

Чтобы полковника Воронцову нашли потом скончавшейся от внезапного инфаркта. Такую молодую, сгоревшую на страже родины... В задумчивости Хорст смотрел на корчащееся тело, на выпуклую метку на округлом плече, оставленную некогда его ножом. Нажать на шток — и не будет ни этих великолепных бедер, ни каменно-твердых, похожих на виноградины сосков, ни чувственных губ, ни алчущих глаз, ни пламенных горячечных стонов. И чего ради? Ради торжества ублюдков, отнявших у него Марию? Придумали тоже — фашизм, социализм, коммунизм. Онанизм. Будь ты хоть в СС, хоть в КПСС — кровушка-то у всех на разрезе одного цвета, красная. И почему это люди не могут быть просто людьми? Так что не стал убивать Хорст Валерию Воронцову. Развязал ее, отнес в комнату, бросил на широкую кровать. Да и сам пристроился рядом. И полетели ко всем чертям и противостояние двух систем, и мировая напряженность, и преимущество идей социализма перед догмами агонизирующего нацизма. Не осталось ничего, только губы, прижатые к губам, судорожно сплетенные тела, стоны упоения и восторга. Еще — жалобные скрипы готовой развалиться кровати. И так всю ночь.

Успокоилась Лера лишь под утро, превратившись из разъяренной львицы в ласковую и кроткую усталую овечку. Уж больно дрессировщик был хорош.

— Ну и что теперь? — спросила она Хорста, благодарно обнимая его широкую, с рельефной мускулатурой грудь. — Ты меня задушишь? После того, что я тебе наболтала, так будет лучше для всех.

Что-то в ее воркующем голосе не чувствовалось ни намека на испуг.

— Я тебе что, Отелло? — Хорст криво усмехнулся, зевнул и похлопал ее по ягодице. — Да и Дездемоне до тебя... А не махнуть ли нам куда-нибудь на океанский берег, продолжить наши романтические отношения? Судя по тому, как ты дурачишь родину, особая любовь к отечеству тебя не обременяет... Ну, куда бы тебе хотелось — на Гаваи, на Канары, на Багамы?

Он уже все рассчитал — вдвоем они горы свернут. И кроме того — эти бедра, ягодицы, плечи. А умна, а шикарна...

— Да, дорогой, ты явно не Отелло, тот не был наполовину славянином. — Фыркнув, Воронцова рассмеялась и, вроде бы играючи, но больно, щипнула Хорста за сосок. — А значит, не сподобился бы никогда найти янтарную комнату и загнать ее под носом у всех американскому миллиардеру. Это у нас с тобой, дорогой, наследственное, от скифов, те тоже, говорят, были нечисты на руку. А что касаемо романтики, здесь я предпочитаю Багамы. Куча приятных воспоминаний. — Она потерла рубчик на плече, чмокнула Хорста, встала и с легкостью двадцатилетней подошла к окну. — Ого, уже утро. Ах, как скоро ночь минула. Только что-то птички не поют, какой-то паразит весь сквер перекопал. Ты, случаем, не знаешь, кто? — Снова фыркнула, снова рассмеялась и, сверкая ягодицами, отправилась в ванную.

А спустя три недели из Москвы-реки, аккурат напротив Кремля, рыбаки выловили утопленницу — грудастую широкобедрую блондинку с объеденным до неузнаваемости лицом, подушечками пальцев и правым плечом. Наверное, раки постарались. Утопленница была одета в форму полковника ГБ, вооружена пистолетом Макарова и имела при себе служебное удостоверение на имя Валерии Евгеньевны Воронцовой. В красную книжечку была вложена записка, расплывшаяся, химическим карандашом: «Устала... Нервы... Ухожу... Прошу никого не винить. Дочке не говорите, не надо». А еще через день к полковнику в отставке Елизавете Фёдоровне Воронцовой, урезающей малину на своей даче в Сиверской, подвалил какой-то странный, видимо, глухонемой человек.

— Ы-ы-ы! А-а-а! У-у-у! — знаками он подманил её к забору, сунул в щель между штакетинами записку и поковылял прочь.

— У, оглашенный. — Вздохнув, Елизавета Фёдоровна поднялась на крыльцо, предчувствуя недоброе, развернула послание и, побледнев, изменилась в лице — это был личный шифр графини Воронцовой, составленный по её просьбе ещё бароном фон Грозеном.

«Ох ты батюшки, не иначе что с Леркой», — Елизавета Фёдоровна, сдерживая себя, шмыгнула в дом, сняла с книжной полки томик Мопассана, быстро нашла страницу, заветный абзац, ключевое слово. Призадумалась, пошевелила губами и прочла: «Мама, не верь слухам, мы ещё увидимся. Позаботься о Ленке. P. S. Я не могу иначе...»

Ох верно говорят, малые детки — малые бедки...

Братья (1979)

— Ну, зятёк дорогой, будем! — Иван Ильич налил, с щедростью расплёскивая «Ахтамар», чокнулся, выпил и, пустив слезу, по-родственному облобызался с Андроном. — За вас с Анжелкой! За внуков!

Прозвучало это у него примерно как «За родину! За Сталина!» Очень по-командирски, пронзительно и впечатляюще. А что, хорошо у человека на душе, не фиг собачий, только что дочку замуж выдал. Любимую, Анжелочку. Эх ма, горько, горько! Ишь какая гладкая определилась, прямо королева. И жених, то бишь зятек, не подкачал, орел. Сокол. Беркут. Надо с ним еще выпить коньячку, на брудершафт. Андрюха, ты меня уважаешь? То-то, наливай.

Да, отшумела свадьба. Отпела, отплясала, отгудела. Первый день — с размахом в «Застолье», следующие два — дома, по-семейному, в своем кругу. А своих — не меньше полуроты, в ванне отклеившихся этикеток плавает словно осенних листьев. Эх, хорошо... Да, крепко было выпито, изрядно. Только делу время, а потехе час. Погуляли, погуляли — и будя.

— Да, хорош коньячок, вырви глаз. — Иван Ильич взял ветчины, с чувством пожевав, придвинул заливного судака. — Такой небось на инженерские гроши лакать не будешь. Ряженку, и то по праздникам. А ты, зятек, что, все думаешь по институтской части? Водоплавающим?

— Ну да, — Андрон потянулся было к бутерброду с икрой, но передумал, загарпунил вилкой маринованный грибок, — получу диплом, Бог даст завизируюсь, за кордон буду ходить. А что, валютные сутки, опять-таки чеки, боны, «Березки», «Альбатросы», чем плохо-то?

— Чеки! Боны! Тьфу! — Иван Ильич, вдруг разъярившись, с шумом отодвинул тарелку, и обычно добродушное лицо его сделалось злым. — Ты ведь, Андрюха, уже женатый мужик, а до сих пор все не понял — у нас как ни вкалывай на государство, все равно оно тебя оставит с голой жопой. На себя надо работать, зятек, на себя. И вот на них, — он как-то сразу подобрел и кивнул в сторону Анжелы, с ленцой ковырявшейся ложкой в шоколадном пломбире. Талия ее уже заметно округлилась.

Иван Ильич знал, что говорил, долгую жизнь прожил. Насмотрелся на этот мир предостаточно — и из бронещели танка, и с госпитальной койки, и с высоты начальственного кресла. Так уж получилось, что всех людей он делил на своих и чужих, и в жизни вел себя словно на поле боя: пленных не брал — брал трофеи. Работал в таксопарке начальником шинного цеха. Долго, пока враги не подсидели. Чуть не кончилось тюрьмой, но вмешались старые друзья-однополчане — кто генерал, кто полковник, кто пенсионер союзного значения, и Иван Ильич отделался испугом. Да собственно, он в жизни и не боялся ничего, потому как знал, что цена ей копейка. Отомстил врагам, пображничал с друзьями и пошел себе трудиться контролером на рынок. Точнее, в цветочный филиал — пятьдесят столов под тентами аккурат напротив метро. Работа живая, с людьми, опять-таки на свежем воздухе. К тому же сезонная. После летней трудовой вахты зимой можно и отдохнуть. По-стариковски. Не думая о деньгах.

— Ладно, после поговорим, на прямые извилины. — Шмыгнув свекольным носом, Иван Ильич вытащил «беломор», протянул Андрону. — Пойдем-ка лучше засмолим. Что, бросил? Зря, зря. Кто не курит и не пьет, обязательно помрет. Закон природы, Ломоносов открыл. Ладно, курну индивидуально. — Он похлопал Андрона по плечу и, покачиваясь, поднялся, однако дошел только до дивана — выругался, грузно повалился и через минуту захрапел. Да, гады годы...

— Привет! Я уж боялся, что не застану тебя... — Тим, взъерошенный и запыхавшийся, ввалился в миниатюрную прихожую, торопливо чмокнул Лену в щечку. — Представляешь, что я надыбал!..

— Вообще-то мы на сегодня не договаривались... — начала она, но он, не слыша ее, вбежал в комнату, на ходу расстегивая портфель.

— Ты сейчас ахнешь!

— Ну, ах...

— Сижу я утром в читалке, литературу по диплому рою — и тут эта статья...

Дрожащими руками он вытащил из портфеля пластиковую папку.

— Дорогой, все это, конечно, очень интересно, но не могла бы твоя статья подождать до завтра? У меня, видишь ли, другие планы...

Ее прохладный тон остудил Тима, он поднял голову, посмотрел на Лену. Она была в халате, с мокрыми волосами. На столе горкой лежала приготовленная к глаженью одежда.

— Я надолго не задержу тебя. Уверяю, тебе будет интересно. Автор этой статьи — фон Грозен!

И Тим с торжествующим видом извлек из папки несколько ветхих, пожелтевших листочков.

— Та-ак... — протянула Лена. — Экспроприация на корню. Вандализм во храме науки...

— Для блага науки же! В последний раз этот сборник заказывали в двадцать седьмом году, я по карточке проверил.

Лена вздохнула.

— Поступим так, — постановила она. — Читай вслух, а я буду дела делать.

Тим уселся на диван, откашлялся...

Чтение происходило в несколько этапов: сначала Лена гладила и слушала, потом поила притомившегося чтеца кофе и, не тратя времени даром, читала сама, потом вновь передала листки Тиму. Наряжалась, делала прическу, прихорашивалась под аккомпанемент его хрипнущего от переработки голоса.

Заинтересовался и Тихон. Слез со своего любимого кресла и теплой муфтой улегся на колени чтеца. Слушал внимательно, полузакрыв желтые глаза, даже не мырчал.

А текст и вправду того заслуживал.

«К Метаистории Санкт-Петербурга

1. Предыстория

Более четырех тысяч лет назад Литориновое море поспешно отступило с территории нынешней Приневской низменности, каковая в ту пору, разумеется, не слыла Приневской, поскольку Нева еще не родилась. О причинах отступления моря, уровень воды в котором был на 7—9 м выше, чем в существующем Балтийском, разумно поспрошать в Асгарде или тому подобных местах. Так или иначе, море ушло не добровольно, а по принуждению, и мечта о возвращении не покидала его долго, а скорее всего не покинула и до сих пор. Сейчас трудно судить, были ли многочисленные цверги, населяющие болота и впадины низменности, оставлены с умыслом, чтобы подготовить возвращение моря, или же они не поспели за торопливым откатом воды, а то и просто не захотели покидать насиженное дно: цвергу в душу не заглянешь по причине отсутствия таковой. Однако в последующих событиях им суждено было сыграть роль немаловажную и вполне определенную: храня память о море, они ненавидели все, пришедшее ему на смену, — и сушу, и реку, и, превыше всего прочего, город. Разумеется, четыре тысячи лет не пустяк и для цверга. Время так или иначе затрагивает все, и цверги менялись вместе со средой обитания, однако их ненависть, то приглушенно тлеющая, то прорывающаяся в неожиданных (неожиданных ли?) катаклизмах, остается неизменной. И сбрасывать ее со счетов не стоит.

Люди пришли в долину, как только отступило море, но в описываемый период решительно никакой роли не играли. Ни морю, ни цвергам не было до них никакого дела, поскольку разрозненные племена с весьма слабой магией не имели возможности как бы то ни было влиять на ход событий.

А потом родилась река. Событие сие произошло не так уж давно даже по людскому счету, во времена вполне исторические, однако по не вполне понятным причинам не оставило ни малейшего следа в преданиях. Пожалуй, единственным таким следом можно признать название, да и то если принять трактовку имени Нева, в различных вариантах произношения как „новая“. Существуют и другие трактовки. По-видимому, в тот период в наших краях безразличие людей, стихий и духов друг к другу было взаимным. Слишком редкое население на огромной территории имело свободу выбора. В густонаселенных районах Земли дело обстояло иначе: достаточно вспомнить, что период утверждения Невы в нынешнем русле совпадает со временем расцвета Афин. Родившаяся река существенно изменила облик покинутой морем низменности. Вместе с ней из Ладоги явилось множество альдогов — духов, принявших новую сущность и отправившихся вместе с ней на новое место обитания. Цвергам, разумеется, пришлось несладко. Само собой, за тысячи лет обитания по мшаникам, они вполне приспособились к пресной воде, но к воде застойной. Мощное течение оказалось им не по вкусу. Не говоря уж об альдогах: пользуясь поддержкой доминирующей стихии, агрессивные пришельцы вытеснили аборигенов всеми возможными способами. И потеснили изрядно, хотя полностью не изжили. Не говоря уж о бесчисленных болотах, омутах, прудах и тому подобных обиталищах, цверги по необходимости стали осваивать сушу. Впрочем, так же как и альдоги. Забегая вперед, можно сказать, что многие из последних со временем превратились в гениев места, духов-охранителей города. Что же до цвергов... те озлобились еще пуще.

Река обживалась на новом месте около тысячи лет — промывала русло, намывала острова, формировала дельту, — и все это время испытывала постоянные удары. Попытки великого возвращения не удавались, но приходившая с Балтики длинная волна, ярость которой поддерживали цверги, частенько сводила на нет труды Невы и альдогов.

Людей противоборствующие стороны продолжали игнорировать, ибо их возможности воздействия на среду, как физического, так и магического, были ничтожными. Но возрастали — вместе с ростом численности приневского населения.

Перелом наступил в эпоху средних веков. Перед морем открывалась ясная перспектива: размыть постоянными ударами наводнений дельту, а затем и русло, и вновь заполнить создавшуюся выемку. Альдоги искали способ остановить или хотя бы ослабить натиск враждебной стихии, и такой способ нашелся. Следовало создать в дельте нечто вроде гигантской охранительной мандалы — город. Построить который могли только люди.

Приневская низменность оставалась слабозаселенной, но совсем неподалеку уже проживали народы, социально организованные в достаточной степени, чтобы воплотить в жизнь замысел альдогов. Или, напротив, воспрепятствовать его воплощению.

Сложную судьбу приневского города во многом определило и то, что замысел его создания совпал по времени с отторжением Русью Запада. Давно колебавшаяся между норманнами и кипчаками Русь повернулась к Востоку именно в XIII веке, и осуществил этот поворот Александр Невский, чья посмертная судьба оказалась парадоксальной: ему выпало оберегать то, создания чего он не допускал при жизни.

Первые чаяния альдогов были явно связаны с Западом. Точных исторических свидетельств того, что известная экспедиция Биргера была предпринята с целью основания в дельте Невы города, не сохранилось, однако ж иными причинами этот поход объяснить затруднительно — грабить и захватывать в устье Ижоры было решительно нечего, а высаживаться там, имея целью захват любого из городов северо-западной Руси — решительно незачем. Так или иначе, попытка Биргера была сорвана стремительным ударом князя Александра. Причастность цвергов к этому событию не вызывает сомнения, однако происходящее в приневском краю уже вышло за рамки противоборства духов стихий. Пытаясь — и небезуспешно — воздействовать на среду руками людей, эти духи неизбежно и сами оказывались вовлеченными в дела людские, в частности, в весьма сложные взаимоотношения между Русью и Западом.

Еще одна — и отчасти удавшаяся — попытка основать на берегу Невы европейский город состоялась в 1300 году. Ландскрона, основанная шведами в устье Охты, вполне могла вырасти в задуманный альдогами охранительный город, но цверги не дремали, и Русь немедленно нанесла ответный удар. Ожесточенный штурм не увенчался успехом, но спустя год новгородцы захватили-таки Ландскрону — захватили и сожгли. В то время Русь категорически отвергала саму идею закладки города на Неве, доказательством чего является не только уничтожение Ландскроны, но и закладка русской крепости на Ореховом острове: по условиям расположения эта крепость принципиально не могла превратиться на настоящий город по меньшей мере несколько столетий.

Ожесточение первых схваток сменилось длительным затишьем. Русь победила Запад, низменность надолго оказалась под гегемонией Новгорода, а потом (возможно, именно по причине некоторой вестернизации последнего) Москвы. Идея города оказалась под спудом на три столетия, противоборство цвергов и альдогов перешло в астральную и стихийную сферы. С некоторым преимуществом цвергов: море продолжало свои набеги, и противопоставить им было нечего.

До тех пор, пока путаные отношения Руси с Западом снова не изменили обстановку. Вздумавши, видимо, „побить татар татарином" на манер Ильи Муромца, правители Третьего Рима в своей несказанной мудрости призвали шведов против поляков. В результате территория, облюбованная еще Биргером, досталась Делагарди без единого выстрела. Что никоим образом не следует считать деянием альдогов: возможности духов местности в их воздействии на человека ограничены локусом обитания, а история не сохранила свидетельств посещения приневских земель кем-либо из особ, имевших возможность влиять на принятие решений такого уровня. Таким образом, кремлевская политическая интрига вновь изменила баланс сил на берегах Невы.

Шведы, не ахти какие придумщики, не нашли ничего лучше, как вернуться к неосуществленному плану трехвековой давности и порешили превратить в давно задуманный город притулившееся на месте злосчастной Ландскроны ничем не примечательное сельцо Невское Устье. Каковой процесс и стал разворачиваться со вполне европейской предсказуемой основательностью: в 1623 году Ниен официально получил от короля права города. Город рос и развивался если не стремительно, то достаточно быстро, однако судьбы феерической ему ничто не сулило. И лишь XVIII век переменил всё и вся, переведя на совершенно иной уровень.

2. История

Противоречивое отношение Руси к Европе особенно ярко проявилось в XVII столетии. Некогда отгородившаяся от Запада полой ордынского халата (но беспрестанно на тот же Запад из-под означенной полы посматривавшая) страна возмечтала вернуться в Европу. Вернуться, само собой, с шумом и чтобы все видели. Всякого рода внутренние реформы — от заведения полков иноземного строя до постановки Пещного действа пред светлыми очами Алексея Михайловича — проходили на фоне нескончаемых попыток в Европу вломиться, выражавшихся в войнах то с поляками, то со свеями, а то и с теми, и с другими разом.

Побоище окончилось вничью, но изящная и романтическая мысль — завоевать кусочек Европы и таким манером вступить в европейцы — укоренилась во многих умах достаточно прочно. Ну а все остальное решили потрясающая энергия и необоримая сила воли Петра Алексеевича.

Примечательно, что ознаменовав конец XVII века началом Великой Северной войны, Петр и думать не думал ни о каком городе на Неве. Городов с выходом к морю имелось более чем достаточно — и городов, заслуживавших внимания. Окажись Нарвский поход удачным, сумей Петр овладеть Нарвой, а затем, развив успех, Ригой и Ревелем — все обернулось бы по-другому. Но Нарвская катастрофа не оставила ему выбора. Путь в Европу пролегал по Неве.

Здесь-то и закручивается самая сложная интрига. Как уже указывалось, Петр изначально не собирался основывать на Неве никаких городов, а Ниеншанц, благополучно существовавший на месте разрушенного творения Торкеля Кнутсона, по-видимому, вызывал те же чувства, что и Ландскрона у новгородцев XIV века. Пометим, что и судьба их практически одинакова: Ландскрону срыли до основания, Ниеншанц разобрали, пустив его камни на строительство Петропавловской крепости и прочих сооружений.

Однако с осени 1702 года (взятие Нотебурга) до весны 1703 многое меняется. Длительное пребывание на Ладоге и Неве не проходит даром: Петр приходит к выводу о *необходимости* основания города, а очень скоро (в 1704 году) в письме к Меншикову называет Санкт-Питербурх своей столицей.

Весьма сомнительно, чтобы альдоги смогли подчинить своей воле такого человека, как Петр, — сие выше всяких мыслимых возможностей. Скорее, они просто подсказали ему способ осуществления его собственных чаяний.

Возник новый город на новом месте, и это событие сопровождалось колоссальным выплеском энергии, никак не сопоставимым по масштабам с имевшими место при закладке Ландскроны или Ниеншанца, хотя сам город в первый год существования никоим образом Ниеншанца не превосходил. С момента возникновения город существует в союзе с рекой — Нева оберегала Санкт-Петербург, а Санкт-Петербург — Неву. Однако с момента возникновения жителям упорно навязывалось представление о Неве, как о враждебной силе. На приневских землях не бывает паводков, но то, что наводнения порождаются не рекой, а морем, было установлено сравнительно недавно, а большинству горожан неизвестно и по сей день.

Нельзя не упомянуть имеющиеся пророчества об основании Санкт-Петербурга: „О зачатии и здании царствующего града Санкт-Петербурга“, предсказание Иоанна Латоциния и, пожалуй, важнейшее из всех — предречение святителя Митрофания Воронежского, связанное с перенесением в Санкт-Петербург чудотворной Казанской иконы. Во всех пророчествах смущает одно — ни единого текста, относящегося ко временам, предшествовавшим основанию города, не сохранилось, а предречение уже свершившегося особого дара не требует. Впрочем, даже если принять на веру все три, оттуда можно извлечь лишь сведения о том, что город будет заложен, город станет столицей, и что им, при соблюдении определенных условий, никогда не завладеет враг. Ни одно (!) пророчество не упоминало о способности города устоять перед разрушительной силой стихий. Об этом предстояло заботиться и альдогам, и жителям — совместно.

Каковой процесс и пошел, причем на удивление гармонично. Создавая город — укрепления, храмы, хозяйственные постройки, жилье и все прочее, — строители Санкт-Петербурга тем самым сооружали целлы *Genius loci*. Обживая целлы, невские альдоги становились духами — хранителями города.

Первой петербургской целлой стала Петропавловская крепость, первоначально и представлявшая собой Санкт-Петербург как таковой. И по сей день крепость остается одной из самых совершенных обителей *Genius loci*. В связи с этим легенда об орле, якобы указавшем Петру место для строительства, представляется достаточно правдоподобной — именно в силу изначального неправдоподобия. Почитать, так, увидевши пресловутого орла, никто и не удивился, словно орлы порхают над невской дельтой на манер чаек. Ну добро бы филин прилетел или там коршун какой, а то ведь орел...

Один из первых гениев места Санкт-Петербурга пожелал воплотиться в орла, чего и добился. Главный вход в его великолепную целлу — Петровские ворота — украшает его же символ, выполненный Вассу.

Не существует каких-либо указаний на то, что Трезини, Миних, Леблон и другие первые зодчие города, как, впрочем, и их последователи, имели хотя бы малейшее представление о принципах китайского учения фэн шуй или любой другой формы геомантии. Однако выдающиеся зодчие строили в полной гармонии с духами, видимо, улавливая их пожелания. Чему всячески препятствовали цверги.

Петр заложил город, нарек его, вложил в него свою душу, но в известном смысле Санкт-Петербург оставался городом сокрытым, разве что иначе, нежели Китеж. Никогда не существовало указа ни об основании Санкт-Петербурга, ни о переводе туда столицы. Фактически город стал столицей государства с переездом туда двора и дипломатического корпуса, но этой столице предстояло еще несколько лет официально пребывать на территории иностранного государства. „Жалованная грамота столичному городу Санкт-Петербургу", закреплявшая юридически давно свершившийся факт, была выдана лишь Екатериной II. Не подлежит сомнению, что не объявляя официально о создании города, Петр старался скрыть сам факт его существования от некой враждебной магической сущности, скрыть до той поры, пока город не обретет достаточно сил. Разумеется, в данном случае речь идет не о цвергах — эти обитали в самом горниле перемен, были прекрасно о них осведомлены и препятствовали им по мере возможностей.

А таковые, хоть и ограниченные, имелись. Пророчества о неминуемой гибели Санкт-Петербурга стали появляться почти сразу после закладки города, во всяком случае, как только в помощь работавшим первоначально на строительстве солдатам и пленным шведам стали сгонять крестьян из центральных областей России.

Пророчества, исходившие от старообрядцев, но подхватывавшиеся отнюдь не только последователями незабвенного князя Мышецкого, предполагали различные формы „градоуничтожения“: первонаперво, конечно, потоп, но не исключались также пожар и даже землетрясение. Всё, однако, так или иначе сводилось к фразе „Петербургу быть пусту“, а добиться того, чтобы он опустел, можно было и без стихийных бедствий. Их вполне могла заменить враждебная городу политическая воля. Молодой, неокрепший, явно чужеродный привой на могучем стволе России, Санкт-Петербург некоторое время стоял перед возможностью отсохнуть и отпасть, да так, что это мало кто заметит, а уж кто заметит — немало порадуется.

Однако же нелишне заметить, что пророчества о том, что быть Петербургу пусту, возникли не случайно и отнюдь не на пустом месте, на то имелись веские причины, подтверждаемые многократно реалиями жизни. Цверги, как известно, осваиваясь на суше, выбирали по возможности ареалом обитания зоны с темной и инфернальной энергетикой, многократно умножая разрушительные ее свойства. Так в Приневской низменности возникли гиблые места, чреватые для человека смертью, а в лучшем случае целым сонмом губительных заболеваний. Во времена Петра об этом знали и при планировке улиц пользовались простым и, как это ни удивительно, действенным методом. На равном расстоянии проводили линии, вбивали в землю колья и к каждому прикрепляли кусок сырого мяса. Там, где оно дольше сохранялось свежим, и строили дома. Долгое время, пока не забылось знание, строящийся Петербург был городом пустырей, необъятных, необитаемых, поросших мхами и осокой. Однако не секрет, что инфернальная энергетика, будучи трансформируема по воле мага, многократно усиливает его могущество в оккультном плане. Не поэтому ли кое-кто из „птенцов Петровых" свил гнездо именно там, где быстрее всего протухало мясо? Так, великолепный Брюс построил дом на берегу будущей Фонтанной, именно в том месте, где был зарыт лопарский нойда Риз, по поверьям знавшийся с дьяволом и после смерти превратившийся в железнозубого упыря. Что и говорить, не святая землица. Здесь нелишне было бы вспомнить, что Брюс происходил из рода древних шотландских королей, без сомнения владел знаниями друидов и, по смутным слухам, приходился родственником барону де Гарду, чей запутанный след в истории не менее значим, чем оставленный Нострадамусом, Калиостро или Сен-Жерменом... Впрочем, ладно, пора нам вернуться к нашей теме. Итак, Петербург, стольный град, Петра творенье...

Петр, отлично понимая, что он не вечен, стремился обеспечить будущее любимому детищу, а потому форсировал строительство, истощая и без того измотанную войною страну. Будущее он обеспечил, и блистательное, но и ужасное, ибо многие грядущие беды города — отдаленные последствия проклятий десятков тысяч людей, не понимавших, за что на них такая напасть. Не говоря уж об умерших в годы строительства. И, паче того, о погребенных без обряда, а потому так и оставшихся в магическом пространстве города. Добавляя свою ненависть к ненависти цвергов.

Но гибель людей объяснялась не только торопливостью государя. Сначала подспудно, исподволь, а потом все более открыто Санкт-Петербург стал требовать человеческих жертвоприношений.

И требовали их вовсе не альдоги, обживавшие новосоздаваемые целлы. И не цверги: погубить город — это одно, а губить отдельных людей, от которых ничего не зависело, для них не имело смысла. Крови жаждала одна из ипостасей самого Санкт-Петербурга.

Колоссальный выброс энергии, сопровождавший рождение города, создал ему две равновеликие проекции, которые можно условно назвать Небесной и Инфернальной. Проекции, весьма схожие с земным градом, но не идентичные ему, ибо неискаженные проекции существуют лишь в математике, но отнюдь не в пространстве, как физическом, так и магическом. Каждая из проекций превосходила (и превосходит поныне!) земной град насыщенностью магических энергий, однако все равно зависит от него, ибо порождена фактом его *физического* существования и существует сама, лишь покуда длится таковое.

Обе проекции заинтересованы в жизни земного града и стараются оберегать его, но каждая по-своему. Поддержка со стороны Неба осуществляется через точки открытия (главным образом, маковки и колокольни храмов), и ее мера всегда соответствует мере праведности указанной поддержки взыскующих. Поддержка, осуществляемая через каналы инферно, требует человеческой крови.

Трагедия Санкт-Петербурга заключается еще и в том, что принесенные на его алтарь жертвы и возросшие в его стенах праведники отнюдь не всегда реально влияют на судьбу земного града, ибо во многих случаях противоположные энергии взаимопоглощаются. Во многих, но отнюдь не во всех.

Человеческое жертвоприношение тем действеннее, чем ближе по исполнению к ритуалу. За всю историю города не было случая, чтобы кого-либо открыто провозгласили приносимым в жертву Санкт-Петербургу, для жертвоприношения всегда находились повод и оправдание, но некоторые казни Петровской эпохи являются лишь едва закамуфлированными жертвоприношениями.

Понимал ли это сам Петр? Скорее всего, да. Брюс, безусловно, знал *всё* и, скорее всего, знаниями своими делился с государем. Человеком, способным выдерживать любое знание.

Самым ярким и жутким примером такого жертвоприношения является, разумеется, дело царевича Алексея. Жуткое и по сути и по оформлению, оно, по крайней мере, имело определенный смысл: Алексей Петрович действительно имел и желание и, что, пожалуй, важнее, реальную возможность воплотить в жизнь соответствующее пророчество. Петербургу непременно быть бы пусту, не окажись сын столь же нетерпеливым, как и отец. Однако, если торопливость Петра вполне объяснима (о том выше), что мешало Алексею спокойно дождаться батюшкиной кончины — не вполне понятно. Влияние цвергов на Алексея бесспорно, но как раз цверги никоим образом не стали бы подталкивать его к поспешным и рискованным действиям — уж они-то торопливостью не отличаются. Подставлять Алексея под удар для них не было смысла, и подставили его те, для кого это смысл имело. Но то уже особая история.

Приват-доцент Александр фон Грозен».

— М-да, интересная галиматья,— подытожила Лена. — Цверги, альдоги и фельдмаршал Брюс. Да еще какой-то железнозубый Риз. Веселенькая компания. Любопытно... Только автор — не совсем тот фон Грозен, о котором я тебе рассказывала. Того звали Эрих. Должно быть, один из его сыновей. Скорее всего, старший, который был в контрах с отцом, лишился титула и наследства, а потом за границу деру дал...

— Предусмотрительно, — улыбнулся Тим. — Состояние убитого барона досталось почтительному младшему сынку, но в семнадцатом пришел гегемон и — шлеп!

— Не совсем так... Ладно, одевайся, опаздываем!

— Погоди, куда опаздываем?

— К подруге на день рождения, я давно обещала.

— Но... Незваный, в драном свитере, без подарка...

— Пустяки! А подарим мы ей твою находку, разумеется, с условием, что она снимет копию, а оригинал вернет нам... У Маринки на службе — неограниченный доступ к ксероксу...

С немалыми трудами вырвался, наконец, Андрон из цепких объятий новой родни. Пора, дескать, пора проведать старушку-маму, прихворнувшую настолько, что не смогла даже на свадьбу к единственному сыну выбраться... Врал, конечно — слава Богу, жива-здорова Варвара Ардальоновна, только на свадьбу к сыну идти наотрез отказалась, единорог не велел. Потому как брачевание есть грех, блуд, плотское восторжествование. В чистоте нужно жить, в схиме, в аскезе... Да и Тим Антоныч, единственный по большому счету друг, тоже в брачных торжествах не участвовал. Из соображений практических, по обоюдному согласию — на фиг этот график, вопросами замучат...

А с утра в институт — горячая пора, заканчивается первый в жизни семестр, скоро сессия, а он и так два дня пропустил, по уважительной, правда, причине, но все-таки...

На улице в этот поздний час было тихо, падал мягкий, пушистый предновогодний снег, в свете фонарей серебряно-бриллиантовыми блестками искрились снежинки. Какой насмешливый контраст с только что покинутой берлогой Костиных — душной, в алкогольных миазмах, забитой дорогим хламом! И что теперь — всю жизнь так?!

Андрон поднял воротник подаренного тестем зимнего кожаного пальто, сжал пальцы на ручке пластикового пакета, в котором бултыхалась литруха отменной польской водки, прихваченная с барского стола, ускорил шаг. Но не пройдя и десяти метров, застыл как вкопанный. Сердце сбилось с ритма, дыхание остановилось.

Впереди, на широченном козырьке, прихотью архитектора возведенном над первым этажом блочной «точечной» многоэтажки кружилась в танце девушка в белом платье, тихий ветерок доносил до Андрона ее смех, звонкий и мелодичный, как китайский колокольчик...

Она, она, ей-богу, она — сиверская Беатриче, Ассоль из Белогорки! Сердце не обманешь.

Медленно, как завороженный, на ватных, подгибающихся ногах, он приблизился, насколько можно было, чтобы край козырька не заслонял ее от его расплавленного взгляда. Припал к стволу дерева, подернутому мягкой снежной плесенью, отдышался.

Из открытой балконной двери, выходящей на козырек лилась лихая, до чертиков заигранная мамба, и девушка в белом подпевала, красиво пристраивая к иностранной мелодии исконный русский текст:

Сама садик я садила,
Сама буду поливать,
Сама милого любила —
Сама буду изменять!
О, la paloma blanca...

В проеме раскрытой двери образовался чей-то черный силуэт, и мужской, знакомый до чертиков голос, окликнул ее:

— Леночка, зима все-таки, простынешь...

— Метельский, не занудствуй! Лучше иди сюда, здесь так здорово!..

Метельский?! В каком это, извините, смысле — Метельский?..

А вот в таком, в самом прямом и однозначном. Потому что на козырьке появился Тим собственной персоной. По-хозяйски облапил неземное видение, а та прильнула к его плечу медовой кудрявой головкой, зашептала что-то на ухо, и Тим, засмеявшись, что-то тихо ответил, церемонно преклонил колено, приложился губами к белым пальчикам, и, не выпуская ее руки из своей, препроводил даму в комнату. Балконная дверь с треском захлопнулась...

Рука Андрона судорожно перехватила пакет за горлышко лежащей в нем бутылки, замахнулась. Водка тревожно булькнула, предчувствуя конец скорый и неправедный... Нес, понимаешь, презент другу, только друг оказался вдруг... В рог тебе, гнида, а не «выборовки»! Смачно, в хруст, в кетчуп! С предателями только так!..

Стой!.. Занесенная рука остановилась в воздухе. Охолонись, Андрей Андреич, раскинь мозгой... Ну при чем здесь Тим, в чем его вина-то, ты что, излагал ему про мечту свою хрустальную, имя-фамилию называл, просил по-дружески на поляне той не топтаться, цветиков не рвать? Ну вытянул парень чужой счастливый билетик, да и чужой ли?..

А водочка пшековская еще пригодится. Для серьезного мужского разговора...

И почапал грустный Андрон к Средней Рогатке и дальше — Московской слободою до Фонтанной реки...

Полная луна светила в окошко, освещала стол, заваленный Тимовыми бумажками, полку, табурет...

Не раздеваясь и не включая свет, Андрон грузно сел, бухнул на стол пакет, вынул оттуда поблескивающую бутыль.

Такие вот дела... Окольцованный, на цепь посаженный, а небесную, значит, Лауру, Елену, значит, Прекрасную в этот самый час другой приходует, который...

Андрон сорвал с бутыли винтовую пробку, ухнул, приложился от души.

— Эй, я не сплю. — С раскладушки в углу поднялся Тим, черный на фоне высвеченного окна. — Свет врубы, что ли...

Андрон встал, щелкнул выключателем, исподлобья глянул на Тима. Глаза красные, веки припухшие, не спал — валялся прямо в джинсах и свитере. На счастливого обладателя главного приза никак не тянет. Уж не отшила ли его неземная-то?..

Тим тоже глядел на Андрона, скривив губы в невеселой кривой усмешке.

— Что, брат Андрон, горько?

— Тебе, надо думать, сладко! — огрызнулся Андрон.

— Да уж слаще всех, не видно, что ли! — в тон ему отозвался Тим.

Андрон тяжко вздохнул, расстегнул пуговицу нового пальто.

— Ладно, доставай стаканы. Поговорить надо...

— Ну вот. А потом бабы надрались, и Ленка давай Маринке этой стати мои расписывать. Подробно, с кайфом, будто хряком призовым бахвалится, честное слово!.. И все на меня косится, провоцирует. Эксперимент проводит, психологиня хренова — сдержусь или не сдержусь, засвечу ей в морду или не засвечу. Ну, думаю, раз так — получай, фашист, гранату! Обнял я Мариночку за костлявое плечико и завел балладу про кондиции самой мадам Тихомировой — про сиськи рекордные, про письки упругие, но зело податливые...

338

— Да понял я! — хрипло прервал Андрон. — А она что? Лена?

— Надулась как мышь на крупу. В ванную отчалила, какую-то экзотическую пенку пробовать. А Маринка, сука, тут же клеить меня начала. Грубо, навязчиво, как пьяная шалава в поезде. Бухенвальд ходячий — а туда же!.. Короче, хлопнул я дверью, частника словил, и нах хаус... В смысле, сюда...

— Так... — Андрон залпом заглотил полстакана, зажевал плавленой «Дружбой». — Значит, с Леной у тебя теперь все? Кайки?

— А ты как думал?! Нашла себе игрушечку! Пусть теперь другого дурака ищет! Что я ей, Тихон, что ли?

— Стоп! Что еще за Тихон?

— Котяра ее. Черный, раскормленный, наглый как танк. За рыбу душу черту отдаст.

— Значит, котяра... — Андрон усмехнулся. — Слушай, дорогой, а у тебя, часом, адресочка того котяры не завалялось? Да с телефончиком?

— А, так ты у нас в зоофилы записался? Поздравляю! Только должен предупредить, что котик тот — не простой, а вполне себе ведьминский, особых подходов требующий. Чуть промахнешься — без глазу останешься или без чего поважнее...

— Котов бояться — в лес не ходить. А насчет подходов — ты меня проинструктируешь...

Инструктаж продолжался до утра. Водки Андрон больше не пил, только чай, крепкий и черный, да и Тиму наливал очень умеренно, чтоб тот не скопытился прежде, чем выдаст всю ценную информацию... Леночкины привычки и пристрастия, любимые словечки и жесты, гардероб, расположение помещений в ее квартирке в Дачном, имена общих знакомых... К утру он уже не сомневался, что вполне прокатит за Тима даже пред очами возлюбленной оного последнего... Бывшей возлюбленной! До чего же все ловко упромыслилось!

И еще Андрона грело сознание того, что ни словом не обмолвился он о прекрасном белом видении, манившем и сладко терзавшем его с далекой юности. Видении, которое только вчера обрело имя, а сегодня, Бог даст, обретет и плоть. Не выставил себя сентиментальным идиотом, все проделал цинично и ловко, как, собственно, и надлежит настоящему мужику.

Хорст (1975)

В храме, невзирая на летний полдень, царила освежающая прохлада. Пахло благовониями, ароматическими палочками, обнаженными, вспотевшими в радении человеческими телами. В отблесках светильников на стенах были видны портреты Асанги, лики будд, героев и бодхисатв, тексты мантр, священных сутр, высказываний великих, изображение мандал, знаков Калачакры, монограммы «Намчувангдан», позволяющие достигнуть единение с Невыразимым. Все здесь дышало тайной, мистикой и очарованием Востока. Благовонную тишину нарушало только потрескивание факелов да приглушенное, сдерживаемое на пределе сил людское дыхание. Казалось, время здесь остановилось.

— А теперь ястребиная связка! — Гуру Свами Бхактиведанта ударом в гонг вдруг разорвал тишину и, поднявшись с сиденья из шкуры лани и травы куш, провозгласил мантру входа: — Аум, Падма! Мширанга яхр атара, ом!

Звукосочетание это по опыту древних открывало двери к невиданным реализациям в сфере как тела, так и духа. Теперь ученикам предстояло переходить от слов к делу...

— Ом! — Сложив ладони перед голой грудью, Воронцова потупилась, опустилась на колени и в истовом поклоне коснулась пола лбом. — Ом!

Всем своим видом она демонстрировала почтение, безграничную преданность и немедленную готовность следовать желаниям своего господина.

— Ха! — резко выдохнул Хорст, энергично взмахнул руками и в знак своей власти водрузил ступню на потную спину Воронцовой. — Аум! И лиранта яхр авара! Ом!

Он был спокоен и предельно сосредоточен — работать энергетически с женщиной то же самое, что укрощать тигра голыми руками. Нужно полностью подключить себе партнершу, заставить функционировать ее чакры, как мощные насосы космической праны. Ошибаться нельзя — стоит женщине выйти из-под контроля, услышать хотя бы отзвуки полового влечения, как это сразу может привести к беде, к необратимым и невосполнимым потерям энергии. Так что — ни намека на чувственность, сексуальность и сладострастие, а тем паче — на оргазмические спазмы, мешающие поднятию Кундалини по центральному каналу Сушумне. Ни на секунду нельзя забывать, что все зло от женщин...

Хорст и не забывал.

— Ха! — рывком он поднял Леру за плечи, с достоинством опустился на пятки и властно, повелительно повторил: — Ха!

Мускулистый, с лингамом могучим и напряженным, он являл собой живую иллюстрацию к Камасутре.

— Ом!

Лера, раздвигая бедра, медленно соединилась с ним, крепко скрестила ноги за его спиной и, полузакрыв глаза, стала думать о коловращении Вечного. В молчании они погрузились в бездны медитации, чувствуя, как протекает прана по их слившимся, ставшими единым целым телам. Да что там лингам и йони, уже шесть лет, как они жили душа в душу, понимая друг друга с полуслова. Самая крепкая дружба — боевая. А повоевать за это время пришлось немало. В Кении, близ пещеры Дьявола, их едва не съели злобные каннибалы. Шаманы Мексики напускали на них проклятия, австралийские вурадьери — ядовитых змей, африканские колдуны — разъяренных слонов. Узкоглазые флибустьеры в Тайваньском проливе дважды брали на абордаж многострадальную «Валькирию», налетевшую на риф... В том бою погиб смертью храбрых старый морской лис капитан фон Ротенау. Да, ветераны не вечны. Следом за ним ушел, вернее, уехал херр Опопельбаум — улыбаясь, на инвалидной коляске, держа на коротком поводке свой таксообразный саквояж. Похоронили его в Шангрилле, в вечной мерзлоте, чтобы сохранить этот мозг гения для будущей Германии. Партайгеноссе Борман сказал: «Спи спокойно, старый товарищ. Только у нас не залежишься, немецкие ученые скоро научатся и мертвых ставить на ноги во имя торжества идеи национал-социализма. Зиг хайль!»

Однако жертвы и лишения не были напрасны. Организация Хорста крепла, набирала силу, быстро превращалась в развитую, хорошо законспирированную структуру, по сравнению с которой сицилийская мафия, колумбийский картель и советская номенклатура — это так, тьфу, детские игрушки. Незримые сети ее охватывали всю планету, дотягиваясь до пустынь, горных отрогов и непроходимых лесов, во всех странах, крупных городах устраивались представительства, склады, штаб-квартиры, деньги ручейками, реками, водопадами стекались на шифрованные счета и вклады на предъявителей. Энергия Воронцовой и Хорста не знала границ — были тщательно прочесаны все крупные музеи, ограблены известнейшие коллекционеры и держатели ценностей, охвачены беседой по-доброму или иначе все те, кто имел хоть какое-то отношение к интересующему вопросу. Только напрасно — ни левое, ни правое Око божье в руки не давалось. Да, слухов было не счесть, и про таинственный кристалл Чинтамани, якобы доставленный когда-то на землю с Сириуса, и про загадочную летающую скалу, употреблявшуюся Ибрахимом при строительстве Каабы, и про бел горюч Алатырь-камень, сакральный пуп земли, описанный в Голубиной книге. Все сказки венского леса, преданья старины глубокой. А вот конкретики ноль, пока все напрасно...

Бежало время, уходила жизнь. И постепенно как бы сам собой возник закономерный вопрос: какого хрена надо? Великого германского будущего? Геральдической эпитафии в кабинете у Бормана? Светлой памяти потомков? Нет, жизнь хороша при жизни. Так что решено было остановить выматывающий душу бег, тщательно осмотреться и временно залечь в нору.

Осматривались Хорст с Воронцовой недолго — обоих словно магнитом манила Индия, древняя страна махараджей, факиров и боевых слонов. Минареты Тадж-Махала доставали до неба, Делийская колонна поражала до глубины души, гигантский ров с углями, по которому ходили огнеходцы-сутри, был широк как Индийский океан. А камасутра, Калавада, парящие по мановению руки камни Шивапура. Словом, не мудрствуя лукаво, Хорст приобрел небольшую горную долину неподалеку от реки Биас, по соседству с местностью Кулу, где когда-то обретался знаменитый масон Рерих. Выбор его был не случаен — это славная, издревле почитаемая священная земля. Здесь легендарный мудрец Риши

Виаса записывал Махабхарату на пальмовых листьях. Здесь кшатрии-богатыри Капила и Гуга Чохан свершали подвиги во имя добра...

Встают над долиной горы, на склонах которых зацветают по весне розовые деревья. Здесь нет удушливой жары, как в центральной Индии, — прохладные ледники низко простирают свои освежающие языки. Здесь растут кедры, серебристые ели, голубые сосны, клен, ольха, даже березы... Синеет небо над горами, цвет которых бесконечно меняется, — вот протянулись голубые тени, сгустились в фиолетовый и рассеялись, превратились в золото. Парадиз, рай на земле.

Оно, конечно, рай и в шалаше с любимым, только Хорст не удовлетворился малым — построил в долине, если не Тадж-Махал, то нечто напоминающее средневековый замок: с мощными стенами, железными воротами, сложным лабиринтом подземных коридоров. Не забыл и ракетный зенитный комплекс, парк для бронетехники, разнообразнейшие системы связи, наблюдения и оповещения. А еще — взлетно-посадочное поле, плац, уютные казармы для небольшого гарнизона. Хочешь мира — готовься к войне. А вообще Хорст с Лерой жили тихо. Вставали до рассвета и с правой ноги, смотрели на ладони, с благоговением вспоминали Бога и с почтением учителя, желали всем добра и спокойствия. Потом мылись, чистили зубы, с мантрой наносили священный тилак и шли на берег водоема заниматься медитацией: Ом тат сат! Тат туам аси! Ом тат сат брахмарпанамасту! Затем, конечно, наваливалась текучка — шифротелеграммы, финансовые дела, вялые донесения в занудствующую Шангриллу, зато уж по четвергам, до отвала накормив священную корову, Хорст и Воронцова единились с Вечным до упора. Ас-универсал Фердинанд фон Платтен доставлял их на вертолете в даршан, скромные владения Свами Бхакти-веданты, наездника «Алмазной колесницы», брахмана-мистика и знатока камасутры. А ведь, помнится, сначала он категорически отказывался брать в ученики белого сагиба и сожительствующую с ним в блуде большегрудую женщину. Однако, получив скромные дары и посмотрев Хорсту и Лере в глаза, он переменил тон, тихо пробормотал мантру и сделал приглашающий жест: «Заходите, вы и я одной крови».

И вот — минуло два года, отмеченных поисками истины, смысла жизни и интенсивными занятиями. Такими же напряженными, как и нынче... А постижение духа через плоть между тем все продолжалось. После ястребиной связки последовали лебединая, петушиная, змеиная и тигриная. Затем Свами Бхактиведанта показал собачью позицию, и Хорст, соединившись с Лерой сзади, начал поднимать энергию Кундалини по своему центральному каналу в Сахасрару, высшую из чакр, визуализующуюся на материальном плане как тысячелепестковый лотос.

— Ом мани падме хум! Ом мани падме хум! — При этом он успевал одергивать возбуждающуюся партнершу и, чтобы та окончательно не потеряла контроль, несильно, но властно ударял ее ребром ладони по ягодице. — Ха! Ха! Ха!

Никакой сексуальности, никаких эмоций! Только Атман-Брахман, Великая Непроявленность и Наполненность Пустоты. Ибо сказано в «Сутре Великого будды Вайрочаны»: «В этом теле кроется чудесная способность всепроникновения, таинственные возможности, которые нужно выявить. Желая обрести сидхи в этом рождении, непрестанно занимайся единением с Пустотой».

Наконец тантра-сеанс слияния с Вечным закончился.

— Ом адвайтайа намах!

Низко кланяясь, Хорст и Лера попрощались с учителем, забрались в кабину вертолета, и Фердинанд фон Платтен на бреющем помчал их в родные пенаты. А когда благополучно приземлились и прошли в апартаменты, Лера исступленно, словно в их первую ночь, накинулась на Хорста и уж показала ему и ястребиную связку, и лебединую, и петушиную, и змеиную заодно с тигриной. Да еще собачью позицию. Неспокойно было в спальне, суетно — нервно подрагивал портрет учителя на прикроватной тумбочке, водяной матрац штормило, яшмовая статуэтка будды Вайрочаны упала на мозаичный пол и разбилась вдребезги. И так — каждый четверг, занятия тантрой почему-то действовали на Воронцову крайне однообразно.

А со двора через зашторенные окна слышался звук моторов, крики команд, топот тяжелых военных башмаков. Это возвращался с активной медитации Ганс со своими головорезами. Чтобы не расслабляться и не терять формы, они поклонялись богине Кали.

Братья (1979)

Андрон пропал.

Чуть свет, наспех сжевав на кухне бутерброд с очередным дефицитом и наспех же чмокнув сонную жену, он удирал на всех парах, возвращался же поздно, когда Костины уже отходили ко сну, усталый, но вполне довольный жизнью и собой. Как же, как же, успешно сдана семестровая контрольная, спихнут тяжеленный коллоквиум, досрочно скинут зачет по физкультуре. Но самое трудное еще впереди, завтра с утреца снова в пахоту, а эти преподы к концу семестра совсем оборзели — лабораторные, семинары, отработки. Никакой личной жизни! Анжелка, ко всему безразличная, сонно щурила глазки, Катерина Васильевна сочувственно кивала головой, а хороший человек Иван Ильич похлопывал зятя по плечу и покровительственно вещал:

— Да бросай ты, Андрюха, всю эту мандулу к такой-то матери, от верхнего образования геморрой один да дырки в карманах. Как дурь-то из башки повыкинешь, я тебя к верному делу пристрою.

Андрон улыбался, пожимал плечами — вроде, мол, ни да, ни нет, поживем-увидим...

Утром же опять исчезал ни свет ни заря, и возвращался с последним поездом метро, а пару раз и вовсе не возвращался, телефонинно извещал, что вынужден был заехать в детский садик, да там и остаться — ухаживать за старушкой-мамой, которая совсем слегла, стакана воды подать некому...

Излишне говорить, что к старинному дому на Фонтанке он и за версту не приближался, а в институте его, наверное, и как звать забыли. Потому что и утра, и дни, и вечера, и, по возможности, ночи, проводил он со своей принцессой Грезой — рыжей ведьмочкой Леной Тихомировой. Которая, при всем своем ведьмачестве, так и не заметила подмены. Или запорошил зеленые глаза гусарский шик, с которым он ввалился в ее квартиру тогда, в первый вечер? С охапкой роз, с коллекционным шампанским «Новый Свет», прямо в дверях лихо опустившись на одно колено — поза, подсмотренная накануне у Тима.

— Сударыня, молю о прощении! Был неправ, готов искупить!..

А у самого поджилки трясутся — признает, не признает. От первых ее слов сердце в пятки ушло.

— Да что с тобой, Метельский? Прямо как подменили.

Но от вторых воспарило к небесам.

— Ладно, давай сюда веник и марш руки мыть. Считай себя прощенным, будем пиццу жрать...

И только Тихон, вещий кот, шипел со своего кресла и никак не шел на колени...

Варвара же Ардальоновна исправно несла трудовую вахту на детсадовской кухне, вечерами же раскладывала пасьянсы, беседовала с единорогом, и никто во всем свете был ей на хрен не нужен.

Тим, скрежеща зубами, безуспешно пытался засесть, наконец, за теоретическую главу диплома, но в голову настойчиво лезли мысли, далекие от науки. По первому же зову местного руководства он бросался вкручивать лампочки, прочищать засорившиеся унитазы, до седьмого пота истово колошматил грушу на чердаке. Все гнал из себя горькие воспоминания — о той, которую любил и которую, поддавшись минутной обиде, так глупо отдал другому. И то, что этот другой — лучший друг, более того, астральный близнец, второе «я», — абсолютно не грело душу...

Андрон явился только тридцать первого — легкий, свежий, пахнущий морозом.

— С наступающим, брат! — Он брякнул на стол перед съежившимся Тимом что-то продолговатое, чуть изогнутое, обернутое в прочный коленкор и перевязанное поперек. — Гони рупь!

— С какой это стати? — неприязненно осведомился Тим.

— Прошу — значит, надо!

Андрон не замечал дурного настроения друга. Или не хотел замечать. Тим порылся в карманах, бросил на стол стертый металлический рублик. Андрон развязал бечевку, бережно развернул коленкор.

— Гляди, красотуля какая! Кубанская шашка-волчок! Никогда не тупится, скобу железную напрочь перерубает. Говорят, их ковали из мечей крестоносцев, а в Гражданскую беляки за одну такую двух боевых коней давали!

Интерес историка возобладал над хандрой. Тим осторожно взял шашку — рукоять легла в руку, будто специально для этой руки выточенная. Махнул раз, другой. Потускневшая вековая сталь запела — гулко, молодо.

— Правильная!.. А на лезвии должно быть клеймо — фигурка волка... Да, точно, смотри!

— Ага! Только, по-моему, это не волк. Точь-в-точь та псина, что на флюгере у нас приделана. Собака Баскервилей!

— Точнее, собака Брюса... Интересно, как она оказалась на кубанской шашке? Ладно, попробую выяснить у специалистов...

Тим со вздохом выпустил чудо-шашку из рук, положил на расстеленную ткань.

— Забирай!

Андрон не шелохнулся. Только прищурился хитро.

— Ты не понял, Тим. Она теперь твоя.

— То есть как это — моя? Да ты с ума сошел! Это ж такая редкость, музейная, цены безумной!.. Нет, я не могу принять...

— Студент, завязывай, а? Поезд ушел, ты уже принял.

— Как принял?

— Элементарно. Купленные вещи возврату и обмену не подлежат. — Андрон подбросил монетку и ловко поймал в оттопыренный карман. — А я так и так твой должник по жизни...

Он не стал объяснять, что шашку эту уступил ему Сява Лебедев по льготной, дружеской цене — триста рублей. Содержимое последнего из трех конвертов, под шумок умыкнутых с подарочного стола в «Застолье», в первый день свадебного разгуляева. Остальные два Андрон лихо прокутил с Тихомировой.

Тим безмолвствовал, опустив глаза в пол. Помолчал и Андрон.

— Ну ладно, еще раз с наступающим! Пойду с мамашей почеломкаюсь и — ауф видерзейн...

— Ага... Лену целуй... за двоих.

Андрон вздохнул.

— Это уж в будущем году. Раньше не получится. Тестюшку любимого один большой банан на дачу пригласил Новый год встречать, со всем семейством. Фейерверки, банька, охота. До Рождества квасить будут... Ну, я, конечно, смотаюсь пораньше, потому как сессия... — Он хохотнул, рукой обозначив в воздухе округлую женскую грудь. — Но денька три пожировать придется, ничего не попишешь...

— Сочувствую.

— Ладно, хорош стебаться... Сам-то где справлять думаешь?

— А вот здесь и думаю. Тихо, по-семейному, с Варварой Ардальоновной, с Арнульфом. Чайку попьем, телевизор посмотрим, может, в дурачка перекинемся.

— Слушай, — в глазах Андрона сверкнула сумасшедшинка, — есть гениальная идея... Рокировочка.

— То есть?

— Ну! Если я за тебя канаю с легкостью, то уж ты-то за меня — тем более, как-никак с образованием, артист к тому же... Короче, не съездил бы ты с моими драгоценными на барскую дачу вместо меня? А что — салют посмотрел бы, разносолов покушал от пуза, в баньке с начальниками попарился. Мой Ильич, он молоток, классный мужик. Да и Анжелка, в общем, баба нормальная, хоть и дура... А я бы — сам знаешь куда...

Тим поднял голову.

— Извини, брат. Не по мозгам мне сейчас такая задача. Ты ж не хочешь, чтобы меня разоблачили как самозванца.

— Твоя правда... Ну, пора, труба зовет! — У порога он вдруг повернулся и совсем другим тоном добавил: — Я раньше думал, что таких, как она, в природе не существует. Только в мечтах...

Он ушел. А Тим, ничтоже сумняшеся, выкрал с пустой вахты ключ от кабинета заведующей и, нахально водрузив ноги на стол Александры Францевны, принялся названивать Лене Тихомировой.

— Привет, любовь моя, с наступающим! Какие планы на вечерок?

— Вы, товарищ Метельский, все-таки исключительная свинья. Блеете что-то неубедительное насчет семейных обязанностей, в преддверии праздника бросаете честную девушку на произвол судьбы, а теперь еще планами интересуетесь. Вы случайно не садист с отягощенной наследственностью? Ваш дедушка часом у Гиммлера не служил?.. А если серьезно, то планы самые минимальные. Посидим с Маринкой, тяпнем по рюмочке...

— Отставить Маринку! Позвони ей, наври чего-нибудь. А я рвану на базар, увеличу нетрудовой доход елочных спекулянтов и, как Дед Мороз...

— Дед Склероз! Кто мне третьего дня, блеснув искусством конспирации, припер в чехле от контрабаса голубой кремлевский танненбаум?! Или у тебя это дело поставлено на поток? Смотри, Метельский, меня начинают терзать смутные подозрения...

— Каюсь, каюсь... Диплом, сессия, голова кругом...

— Полеты, полеты... Ладно, за тобой шампанское, за мной — фирменное блюдо.

— Паста по-пармезански?

— Макароны по-флотски.

Но коварная Тихомирова опять обманула его, подав вместо макарон копченого угря и филе-миньоны, вымоченные в коньяке...

Первого января, в пятом часу пополудни, она выставила его за дверь.

— Вечером ко мне люди приезжают. По делу. Это тебя не касается. Не появляйся и не звони ровно десять дней. Если все решится раньше, я сама тебя найду.

— Что решится? — жестко, не глядя на Лену, спросил Тим.

— В свое время узнаешь. Так надо.

— Как-то я уже слышал подобную формулировку.

— Солнышко, это совсем не то, что ты мог подумать. Ты мне веришь?

А что оставалось?

Стражи Родины (1976)

— Да, да, войдите, — бывший вице-генерал-майор кашлянул, грозно сдвинул брови и указал прибывшим офицерам на полукресло. — Садитесь. Итак, что мы имеем?

Его начальственный вид как бы продублировал вопрос: итак, кого мы имеем?

Да, летит время. Кажется, давно ли он сидел как эти двое, выпрямив хребет перед массивным, в форме буквы «Т» столом, за коем нынче по статусу хозяина вальяжно размещается сам. И была с ним тогда самая красивая женщина, которую он когда-либо знал. Самая желанная. Самая гордая. Встретить бы ее сейчас, в генеральских-то погонах... Небось не вертела бы носом. Дура. Как есть, набитая. С такой-то жопой и дать скормить себя ракам. Лучше б ему тогда дала... Да, летит время, меняются люди. Случилась чудная метаморфоза и с вице-генерал-майором, из малоразговорчивого истукана он превратился в грозного начальника, генерал-лейтенанта. А его место на ковре заняли эти двое болванчиков — один в погонах подполковника, другой, соответственно, капитана. Ишь как вытянулись, подобрались, пожирая глазами начальство. Эти небось, даже когда с бабами спят, видят себя в генеральских мундирах.

— Есть движение информации по Барбароссе, товарищ генерал, — болванистый подполковник встал, раскрыл папку с грифом «Совершенно секретно».— Из ВЦ прислали результаты по программе «Двойников».

Приставку «лейтенант» он опустил намеренно, просто генерал — это вроде бы как генерал армии. И выговаривается проще, и начальству приятней.

— По Барбароссе? — генерал-лейтенант нахмурился, засопел, изображая мощное движение мысли, шумно затянулся. — Ну-ну.

Опять этот чертов Барбаросса, которого разыскивает и ЦРУ, и Моссад, и Штази, и МИ-6, и Интерпол, и... Кому только не нужна его голова. Да только она у него слишком хорошо работает — хрен поймаешь. Даже неизвестно кто он и откуда — то ли из «Одессы», то ли из «Шпинне», то ли из «Всадников Посейдона», то ли «Коричневых викингов», то ли «Малинового джихада». Скользкий, как уж, ушлый, как лис. И укусить может — мало не покажется.

— Движение информации положительное, товарищ генерал, — успокоил болванистый подполковник, и чтобы подчеркнуть личное непосредственное участие, позволил себе пошутить. — Похоже, мы взяли этого Барбароссу за задницу. — Спеша порадовать начальство, он принялся излагать детали. Две недели тому назад американцам удалось запечатлеть Барбароссу в фас, и они поделились добычей с французами, ну а те от щедрот своих переправили снимок в цитадель социализма. Так он попал в информационный ВЦ КГБ и, соответственно, — в программу идентификации фотографий «Двойники». Ну а ЭВМ, ничтоже сумняшеся, опознала в Барбароссе некоего Епифана Дзюбу — хлебороба, первопроходца и комбайнера. И еще кавалера — ни много, ни мало — ордена Ленина. Вот тебе и «Малиновый джихад»!

— Ордена Ленина? — с завистью переспросил генерал, сунул папиросу в пепельницу и помрачнел еще больше. — Ошибка исключена?

Это что ж такое получается? Выходит, Барбаросса это, может, и не Барбаросса вовсе, а наш герой невидимого фронта орденоносец Дзюба? Но тогда зачем ему комбайн? И если он все же не партактивист и не первопроходец, а злостный террорист и матерый диверсант, то почему же его тогда наградили орденом Ленина?

— Ошибка исключена, товарищ генерал, я дважды проверял перфоленту, — болванистый подполковник хмыкнул, с самодовольным видом выпятил грудь. — Он это, он, волчина позорный. Только не это главное, товарищ генерал, — ликуя, он расплылся улыбкой победителя и выложил на стол две цветные фотографии. — Есть у него волчата, близнецы, уже заматерели. Один студент, отлынивает от армии, другой отслужил, маскируется под пролетария. В Ленобласти окопались...

— В Ленобласти окопались? — Генерал воззрился на снимки, почему-то вспомнил собственного отпрыска, конопатого, бездарного и запойного, вздохнул. — Ну а он что?

— А он, товарищ генерал, ничего. — Болванистый подполковник усмехнулся, щекастое лицо его выразило презрение. — Даже не знает, что детей наплодил. Да, наверное, и знать не хочет. Хищник, живет по законам джунглей.

Торжествуя, он закрыл свою секретную папку и принялся докладывать о проделанной работе — как кого нашел, допросил, установил. Тяжелее всего было отыскать врачиху, принимавшую роды у умирающей, угодившей под машину жены Дзюбы. Похоже, он сам ее и приговорил, чтобы замести следы вчистую. Что с него возьмешь — зверь.

— Да, да, тамбовский волк ему товарищ. — Генерал, потирая подбородок, погрузился в раздумье. — Так-с, так-с, так-с.

На его скуластом, раздобревшем с полковничьих времен лице играл здоровый румянец. Наконец он перестал барабанить пальцами по столу, встрепенулся, и глаза его молодо блеснули.

— Значит, говоришь, о волчатах своих ни сном, ни духом? Так мы ему намекнем в нужный момент. Прибежит как миленький да еще будет хвостом вилять, чтобы шкуры с них не содрали. А сейчас за ними нужен глаз да глаз, и лучше всего женский. Вы, подполковник, поняли мою мысль? Ну так давайте, давайте, выполняйте.

Генерал не знал, что волки хвостом не виляют.

Братья (1980)

Следующие три дня Тим провел в тупой, серой прострации. Все валилось из рук, из чтения давались только записки фон Грозена, в этом Тихомирова не обманула, возвратила оригинал, присовокупив к нему и экземпляр ксерокопии, — четкой, чистой, на белейшей финской бумаге, изготовленной явно не на раздолбанном оборудовании Публичной библиотеки. И когда удавалось уснуть, снился Тиму черный кот Тихон, парящий над Ленинградом верхом на единороге Арнульфе и лихо разящий шашкой-волчком полчища цвергов, нагло оккупировавших городские пункты приема стеклотары. Уже устала рубить когтистая лапа бойца, оскализ от мерзкой зеленовато-бурой крови благородный клинок, а врагов все прибывало и прибывало...

Душевному покою такие сны не способствовали, бодрости не прибавляли. И Тим несказанно обрадовался, заслышав скрип входной двери и четкие, убедительные шаги в крохотном коридорчике. Эти шаги не могли принадлежать ни Варваре Ардальоновне, ни Арнульфу, имевшему обыкновение передвигаться бесшумно.

— Андрон! — крикнул Тим, затушил сигарету и поднялся с кровати. — Здорово!

Жалобно взвизгнула открытая пинком хлипкая дверь, в проеме показался черный, плечистый силуэт Андрона.

— Ну, здорово, коли не шутишь... — прохрипел он, не входя внутрь.

Тим остановился. Что-то тут не так.

— С тобой все в порядке?

— Лучше не бывает. — Андрон недобро усмехнулся, шагнул в комнату. — С мамой моей, значит, Новый год встречал? Чаек, значит, пили, телевизор до гудочка смотрели?..

Резким движением он опрокинул шаткий столик, рассыпались бумаги Тима, глухо брякнула об пол алюминиевая кружка.

Тим принял боевую стойку.

— Да! Да! — звонко выкрикнул он. — Да, я был у Лены! Ну и что?! В ногах теперь у тебя валяться? Прощения просить?

— А такое прощают? — Андрон двинулся вбок, намереваясь обойти упавший стол. — Я тебя, студент, бить не буду. Я тебя сразу убью...

Тим с кошачьей ловкостью отпрыгнул в угол, сорвал со стены кубанскую шашку.

— Не подходи, Андрон! Не подходи! Башку снесу!

— Даже так?

Не спуская с Тима прищуренных глаз, Андрон осторожно отступил к двери, плавно опустил руку в карман кожаного пальто, так же плавно вытащил. В ладони зловеще блеснула сталь финки-выкидухи.

— Положи селедку, студент, — презрительно кривя губу, проговорил он. — Метну в горло — хрюкнуть не успеешь.

— Попробуй! — выкрикнул Тим. — В капусту покрошу к е...еням!

Шашку он держал двумя руками, прямо перед собой, чуть по диагонали, как самурай свою катану, готовый отразить любой маневр противника.

Они стояли подобравшись, набычившись — два молодых лося, готовые не на жизнь, а на смерть бороться за красавицу-важенку.

— Чего ты добиваешься? Еще не понял, что ты тут лишний? В сторону, Андрон, в сторону, добром прошу...

— Добром?..

Неуловимым движением Андрон метнул нож в противоположный от Тима угол, угодив острием аккуратно в горло плакатному Брюсу Ли. Ногой пододвинул чудом не упавшую табуретку, сел. Тим опустил шашку.

— В тебе добра, что в говне алмазов, — устало произнес Андрон. — Пришел бы, открыто, как мужик, признался — так мол и так... Что, мы бы с тобой бабу не поделили, что ли?

— Лена не баба! — выкрикнул Тим.

— Ага, мужик замаскированный! Ты иногда все-таки думай, что говоришь...

— И тебе того же! В чем это я, по-твоему, должен признаваться? Что провел ночь с любимой женщиной? С моей, заметь, женщиной, к которой ты бегаешь тайком и от законной жены, и от нее самой, прикрываясь моим именем!

— И поэтому ты решил заложить меня?

— Что?! Я? Заложить? Тебя? Да я твоих родственничков долбаных и как звать-то не знаю!

— При чем тут родственнички? Ты меня Ленке заложил, гад!

— Ленке?! Тебе, блин, лечиться надо! За каким хреном мне тебя Ленке закладывать? Как ты это себе представляешь? Мол, извини, дорогая, мы тут с корешем, будучи де-факто на одно лицо, решили приколоться и тебя, родная, на двоих расписать. Так? Догадываешься, куда мы после этого будем посланы? Оба?

Андрон крякнул и почесал затылок.

— Да... Только ведь я уже.

— Что «уже»?

— Послан. Далеко и надолго... Хотя и прибыл без опозданий, с букетом, при параде. А вместо привета — через закрытую дверь по матери. Открытым текстом.

— Ничего не понимаю... Хотя — ты сегодня к ней заезжал?

— Ну да... Как договаривались, четвертого в четыре.

— Все ясно. Это не тебя послали, это меня послали. Она предупреждала, что к ней какие-то люди приезжают, и взяла слово десять дней не появляться и не звонить.

— Что за люди?

— А я знаю? Может, предки водоплавающие на побывку.

— И из-за предков — матюгами?

— Мы же не знаем их семейных отношений...

Андрон встал.

— Как-то получается все... сугубо ректально. Пиво будешь?

— Не отказался бы... Куда ты?

— Так за пивом же, в угловой. Заодно остужусь маленько. А ты прибери пока.

Не дожидаясь возражений, Андрон подхватил вместительную спортивную сумку и был таков. Тим вздохнул, поднял опрокинутый столик, стал собирать рассыпанные по полу бумаги. За окном плавно скрипнули тормоза.

Тим удивленно выпрямился на очередной жалобный визг дверных петель. Привалившись к косяку, дыша тяжело и часто, стоял Андрон.

— Таньгу забыл? — поинтересовался Тим.

— Там... Лена приехала. С ней мужик какой-то.

Тим кинулся к окну. В сиянии полной луны, дополняемом светом фонаря с набережной, была четко видна непокрытая рыжая голова Тихомировой, ее короткая беличья шубейка, длинные хвосты белого шарфа. Она стояла у раскрытого багажника желтой таксишной «Волги», оживленно жестикулируя, общалась со склонившимся над багажником мужчиной. Лица его не было видно, только красная дутая куртка, джинсы, высокие ковбойские сапоги.

— Сюрприз-сюрприз, — пробормотал Андрон.

— А мы ответим тем же, — предложил Тим. — Выйдем к гостям вдвоем.

— Фигос под нос! Оне к вам пожаловамши, вы и разбирайтесь. А Лапин Андрей Андреич тут не при делах... Если что — я там. — Он показал пальцем вверх. — Открывай иди, не морозь гостей...

Лена впустила с собой на лестницу облако зимнего пара. Не дав Тиму и слова сказать, бодро затараторила:

— Еле отыскала тебя, подпольщик. Значит, в моем родовом гнездышке обосновался? — Она крепко обняла его, обдав запахом французских духов, зашептала на ухо: — Тимоша, милый, прости меня за сегодняшнюю грубость, но ты был очень не вовремя.

— Да ладно, это ты извини, совсем из головы вылетело... — смущенно ответил Тим.

— Вот, познакомься.

Лена сделала шаг в сторону, и Тим оказался лицом к лицу с невысоким сухощавым бородачом в красной куртке с серебристыми простежками. Сочетание суконной солдатской шапки, нахлобученной на хайр а-ля Оззи Осборн, и фарфорово-белозубой улыбки типа «чииз» однозначно выдавало в нем долларового иностранца, что не преминула бодрой скороговоркой подтвердить Лена:

— Это наш американский друг, доктор психологии, по-русски ни бум-бум.

— Мир, дрюжба, пьятилетка, — заверил американец и, поставив на каменную ступеньку объемистые пластиковые мешки с эмблемой «Березки», протянул руку, — брэд собаччи.

Пожатие его узкой, длиннопалой ладошки оказалось на удивление крепким.

— А говоришь — ни бум-бум, — упрекнул Лену Тим.

— Ты не понял, это его зовут так — Брэдфорд Собаччи, уменьшительно Брэд, — пояснила Лена и, с ослепительной улыбкой наклонив голову в сторону американца, тоном экскурсовода громко произнесла: — Дипломированный мудак, отсосок и дятел. Дурнопахнущий козел и недоносок слюнявый.

Тим ахнул про себя, доктор Собаччи отвесил даме галантный поклон и приложил руку к груди в знак искренности ответных чувств. Лена же без малейшей запинки перешла на английский:

— And this is the very Tim I told you about*.

— Tim's a good American name, isn't it?**

---

* Тот самый Тим, о котором я тебе говорила *(англ.)*.
** Тим — хорошее американское имя, да? *(англ.)*

Американец потрепал Тима по плечу, подхватил мешки, что-то спросил у Лены. Та без колебаний показала наверх, и Брэд бодро затопал по лестнице. Лена с Тимом двинулись следом.

— Объясни, что все это значит? — шепотом спросил Тим.— Откуда этот тип взялся, и если он такой козел, каким ты его аттестовала, зачем притащила его?

— А хавчик валютный? — искренне удивилась Лена. — Не могла ж я не воспользоваться случаем подкормить милого дружка, а то совсем исхудал.

Она довольно чувствительно ущипнула Тима за ягодицу и расхохоталась. Сверху блеющим козлиным смешком отозвался доктор Собаччи...

В трех мешках из «Березки» уместился походный царский пир. Выкладывая консервные банки и запаянную в плотный полиэтилен снедь, Тим с трудом успевал переводить названия — паштет из гусиной печенки, салями «брауншвейгское» (или «брауншвейгская»?), норвежский лосось, голубой марлин, камамбер графский, оливки с анчоусами, сок апельсиновый из Греции, пиво датское баночное... Россия была представлена икрой красной, икрой черной, здоровенным куском белуги горячего копчения, свежими батонами из филипповской булочной и доброй бутылью экспортной «Столичной». Помимо ее, родимой, имелись шотландский виски «Белая лошадь» и, судя по надписи «Fine Champagne» на красивой темно-синей коробке, заграничное шампанское.

— Неужели мы все это съедим? — Тим обвел взглядом ломящийся стол.

— Придется, — отрезала Лена. — Я что, зря старалась?

— Есть идея. Переведи ему, у меня с разговорным не очень... Давайте выберем, что будем есть сейчас, а остальное я отнесу в холодильник, испортится, здесь жарко.

— Makes sense*, — согласился Собаччи, постучал пальцем по горлышку «Столичной» и пропел фальшиво, но бодро: — I'm drinking стакан водка every day...

— Лично я предпочту французский коньяк, — заявила Лена.

— А где ты видишь французский коньяк? — удивился Тим.

— Да вот же! — Она извлекла из темно-синей коробки коричневую фигурную бутылку. — Коньяк «Фин-Шампань», пятнадцать лет выдержки. Даром, что ли, сто двадцать долларов плочено?

Тим присвистнул.

Разобрались и с закусками. Остальным Тим плотно забил провизией мешок из «Березки», сунул под мышку «Белую лошадь».

— У нас в доме натуральный холодильник в виде неотапливаемого чердака, — сказал он Брэду. — Очень экономично, уменьшает расход электричества...

Лена перевела. Американец уважительно кивнул.

— Makes sense...

Когда Тим вернулся, Леночка бойко защебетала:

— Брэд хочет выпить за приятное знакомство. Его интересует чисто русский феномен последних лет, когда интеллектуалы сознательно уходят в сферу коммунального хозяйства. Поэты-дворники, философы-вахтеры, художники-истопники, историки-сантехники... Ты ведь в садике сантехником оформлен, так? Брэд усматривает в этом своеобразный социальный эскапизм...

— Пофуизм. — Тим кивал, не убирая с губ медовой улыбки. — Переведи этому пидору, что он меня заколебал.

— Пидор, ты его заколебал, — повторила Лена по-русски и вновь перешла на английский.

_____

* Разумно *(англ.)*.

Тим понял, что она передает американцу их общее восхищение глубиной его проникновения в существо проблемы.

Выпили за это. Брэд — водочки с апельсиновым соком, Лена с Тимом — французского коньячку, мягкого и пахучего. Тим потянулся за толстым зеленым стеблем.

— Если рассчитываешь сегодня на оральный секс, на спаржу не налегай,— тихо предупредила Лена.

Тим поперхнулся, закашлялся. Лена постучала его по спине, налила воды и, пока он пил, объяснила:

— В спарже много цинка, дорогой мой. После нее все твои выделения, включая семя, будут так вонять, что Боже мой!

— Понял... А что, насчет секса есть перспектива? Или опять шутить изволите? Куда же мы денем твоего... хрена собачьего?

— А ты взгляни на него.

Доктор Брэд Собаччи, откинувшись на спинку кровати Андрона, мирно спал, зажав в ладони вилку с насаженным на нее прозрачным ломтиком голубого марлина.

— Слабаки эти америкашки,— сказал Тим.— Всего-то с двух коктейлей.

— Не только.— Лена дотронулась до старинного медальона на золотой цепочке, который носила на груди, надавила пальцами. Крышечка отошла, и Тим увидел крохотный флакончик с маслянистой янтарной жидкостью.— Нам, женщинам, природа не дала крепких кулаков, приходится полагаться на ловкость пальчиков и изворотливость мозгов... Шесть часов беспробудного сна бедняге гарантировано... Ну-с, приступим.

Она потянулась к его брюкам, по-хозяйски водрузила руку на гульфик.

— Погоди... — пролепетал Тим. — При нем?

Она убрала руку, удивленно посмотрела на недвижимого Брэда.

— Какая разница? Лежит статуя, совсем без ...уя, рука поднята, в руке лопата. — Она осторожно вынула вилку из бесчувственной длани, с аппетитом сжевала трофейную рыбку. — Лично мне его присутствие только добавит куражу.

— Зато мне убавит. — Тим поднялся. — Помоги-ка мне оттащить его... Нет, лучше я сам. А ты приготовь, пожалуйста, пару бутербродов, рюмочку налей, положи побольше всякой зелени... Нанесем визит, только ты не удивляйся...

Он без труда взвалил на плечи субтильного доктора психологии, вынес в коридор и локтем постучался в дверь Варвары Ардальоновны.

— Андрюшенька, ты?

Она оторвалась от пасьянса, поправила очки, без удивления посмотрела на застывшую на пороге двухфигурную композицию. Даже трехфигурную — из-за плеча Тима с любопытством выглядывала Лена.

— Мам, у нас тут гости, можно, он пока у вас полежит, на батиной кровати... — монотонной скороговоркой пробубнил Тим, внося в комнату мистера Собаччи. — А мы вам гостинчиков, травки всякой...

Варвара Ардальоновна рассеянно кивнула и вновь углубилась в пасьянс. Тим уложил американца на кровать, устроил поудобнее, жестом показал Лене, чтобы поставила тарелку с угощением на столик, по правую руку от Варвары Ардальоновны. Та не обратила на Лену никакого внимания, повела носом над огурцами, спаржей и зимней клубникой, отвернулась в угол и негромко кликнула:

— Арнульфушка!

Тим тронул Лену за рукав.

— Пойдем.

Та пожала плечами, молча вышла.

— Но это же не твоя мать! — сказала она в коридоре. — Кто это? И почему Андрюшенька? И что еще за Арнульфушка?

— Соседка это, — неохотно отозвался Тим. — Не обращай внимания, она со странностями...

Им никогда еще так не любилось, как в эту ночь. Лена была неистова и разнузданна, как вакханка. Билась горлицей, раненой стрелой амура, влюбленной бабочкой сгорала в пожаре страсти, бешено стонала, шептала что-то нежное, задыхаясь от наслаждения, изливала на любимого потоки отборнейшей хриплой брани. Кончала мощно и многократно...

Тим лежал на влажной, скомканной простыне, опустошенный, выжатый до капли, дышал медленно, сознательно замедляя бешеный пульс. Когда сбил до приемлемой скорости, дотянулся до Лениных губ, бережно забрал сигарету — «Мальборо», блин, из того же валютного рога изобилия! — жадно затянулся.

Она приподнялась на локте и с улыбкой смотрела на него. Он улыбнулся в ответ.

— Ты, мать, превзошла саму себя. Будто в последний раз...

Она внезапно нахмурилась, вырвала у него сигарету и села, отвернувшись и кутая плечи в одеяло.

— Лен, ты что? Что с тобой?

Он протянул руку, дотронулся до растрепанных рыжих кудрей. Она отстранилась.

— Да что, черт возьми, происходит?!

— Тим, милый, любимый мой, выслушай меня, умоляю, выслушай и постарайся понять... — Она говорила глухо, не оборачиваясь, и он видел только ее раскачивающийся затылок и негустой, плаваю-

щий дымок сигареты. — Дело в том, что Брэд, он...
он мой муж...

— Если это шутка, то крайне неудачная, — после долгой паузы сказал Тим.

— Это не шутка. Мы познакомились два года назад, — продолжила она, не меняя позы. — Он приехал к нам на факультет по международному обмену, читал лекции для аспирантов, вел семинары по инженерной психологии. Я писала у него реферат, и мы... в общем, мы сошлись... А прошлым летом он был в Москве на международной конференции, там и расписались... А теперь он специально приехал за мной, послезавтра мы вылетаем в Стокгольм, а оттуда — в Нью-Йорк.

— Выходит тогда, на твоей даче, я делал предложение замужней женщине? — глухо проговорил Тим. — Господи, какой идиот... А ты — ты, Ленка, сука. Дешевая, продажная сука! Я понимаю, если бы тут любовь, а так... За тряпки продалась, комсомольская богиня, за жрачку эту говенную!

Она резко повернула голову, в упор посмотрела на Тима.

— Ну, ударь меня, ударь. Убей, если так тебе легче будет, — сказала она свистящим шепотом. — Только избавь от лекций по коммунистической морали. Ты же умный парень, Тим, ты же сам прекрасно видишь, в каком дерьме мы все тут живем. А дальше будет только хуже. Система в маразме. У этой проклятой страны нет будущего, а если и есть, то такое, какое и в самых страшных кошмарах не привидится! И свалить отсюда — это не просто мечта, но и долг каждого разумного человека! Долг перед самим собой, перед детьми и внуками, перед человечеством, наконец! И для этого все средства хороши... А любовь — о любви я, утенок мой знаменитый, тоже подумала. Вот устроюсь там, обжи-

366

вусь, зашлю тебе какую-нибудь лупоглазую амери-
каночку с гуманитарными наклонностями...

Ее монолог дал Тиму время овладеть собой, со-
браться с мыслями. Пригодились и уроки сенсея
Смородинского. Он глянул на Лену ясно, спокойно, с ленивой улыбочкой.

— Спасибо, Тихомирова, я знал, что ты настоящий друг. Только не надо мне никакой лупоглазой
американочки, не утруждай себя... Я удивляюсь тебе, ты же ведьма, ты же должна понимать, что ничего, ничего в этой жизни не бывает просто так...
Ну ладно, одевайся, пошли будить твоего спутника
дальнейшей жизни. Или сначала миссис Собаччи
угодно принять ванну и выпить чашечку кофе?

И тут Лена упала головой на его голую грудь и
горько разрыдалась.

— Я знаю, я дрянная, испорченная, я гадина... —
лепетала она сквозь слезы... — Только не прогоняй
меня, не прогоняй сейчас... Во имя всего, что нас
связывало когда-то! Заклинаю тебя!

— Да? — Тим улыбнулся, но она не видела этой
жестокой улыбки. — Во имя всего, что нас связывало — изволь! Посмотрим, что из этого получится.
Предлагаю эксперимент — ты же у нас психолог,
эксперименты любишь... Попробуем сделать вид,
что этого разговора не было, что ты — прежняя
Ленка Тихомирова, комсомольская активистка, любимая девушка одного недотепистого историка,
а Брэд Собаччи — просто залетный фирмач, случайно подцепленный тобою и продинамленный по
полной программе. Мне нужно десять минут на по-
вторное вхождение в образ пылкого любовника. Тебе этого времени достаточно?

Она подняла голову и с вызовом посмотрела на
него.

— Более чем... любимый.

Стражи Родины (1979)

А потом вошла рыжеволосая красавица с потрясающе эффектной фигурой. Форменный, в талию китель плотно облегал ее стан, грудь была объемиста и высока, стройные ноги в лаковых лодочках... Чудо как хороша была оперативница из Ленинграда.

— Капитан Воронцова, — по всей форме представилась она, с легкостью уселась в предложенное кресло и превратилась в статую командорши. Деловитость, собранность, субординация...

— Ну вылитая мать, вылитая! Та тоже, бывало... Генерал грузно встал. Капитан Воронцова вскочила, как на пружине, вытянулась в струночку. Обогнув массивный стол, генерал вплотную подошел к ней, с ласковым прищуром заглянул в зеленые глаза, положил руки на плечи и мягко, но весомо вдавил обратно в кресло.

— Сиди, Леночка, сиди... Вот, значит, ты теперь какая... А я тебя еще совсем крохой помню, дошколенком. В белом платьице, во-от с таким бантом, на утреннике в честь годовщины Октября. Стихи декламировала, да бойко так, с выражением: «Когда был Ленин маленький, с кудрявой головой, он тоже бегал...» А в зале мама, бабушка, переживают, гордятся. Гордятся и переживают... — Генерал помолчал немного. — А ведь я, Леночка, начинал под крылом вашей бабушки, безусым еще лейтенантишкой. И вот, как видите... Строгая была, но справедливая и принципиальная... Кстати, как там Елизавета Федоровна, на заслуженном, так сказать? Как увидите, от меня большой ей привет...

— Это едва ли получится... — тихо проговорила капитан Воронцова. — Бабушка пережила маму всего на три месяца. Инсульт.

— Да, да... — пробормотал генерал, запоздало вспомнив, что сам же подписывал телеграмму с соболезнованиями и распоряжался насчет венка от сослуживцев.

Он возвратился на свое место и совсем иным тоном, казенно-бодрым, продолжил:

— А пригласил я вас, товарищ капитан, собственно, вот по какому поводу. Ваша работа по объекту «Волчонок-1» заслужила весьма высокую оценку, и руководство в моем лице приняло решение в связи с успешным завершением очередного этапа операции поощрить вас денежной премией в размере трех окладов, а также внеочередным отпуском продолжительностью в двадцать восемь суток... Что такое?!

Воронцова шмыгнула носом и беззвучно, словно рыба, выброшенная на сушу, глотнула воздух. Отдышавшись, она пролепетала:

— Но как же... Как же так, товарищ генерал? Почему с завершением? Ведь рано или поздно та сторона попытается вступить в контакт. Непременно попытается — родная же кровь, сыновья, насколько известно, единственные. А он хоть и гад, и изверг, но человек же все-таки...

— Вибрируете, любезнейшая Елена Михайловна. — Генерал улыбнулся сколь возможно тонко. — Только тревоги ваши беспочвенны. О завершении всей операции можно будет говорить только тогда, когда этот матерый вражина будет сидеть вот здесь и, глотая сопли, давать признательные показания. А вот лично вас, Елена Михайловна, признано целесообразным перебросить на новый объект.

— Волчонок-два? — упавшим голосом спросила Воронцова.

— Ну что вы, дорогая, нельзя же бесконечно загружать такого ценного сотрудника мелкой работой. Здесь будет зверь покрупнее. Объект «Шакал».

Подчеркнуто небрежно, словно богатый дядюшка, презентующий любимой племяннице ключи от новенького авто, генерал придвинул Воронцовой стопочку цветных фотографий.

— Взгляните, может, узнаете кого.

На всех фотографиях, в разных сочетаниях и в разных позах запечатлен был примерно десяток мужчин, явно американцев по одежде, выражению лиц и роду занятий — они самозабвенно играли в гольф на роскошной зеленой лужайке.

— Этот, — сказала Воронцова, указав на две фотографии. — Профессор Собаччи, психолог из Мичиганского университета. Он у нас зимой лекции читал.

— А в свободное время ухлестывал за симпатичной аспиранточкой по фамилии, кажется, Тихомирова, — хохотнул генерал.

— Но своего не добился, — улыбнулась в ответ капитан Воронцова. — Совсем не в моем вкусе. Кстати, об этом контакте я представила исчерпывающий отчет на имя полковника Жаркова.

— Да, меня ознакомили... А больше никого не узнаете? Этого лысого, например?

— Нет, товарищ генерал.

— Контр-адмирал Джон Пойндекстер, начальник разведки ВМС США. Бакли из сенатского подкомитета по обороне, Фергюссон, комитет начальников штабов. Остальных не знаем... Интересные друзья у простого провинциального профессора! Или непростого?

— Выходит, непростого, товарищ генерал.

— Вот это вам и предстоит выяснить, товарищ капитан. Надежные источники сообщают, что через три недели наш профессор кислых щей прилетает в Ленинград с одной-единственной целью — предложить руку и сердце неуступчивой аспирантке Тихомировой. Есть мнение, что аспирантка это предложение примет.

— Слушаюсь, товарищ генерал.

— И славненько!

Генерал потер руки, вновь поднялся из-за стола. Встала и Воронцова. Генерал приблизился, заключил ее в отеческие объятия.

— Знаю, дочка, чужбина — не сахар, но знаю еще одно — ты выдержишь, не посрамишь славной чекистской фамилии Воронцовых-Тихомировых. Так надо!.. Мы, конечно, с оформлением ПМЖ потянем, сколько можем, погуляй напоследок по родине-то, березкам русским поклонись, могилкам родным, как знать, доведется ли еще... Если есть просьбы какие — давай, не стесняйся.

Воронцова отступила на шаг и, опалив генерала изумрудным пламенем глаз, четко проговорила:

— Просьба одна, товарищ генерал. Прошу разрешения вплоть до отъезда вести объект «Волчата».

Братья (1980)

Андрон спал. Прямо в пальто, на стуле, привалившись к стенке и широко раскрыв рот. Его красивое волевое лицо во сне было детским и беззащитным. В ногах валялись две пустые банки из-под пива, но «Белая лошадь» была едва почата, граммов на пятьдесят, не более. Яства, заморские и отечественные, так и остались нераспечатанными — видно, трехдневный банкет на барской даче на время отбил аппетит.

Тиму не хотелось будить его, но стоило ему лишь приблизиться, Андрон открыл ясные, насмешливые глаза.

— Свалили гостюшки?

Сонный или бодрствующий, он все равно не мог слышать ничего из того, что творилось внизу, — стены и перекрытия в доме были что надо, для такого хозяина, как фельдмаршал Брюс, строили на совесть...

— Отнюдь. Праздник продолжается. Наш заграничный друг и меценат пребывает в полнейшем отрубе в комнате Варвары Ардальоновны, зато мадам... — Тим тряхнул боксерским халатом, в который облачился по пути сюда. — Переодевайся. Неудобно заставлять даму ждать.

Он протер дырочку в заиндевевшем окошке, посмотрел на зимний ночной пейзаж, промурлыкал, подражая Нани Брегвадзе:

— Снегопад, снегопад, если женщина про-осит...

— А ты уверен?.. — спросил Андрон.

— На все сто пездесят... Иди, дружок, оттрахай ее во все дырки. За себя и за того парня. Не посрами звание русского мужика. Махания шашкой на сей раз не будет, гарантирую.

Ох, не шибко понравились Андрону эти интонации, но на тот момент, когда он это понял, он уже стоял в одних трусах. Обратного хода не было. Опять же, инстинкт...

Набросив на плечи халат Тима, Андрон устремился по винтовой лесенке вниз, а Тим, хватив из горла «Белой лошади», приложил к голой груди брошенный Андроном свитер.

Потом до поздней январской зари мотался по заснеженным улицам.

Эпилог

— Укол! — прохрипел профессор Собаччи.

Вид его был ужасен — лоб и щеки испещрены багровыми, узловатыми шрамами, похожими на насосавшихся крови пиявок, нос напоминал сырой рубленый бифштекс. Тощее тело, беспомощно извивающееся на запятнанных шелковых простынях, покрывали иссиня-черные, сочащиеся сукровицей пятна. Руки и ноги были накрепко привязаны к кроватным спинкам.

— Сорок минут, — хладнокровно отозвалась миссис Собаччи, продолжая красить губы. — Как по-твоему, этот оттенок смотрится не очень вульгарно?

— Уко-ол!

Миссис Собаччи страдальчески поморщилась и вздохнула.

— Ты меня достал...

Тело на кровати отчаянно изогнулось.

— Развяжи меня!

Миссис Собаччи отвернулась, раскрыла ящик резного трюмо.

— Ты, сука, слышишь, развяжи!

Заложив руки за спину, миссис Собаччи не спеша приблизилась к изголовью. На ее прекрасном лице застыла полуулыбка.

— Как ты меня назвал, милый?

— Сука, сука, жестокая бессердечная сука!

Миссис Собаччи нависла над супругом.

— Повтори, будь добр, я не расслышала.

Профессор Собаччи судорожно распялил рот. Но не успел издать ни звука — молниеносным движением жена втолкнула в образовавшуюся дыру кружевной батистовый платочек. Вторым движением она прижала к чудовищно распухшим губам оранжевую ленточку скотча. Собаччи задергался и замычал.

— Отдохни, лапушка...

Не обращая более никакого внимания на истерзанного мужа, она закончила макияж, разгладила воображаемые складочки на элегантном сиреневом жакете, глянула напоследок в зеркало, довольно поцокала язычком и направилась к дверям. Профессор проводил ее мученическим стоном.

— Лобби, — бросила она лифтеру в красной ливрее.

Паренек, поразительно похожий на молодого Андрея Миронова, улыбчиво подмигнул ей, и убранная красным бархатом стальная махина бесшумно стронулась вниз.

Лифтер с веселым восхищением глазел на нее. Сложив губки бантиком, она замурлыкала по-русски:

— А бабочка крылышками бяк-бяк-бяк-бяк...

— You and I will burn this town...* — не растерялся бойкий лифтер.

Но назначить ей свиданку в угловом «Макдоналдсе» так и не успел — лифт растворил ажурные литые створки, и, сделав мальчику ручкой, миссис

---

* Мы с тобой поставим этот город на уши *(англ.)*.

Собаччи выплыла в необъятный беломраморный холл.

В этот час в чайном салоне было малолюдно — большинство гостей потребляло ланч в расположенном по соседству ресторане. Миссис Собаччи улыбнулась мгновенно подошедшей с ее столику симпатичной мулатке и ласково пропела:

— Эспрессо, пожалуйста... И рюмочку коньяку.

— Какого именно, мэм? «Мартель», «Отар», «Хеннесси»?..

— «Луи-Трез», конечно.

— О-о, — уважительно пропела мулатка, даже здесь, в «Плазе», далеко не каждый клиент позволяет себе выложить семьдесят пять баксов за полторы унции жидкого французского солнышка.

Неторопливо отхлебнув принесенное, миссис Собаччи щелкнула серебряной «Зиппо», с кайфом затянулась длинной черной «шерманкой» и откинулась на бархатном пуфике.

Да, здесь вам не тут. Сбылась мечта идиотки...

Миссис Собаччи взглянула на сверкающий на запястье «патек-филипп» и поднялась. Еще есть время пробежаться по бутикам, расположенным в противоположном крыле холла. Кстати, намедни приглядела в «Кардене» премиленькую юбочку а-ля гитана...

В номер она возвратилась, сопровождаемая коридорным, увешанным красивыми коробочками и пакетиками.

— Сюда, пожалуйста, — показала она на столик в просторной прихожей. — Дальше я сама.

Еще не хватало, чтобы этот лопоухий малолетка узрел ее благоверного. Лучше получи десятку и отвали премного благодарный...

Через три минуты после укола профессор сказочно преобразился. Побледнели и опали рубцы, перестали кровоточить язвы. Лишь испарина, бледность да остаточная припухлость напоминали его прежнего, еще совсем недавно ужом извивавшегося на пятиспальной кровати.

Он сел, растирая занемевшие запястья, и виновато посмотрел на жену.

— Прости, солнышко, я был несносен. Но зуд был так нестерпим. Кто бы мог подумать, что обыкновенная осетровая икра способна вызвать столь мощную аллергию.

Миссис Собаччи усмехнулась и чмокнула мужа в висок.

— Дорогой мой, если лопать ее столовыми ложками и запивать галлоном шампанского, как вчера, такая аллергия выскочит у любого... Как тебе это? — Она продемонстрировала ладошку, где на безупречно наманикюренном пальчике поблескивало тоненькое золотое колечко с шестиугольным топазом, обрамленном переливчатой алмазной крошкой. — Правда, мило? И стоит всего шесть с половиной сотен.

— Милая, ты вовсе не обязана отчитываться о каждой пустяковой трате...

На алых губках миссис Собаччи таяла улыбка. Она присела на козетку рядом с кроватью.

— Понятно... Знаешь, я давно хотела спросить тебя, да все как-то повода не было... Мы третью неделю живем в этом навороченном отеле, номер плюс завтрак — девятьсот долларов в день, с чаевыми, считай, тысяча... Рестораны, варьете, мировые премьеры на Бродвее, ночные клубы — один твой вчерашний сумасшедший ужин с бочонком черной икры и левиафаном «Дом Периньона» обошелся в тысячу триста. Всяких шмоток и побрякушек я с твоей подачи накупила тысяч на сорок, не меньше. У вас тут каждый профессор без выслуги лет столько зашибает, или ты еще даешь уроки игры на скрипке? Или ты незаконный сын Рокфеллера?

— Ну, не Рокфеллера, конечно, — после напряженной паузы проговорил Собаччи, — но от матери я унаследовал кое-какие акции, а когда ты, детка, согласилась стать моей женой, я дал себе слово, что наш медовый месяц станет для нас воплощением самых дерзких мечтаний...

Собаччи потянулся к жене набухшими губами, но она отвела лицо.

— Кстати о любви, *детка*... Мне не хотелось поднимать эту тему, но раз ты заговорил первым... Не кажется ли тебе, что ты, мягко говоря, манкируешь своими супружескими обязанностями. У нас с тобой и в Союзе по этой части было не очень, а уж здесь и вообще — ни разу. Ни разу! Или ты, дорогой мой, возлюбил меня исключительно за ум и выдающиеся душевные качества?

На профессора Собаччи было жалко смотреть. Но она смотрела.

— Да-да... — наконец выдавил он, — союз душ, высокие платонические отношения...

Миссис Собаччи расхохоталась — громко и неприятно.

— Браво! В точку! В яблочко! А знаешь ли ты, любезный супруг мой, точный смысл слова «платонический»? Платон ведь, помимо того, что был великий философ, был еще и великий педераст! Махровый, упертый и принципиальный. И когда вчера у «Петроссяна» ты начал хватать за ляжки этого смазливого официанта...

— Я был пьян, Хелен, пьян как свинья и не сознавал, что делаю!

— Разумеется, не сознавал! В противном случае продолжал бы и дальше ломать комедию... Давай,

Брэд Собаччи, раскалывайся, чистосердечное признание зачтется. Возможно, мы еще придем к взаимоприемлемому решению.

Профессор сполз на ковер и, стоя на коленях, обхватил руками ее ноги.

— Хелен, дорогая, ты права, о как ты права, хотя твоя правда так жестока! Будь терпелива и милосердна! Ты — моя последняя надежда стать нормальным человеком, нормальным мужчиной! Все началось, когда мне было двенадцать лет. Меня изнасиловал пьяный отчим и пригрозил...

— Боже мой, Брэд, избавь меня, ты не на приеме у психоаналитика! К тому же ты, дорогой мой, сугубо врешь. Не в том, конечно, что ты голубой, как небо над Испанией, это я, извини, поняла с первого взгляда, — как-никак дипломную работу по психологии сексуальных отклонений написала. Врешь ты в том, что твоя ориентация причиняет тебе страдания. Тебе, голубчик, не женщина нужна, а ширма. А для этого нет ничего лучше русской бабы. Безропотной, неприхотливой, юридически безграмотной и по гроб жизни благодарной за билет из ада в рай... Зачем? Допустим, чтобы устроиться в такое ведомство, где геев не сильно жалуют. Скажем, Пентагон?

— Ну все! — Брэд Собаччи поднялся с колен. — Ты права, довольно ломать комедию!

Решительным шагом он подошел к окну, из ящика стоявшего там письменного стола достал щегольской замшевый портфельчик, раскрыл, чемто щелкнул и извлек из потайного отделения желтый конверт.

— Это тебе! По договору я должен был вручить его только через десять дней.

Миссис Собаччи настороженно приняла конверт.

— Что там?

— Понятия не имею. Я не в деле, я всего лишь курьер.

Миссис Собаччи раскрыла конверт, вынула несколько листочков, плотно исписанных мелким четким, очевидно женским, почерком. Пробежав глазами первые строки, она вскрикнула и стремительно побледнела.

— Ты сядь, — участливо предложил Собаччи, но она не слышала его. Напряженно шевеля губами, она вчитывалась в послание, сомнамбулически подошла к холодильнику, нащупала початую бутылку «Столичной», изрядно приложилась...

— Что там? — нарушил долгое молчание профессор.

Лена Тихомирова выронила письмо и разрыдалась, громко, отчаянно, как плачут маленькие дети. Собаччи растерянно подошел, робко положил руку на вздрагивающее плечо.

— А мне говорили, что это должно тебя очень обрадовать... — начал он, но Лена не дала ему договорить, заткнула звонкой и хлесткой пощечиной.

— Ты что?! — завопил профессор, а Лена продолжала осыпать его размашистыми, неприцельными ударами.

Он присел, прикрывая ладонями лицо.

— Сволочь, сволочь! — крикнула Лена по-русски, бросилась к платяному шкафу и принялась выгребать оттуда завидные приобретения последних дней.

Дорогая одежда в беспорядке летела на пол, пушистый желтый ковер покрылся многоцветными волнами шелка и бархата, норки и парчи, твида и кашемира. Лена остервенело топтала это трепещущее великолепие, вскрикивая:

— Гад! Гад! Гад!

Забежав от греха подальше за массивное кресло, профессор осведомился:

— Дорогая, что с тобой? Может быть, врача?

Миссис Собаччи в изнеможении опустилась на кучу тряпья и подняла на мужа зареванные изумрудные глаза.

— Ты мне одно скажи, — устало произнесла она. — Только одно...

— Да, милая?

— На хрена я все это говно покупала?

«Трагический финал медового месяца» («Майами Хералд», 21 февраля 1980)

В 5:30 утра 19 февраля в полицейском участке Ки-Уэст, Флорида, раздался телефонный звонок. Звонивший мужчина, находившийся в крайне взволнованном состоянии и назвавшийся доктором Брэдфордом Собаччи, сообщил, что около полуночи его жена, миссис Хелен Собаччи, отправилась купаться на морской пляж и до сих пор не вернулась. В 7:15 прибывшая по вызову группа в составе лейтенанта Паэлья и детектива-сержанта Хаггиса обнаружила на пустынном морском берегу в миле от бунгало, арендованного молодой парой, прибывшей из Нью-Йорка, пляжную сумку, шорты и майку, принадлежавшие, по словам доктора Собаччи, его пропавшей супруге. Там же был обнаружен и купальный костюм — очевидно, миссис Собаччи предпочитала купание о-натюрель. В сумке оказались ключи от бунгало и кредитная карточка «Виза» на имя Хелен Собаччи. Никаких следов борьбы или насилия усмотрено не было.

Показания доктора Собаччи подтверждаются свидетелями, находившимися в ту ночь в баре «Горячий краб» и слышавшими разговор супругов. Бармен Пулькерио Рефиньо особо подчеркнул, что молодая женщина заказала только безалкогольное пиво, тогда как ее спутник оказал явное предпочтение виски. По фотографии миссис Собаччи два свидетеля опознали в ней женщину, в одиночестве направлявшуюся к пляжу.

Хотя доктор Собаччи, 34 года, профессор психологии Мичиганского университета, и миссис Собаччи, 26 лет, урожденная Тикомирофф, официально состояли в браке более полугода, вместе они прожили лишь один последний месяц — после того, как доктор вывез молодую жену из мрачного Ленинграда, Россия. Большую часть этого месяца молодожены провели в Нью-Йорке, предаваясь всевозможным увеселениям. «Мне так хотелось устроить моей крошке незабываемый праздник, — поведал нашему корреспонденту убитый горем супруг. — Мы надеялись, что теперь, когда ей удалось наконец вырваться из ледяного ада Империи Зла, все беды позади». По словам тех, кто успел познакомиться с очаровательной миссис Собаччи, она была человеком общительным, жизнерадостным, прекрасно владела английским, с восторгом отзывалась о своей новой родине, делала крупные покупки и строила планы на будущее. «Депрессия, нервный срыв, самоубийство? О, только не Хелен!» — заявила нам по телефону одна нью-йоркская дама, пожелавшая остаться неизвестной.

Капитан Сэм Фетуччини, начальник полиции Ки-Уэст, сообщил, что полиция не жалеет усилий в поисках миссис Собаччи. Задействованы силы береговой охраны и пограничной авиации, однако пока безрезультатно. «Мне жаль об этом говорить, но шансов обнаружить Хелен живой или даже мертвой практически нет, — сказал капитан Фетуччини, печально глядя на фотографию улыбающейся русской красавицы, рыжеволосой и зеленоглазой. — Ее либо унесло в океан коварным отливным течением, либо она стала жертвой акул-людоедов, изредка подплывающих к нашим берегам...»

Капитан оказался прав — тело Хелен Собаччи так и не было обнаружено.

Конец первой книги

Оглавление

Дмитрий Вересов
Феликс Разумовский

СЕРДЦЕ ЛЬВА

Ответственные за выпуск
    Е. Г. Измайлова, Я. Ю. Матвеева
Корректор
    Т. В. Никонова
Верстка
    А. Н. Соколова

Подписано в печать 01.02.2002.
Формат 84 × 108$^{1}/_{32}$. Печать офсетная. Бумага газетная.
Гарнитура «Таймс». Уч.-изд. л. 14,58. Усл. печ. л. 20,16.
Изд. № 02-3955. Тираж 60 000 экз. Заказ № 3202.

«Издательский Дом „Нева"»
199155, Санкт-Петербург, ул. Одоевского, д. 29

Издательство «ОЛМА-ПРЕСС»
129075, Москва, Звездный бульвар, д. 23

Отпечатано с готовых диапозитивов
в полиграфической фирме «КРАСНЫЙ ПРОЛЕТАРИЙ»
103473, Москва, ул. Краснопролетарская, д. 16